Christine Troy • Kera Jung

Wicked Play

abandoned

Roman

Wicked Play – Abandoned

Deutsche Erstausgabe August 2016

© Christine Troy

https://www.facebook.com/ChristineTroyNibelar/?fref=ts

© Kera Jung

https://www.facebook.com/kera.jung.autorin/

Christine Troy & Kera Jung

https://www.facebook.com/ChristineTroyundKeraJung/

Umschlaggestaltung: Anke Neuhäußer

Lektorat: Sophie Stedtefeld,

Korrektorat: Sophie Stedtefeld

Satz Ebook: Anke Neuhäußer

Satz Print: Anke Neuhäußer

Erschienen im A.P.P.-Verlag

Peter Neuhäußer

Gemeindegässle 05

89150 Laichingen

Mobi: 978-3-96115-002-1

E-pub: 978-3-96115-003-8

Print: 978-3-96115-004-5

*Für unsere treuen Fans, die den
Erscheinungstermin dieses
Buches kaum erwarten konnten.
Ihr seid die Größten!*

Kurzbeschreibung

Einen Monat ist es nun her, dass Ashley Hals über Kopf abgehauen und nach New York gezogen ist, wo sie bei einem sympathischen Arzt als Assistentin unterkommen ist. Das Leben in der Großstadt ist alles andere als einfach, doch Ash setzt sich durch. Auch wenn sie Nacht für Nacht die widerlichsten Albträume plagen und ihr Appartement garantiert keine Luxuswohnung ist.

Als sie ihre ehemals beste Freundin Tiffany in einem Brief bittet, ihr per Spedition ihre restlichen Sachen zu schicken, entschließt diese sich kurzerhand, mit Liam persönlich nach New York zu reisen.

Ash ist über deren spontan Besuch absolut nicht erfreut. Sie kann und will nicht vergeben, was die zwei ihr angetan haben. Wenn da nur nicht diese alten Gefühle wären, die sich nicht unterdrücken lassen, und dem, was sich da zwischen ihr und ihrem Boss Dr. Bennet anbahnt, erfolgreich im Wege stehen.

Zweiter Teil der Kurzserie.

1. Kapitel

Tiff

Tiff,

mir fällt keine andere Möglichkeit ein, als dir zu schreiben. Bitte schicke mir meine restlichen Sachen, es dürften ein paar Kisten werden, deshalb wäre eine Spedition wohl am besten, um das Zeug hierhierzubekommen. Für die Kosten komme ich natürlich auf.

Danke

Ash.

Ich habe diesen Brief – wenn man das Blatt Papier so nennen will – inzwischen an die zehn Mal gelesen und kann es immer noch nicht glauben. Nach vier Wochen ist dies das erste Lebenszeichen von Ash.

Egal, wie ich mich in meiner Wut zuerst verhalten habe, zwischenzeitlich war ich davon überzeugt, dass sie tot ist. Ich bin sogar zu den Cops gerannt, um eine Vermisstenanzeige aufzugeben, welche diese verdammten Beamten nur leider nicht annahmen.

»Sie sagten, Sie hätten kurz vor ihrem Verschwinden einen Streit gehabt?«, erkundigte sich der schmerbäuchige Polizist mit dem schütteren Haar gelangweilt.

»Na ja, Streit«, fing ich an, doch Liam, der neben mir stand, mischte sich an dieser Stelle ein.

»Es gab eine ziemlich miese Verkettung noch mieserer Umstände, in deren Folge sie ziemlich sauer abgehauen ist«, stellte er klar.

Okay, so konnte man es auch umschreiben, trotzdem funkelte ich Liam wütend an. Ich kann es nicht leiden, wenn jemand der Ansicht ist, mein Sprachrohr sein zu müssen. Schon ganz, wenn es sich hierbei um einen Mann handelt.

Der Beamte war unbeeindruckt. »Also, Sie hatten Streit«, stellte er mit der Überheblichkeit fest, die nur ein fünfzigjähriger fetter Typ mit Halbglatze an den Tag legen kann. Dabei hatte er den Ton angenommen, der implizierte: *Jetzt bleiben wir alle mal ganz ruhig und regen uns nicht auf, ja? Wird ja alles nicht so heiß gegessen, wie es gekocht wird.*

So ungefähr drückte er sich dann auch aus. »Miss Jones ist eine erwachsene Frau, die über ihr Leben selbst bestimmen kann. Sie sagen, sie hätte einige Sachen mitgenommen? Das sieht mir weniger nach einem geplanten Selbstmord als vielmehr nach einem halbwegs geordneten *Umzug* aus.« Er lächelte breit, und wahrscheinlich sollte das Ganze väterlich wirken, auf mich machte er eher den Eindruck eines kompletten Idioten. »So was kommt schon mal vor. Wenn sie sich beruhigt hat, wird sie sich garantiert bei Ihnen melden.«

»Und was, wenn nicht?« Ich hatte die Fäuste geballt, bereit, in den Kampf zu ziehen. Doch dieser borniierte Idiot beachtete mich gar nicht mehr, sondern hatte nur noch Augen für Liam.

»Dann würde ich vorschlagen, gehen Sie jetzt, damit wir weiterhin für Recht und Ordnung sorgen können.«

Das war's! Mehr hatte der widerlich stinkende Arsch nicht zu sagen!

Liam schleifte mich aus dem verdammten Revier. Egal, wie wütend ich war, möglich, dass mein Gekreische im gesamten, nicht unbedingt kleinen Gebäude zu hören gewesen war.

Vor der Tür ließ er mich herunter und musterte mich mit einem Ausdruck, der mich nur noch mehr ärgerte – weil er so endgültig war. »Er hat recht, Tiff«, erklärte er dumpf. »Wäre sie wie ein Kleinkind ausgerissen, hätte sie wohl kaum vorher noch gepackt. Wir können nichts tun, und ich glaube auch nicht, dass sie so was in der Art will.«

»Denkst du!« Auch das zischte ich, obwohl ich bereits wusste, dass er richtig lag, denn was könnten wir denn auch tun, verdammt? Niemand kann wissen, wohin sie gegangen ist. Bei *Tales Property* hat sie gekündigt, wie mir ein äußerst gereizter Mr. Tales auf meine Nachfrage hin mitgeteilt hat. Ich habe sämtliche Hotels durchtelefoniert – obwohl das eher eine Art Beschäftigungstherapie war, denn mir war von Anfang an klar, dass sie in keinem abgestiegen sein würde. Ich habe mit Dan gesprochen, der untröstlich ist, weil nun wohl feststeht, dass sie nicht bei seinem vermaledeiten Wettkampf antreten wird. Sogar zu dem verdammten Friedhof bin ich täglich gegangen, in der Hoffnung, sie dort durch Zufall anzutreffen. Ich habe wirklich alles Menschenmögliche getan, um sie aufzugabeln, und ging leer aus. Nach zwei Wochen gab ich auf und Liam, der nicht halb so viel Initiative gezeigt hatte, begrüßte das sichtlich. Emotionsloser, kalter, treuloser Wicht, der er ist! Oh, ich weiß schon, warum ich glaube, dass Männer nur für den Sex gut sind!

Wir leben weiter, es ist sogar irgendwie *besser*, weil nun keine Ash mehr im Weg ist, die nachhaltig die Stimmung versauen kann. Ich gehe arbeiten, er auch – wenn man den Job als Rettungsschwimmer wirklich als Arbeit bezeichnen will –, abends treffen wir im Appartement aufeinander, essen, haben heißen Sex, schlafen und stehen morgens wieder auf. Das Ganze ist *fast* idyllisch. Ein Zustand, den ich niemals im Leben erreichen wollte. Es fühlt sich befremdlich, aber nicht schlecht an, auch wenn ich nach wie vor über keine gemeinsame Zukunft mit Liam nachdenken will. Zu abartig ist auch nur die Idee, so wenig ich selbst, und ich glaube, dass dies auch auf Liam zutrifft. Denn er spricht niemals die Zukunft an und hütet sich – genau wie ich – Pläne zu schmieden, die über das morgige Dinner hinausgehen. Mir entgeht nicht, dass er häufig in die Ferne starrt, es scheint, als würde er sich wegwünschen. Doch wann immer ich ihn darauf anspreche – Angriff ist schließlich die beste Verteidigung – winkt er ab, küsst mich oder grinst auf diese unwiderstehliche Art, die mit ein Hauptgrund ist, weshalb alles so kam, wie es jetzt ist. Und ja, verdammt, Ashs Abwesenheit vereinfacht die Dinge sogar dramatisch. Ein großer Teil von mir ist für ihr Fehlen unendlich dankbar. Außerdem bin ich nach reiflicher Überlegung zu dem Schluss gelangt, dass mein Plan mit Ashs Traumentjungferung im Ansatz noch immer hervorragend war, ich mir aber in der Umsetzung einen anderen männlichen Hauptprotagonisten hätte suchen sollen. Die Komplikationen in der Folge waren wohl vorprogrammiert und es war daher tatsächlich nur zwangsläufig, dass sie ging. Vermutlich hätte ich es an ihrer Stelle ebenso gehalten.

Ja, sie fehlt mir. Das überrascht mich nicht, gehörte sie doch, seitdem ich mich bewusst erinnern kann, zu meinem Leben.

Diese Amputation kann demnach nicht ohne die eine oder andere Wehmut vonstattengehen. Aber ich bin nicht allein, sondern wache jeden Morgen mit Liam an meiner Seite auf. Und auch wenn er sein Schnarchen nicht eingestellt hat, ist das Gefühl, in einer Beziehung zu stecken, insgesamt gar nicht so übel. Wegen des Gesäges in der Nacht habe ich die eine oder andere sehr ernst gemeinte Morddrohung ausgestoßen, aber er beruft sich immer auf sein Unvermögen, eine unbewusste Handlung bewusst steuern zu können. Faule Ausrede meiner Ansicht nach, aber so ist Liam eben.

Unser Leben läuft sehr beschaulich, sehr altbacken, sehr friedlich und damit nicht unbedingt das, was auf meinen Fahnen steht: ja. Aber bislang überwiegen die Vorteile, weshalb ich nicht vorhabe, diesen Zustand demnächst zu ändern.

Und Liam?

Nun, abgesehen von dem wehmütigen Blick scheint er sich ebenfalls sichtlich gut zu gehen.

»Was ist nun?«, erkundigt er sich mit einer Spur Ungeduld in der Stimme und ich senke den Blick auf den Umschlag, in dem Ashs nichtssagendes Schreiben gekommen ist. Er trägt einen New Yorker Poststempel …

Ashley Jones ganz allein in New York.

Bei dem Gedanken muss ich grinsen. Dann wird mir Liams Blick wieder bewusst und ich sehe ihn an. »Nichts! Wir tun überhaupt nichts. Außer ihre Klamotten zusammenzupacken, versteht sich.«

Er antwortet nicht, doch ich meine, für einen sehr kurzen Moment Protest in seinen Augen aufflackern zu sehen, aber dann zuckt er mit den Schultern. »Wie du meinst«, brummt er und verlässt den Raum, um duschen zu gehen.

Es ist ein Samstag und Liam hat sich freigenommen, sodass wir den ganzen Tag gemeinsam verbringen können. Die Sonne scheint wie immer an einem wolkenlosen Himmel, und da es in dieser Hitze nicht viele Alternativen gibt, fahren wir an den Strand. Heute nutzen wir aber ein abgelegeneres Plätzchen als das von allen besuchte Strandbad. Auch wenn man in Tampa schon lange nirgendwo mehr völlig ungestört sein kann. Es handelt sich um eine kleine Bucht, deren Existenz selbst bei den Einheimischen nicht sehr weit verbreitet ist. Wenn man dort früh genug eintrifft, kann man sich ein tolles schattiges Plätzchen sichern.

Wenn!

Wir finden nur schlappe einhundert Mitsonnenanbeter vor, als wir gegen Mittag endlich eintreffen. Zuvor konnten wir uns zunächst ewig nicht einigen, wohin wir fahren wollen. Dann gab es kurzen Streit darüber, was wir an Proviant mitnehmen wollen – ich plädierte dafür, wie üblich Getränke und Verpflegung einzupacken, was Liam als ›spießig!‹ kommentierte. Selbstverständlich setzte ich mich durch. Als Nächstes gab es eine geringfügige Meinungsverschiedenheit an der Tankstelle, weil Liam das gezapfte Benzin bezahlen wollte, ich mich aber aus Überzeugung von keinem Mann aushalten lasse. Wieder trug ich den Sieg davon. Und dann hat Liam sich trotz Navigationsgerät verfahren, womit wir uns um weitere dreißig Minuten verspäteten, weil wir über den Highway den Rückweg antreten mussten.

»Tja, nun ist natürlich alles voll!«, maule ich, während ich in meinen Heels unbeholfen über den Strand stake und nach einem freien Plätzchen Ausschau halte.

Liam, der mir mit Picknickkorb und Liegematten folgt, antwortet nicht. Ich hasse es hier schon jetzt. Allein diese neugierigen Blicke der Anwesenden genügen, um mich zum Umkehren zu veranlassen. So etwas passiert einem im Strandclub nicht. Da sind so viele Leute, dass der Einzelne nicht mehr hervorsticht. Aber Liam musste ja unbedingt hierher, weil er Dan nicht begegnen will. »Ich habe ihm gesagt, ich brauche den freien Tag fürs Einkaufen und Appartementputzen«, hat er mir allen Ernstes als Begründung aufgetischt.

Fazit: Liam ist ein elendes Weichei und ich sauer.

Nun ja, wir finden noch einen halbwegs geeigneten Platz, an dem man seinem Nachbarn nicht auf den Bauch tritt oder auf die Nase. Auch wenn von ›schattig‹ keine Rede sein kann.

Fünf Minuten später liegen wir auf unseren Strandmatten. Ich trage meine Sonnenbrille und habe den Sonnenhut tief in mein Gesicht gezogen, um einen Sonnenbrand zu vermeiden.

»Cremst du mich ein?«, fordere ich Liam auf. Doch eine Antwort bleibt aus. Gereizt wiederhole ich meine Bitte: »Liam! EINCREMEN! Sonst sehe ich in zwanzig Minuten aus wie ein Hummer!« Wieder erfolgt nicht die geringste Reaktion. Stattdessen höre ich ein viel zu gleichmäßiges Atmen neben mir. Erst als der erste laute Schnarcher zu vernehmen ist, wird mir klar, welches miese Spiel soeben direkt neben mir abläuft.

Mit einem Ruck sitze ich aufrecht. Liam hat einen Arm über seine Augen gelegt, die Lippen sind weit geöffnet, womit man seine Mandeln hervorragend untersuchen kann, und er schnarcht.

ER SCHNARCHT!

Heftig rüttele ich ihn. »Hey!«

Nach einem widerlichen Grunzen nimmt er den Arm herunter und starrt mich verdutzt an. »Was ist los?«

»Du hast geschlafen!«

Die Verwirrung bleibt. »Ja … und?«

Ja, gute Frage … »Du hast geschnarcht«, sage ich anklagend, was wohl Begründung genug ist.

Er blinzelt. »Oh, na ja, sorry, aber ich kann das nicht kontrollieren.«

»Du sollst nicht schlafen!«

»Ach nein?« Inzwischen klingt er *etwas* entnervt, was mich noch mehr zur Raserei treibt, als sein Schnarchen. Wer mit mir zusammen ist, *klingt* nicht entnervt! Er klingt befriedigt, amüsiert und verdammt noch mal *ehrfürchtig!* Jedenfalls, sofern er mich ansieht. Liam verschränkt die Arme und starrt mich wütend an. Wenigstens ist er jetzt wach. »Und was soll ich deiner Meinung nach sonst an einem Strand tun?«

»Mich eincremen«, erwidere ich wie aus der Pistole geschossen und halte ihm die Flasche mit der Sonnenmilch hin. Er ist so verdutzt, dass er mich endlich gegen den Planeten schützt, ohne weiter zu protestieren. Obwohl ich der Ansicht bin, dass er sich sonst mehr Mühe gibt, denn er ist ziemlich schnell fertig. Doch ich treibe es nicht auf die Spitze und belasse es dabei. Danach creme ich ihn ein, und nur eine Viertelstunde später liegen wir wieder nebeneinander …

… allerdings nicht lange. Die Gefahr, dass er erneut einschläft, ist mir zu groß. Und so bitte ich ihn keine fünf Minuten später, die obligatorisch mitgebrachte Champagnerflasche zu öffnen. Es wird höchste Zeit, wie sich kurz darauf herausstellt, denn trotz Isolierung der Kühltasche ist sie schon recht warm geworden und der Inhalt auch. Was wiederum dazu führt, dass *meine* Strandmatte einen Wimpernschlag später mit Dreißig-Dollar-Champagner versaut worden ist. Laut fluchend springe ich auf und schüttelte mich, die Hälfte ist nämlich auf meinen Beinen gelandet. Es kostet Liam eine Viertelstunde, um auch diese Sauerei zu beseitigen, wobei ich ihm mit Rat und Tat beistehe und derweil meine Haut säubere. Zwar versuchen wir danach, den Tag doch noch mit einem schönen Plastikbecher voll Champagner, der Sonne und dem Meer zu beschließen, doch die Stimmung ist unwiderruflich zerstört. Schon, weil ich jede Minute an Liams Bein rüttele, um sicherzustellen, dass er nicht wieder einschläft und schnarcht.

Nach einer Stunde setzt er sich abermals entnervt auf. Auf seiner Brust haben sich etliche Schweißperlen gebildet, denn es ist heute wieder einmal verdammt heiß.

»Mir reicht's«, verkündet er. »Wollen wir gehen?«

Ja, das wollen wir.

Anstatt zu antworten, stehe ich auf und raffe mein Zeug zusammen. Liam folgt meinem Beispiel. Bis wir im Wagen sitzen, hat keiner von uns ein Wort verloren. Der verbliebene Champagner wurde zuvor sang- und klanglos im nächsten Müllbehälter versenkt. Dreißig Dollar verschwendet, doch es kümmert mich nicht weiter, das Zeug hatte mittlerweile sowieso seinen Siedepunkt erreicht. Als Liam den Motor startet, mustern wir einander.

»Du bist eine unerträgliche Nervensäge«, knurrt er.

»Und du schnarchst!«, gebe ich patzig zurück.

Wir nehmen einander mürrisch Maß und brechen dann gleichzeitig in lautes Gelächter aus.

»Ein bisschen irre sind wir schon«, bemerkt Liam, als er den Wagen aus der Parklücke lenkt, für deren Suche bei unserem Eintreffen allein eine Viertelstunde draufgegangen ist. »Wir hätten uns einen ruhigen, *heißen* ...« Er wirft mir einen vielsagenden Blick zu und ich verdrehe die Augen, »... Tag daheim machen können, stattdessen lassen wir uns auf diesen Stress ein.«

Als ich mich an ihn kuschele, legt er bereitwillig seinen Arm um mich.

»Wir könnten zu Hause noch ein bisschen zocken«, schlägt er unvermutet vor.

»Was?« Ich reibe meine Wange an seiner Schulter, sehe mich in Gedanken bereits nackt mit ihm in meinem riesigen Bett. Aber erst, wenn es etwas kühler geworden ist, momentan würden wir wohl nur aneinander festkleben.

»Autorennen, Catchen, Zocken an der PS. Du weißt schon!«

Obwohl er seine wahnwitzigen Gedanken jetzt unmissverständlich klargemacht hat, brauche ich noch einmal ein paar sehr intensive Momente, bevor ich schallend auflache. »Du willst mit mir Kinderspiele veranstalten? Hahaha, ehrlich, mach das mit deinen Kumpels oder so, aber ich bin dafür der denkbar ungeeignete Part.«

Er antwortet nicht und auch ich gehe nicht weiter auf seinen Witz ein. Denn es *war* ein Witz, dieser Mann kennt mich gut genug – Frauen insgesamt. Dieses ganze Konsolen-Gedöns ist vielleicht was für Männer, beim Bier, wenn ihre Frauen ihnen Landurlaub gegeben haben, aber ganz bestimmt nichts für eine erwachsene Frau!

Und so fahren wir in stiller Eintracht heim. An einem heißen Samstag, an dem die Sonne selbst jetzt, gegen fünf Uhr nachmittags, noch so glüht, dass ich mir nur wünsche, in eine kalte Wanne zu steigen. Bevor wir allerdings zurück ins Appartement gehen, legen wir noch einen Zwischenstopp im Supermarkt ein. Diesmal ist es ganz normaler Sekt, den wir einpacken, neben ein paar Meeresfrüchten und Salat, bevor wir uns endlich auf den Heimweg machen.

Es wird ein ruhiger, friedlicher Abend vor der Glotze. Mit Krabben, Muscheln, Sekt und heißem Sex. Zuerst auf dem Sofa und später – endlich – auch in meinem Bett. Ich genieße jede Sekunde mit Liam, lasse mich verwöhnen und mir nicht nur einen gigantischen Höhepunkt bescheren. Es dauert lange, bis ich danach einschlummern kann. Eng an ihn gekuschelt, mit einer flachen Hand auf seiner nackten, muskulösen Brust.

* * *

Wie lange ich geschlafen habe, weiß ich nicht, doch als ich mit einem leisen Aufschrei aus einem widerlichen Traum erwache, ist es noch immer dunkel. Verwirrt bemerke ich, dass ich schweißgebadet bin und streiche das mir im Gesicht klebende Haar zurück. Erst jetzt geht mir auf, dass Liam nicht mehr im Bett liegt.

Ist er nur kurz zur Toilette gegangen?

Ich lausche angestrengt, doch als auch nach einigen Minuten kein Rauschen der Spülung an meine Ohren dringt, verwerfe ich diese Idee. Zunächst überlege ich, einfach weiterzuschlafen, doch der Traum, an den ich mich partout nicht erinnern kann, lässt mich noch immer nicht aus seinen eisigen Klauen. Meine Kurzatmigkeit hat sich nicht vollständig gelegt und meine Hände sind nach wie vor schweißnass. Und so rappelte ich mich auf die

Füße und tappe auf nackten Sohlen ins Wohnzimmer.

Ich finde Liam in der Küche am Tisch mit einem Bier sitzend vor. Das Haar ist vom Schlaf noch ganz zerzaust – oder vom Sex davor. Die Augen wirken müde, als er aufblickt und mich mustert. »Habe ich dich geweckt?«

»Nein«, erwidere ich und betrachte ihn durchdringend, bevor auch ich mir ein Bier aus dem Kühlschrank nehme und mich ihm gegenüber an den Tisch setze. »Ich hatte einen schlechten Traum, davon bin ich aufgewacht.«

Meine Dose ist offen und wir nehmen gleichzeitig einen Schluck.

»Mir ging es ähnlich«, sagt er, als die Dosen wieder vor uns stehen. »Irgendwas hat mich aus dem Bett getrieben.«

Wir mustern einander, bevor jeder sich wieder seinem Getränk widmet. Nach und nach erinnere ich mich an meinen Traum und seufze leise. Nun ja, es war wohl klar, dass die Dinge nicht so einfach ausgestanden sein würden. Hätte ich mir die Mühe gemacht, darüber nachzudenken, wäre mir das viel früher aufgefallen. Möglicherweise war das auch der Grund, weshalb wir uns gestern so häufig in den Haaren lagen, was sonst überhaupt nicht unsere Art ist. Wenn man mit sich selbst nicht im Reinen ist, dann trifft das selten im Umgang mit anderen zu.

Schweigend leeren wir unsere Biere, dann steht Liam auf und holt zwei neue Büchsen. Offenbar hat die eine nicht gereicht, um die erforderliche Bettschwere wiederzuerlangen. Erst als auch diese leer sind, sagt er wieder etwas.

»Wir sollten Ash ihre Klamotten persönlich bringen.«

Ich sehe auf, bin jedoch keineswegs überrascht, dass ihn die gleichen Gedanken plagen wie mich. Erneut versinken unsere Blicke ineinander und wir tauschen schweigend all die

Argumente, die vordergründig dagegensprechen, im Grunde aber nicht an seinem Vorschlag rütteln können.

Schließlich nickte ich.

»Ja. Ich glaube, du hast recht.«

2. Kapitel

Ashley

Nackt in meinem Bett liegend starre ich zu den beiden Gestalten, die sich vor mir aufgebaut haben und von denen ich nicht viel mehr als ein blaues und ein grünes Augenpaar zu erkennen vermag. Der Raum um mich herum verschwindet in endloser Dunkelheit, und ich habe Angst. Ich fühle mich schlecht, merke, dass Tränen in meinen Augen schwimmen und das Laken, auf welchem ich liege, durchgeschwitzt ist.

»Das hast du brav gemacht«, raunt eine mir nur allzu vertraute Stimme. Und nun erkenne ich die Gesichter der beiden in der Düsternis stehenden Personen. Es sind Tiffany und Liam. Während meine ehemalige Freundin mich mit spöttisch verzogenen Lippen angrinst, starrt Liam wie eine Marionette ins Leere.

»Was soll das, was wollt ihr von mir?«, kreische ich und greife nach dem Laken, um meine Blöße zu verbergen.

»Wir? Was wir wollen?« Tiffany schnalzt verächtlich mit der Zunge. »Die Frage ist doch wohl eher, was du wolltest und was du getan hast.« Ihr Zeigefinger mit dem rot lackierten Fingernagel sticht in Richtung meines Unterleibs. Verwirrt blicke

ich an mir herab, sehe, dass das Laken scharlachrot ist. Keuchend lüfte ich es und erkenne, dass ich über und über mit Blut beschmiert bin. Als Tiffany meinen entsetzten Blick sieht, lacht sie boshaft auf. »Was denn? Das war es doch, was du wolltest, oder? Du wolltest es so – DU allein!«

Schreiend erwache ich aus diesem verstörenden, aber mir inzwischen nur allzu bekannten Traum. Verdammt, seit meinem Weggang aus Tampa durchlebe ich ständig denselben Horror, träume Nacht für Nacht von meinem größten Fehler. Ich wische mir den Schweiß von der Stirn, atme tief durch und setzte mich auf. Die grün fluoreszierende Digitaluhr am Herd verrät mir, dass es 4:21 Uhr ist. Na toll, gestern haben mich die Albträume wenigstens bis um sechs Uhr verschont. Keine Ahnung, ob ich es schaffen kann noch einmal einzuschlafen. Mit nach wie vor wild klopfendem Herzen lege ich mich wieder hin. Das Gefühl der Leere, das mich von innen her aufzufressen scheint, nagt an meinen Eingeweiden und führt dazu, dass ich mich wie ein kranker Wurm zusammenkauere. Ich hasse die Nächte in New York, ich hasse mich – hasse mein Leben. Wie so oft in den letzten Tagen, frage ich mich auch jetzt wieder, was ich verbrochen habe, um so leiden zu müssen. Und wie bei den Gelegenheiten zuvor antwortet mir auch jetzt mein Unterbewusstsein mit seiner unsympathischen, kaltschnäuzigen Art: *»Du weißt ganz genau, was du getan hast. Du hast mit dem Freund deiner besten Freundin geschlafen, hast sie hintergangen und dich in ihn verliebt. Tja, und voilá: Die Strafe folgt auf dem Fuße. Bravo, Ashley, bravo!«* Hektisch schlucke ich die aufkommenden Tränen hinunter, würge sie an diesem Kloß vorbei, der sich in meiner Kehle als Dauergast einquartiert hat.

Ich hasse mein Leben, ich hasse mich selbst! Wenn nur mein Dad noch am Leben wäre.

Das war's, jetzt kullern die Tränen wie ein Wasserfall, und ich lasse ihnen freien Lauf – wissend, dass es sinnlos ist, ihnen Einhalt zu gebieten.

Eine Ewigkeit liege ich einfach nur da, bedaure mich selbst und mein klägliches Dasein, bis ich schließlich wieder in einen unruhigen Schlaf falle.

* * *

Als mein Handywecker klingelt weiß ich zunächst nicht, wo ich bin. Auch das ist so eine nervige Sache: Da lebe ich nun schon mehr als einen Monat in New York und habe mich noch immer nicht daran gewöhnt. Meine einzige plausible Erklärung dafür ist, dass ich seit dem Zwischenfall mit Tiffany und Liam leicht durchgeknallt bin. Es würde mich zumindest nicht wundern, wenn das so wäre.

Und wieder kommt mir dieser alles verändernde Sonntag in den Sinn, wie ich mit Liam in meinem Bett liege, ihm flehend mein Becken entgegenstrecke, seine Liebkosungen genieße, nebenbei versuche, irgendwie mein Stöhnen zu unterdrücken und dann *sie* höre – Tiffany. Ihre Stimme hat mir das Blut in den Adern gefrieren lassen. Ich wollte im Erdboden versinken, als ich sie vor dem Bett stehen sah wie meinen persönlichen Racheengel. Sie hat mich in flagranti erwischt – mich, ihre beste Freundin, im Bett mit ihrem Lover. Vermutlich hätte ich diese Tatsache noch verkraftet. Ja, klar, ich hätte für den Rest meines beschissenen Lebens ein schlechtes Gewissen Tiff gegenüber gehabt, weil ich ihr so was antun konnte, aber irgendwann hätte ich diesen Zwischenfall mehr oder weniger überwunden. Als dann jedoch herauskam, dass Tiff Liam auf mich angesetzt hatte, um mich meiner Jungfräulichkeit zu entledigen, die in ihren Augen mit meinen 25 Jahren schon längst beseitigt gehört hätte, brach meine Welt vollends zusammen.

Wie konnte sie mir das antun? Sie, meine beste Freundin! Sie wusste doch, dass ich mich Hals über Kopf in Liam verliebt hatte und mich nach Kräften zurückhielt, um die beiden nicht zu behindern oder mit meinen Gefühlen zu belästigen. Ehrlich, ich gab mir alle Mühe, diesen Traum von einem Mann nicht anzuhimmeln, ging ihm aus dem Weg und tat alles mir erdenklich Mögliche, um ihm und seinem verdammten Charme zu entgehen. Dieser elende Charme, den er gnadenlos auf mich abfeuerte, wann immer ich mutig oder dumm genug war, mich in seine Nähe zu wagen. In Wahrheit war ich chancenlos, nur ging mir das erst auf, als das Spiel längst gelaufen war. Wie konnte Tiffany da nur auf die saublöde Idee kommen, Liam auf mich anzusetzen, um meinem Jungferndasein ein für alle Mal zu beenden?

Nie zuvor in meinem Leben hat mich etwas ähnlich stark verletzt. Wenn ich an Liams steinerne Miene zurückdenke … Ob er froh war, seinen ›Ash-Entjungferungs-Auftrag‹ endlich abschließen zu können? Vermutlich. Der Gedanke an ihn lässt mir das Herz in der Brust verkrampfen. Ich habe Mühe, genug Luft in meine Lungen zu bekommen, japse nach Sauerstoff und schaffe es mal wieder erst nach Minuten, mich zu beruhigen.

Ich hasse Tiffany für all das, was sie mir angetan hat! Ich hasse Liam dafür, dass er sie bei ihrer verdammt hirnrissigen Idee unterstützt hat! Und nicht zuletzt hasse ich mich dafür, dass ich so dumm war, auf das Ganze hereinzufallen, wegen eines Mannes meine Prinzipien über Bord zu werfen und meine damals beste Freundin zu hintergehen.

Ja, ich hasse uns alle.

Keine Ahnung, ob ich diese Scheiße je verdauen werde, aber eines ist mir klar: Ich will die beiden nie wiedersehen. Das Leben geht weiter und so ein Fehler wird mir nicht noch einmal passieren. *So viel ist sicher!*

Kraftlos, aber entschlossen, auch diesen Tag zu meistern, stehe ich auf und hole mir eine Flasche Wasser aus dem Kühlschrank. Während ich an die Billigküchenzeile gelehnt meinen Durst stille, wandert mein Blick durch mein Einzimmerapartment. Ich bin stolze Besitzerin eines Küchentischs, zwei wackliger, aber funktionstüchtiger Stühle, einer Matratze, die im hinteren Teil des Zimmers in der Ecke liegt und dieser kleinen Küchenzeile eben, an der gerade mein Hintern lehnt. Die Sanitäranlagen befinden sich draußen im Flur, was für mich bedeutet, dass ich mir Dusche und WC mit zehn anderen Bewohnern oder noch mehr teilen muss. Ja, nach meiner Traumbude in Tampa ist das hier die reinste Absteige, aber das ist mir egal. Zum ersten Mal in meinem Leben bin ich auf mich allein gestellt und ich finde, dass diese Unterkunft hier allemal besser ist als unter freiem Himmel zu schlafen.

Mein Glück, dass ich kein verschwenderischer Mensch bin und genug Geld zusammengespart hatte, um für die ersten zwei Monatsmieten plus Kaution dieser Bude aufkommen zu können.

Aus einer meiner Reisetaschen, die, da ich noch keinen Schrank besitze, in der Zwischenzeit auf dem Küchentisch thronen, hole ich mir einen Waschlappen und starte meine Morgenhygiene am Wasserhahn meiner kleinen Küche. Um nichts in der Welt würde ich mich noch einmal in die Gemeinschaftsdusche wagen. Da waren überall Kakerlaken und im Waschbecken lag die gebrauchte Spritze irgendeines Junkies.

Nein, kommt nicht infrage, dass ich die Duschräume noch einmal aufsuche, auch wenn das bedeutet, dass ich, nur mit Waschlappen und XXL-Coffee-to-go-Becher meine Morgenhygiene eben unter diesen echt beschwerlichen Bedingungen verrichten muss. Die Toiletten hier sind in ähnlich erbärmlichem Zustand, daher verkneife ich es mir wenn möglich immer so lange, bis ich entweder bei Starbucks mein Frühstück hole oder aber auf der Arbeit bin ... Wobei mir Letzteres stets schrecklich unangenehm ist.

Apropos Arbeit: Ich hatte unverschämtes Glück und konnte schon in meiner ersten Woche hier eine Stelle bei einem Allgemeinmediziner ergattern.

Dr. Marc Bennet.

Er ist unglaublich nett. Da seine Assistentin Klara im 8. Monat schwanger ist und demnächst für längere Zeit ausfallen wird, hat er mich ohne lange Umschweife eingestellt, obwohl ich keine Vorkenntnisse mitbringe.

Das kühle Wasser des Küchenhahns lässt mich frösteln, als ich mich darunter beuge, um mein Haar zu waschen. Ich wünschte, ich hätte wenigstens lauwarmes Wasser, aber nichts da. Also beeile ich mich, fertig zu werden, föhne mein Haar mit meiner neuesten Errungenschaft, dem 9,99-Dollar-Föhn aus dem Kaufhaus, und schlüpfe in Jeans, Chucks und einen schwarzen Pullover. Der New Yorker Herbst ist deutlich kühler als der in Tampa. Anfänglich hatte ich extreme Probleme, schon weil meine Garderoben so gar nicht auf die hiesigen Temperaturen ausgerichtet war. Mittlerweile habe ich mich jedoch daran gewöhnt – so weit sich ein Mensch, der sein bisheriges Leben im ewigen Sommer Floridas verbracht hat, überhaupt an dieses Wetter gewöhnen kann.

Um 7:01 Uhr schnappe ich mir mein neues Kartenhandy – das alte mit dem Vertrag habe ich längst gekündigt –, und mache mich auf den Weg zur Arbeit. Der kluge New-Yorker fährt Subway – somit ich auch.

Der herbe Duft von Desinfektionsmittel umfängt mich, als ich gegen halb acht die Praxis erreiche.

»Morgen Ashley«, begrüßt mich Klara, die im ärmellosen T-Shirt vor dem Empfangstresen steht und einen Stapel Zeitungen sortiert.

»Oh, hey Klara«, erwidere ich, schlüpfe aus Mantel und Schal und hänge die Sachen an die Garderobe. Keine Ahnung, wie es Klara im T-Shirt aushält, mich friert es schon, wenn ich sie nur ansehe.

»Na, wie war dein Abend?«, will meine etwa 1,75 Meter große, dunkelhäutige Mitarbeiterin mit den warmen Rehaugen und dem kugelrunden Bauch wissen.

»Ganz gut«, lüge ich. In Wahrheit war der Abend schrecklich, ich habe mich in meiner neuen *Wohnung* verkrochen, einen Billigroman aus dem Kaufhaus gelesen und gewartet, bis mich endlich der Schlaf überkommt. Wenigstens der ließ nicht allzu lange auf sich warten – was nach der Marathonrunde durch den Central Park auch kein Wunder war.

»Schön zu hören.« Klara lächelt mich mit diesem fürsorglichen Ausdruck auf den Zügen an. Obwohl sie mit ihren 26 gerade mal ein Jahr älter ist als ich, übt sie auf mich dennoch diese beruhigende, irgendwie mütterliche Wirkung aus. Das muss an der Schwangerschaft liegen – anders kann ich es mir nicht erklären. Klara ist ein spezieller Mensch, in ihrer Gegenwart fühle ich mich wohl und auf absurde Weise sicher. Sie schafft es, mich meine Vergangenheit verdrängen zu lassen, was mir unsagbar guttut. Ich liebe diese Arbeit und würde, wenn ich dürfte, in der Praxis einziehen, so wohl fühle ich mich hier. Na ja und so sehr hasse ich die Stunden allein in meiner Absteige. Meine eigens erkorene kleine Hölle.

Um fünf vor acht öffnet Klara die Praxis, und wie üblich am Montag stürmen uns die Patienten regelrecht. Ich kümmere mich gleich um eine ältere Dame, deren Blutzucker gefährlich niedrig ist, messe ihren Insulinwert und versorge sie fürs Erste mit Traubenzucker, danach bereite ich ein entschieden zu junges Mädchen für einen Ultraschall vor. Sie klagt über schlimme Bauchschmerzen, doch wenn Klara mit ihrer Vermutung richtig liegt, kommt die Kleine nur, um sicherzustellen, dass sie nicht schwanger ist.

Dr. Bennet trifft um viertel nach acht ein. Ich komme gerade noch dazu, dem hochgewachsenen Mann Mitte dreißig mit den braunen, kurzen Korkenzieherlocken einen guten Morgen zu wünschen, ehe er mit seinem ersten Patienten im Behandlungsraum Eins verschwindet.

Nachdem die Temperaturen am Wochenende um 15 Grad gesunken sind, ist heute besonders viel los. Das Wartezimmer besteht aus einem einzigen Haufen sich schnäuzender, hustender und niesender Leute. Obwohl viele von ihnen ungeduldig sind, bleibt Klara die Ruhe selbst. Sie ist wirklich ein bewundernswerter Mensch, klug und hilfsbereit. Dank ihr habe ich in wenigen Tagen alles Wichtige gelernt, das ich als neue Assistentin wissen muss. Selbst wenn ihr Baby heute schon kommen würde, wäre ich in der Lage, den Job allein zu meistern.

Gegen elf Uhr höre ich, dass Klaras Magen knurrt. Weil wir so viel um die Ohren haben, sind wir noch gar nicht dazu gekommen eine Pause einzulegen. Ich überrede sie, sich in die kleine Praxisküche zurückzuziehen und sich eine Auszeit zu gönnen, was sie auch macht. Doch schon nach fünf Minuten kommt sie zurück, sich den letzten Happen ihres Erdnussbuttersandwichs in den Mund schiebend.

Weil wir am Mittag um über eine Stunde überziehen, bestellt Dr. Bennet für uns alle Pizza, die wir in der Küche verspeisen, bevor es schon weitergeht. Der Nachmittag ist ähnlich stressig wie der Vormittag. Die Zeit verfliegt, und als die letzte Patientin, Mrs. Arnold, ihren Furunkel entfernt bekommen hat, können wir endlich schließen. Wir haben wieder um fast eine Stunde überzogen, was meinem Boss gar nicht recht ist. Eigentlich, so meint er, müsste Klara in ihrem Zustand die Füße hochlegen und die letzten Wochen ihrer Schwangerschaft genießen. Doch Klara sieht das ganz anders: Sie liebt ihren Job und würde um nichts in der Welt zuhause vergammeln wollen, wie sie sagt. Weil ich meine Kollegin entlasten will, bestehe ich darauf, dass sie nach Hause geht und ich mich um den liegengebliebenen Papierkram kümmere. Nach einigem Hin und Her willigt sie schließlich ein und verabschiedet sich. Dr. Bennet verlässt die Praxis kurz nach ihr und wünscht mir mit diesem unheimlich süßen Lächeln, das seine Grübchen offenbart, einen schönen Abend. Ich sehe ihm mit diesem warmen Gefühl im Bauch nach, wie er zur Tür hinausgeht, dann krempele ich mir die Ärmel hoch und lege los.

3. Kapitel

Ashley

Es ist genau 19:30, als ich nach Hause, in meine Billigbude komme. Ich habe die Tür kaum geöffnet und bin eingetreten, als mich dieses melancholische Gefühl wieder beschleicht. Wie ein Toxin bemächtigt es sich meiner und lässt meine Stimmung von Sekunde zu Sekunde tiefer sinken. Um diesem Druck in der Brust zu entgehen, schlüpfe ich eilig in meine Joggingklamotten und mache mich auf den Weg in den Central Park.

Es ist kalt und der New Yorker Himmel rattengrau. Offensichtlich ist es nur noch eine Frage der Zeit, bis die regenträchtigen Wolken ihren Ballast abwerfen. Weil ich auf meine tägliche Dosis Sport nicht verzichten will, laufe ich trotzdem los. Mein Glück, ist, dass mein Apartment nur zwei Blocks vom Park entfernt liegt, und so erreiche ich ihn schon kurze Zeit später.

Die ›Grüne Lunge‹ – wie die New Yorker ihr größtes Erholungszentrum nennen – ist inzwischen nur noch spärlich besucht. Außer ein paar Artgenossen, die ebenso sportsüchtig sind wie ich und ein paar Spaziergänger, die mit gelangweilten Mienen ihre Hunde Gassi führen, sind kaum Leute hier. Aber das ist mit nur recht, so habe ich wenigstens meine Ruhe.

Mit federndem Schritt laufe ich die Wege entlang bis an den ›Reservoir‹. Er ist der größte See im Park und mein neu erkorener Lieblingsplatz. Keine Ahnung, ob man darin baden darf, ich hoffe es aber inständig und sehne jetzt schon den nächsten Sommer herbei.

Ich schaffe gerade mal drei Runden um den See, bevor der Regen einsetzt. Na großartig! Entnervt verwünsche ich Petrus und begebe mich, ob ich will oder nicht, auf den Heimweg. Vor der Unterführung nach dem Kiosk bemerke ich, dass sich einer meiner Schnürsenkel gelöst hat, halte abrupt an und bücke mich. Gerade als ich nach dem Senkel greifen will, rammt mich etwas von hinten, lässt mich straucheln und auf die Knie fallen. Autsch!

»Ach verdammt, bitte entschuldigen Sie!«, höre ich eine Stimme hinter mir.

Ich wende mich um, hebe den Regen wegblinzelnd den Kopf, und erkenne meinen Boss – Mr. Bennet – in Sportklamotten, die ihm wahnsinnig gut stehen. Bisher wusste ich gar nicht, dass mein Chef so einen durchtrainierten Body besitzt. Die breite Brust hebt sich deutlich unter dem engen Shirt ab und in der Jogginghose ist seine Taille bemerkenswert schlank.

»Ashley!«, entfährt es ihm. Plötzlich wirkt er noch bestürzter als zuvor. »Das tut mir leid, ich war in Eile und hab dich übersehen.« Marc Bennet deutet auf den anderen Weg, der vom Fitnessparcours herführt und sich genau vor der Unterführung mit meinem gabelt.

»Das macht doch nichts, halb so schlimm«, sage ich abwinkend und lasse mir von ihm auf die Beine helfen. Na toll, jetzt bin ich nicht nur nass, sondern auch noch verdreckt. Ich klopfe mir so gut es geht den Schmutz ab und bemerke, dass meine Laufhose am linken Knie einen breiten Riss hat, unter dem es sich verdächtig klebrig anfühlt.

»Ach verdammt, Ashley, du blutest ja!« Ohne Vorwarnung lässt sich Marc vor mir auf ein Knie nieder und begutachtet meine Verletzung, soweit es der Riss in meiner Hose zulässt. Als er einen Kieselstein aus meiner Haut pult, beiße ich die Zähne zusammen. Jetzt erst bemerke ich, dass mein Knie brennt und pocht. Ich bin keine Heulsuse, war ich noch nie, daher jammere ich auch jetzt nicht.

»Ich würde mir die Verletzung gern genauer ansehen«, meint Marc, nachdem er wieder aufgestanden ist. »Es ist bestimmt nur halb so schlimm, aber wenn es dir recht ist, würde ich die Wunder gern säubern und ordentlich versorgen.« Seine zusammengezogenen Brauen und die Art wie er den Mund verzieht, verraten mir, dass ihm sein Angebot verdammt ernst ist und er keine Widerworte hören will.

»Ach, das ist wirklich nicht so schlimm, ich werde zu Hause …«, wende ich dennoch ein und werde prompt von meinem Boss unterbrochen.

»Nichts da! Ich kümmere mich darum.« Er steht auf und greift in seine Hosentasche. »Wo ist dein Auto?«, will er wissen, während er einen Schlüsselbund zutage befördert.

»Ich bin hergelaufen.«

»Verstehe, dann nehme ich dich mit. Komm!« Damit bedeutet er mir mit einer Kopfbewegung in Richtung Ostparkplatz, ich möge ihm folgen und geht voran.

Was bleibt mir anderes übrig, als ihm zu folgen?

Sein Ziel ist ein Chevrolet, an dem er mir ganz gentlemanlike die Beifahrertür aufhält, dann den Wagen umrundet, einsteigt und den Motor anlässt.

»Nein! Nicht! Mit deinen Fingern bringst du nur noch mehr Keime in die Wunde!«, schimpft er, als ich mir die Verletzung ansehe und weiteren Schmutz herauszupulen versuche. Also lasse ich von der Wunde ab, was auch besser ist, denn nach meinem Reinigungsversuch blute ich stärker als zuvor.

»Hätte nicht gedacht, dass ich dich heut im Park sehe«, bemerkt Marc wie nebenbei, was mich aufhorchen lässt.

Er hätte nicht gedacht, dass er mich *heute* im Park sieht? Was soll das heißen? Ich wüsste nicht, dass ich ihm bis zu unserem Zusammenstoß je zuvor im Central Park begegnet wäre. Die Stirn runzelnd wende ich mich meinem Boss zu. Ein flüchtiger Blick auf mich reicht, um zu verstehen. »Ich habe dich am Montag, Dienstag und Donnerstag am Reservoir gesehen. Du gehst gern joggen, was?«

Er hat mich gesehen? Aber, warum hat er nie ein Wort erwähnt oder mich angesprochen?

»Eigentlich schwimme ich für mein Leben gern, aber Laufen tut's auch.« Keine Ahnung, warum ich ihm das mit dem Schwimmen auf die Nase binde, vermutlich weil ich zurzeit verdammt alleine und heilfroh bin, mich mal mit jemandem unterhalten zu können. Ja, Klara ist toll und wirklich lieb, aber in der Praxis ist für gewöhnlich so viel los, dass wir kaum zum Reden kommen. Doch genau das fehlt mir: ein Freund – Tiff. Schon klar, Tiffany war eine grauenvolle Freundin, wenn man bedenkt, was sie da zwischen Liam und mir in die Wege geleitet hat … Trotz allem war sie meine Freundin, meine Gesprächspartnerin, der Mensch, der lange mit mir durch dick und dünn gegangen ist … Ach ich hasse es, wenn ich in Selbstmitleid zu versinken drohe. Das macht mich schwach und kostet nichts als Kraft. Um mich von meiner Vergangenheit abzulenken, schenke ich Marc meine volle Aufmerksamkeit und übergehe die Tatsache, dass er mich gesehen, aber nicht angesprochen hat geflissentlich.

»Also, wie sieht es bei dir aus? Du scheinst auch ein Sportjunkie zu sein«, sage ich und lächle ihn an.

»Na ja«, er zuckt mit den Schultern. »Junkie ist vielleicht ein bisschen zu viel gesagt, aber ja, ich brauche meine tägliche Ration an Bewegung. Das ist mein Ausgleich zur Arbeit in der Praxis.«

»Verstehe.« Oh ja, wenn jemand versteht, wie hervorragend sich eine Runde Laufen zum Ausgleich eignet, dann ich. Ich betrachte meinen Boss von der Seite und mir wird nicht zum ersten Mal bewusst, dass er ein ziemlich gut aussehender Mann ist. Seine Gesichtszüge sind fein geschnitten, die haselnussbraunen Augen umrahmt von vollen Wimpern und die kurzen Korkenzieherlocken, die er mit etwas Gel oder Wachs in eine freche Frisur verwandelt, irgendwie süß. Der einzige Makel an ihm ist seine griechische Nase. Sie ist nicht wirklich groß, aber eben etwas krumm.

»Da wären wir«, Marc biegt in die Einfahrt zum Parkplatz seiner Praxis ein, und stellt den Wagen auf dem vordersten, für ihn vorgesehen Platz ab. »Dann wollen wir mal.« Er lächelt mich an, und ich muss mich zunehmend bemühen, das warme Gefühl in meinen Bauch auszublenden, das seine gesamte Art und Weise in mir erweckt.

Während wir die paar Schritte über den Parkplatz zur Praxis gehen, beäuge ich meinen Boss verstohlen von der Seite. Ja, er ist wirklich ein hübscher Mann. Wenn er nicht gerade total gestresst ist, weil er so viel Patienten hat, dass er die Brauen zu einer durchgehenden Linie zusammenzieht und den Kiefer angespannt hält, ja, dann ist er ein tatsächlich ein *echt* hübscher Mann.

Ach Scheiße, Ash!, schimpfe ich mich in Gedanken aus. *Lass den Müll, das mit den schönen Männern hatten wir schon! Also vergiss es lieber gleich wieder! Einmal abstürzen reicht vollkommen! Du willst ganz bestimmt nicht noch einmal so tief fallen, wie bei ... Liam.*

Das Klimpern von Marcs Schlüsselbund holt mich in das Hier und Jetzt zurück. Als er die Tür öffnet, umfängt mich der vertraute Geruch von Desinfektionsmittel und Seife. Mit klopfendem Herzen – keine Ahnung, warum mich die Situation so nervös macht –, folge ich meinem Chef ins Behandlungszimmer Eins. Ilona, die Putzfrau, ist gerade dabei, Marcs Computer abzustauben. Als wir eintreten, blickt die gebürtige Deutsche überrascht auf.

»Oh, hallo Dr. Bennet«, sagt sie mit ihrem kantigen Akzent. »Haben Sie was vergessen?«

»Guten Abend, Ilona, nein, nichts vergessen, ich möchte mir nur kurz Ashleys Verletzung ansehen.«

Ilona misst mich mit skeptischem Blick. Ich schätze, die etwas breite Frau, mit der kurzen roten Sturmfrisur auf mein Alter. Sie ist hübsch, auch wenn sie ihre vollen Lippen gerade zu einem hässlichen Spalt verzieht und die großen, grünen Augen zukneift.

»Na, dann will ich nicht stören«, sagt sie hörbar genervt und verlässt den Raum. Lappen und Putzwasser lässt sie demonstrativ stehen. Man muss kein Genie sein, um zu begreifen, was das Problem der Frau ist. Sie hat definitiv ein Auge auf Marc geworfen und versucht ihr Revier abzustecken. Oh Mann, wenn die wüsste, dass ich so gar keine Gefahr darstelle. Abgesehen davon, dass Marc mein Boss und einfach nur nett zu mir ist, habe ich mir vorgenommen, die Finger von Männern zu lassen. Die machen nämlich nur eines: Ärger. Und da das Leben so schon kurz und stressig genug ist, erspare ich mir diesen ganzen Beziehungs- und Liebeskummerscheiß.

Mit einem Klacken zieht Ilona die Tür ins Schloss und Marc wendet sich mir zu.

»Also, dann wollen wir uns dein Knie mal ansehen«, verkündet er mit bester Onkel-Doktor-Stimme.

Ich überlege kurz, mich auf die Liege zu setzen und mein Knie so anzuwinkeln, das es durch den Riss in der Hose zu sehen ist, finde die Idee aber idiotisch und ziehe kurzerhand meine Hose aus. Das scheint Marc zwar nicht zu überraschen, doch meine ich, einen seiner Mundwinkel zucken zu sehen. Etwas verlegen, weil ich natürlich genau heute mein weißes, super sexy Spitzenhöschen trage – meine stinknormalen Slips sind allesamt in der Wäsche –, setze ich mich schnell auf die Behandlungsliege.

»Okay.« Marc holt einen Tupfer, den er mit einer stark riechenden, durchsichtigen Flüssigkeit tränkt und dann sehr sorgfältig die Wunde damit auspinselt. Schon bei der ersten Berührung brennt mein Knie wie Feuer, doch ich lasse mir nichts anmerken und sehe meinem Boss lediglich stumm bei der Arbeit zu.

»Hm, die Verletzung ist tiefer als gedacht«, bemerkt er und hebt den Blick. Seine warmen haselnussbraunen Augen sehen mich mit diesem fürsorglichen Ausdruck an und geben mir ein Gefühl der Sicherheit. »Ich werde es kleben müssen, das ist zwar nicht ideal, weil die Wunde unmittelbar unter dem Gelenk ist, aber es müsste trotzdem halten.«

Da mein Knie noch immer so stark brennt, dass ich befürchte, weinerlich zu klingen, wenn ich jetzt etwas sage, zucke ich nur gleichmütig mit den Schultern. Marc runzelt die Stirn, sieht mich noch einen Augenblick lang an, holt dann den Kleber und ein großes Pflaster mit Wundauflage. Dann versorgt er mein Knie mit gekonnten, ruhigen Griffen.

Fünf Minuten später bin ich fertig und darf wieder in meine nasse Hose schlüpfen – was wirklich unangenehm ist. Mist, wenn ich mich nicht erkälten will, muss ich zuhause wohl oder übel die Gemeinschaftsdusche benutzen. Der Herpes ist vorprogrammiert, aber wenn ich zwischen dem und einer Lungenentzündung wählen soll ….

»Ich werde mir dein Knie morgen noch mal ansehen«, verkündet Marc, als er mich hinausbegleitet und am Empfangstresen, wo Ilona so tut als staube sie meinen Computerbildschirm ab, seiner Putzfrau einen schönen Abend wünscht.

»Vielen Dank, Dr. Bennet, den wünsche ich Ihnen auch«, erwidert sie, ihn anstrahlend, und das widerliche Gefühl von Eifersucht keimt in mir auf. Trotzdem verabschiede auch ich mich freundlich von ihr, schließlich bin ich von Natur aus eine sehr höfliche Person. Doch sie rümpft nur die Nase und wendet sich von mir ab.

Was für eine blöde Kuh! Das wird sie noch bereuen! Ich bin nämlich die neue Ash. Diejenige, die sich nicht mehr alles bieten und sich nicht mehr von jedem wie Dreck behandeln lassen wird! In den vielen Stunden, die ich allein in meinem leeren und düsteren Appartement verbringen musste, habe ich das für mich beschlossen. Niemand wird mich jemals wieder wie eine Idiotin behandeln.

Niemals!

Wieder!

Marc hat die Szene zwischen uns nicht mitbekommen. Er steht bereits an der Eingangstür, die er mir, Gentleman wie er ist, bereitwillig aufhält. Mit einem HA!-Blick zurück auf Ilona, wende ich mich meinem Boss zu und verlasse, gefolgt von ihm, die Praxis.

Draußen regnet es noch immer in Strömen, sodass wir die wenigen Meter zum Auto laufen, was meinem Knie wiederum so gar nicht gefällt. Keuchend lasse ich mich auf den Ledersitz nieder und streiche mir die Feuchtigkeit aus der Stirn.

»Tja«, meint Marc, der wie ich von Kopf bis Fuß durchnässt ist. »Eigentlich würde ich dich ja gerne zum Essen ausführen.« Mein überraschter Blick lässt ihn auflachen und er fügt eilig hinzu: »Na, ich will das wieder gut machen.« Damit deutet er auf mein Knie, und ich verstehe. Das war kein ›Ich möchte mit dir Essen gehen‹-Dating, sondern eine Bitte um Verzeihung. Ich verziehe den Mund. Ob ich will oder nicht, aber das enttäuscht mich jetzt.

Es ist besser so, Ash. Halt den Ball flach, er ist dein Boss. Außerdem, vergiss nicht, Schluss mit Männern!

»Ich glaube, es ist vernünftiger, wenn wir das Essen verschieben. So … « Er deutet an sich herab. »... lassen sie uns ohnehin nirgendwo rein.« Marc zuckt mit den Schultern und lächelt mich an, dabei offenbart er eine Reihe ebenmäßiger, weißer Zähne. Und wieder denke ich mir, was für ein unheimlich heißer Mann Marc im Grunde ist. Nicht auf die durchtrainierte Männermodelweise, nein Marc ist vielmehr der natürliche Typ. *Eigentlich ein bisschen so wie ich*, denke ich, auch wenn ich nie auf die Idee kommen würde, mich als schön zu bezeichnen.

Je länger mich mein Boss mit diesem bezaubernden Lächeln ansieht, desto intensiver wird das Kribbeln, das sich langsam aber sicher in meinem Bauch ausbreitet, und das ich trotz aller Mühe nicht zu unterbinden vermag.

»Na ja«, sage ich und zucke meinerseits mit den Schultern. »Das Dinner fällt sprichwörtlich ins Wasser.«

»Könnte man so sagen«, erwidert er lachend. »Aber das gilt nur für heute, wann hast du in dieser Woche mal Zeit?«

Oh, er will Nägel mit Köpfen machen. Das überfordert mich. Unsicher rutsche ich auf meinem Sitz hin und her. »Äh, also … ich hab jetzt meinen Terminkalender nicht dabei und …«

»Schon gut«, erwidert er gelassen. »Morgen ist auch noch ein Tag. Du sagst einfach Bescheid, wenn du weißt, wann du Zeit hast.« Damit startet er den Motor, fährt auf dem Parkplatz vor zur Straße und fädelt sich in den abendlichen Verkehr ein.

Zu meiner Überraschung scheint Marc den Weg zu kennen, denn er erkundigt sich nicht nach meiner Adresse. Eine Weile traue ich mich nicht, etwas zu sagen, vermute, dass er nur zufällig die korrekte Richtung eingeschlagen hat und sich jeden Moment nach Straße und Hausnummer erkundigen wird. Doch das tut er nicht. Stattdessen fährt dieser sympathische Mann mit dem sanften Lächeln und den haselnussbraunen Augen geradewegs zu mir nach Hause.

Als wir keine zwei Blocks von meiner Billigbude entfernt sind, halte ich es nicht länger aus. »Wie kann es sein, dass du weißt, wo ich wohne?«, will ich wissen.

Erheitert lacht er auf. »Na, ich bin doch dein Boss. Und als dein Boss weiß ich alles über dich«, kommt es prompt und ohne die geringste Verblüffung, wobei er mich allerdings nicht ansieht. Ich ziehe ungläubig die Brauen hoch. Wie bitte?

Nun wirft Marc einen Blick zu mir hinüber und schüttelt lachend den Kopf. »Hast du mir das echt abgekauft? Ich weiß wo du wohnst, weil du mir beim Einstellungsgespräch deine Adresse verraten hast, erinnerst du dich? Und wie es der Teufel will, kenne ich die Gegend nur zu gut. Hab lange ganz in deiner Nähe gewohnt.«

Oh, das erklärt es natürlich. Wir biegen in meine Straße ein, und ich sehe, wie Marc sich nach der richtigen Hausnummer umsieht. Als er sie schließlich entdeckt, fährt er an den Rand und stellt den Motor ab. Unvermutet beginnt mein Herz zu rasen und ich werde mir seiner Nähe erst jetzt deutlich bewusst. Ob er mit nach oben will? Nein, das wäre total unprofessionell. Oh Gott, was, wenn er mich küsst? Nicht, dass ich was dagegen hätte … bei diesen Lippen! Aber ich habe mir doch vorgenommen, mich auf keinen Mann mehr einzulassen. Auch auf keinen so netten wie Marc. Außerdem bin ich ganz nass, stinke nach dem Desinfektionsmittel und darüber hinaus auch nach Schweiß – schließlich war ich joggen.

»Dann bis morgen«, durchbricht Marc meine Grübeleien. »Gute Nacht, Ashley.« Die Art, wie er meinen Namen ausspricht, verwandelt meine Beine in Pudding. Er sagt es so sinnlich, so sanft, so höschennässend sexy – noch nie hat er in meiner Gegenwart diesen Ton angeschlagen. Verdammt, ich wünschte, wir hätten mehr Zeit, wünschte der Abend würde nie enden – trotz nasser Klamotten, schmerzendem Knie und verschwitzter Joggingklamotten.

»Danke fürs Bringen … und fürs Verarzten«, stammele ich und möchte mir für meine kindische Art am liebsten einen kräftigen Tritt in den Hintern verpassen. Aber hey, was mache ich mir vor? *Das* ist typisch Ashley Johnes. Unsicherheit ist mein zweiter Vorname und gehört anscheinend ebenso zu mir wie die Tatsache, dass ich ohne Sport nicht existieren kann. Bevor ich mich noch weiter blamiere, beeile ich mich auszusteigen.

»Okay, dann bis morgen. Nochmals danke!« Mit diesen Worten werfe ich die Tür zu und schaffe es, tollpatschig wie ich bin, dabei den Gurt einzuklemmen. Verlegen lange ich nach dem Türgriff, doch der klemmt oder – und das klingt viel mehr nach mir – ich stelle mich einfach nur sau blöd an. Ich spüre bereits, wie mir die Hitze in die Wangen steigt, als Marc sich über den Beifahrersitz lehnt, von innen öffnet und mir schmunzelnd ein weiteres Mal eine gute Nacht wünscht. Dann befreit er den Gurt, zieht die Tür zu und fährt noch immer lächelnd davon.

Fuck!

Da stehe ich nun, mit hochrotem Kopf, pochendem Herzen, schmerzendem Knie und einer Schar Schmetterlinge im Bauch, die ich nicht zu bändigen vermag, und mit denen ich nun wirklich als Allerletztes gerechnet habe.

4. Kapitel

Tiffany

Es kostete uns erheblich Schweiß und Mühe, Ashs Möbel in dem kleinen Transporter zu verstauen, in dem wir die Reise nach New York antreten wollen. Bald komme ich aus dem Fluchen nicht mehr heraus, weil mich diese gemeingefährliche Aktion gleich drei meiner kostbaren, sehr inbrünstig gepflegten Fingernägel kostet. Ich verabscheue diese künstlichen Dinger schlicht, die sich stets im ungeeignetsten Moment lösen, weshalb der Schaden meiner bescheidenen Ansicht nach, nicht mit Geld zu beziffern ist.

»Warum haben wir keine Möbelpacker engagiert?«, fauche ich Liam an, der auch nicht sehr begeistert wirkt.

»Was weiß denn ich?«, knurrt er zurück und wirft den kleinen Rundläufer, der üblicherweise vor Ashs Bett lag, ohne großes Interesse in das Wageninnere. »Weil sie nicht nötig waren für die paar Sachen? Weil sie zu teuer gewesen wären? Weil sie bei deinem ständigen Gezeter sowieso sofort schreiend davongelaufen wären?«

Vor lauter Empörung bleibt mir glatt die Luft weg, und es dauert ein paar Sekunden, bevor ich antworten kann. »Was? Willst du mich verarschen? Wie soll ich denn sonst diesen Müll ertragen? Lachend? Singend? Willst du, dass ich pfeife?«

»Nein, du bist kein Teekessel.«

»Sehr witzig. Seit wann pfeifen Teekessel? ... Was ist das überhaupt?«

Ungläubig sah Liam mich an, dann schüttelte er den Kopf. »Vergiss es. Was ist noch oben?«

»Ein paar Kisten.«

»Also zwei?«

»Ich sagte ein paar.«

»Das sind zwei.«

»Nein, das sind ein paar, wie ich schon sagte! Warum habe ich das Gefühl, dass du mich gerade gründlich auf den Arm nimmst?«

Liam verdreht die Augen. »Weil du emotional leicht gestört bist. Ich käme nämlich nie auf die Idee, dich zu verarschen. Besonders nicht jetzt!« Er wendet sich ab und geht wieder ins Haus, was ich als unglaublich unhöflich empfinde.

Notgedrungen folge ich ihm in den kühlen, nach dem grellen Sonnenschein fast stockdunklen Flur. »Was soll das heißen?«, erkundige ich mich, als ich ihn eingeholt habe. »Ich bin emotional gestört! Wieso sagst du so was?«

Liam antwortet nicht. Auch dann nicht, als wir uns wieder in der Wohnung und in Ashs Zimmer befinden, das mittlerweile bedeutend leerer ist und damit größer wirkt. »Und außerdem hasse ich es, wenn du mal wieder eine deiner kryptischen Andeutungen machst und dich dann nicht ausssprichst!«

Liam hat eine der letzten Kisten genommen und befindet sich bereits wieder auf dem Weg zum Ausgang. Sein Bizeps spannt sich unter dem hellen T-Shirt. Ein Anblick, der mich etwas milder stimmt. »Du willst es doch gar nicht hören, Tiff. Seit wann legst du Wert auf meine Meinung?«

Auch ich habe mir eine gefüllte Kiste geschnappt, allerdings eine viel kleinere. Es ist absolut nicht mein Stil, mir hier einen Bruch zu heben, nur weil Ash die schmollende Jungfer spielen muss. Okay, nicht Jungfer, eher ... Nicht-Jungfrau.

»Ich *will* immer deine Meinung hören«, sage ich und bleibe ungeduldig neben ihm stehen, damit er weitergeht und wir endlich dieses Auto vollgepackt bekommen. »Nur denke ich eben – und das nicht zu unrecht – dass dir in Sachen Ash die erforderlichen Kenntnisse fehlen, um mitreden zu können.«

Er blickt über die Schulter zu mir, fassungslos ist gar kein Ausdruck.

»Na ist doch so!«, beharre ich. »Ich kann nichts dafür, wenn dir der unglaublich wahnsinnige Sex mit ihr vorübergehend so die Sinne vernebelt hat, dass du deinen Auftrag vergessen hast. Und könntest du endlich die verdammte Kiste in den Wagen schieben, das wird hier nämlich langsam schwer!«

Er will etwas sagen, und *wie* er will. Doch am Ende siegt das bisschen Vernunft, das dieser Mann überhaupt besitzt und das sich glücklicherweise in der praktischen Gehirnhälfte angesiedelt hat. Er murmelt etwas Unverständliches vor sich hin, lässt die Kiste viel zu laut auf die Metallfläche des kleinen Transporters fallen und wendet sich ab, um zurück ins Haus zu gehen. Diesmal wartet er nicht auf mich oder fragt vielleicht, ob er mir helfen könne. Ich lasse ihn gewähren, manchmal ist er eben zickig wie ein Mädchen. Eine männliche Ash sozusagen. Das könnte man als neues Bewertungsmoment festlegen lassen ›Jetzt sei doch nicht so Ash!‹. Ich setze behutsam die Kiste ab, schiebe sie an den dafür vorgesehen Platz – Liam mag blöd sein, aber wie man einen Lastwagen so bestückt, dass die Ladung keinen Schaden nimmt, weiß er. Praktisch eben! – und hüpfe wieder auf die Straße. Das Brennen meiner Hände merke ich kaum noch, und dass ich mir einen Fingernagel nach dem anderen abbreche, setze ich auf die Liste, die ich Ash unter die Nase halten werde, sobald ich sie in die Finger kriege. Dies mag vielleicht nach Resignation stinken, aber ich weiß, dass gar nichts vorbei ist, und dass sie in Wahrheit auf mich wartet.

Ash allein in New York?

Das klingt weniger wie ein billiger Kinderfilm, sondern eher wie ein ausgewachsener, teilweise blutiger Thriller. Ich kann nur hoffen, dass sie irgendwo Unterschlupf gefunden hat, wo es nicht von New Yorker Ratten wimmelt, und hierbei beziehe ich mich sowohl auf die Vierbeiner als auch die Zweibeiner. Sie wäre nicht das erste Huhn vom Lande, dass im Big Apple unter die Räder kommt. Allein diese Überlegung hat mich veranlasst, ihr nachzugeben und hinzufahren. Ansonsten bin ich nicht der Typ, der angekrochen kommt, um einen Streit zu beenden, der niemals wirklich stattgefunden hat. Ich habe nichts getan, was ihre Reaktion entschuldigt, und außerdem zeugt es von Feigheit und Dummheit, sich bei Nacht und Nebel, *ohne* seine Klamotten aus dem Staub zu machen. Das ist wieder so typisch Ashley. Wenn es brenzlig wird, haut sie ab, anstatt sich den Problemen zu stellen.

Nur die Aussicht, ihr meinen gesamten Frust ins Gesicht zu brüllen, lässt mich hocherhobenen Hauptes meine massakrierten Fingernägel vergessen. Oder dass mein Kreuz so elend schmerzt wie nie zuvor in meinem Leben. Oder die vielen Schürfwunden, die inzwischen meinen Körper verunzieren, weil Liam die Möbel mit mir allein hinunterwuchten musste. Ich denke nicht an mein Gesicht, dass erhitzt, schmutzig und verschwitzt aussehen muss. Und ebenfalls nicht an meine Haare, die auch schon mal bessere

Tage erlebt haben. Oder die Tatsache, dass diese verdammte Zimmer-Ausräum-Aktion mich eine Designerhose und -bluse gekostet hat.

Nein!

Hocherhobenen Hauptes überstehe ich die Folter, folge Liam erneut nach oben und trage mit ihm die restlichen Kisten, Teppiche und sonstigen Müll hinab. Liam sichert die Fuhre und wenig später sitzen wir wieder im Wohnzimmer. Wir wollen am frühen Morgen aufbrechen, weil der Highway um diese Uhrzeit erfahrungsgemäß am leersten ist.

Nichts ist zu vernehmen, nicht einmal eine verdammte Uhr tickt, weil wir nur noch digitale Zeitmesser in der Wohnung hängen haben. Weder läuft der Fernseher noch das Radio. Liam macht auch keine Anstalten, irgendeines der Geräte einzuschalten. Mit jeweils einer Flasche Wasser bewaffnet, sitzen wir uns gegenüber in den Sesseln und starren vor uns hin.

Irgendwann räuspert sich Liam. »Stell dir einen Wecker, ich will spätestens um fünf losfahren. Wir werden einen ganzen Tag unterwegs sein.«

Ich sehe ihn an. »Wir könnten auf halbem Weg irgendwo übernachten.«

»Das könnten wir, aber genau das will ich ja vermeiden«, erwidert er, leichte Gereiztheit klingt in seinen Worten mit.

»Liam!«, sage ich schnaubend. »Du hast doch nicht ernsthaft vor, vierundzwanzig Stunden am Stück zu fahren.«

»Nein, Pinkelpausen wollte ich schon einlegen, die Nummer mit der Limoflasche ist mir zu eklig.«

»Was?«

Liam winkt ab und nippt an seiner Wasserflasche. Seine Wangen sind mit dunklen Stoppeln bedeckt und das Haar aus der

Stirn gestrichen. Er ist wirklich unglaublich sexy ... aber ansonsten ein Idiot, wie er mit den nächsten Worten erneut unter Beweis stellt. »Außerdem dachte ich, wir lösen uns hinter dem Steuer ab, dann können wir durchfahren.«

»Klar können wir das«, erwidere ich, krampfhaft bemüht, nicht in Schreikrämpfe auszubrechen. Doch ich versuche, einen versöhnlichen Ton anzuschlagen, auch wenn mir in Wahrheit eher ein Hotel vorschwebt. »Wir können aber auch einfach am frühen Abend an irgendeinem Motel Halt machen und morgens sauber und ausgeschlafen ganz gemütlich weiterfahren.«

Liam zuckt mit den Schultern. »Super Vorschlag. Ich hoffe, du magst Kakerlaken.«

»Kaker… was?« Fassungslos sehe ich ihn an und ärgere mich darüber, dass er scheinbar total unbeeindruckt sein verdammtes Wasser trinkt. Dabei weiß ich ganz genau, dass er mich nicht aus den Augen lässt. Schließlich schnaube ich. »Das sind Mythen, Liam. So was war vielleicht in den Siebzigern der Fall, aber doch jetzt nicht mehr. Die meisten Motels sind absolut sauber.«

»Wie du meinst«, erwidert er nur.

Ich merke regelrecht, wie mir der Kamm schwillt und meine Wut Formen annimmt, die sie bislang nur ganz selten erreicht hat. Doch bevor der in mir brodelnde Vulkan zum Ausbruch kommen kann, beruhige ich mich wieder. »Ich dachte, wir könnten aus der gesamten Geschichte ein Abenteuer machen. Tiff und Liam auf der Route 66. Immer die staubige Straße entlang, auf der Suche nach unserer verschollenen Freundin. Betrübt, aber entschlossen, sie zu finden und dann ...«

»275.«

Irritiert sehe ich ihn an. »Was?«

»Es ist die Route 275, jedenfalls zunächst. Dann fahren wir

die 75 entlang, später auf der 301 …«

»Du hast keinen Schimmer von Romantik, Liam. Das war schon immer dein größtes Problem.«

Nun ist es wieder an ihm, leicht entgeistert zu sein. »Schon immer?«, echot er. »Baby, du kennst mich seit ein paar Wochen. Wie um alles in der Welt kommst du darauf, von ›schon immer‹ zu sprechen?«

Ich verdrehe die Augen, spüre aber gleichzeitig, wie meine Wut in den Hintergrund tritt. »Wie ich schon sagte: Du hast keinen Sinn für Romantik. Es ist egal, welche Route wir fahren, wenn Amerikaner durch die USA reisen, dann wird es immer auf der Route 66 sein. Das ist Teil der amerikanischen Leitkultur, kapiert? Und genauso ist es Gesetz, wenigstens eine Nacht in einem Motel zu übernachten. Weil man sonst das Flair nicht spürt, auch kapiert? Außerdem würde ich wenn, sowieso in einem Hotel einchecken. Am Ende ist es der Gedanke, der zählt.«

Er stellt seine Flasche auf den Tisch und betrachtet mich kopfschüttelnd. »Wie oft hast du schon eine Fahrt im Auto hinter dich gelegt, die länger als zwei Stunden andauerte?«

»Sehr oft, du kannst dich beruhigen, Butch!«

»Wer?«

Diesmal ist es an mir, abzuwinken, genau genommen kann er wirklich nicht wissen, dass der Leiter unserer Pfadfindergruppe damals Butch hieß.

»Wir haben vor, mit einem verdammten kleinen Truck über 1000 Meilen zurückzulegen. Auf einem Highway. Dazwischen gibt es Strecken, in denen über hundert Meilen lang überhaupt nichts kommt. Nicht einmal ein verdrecktes Raststättenklo. Es wird staubig, es wird anstrengend, weil wir zwei Klimazonen durchfahren, und dir wird dein verdammter Hintern wehtun.

Selbst wenn wir schneller fahren wollten, ist dies nicht möglich, weil dieses Riesengeschoss nicht schneller *kann*, kapiert? Egal was du dir gedacht hast, deinen Romantikkram kannst du vergessen. Ich wünschte, wir wären schon da, denn das wird ein verdammt heißer Ritt!«

Mit jedem Wort ist er lauter geworden und ich musste mehr mein Lachen verkneifen. Als er mich auffordernd ansieht, mit bebenden Nasenflügeln und fest aufeinandergepressten Lippen, kann ich mich nicht länger beherrschen. Ich kichere los und stelle ebenfalls meine Flasche auf den Tisch. Dann stehe ich auf und reiche ihm meine Hand, die er ohne zu zögern nimmt, was mich nicht verwundert. Er legt einen Arm um meine Schulter und wir gehen gemeinsam ins Schlafzimmer, wo wir in enger Umarmung auf das Bett sinken.

»Du bist süß, wenn du dich so aufregst«, wispere ich zwischen seinen heißen Küssen und stöhne, als ich seine Hand auf meiner Brust und die andere zwischen meinen Schenkeln spüre, wo sie langsam hinauf wandert, bis seine Finger unter mein Höschen schlüpfen und mich an meiner intimsten Stelle berühren.

»Ach ja?«, flüstert er zurück und ich keuche leise auf, als er spielerisch durch den Stoff meines Shirts in meinen festen, aufgerichteten Nippel beißt.

»Ja!«, wiederhole ich stöhnend. »Du tust immer so unglaublich streng. Huuuuuu. Aber in Wahrheit bist du ein Chaot.«

»Und was für einer«, knurrt er und schiebt seinen Kopf unter mein Shirt.

5. Kapitel

Tiff

»NEIN!«

Egal was es ist, es soll aufhören!

Doch das mörderische Piepen lässt nicht nach. Schlimmer noch: Jemand rüttelt unsanft an meiner Schulter. »Tiff, steh jetzt verdammt noch mal auf!«

Ich ziehe mir das Kissen über den Kopf und stöhne: »Aber ich will nicht!«

»Doch, du hast es nur vorübergehend vergessen. Oder willst du nicht mehr nach New York fahren?«

Schlagartig bin ich hellwach.

New York?

»Ich habe dir doch gesagt, dass wir pünktlich loskommen.« Mit meinem Coffee-to-go-Becher bewaffnet sitze ich neben Liam, der den Wagen behutsam aus der Parklücke manövriert.

»Pünktlich ist gut. Es ist gleich sieben«, knurrt er, den Blick nur auf dem Außenspiegel.

»Ja und?«

»Was und?«

Ich stöhne. »Was genau ist nun wieder dein Problem?«

»Oh nichts weiter«, erwidert er, nun sieht er auf die bereits recht belebte Straße. »Wir wollten nur um fünf losfahren und das nicht, weil ich dich quälen wollte, sondern ...« Kaum hat er beschleunigt, tritt er auch schon wieder auf die Bremse. Wir befinden uns mitten im Stau. Liam wendet sich mir zu, sein Gesicht drückt nicht gerade Begeisterung aus. »Sondern, weil ich vermeiden wollte, dass wir in die Rushhour kommen. Was ja nun glänzend funktioniert hat.«

Es *wäre* möglich, dass Liam ein *bisschen* sauer ist.

»Ich bin nun mal kein Morgenmensch«, sage ich nach zehn Minuten, in denen wir sage und schreibe drei Autolängen bewältigen konnten. »Außerdem sind wir gestern viel zu spät eingeschlafen.«

»Oh, entschuldige! Du hättest mir sagen sollen, dass du unter acht Stunden Schlaf nicht in der Lage bist, deinen Platz auf dem Beifahrersitz einzunehmen«, höhnt er. »Wie konnte ich das nur unterschätzen?«

Ich ziehe es vor, nicht zu antworten, denn dieser Stau macht mich wahnsinnig. Und ja, nur ich bin daran schuld, dass wir so spät loskamen. Allerdings ist es im Grunde kein Drama, denn wenn Liam meint, dass wir diese Strecke ohne zu übernachten überwinden, dann hat er sich getäuscht. Ich bin bereit, für Ash eine lange Wegstrecke zu gehen – beziehungsweise zu fahren –, aber ganz bestimmt werde ich es nicht so weit kommen lassen, total erschöpft in New York anzukommen. Ob ihm das nun passt oder nicht. Außerdem bin ich davon überzeugt, dass Liam die Erfindung der verdammten Motels noch extrem zu würdigen wissen wird, wenn wir erst einmal fahren.

Das heißt, sollten wir es vor Sonnenuntergang noch aus der

Stadt schaffen, denn hier kenne ich ein paar wirklich tolle Hotels, in denen ich immer schon mal übernachten wollte.

Wir schaffen es. Nur drei Stunden später befinden wir uns glücklich auf der Route 275, die uns … nicht sehr weit bringt, denn nach wenigen Meilen geraten wir in den nächsten Stau. Inzwischen ist es 10:30 Uhr und die Stimmung befindet sich auf dem Nullpunkt. Liam schmollt, weil ich unsere Fahrt torpediert habe, wie er sagt, und ich, weil er mal wieder aus einer Mücke einen Elefanten macht.

»Wir hätten hier so oder so gestanden«, sage ich. »Da ist nämlich eine Baustelle.«

»Ja, aber dann hätten wir zum *ersten* Mal gestanden«, gibt er zurück, wobei er kaum die Zähne auseinanderbekommt. »Das wird bestimmt nicht die letzte *unvermeidbare* Verzögerung sein.«

Darauf erwidere ich besser nichts, denn alles, was ich sagen könnte, würde unweigerlich zum nächsten Streit führen. Und abgesehen davon, dass ich demnächst eine Toilette brauchen werde, finde ich die Fahrt eigentlich ganz witzig.

»… Stau hat den ganzen Sprit gefressen. Verdammt, die Fahrt wird teuer, wer…«

»Ich habe Durst.«

Entgeistert sieht Liam zu mir. Inzwischen brennt die Mittagssonne so unbarmherzig auf meine Knie, dass ich mir eine Decke darübergelegt habe. »Wir haben doch eben getankt, warum hast du dir nichts geholt?«

»Erstens, weil ich zur Toilette war – übrigens hatten die sehr saubere, sanitäre Anlagen, nur nebenbei. Du kannst einen mit deinem ewigen Pessimismus jede Fahrt verderben –, als ich wieder rauskam, hattest du schon gezahlt und weißt du, wie du aussiehst, wenn du ungeduldig bist?«

Wieder sieht Liam zu mir. Diesmal hat er die Augenbraue erhoben. »Lass mich nachdenken … ungeduldig?«

»Ja, aber auf sehr aggressive Art.«

»Aha.«

»Und zweitens hatte ich noch gar keinen Durst, der kam ganz spontan.«

»Tja«, sagt Liam und biegt auf die Interstate 75. »Dann wirst du ganz spontan warten müssen, denn ich habe nicht die Absicht, vor Jacksonville noch einmal zu halten.«

Wütend werfe ich mich im Sitz zurück. Perfekt!

6. Kapitel

Ashley

Was für eine Nacht!

Zum ersten Mal, seit ich in New York lebe, habe ich durchgeschlafen. Ganz ohne Albträume, ohne Liams oder Tiffanys vorwurfsvolle Gesichter und ohne dieses Gefühl, von innen heraus zerfressen zu werden. Ich fühle mich so erholt wie lange nicht mehr. Voller Elan hüpfe ich von meiner altersschwachen, in der Mitte abgewetzten Matratze, schüttele das Laken auf und mache mich in meiner kleinen Küche fertig für den Tag.

Als ich in mein Höschen schlüpfe, meldet sich mein Knie zurück, ich lüfte den Verband und sehe, dass die Wunde zwar sauber aussieht und nicht eitert, ich aber einen blauvioletten Bluterguss habe. Also alles nur halb so schlimm. Behutsam ziehe ich einen Rock an, streife mir meinen weißgrauen Lieblingspulli über und schlüpfe in die Schuhe. Wie üblich schaue ich auf dem Weg zur Arbeit bei Starbucks vorbei, wo ich zur Toilette gehe und dann einen Karamell-Cappuccino und einen Blueberry Muffin erstehe. Außerdem nehme ich eine Hot Chocolate und einen Triple Chocolate Muffin für Klara mit. Die Gute ist so was von süchtig nach Schokolade, was, wie sie sagt, an der

Schwangerschaft liegt.

In der Praxis angekommen ist meine Kollegin schon fleißig dabei, eine Lieferung Holzmundspatel und Mullbinden auszupacken.

»Hey Ashley, guten Morgen!«, empfängt sie mich, die Hände in den Rücken stemmend.

»Morgen, Klara«, begrüße ich die dunkelhäutige Schönheit und hänge meinen Mantel an die Garderobe. »Na, alles gut bei dir?«

»Ja, alles bestens. Nathan ist heute nur besonders aktiv.« Sie zuckt mit den Schultern und streichelt liebevoll über ihren kugelrunden Bauch. Klara und ihr Mann wollten das Geschlecht ihres Babys so früh wie möglich erfahren, damit sie das Kleine beim Namen nennen können. Die beiden finden es schrecklich, dieses »wunderbare Lebewesen«, wie meine Kollegin so schön sagt, neun Monate lang *es* zu nennen. Das sei kaltschnäuzig, und Eltern, die das machen, hätten nie eine enge Bindung zu ihrem Baby, hat sie mir gleich an meinem ersten Arbeitstag zu verstehen gegeben.

»Ach, Klara …«, sage ich, als sie sich gerade wieder dem Paket zuwenden will.

»Hm?«

»Ich hab mir erlaubt …« Grinsend halte ich die Starbuckstüte hoch.

»Nein, das hast du nicht, oder?« Klaras Rehaugen weiten sich. Wow, sie ist süchtiger als ich dachte. »Hot Chocolate?«, will sie wissen.

»Besser!«

»Besser?« Ich stelle die Tüte auf dem Empfangstresen ab und hole meinen Cappuccino und ihre Hot Chocolate heraus. Letztere reiche ich ihr. »Na ja«, sage ich in gespielt besorgtem Ton. »Ich dachte mir, ich kann dich unmöglich einen ganzen Tag lang ohne so was Schokoladiges auskommen lassen.« Damit angle ich nach dem Triple Chocolate Muffin und halte ihn ihr wie einen kleinen Schatz hin.

»Wow, einen Triple Choco … man, wenn du wüsstest, wie mir gerade das Wasser im Mund … Oh Gott, du bist ein Schatz.« Ich reiche Klara die Backware und pruste los, weil ich sehe, wie sie schluckt, als sie den Muffin mit ehrfürchtigem Blick an sich nimmt.

»Ich kenne niemanden, der so heiß auf Schokolade ist, wie du«, glucke ich.

»Na schönen Dank auch!« Sie zieht eine Schnute und streckt mir dann die Zunge heraus. »Was kann ich dafür, dass Nathan Schokolade liebt? Ich kann nur hoffen, dass diese Gelüste ein Ende haben, wenn der Kleine erst mal auf der Welt ist.« Klara nickt, als wollte sie ihre Hoffnung bestätigen, und beißt von ihrem Muffin ab. Als sie dabei die Augen schließt und ein »Mhhh« von sich gibt, wende ich mich schnell ab, ehe ich ein weiteres Mal lospruste. Ich nehme einen Schluck von meinem Karamell-Cappuccino und werde mit einem widerlichen Stich in der Magengegend bestraft. So gern ich das Getränk inzwischen mag, der Geschmack erinnert mich jedes verdammte Mal an Liam. An den Tag als er mich in der Geschäftswohnung über der Bäckerei überrascht hat. Er hatte genauso einen Karamell-Cappuccino dabei.

Oh Mann, das war vielleicht ein Tag!

In Gedanken sehe ich Liam vor mir stehen. Ich sehe, wie er mir an die Brust fasst, mein Namensschild zwischen die Finger nimmt und dann, wie mir der Becher aus den Fingern gleitet. Der

Kaffee ergießt sich über den teuren Parkettboden und besprenkelt mich und Liam bis zu den Knien. Das Gefühl in meinem Magen wird stärker, als mir einfällt, wie Liam dann aus seinem Shirt geschlüpft ist, mir, ohne zu fragen, die Beine abgetrocknet hat und ich diesem fantastischen Muskelspiel seines Oberkörpers folgen konnte.

Liam.

Der Inbegriff eines Traummannes. Und ich habe ihm mein erstes Mal geschenkt. Ich hatte mit ihm Sex, ließ mir zeigen, was es heißt, Liebe zu machen. Er gab mir von der verbotenen Frucht zu essen, zeigte mir, wie unglaublich gut es sich anfühlt ...

Nun kommt mir der Tag der Tage in den Sinn: Tiffs Ankunft und das Ende meines alten Lebens. Anfänglich hat es unheimlich geschmerzt, doch ich erkenne, dass ich dieses Gefühl hinter mir gelassen habe. Aus Schmerz wurde Zorn und aus Zorn wird nun Hass. Hass, der meine Venen flutet, wann immer ich so dämlich bin, darüber nachzudenken.

Das Grausamste an diesem Tag war, dass ich mich gerade so gut fühlte, dass ich vom Sex mit Liam absorbiert war, dass ich nur noch Augen für ihn und die Sinne für den Höhepunkt hatte. Hätte mich jemand gefragt, ich hätte geschworen, dass es nichts gäbe, was diesen unglaublichen Moment zerstören könnte. Dieses Gefühl seiner glatten Haut unter meinen Fingerspitzen, sein warmer Blick auf mir, streichelnd, liebkosend, wie seine Hände auf meinem Körper die unbeschreiblichsten Emotionen erzeugten ... diese Einigkeit, diese unglaubliche Lust, dieses wortlose Flehen nach mehr, mit der Gewissheit, dieses ›mehr‹ auch zu bekommen ...

... das war ... unvorstellbar schön. Wobei ›schön‹ im Grunde kein passendes Wort für das ist, was ich in Liams Armen erleben durfte. Ich glaube, in diesen Momenten war ich tatsächlich glücklich.

Dann kam sie und zerstörte alles. Und damit nicht genug, als wenn es nicht gereicht hätte: Liam zog nach! Dieser widerliche Hund zog nach und radierte mich damit fast aus. Es hat niemals eine Situation gegeben, in der ich mich furchtbarer fühlte, als an diesem Tag, als ich mit klopfenden Herzen, mit aufgestellten, vor Verlangen schon schmerzenden Brüsten, mit einem feuchten Höschen und pochendem Unterleib von einem echten Tsunami überrollt wurde. Mit einer solchen Wucht, dass selbst jetzt noch all diese vernichtenden Gefühle erneut über mich hereinbrechen, wenn ich nur darüber nachdenke. Wie kann man einem Menschen, der einem doch angeblich so viel bedeutet, so etwas zumuten?

Meine Frage richtet sich sowohl an Tiffany als auch an Liam. Denn beide haben mir unabhängig voneinander genau das zu verstehen gegeben: Dass ich ihnen etwas wert bin, dass es sie interessiert, wie ich mich fühle, dass sie wollen, dass es mir gut geht.

Ha! Nur mit Mühe kann ich ein Schnauben unterdrücken.

Ich schätze, das waren zweimal Lügen de luxe. Undenkbar für einen Menschen wie mich. UN-FUCKING-DENKBAR.

Es tut gut, nicht mit meinen, sondern *ihren* Worten zu denken, denn ich habe die Erfahrung gemacht, dass es manchmal hilft, verbal zu entgleisen und seinem Zorn auf angebrachte, wenn auch für mich befremdliche Art, Stimme zu verleihen. Danach geht es einem besser.

Erst als das Glühen in meinem Bauch dieser alles verschlingenden Abneigung weicht, fühle ich mich in der Lage, einen weiteren Schluck Cappuccino zu trinken. Diesmal bleibt der Schmerz aus, dafür habe ich das Gefühl, etwas Bitteres zu schmecken. *Ich schaffe das,* rede ich mir stumm zu, *ich schaffe es, diese grauenvolle Zeit hinter mir zu lassen.*

In diesem Moment geht die Tür auf und Dr. Bennet tritt ein, gefolgt von seinen ersten Patienten. Marcs Blick trifft auf meinen. Ich schaue in seine wunderbar warmen Augen.

Oh ja, denke ich, *ich schaffe das.*

Der Vormittag vergeht schneller als mir lieb sein kann. Der Ansturm auf unsere Praxis ist mal wieder kaum zu bändigen. Obwohl unsere Sprechzeiten um elf enden, ist die Bude zu diesem Zeitpunkt noch rammelvoll. Marc, Klara und ich bemühen uns nach Kräften, den Patienten gerecht zu werden und niemanden allzu lange warten zu lassen. Trotz Bemühungen bekomme ich einen Anschiss von irgendeinem Geschäftsmann, der, wie er mir versichert, nicht auf diesen Sauverein angewiesen sei und einen Termin habe. Der Kerl ist ein typischer Hypochonder. Er reißt seinen Mantel aus Schurwolle vom Kleiderbügel, wirft Letzteren zurück an die Garderobe, und stürmt mit hochrotem Kopf davon. *Der zu hohe Blutdruck lässt grüßen,* denke ich und kümmere mich um Mrs. Pears, eine neunzigjährige, sympathische Lady, die an Zucker leidet.

Um Viertel vor eins verlässt der letzte Patient die Praxis, womit uns für die Mittagspause gerade mal eine Dreiviertelstunde bleibt. Als wir dann endlich mit Spaghetti vom Lieferservice in der kleinen Küche am Tisch sitzen, schlägt Marc vor, dass Klara am Nachmittag nach Hause geht und sich hinlegt. Er findet, sie sehe zu blass aus und meint, dass der Rummel hier Nathan nicht guttut. Doch Klara, unser Dickkopf, besteht natürlich darauf, ihre Arbeit zu erledigen. Ich nehme mir vor, dafür zu sorgen, dass sie, wenn sie schon unbedingt hierbleiben muss, den ganzen Nachmittag sitzt und ich die Laufarbeiten absolviere.

Unsere Aluschalen sind noch halb voll, als die ersten Nachmittagstermine eintreffen. Ich bestehe darauf, dass Marc und Klara aufessen und kümmere mich um die Ankömmlinge. Erst sind es nur ein Herr um die sechzig, dem der Verband gewechselt werden muss, und ein junges Mädchen, das über schlimme Halsschmerzen klagt. Doch bald schon füllt sich die Praxis. Es ist gerade mal zehn nach zwei, als sämtliche Stühle im Wartezimmer belegt sind.

»Solche Temperaturstürze haben es echt in sich«, seufze ich, als ich zu Klara an den Empfang zurückkomme.

»Wie bitte, du meinst, das ist schlimm? Pah! Da hättest du mal die Grippewelle 2015 erleben sollen. Da haben die Patienten bis auf die Straße hinaus angestanden. Kannst du dir das vorstellen?«

Ich schüttele den Kopf. »Ich glaub, das *will* ich mir gar nicht vorstellen«, gebe ich zu.

Ein heiseres Quietschen, gefolgt von einem kühlen Luftzug verraten mir, dass die Praxistür geöffnet wurde. Na toll, noch mehr Arbeit. Ich wende mich um und sehe ein junges Mädchen mit exorbitant großem Bauch hereinkommen. Sie sieht unschlüssig aus. Ihr blondes Haar ist fettig und ihr grauer Jogginganzug abgenutzt.

»Hallo, was kann ich für dich tun?«, will ich wissen, doch ehe das Mädchen zu einer Antwort anheben kann, höre ich Klara hinter mir.

»Maria, was ist denn passiert?«

»Du kennst die Kleine?«

»Ja, sie wohnt im selben Block wie ich, das heißt sie *hat* im selben Block gewohnt.«

»Hi, Klara«, begrüßt die Kleine meine Kollegin schüchtern. »Ich, also, ich hab mich mit Toni gestritten.«

Klara umrundet den Tresen und kommt zu uns vor. Neben den beiden Großbäuchen fühle ich mich wie ein Zahnstocher. »Geht es dir gut?« Fürsorglich nimmt Klara Marias Gesicht in die Hände und wischt ihr etwas von der Stirn.

»Na ja, also ich fühle mich nicht so gut. Aber … also die Versicherung…« Verlegen kratzt sich die Kleine den Nacken.

»Du hast keine Versicherung, stimmt's?«

»Ja, das heißt, nein, nicht mehr …«

»Deswegen kommst du zu mir?«

»Ja, ich habe gehofft, dass Dr. Bennet ein paar Minuten Zeit hat für mich. Wenn du mir das Geld vorstrecken könntest … Ich zahle es zurück. Ich schwöre! Ich gebe dir jeden Cent zurück.«

»Ist ja schon gut, jetzt mach dir mal keinen Kopf. Wir regeln das schon.«

»Ehrlich?« Marias Augen glitzern, ich sehe, wie sich eine Träne aus dem Winkel löst.

»Okay, Liebes.« Klaras Finger trocknen die Wangen der Kleinen. »Ich möchte, dass du dich in den Warteraum setzt, ja? Dr. Bennet kümmert sich um dich. Aber ich sag dir gleich, das kann noch eine ganze Weile dauern, wie du siehst hat er sehr viele Patienten.«

Maria blickt sich um und nickt dann heftig. »Klar, kein Problem, ich kann warten. Danke, Klara.«

»Schon gut, Süße, setz dich ins Wartezimmer, ich rufe dich, sobald er Zeit für dich hat.«

Mit einem Biss auf die Unterlippe und einem erneuten Nicken

macht sich das Mädchen auf den Weg in den Wartebereich, und Klara und ich pflanzen uns hinter den Tresen auf unsere Stühle.

»Maria, also. Kennst du das Mädchen schon lange?«

»Ja«, erwidert Klara und dreht sich in ihrem Bürostuhl zu mir. »Sie wohnte mit ihren Eltern bei uns im Block. Ein nettes Kind, gut erzogen. Vor einem Jahr etwa verliebte sie sich in diesen Toni. Ein richtiger Taugenichts, sag ich dir. Der Junge macht nichts als Scherereien. Und vom Arbeiten hält er auch nichts. Tja, was soll ich sagen, wo die Liebe hinfällt. Vor etwa acht Monaten wurde Maria dann schwanger. Von da an stritt sie sich unentwegt mit ihren Eltern. Letztlich hat Toni die Kleine überredet, von zuhause aus und mit ihm in irgendeine Billigbude zu ziehen.«

»Sie sieht so jung aus«, ist alles, was ich sage.

Klara schnaubt wütend. »Das *ist* sie auch. Das Kind ist gerade mal 18, womit sie zehn Jahre jünger ist als dieser Versager Toni. Man möchte doch meinen, dass ein Mann in seinem Alter weiter ist. Oder zumindest so vernünftig, einer 18-jährigen keinen Säugling anzuhängen.«

»Entschuldigen Sie«, unterbricht uns eine rothaarige Frau mittleren Alters, mit starkem englischen Akzent. Ihre Nase ist tomatenrot und ihre Augen sind blutunterlaufen. »Wissen Sie, wo ich den nächsten Drugstore finde?«

Während Klara der Dame den Weg erklärt, rufe ich den nächsten Patienten auf. Leider gestaltet sich der Nachmittag genauso stressig wie der Vormittag, und so laufe ich mir um 17:30 Uhr, eine halbe Stunde nach Ende der Sprechzeiten, noch immer die Hacken ab. Langsam knurrt mir der Magen, weil ich ja nur die halbe Portion Nudeln hatte. Ich beschließe, mir auf dem Heimweg einen Hot Dog zu genehmigen. Mit Senf und Ketchup, Gurken und jeder Menge Sauerkraut.

»Entschuldigung«, unterbricht eine schüchterne Stimme mein Heißhungergedanken. »Ich will nicht unhöflich sein, aber meinen Sie, Dr. Bennet hätte jetzt Zeit für mich?« Ich wende mich um und sehe Maria im Türrahmen des Wartezimmers stehen. Das Gesicht aschfahl umfängt sie mit zittrigen Händen ihren Bauch. »Ich fühle mich wirklich gar nicht gu…« Marias Augen weiten sich und ich sehe, wie ihr entsetzter Blick an sich hinab gleitet. Ihre graue Jogginghose verfärbt sich, wird dunkel. Ich brauche nicht mehr als einen Wimpernschlag lang, um zu verstehen, was hier gerade passiert ist – Marias Blase ist gesprungen. SHIT!

»Oh …« Mit schmerzverzerrtem Gesicht, lässt sich das Mädchen gegen den Türstock sinken. Ihre Finger umfangen den Rahmen, und während ihr Körper offensichtlich von einer Wehe erfasst wird und sie ein wehklagendes Stöhnen von sich gibt, krallen sich ihre Finger in das Holz.

»Klara!«, rufe ich meine Kollegin, während ich an die Seite des Mädchens eile, einen Arm um sie schlinge und sie stütze.

»Was denn? Ich hab doch gesagt, ich muss noch eben Mrs. Har… Oh Shit!« Eine Überweisung in der Hand kommt Klara um die Ecke. Als sie sieht, was vor sich geht, weiten sich ihre Augen vor Schreck. »Maria, Kleines, was ist denn los?«

Doch Maria antwortet nicht, sondern hechelt wie ein Hündchen in die nächste Wehe hinein.

»Scheiße, Ashley!«, jammert meine Kollegin und ich weiß, was sie damit ausdrücken will. *Scheiße Ashley, wie konnten wir das arme Ding vergessen? Jetzt haben wir den Salat!*

Mit zwei großen Schritten ist Klara bei uns, umfängt Maria von der anderen Seite und hilft mir, sie in den Behandlungsraum Zwei zu bringen, wo wir sie behutsam auf die Liege betten. Das arme Ding wimmert und windet sich bereits in der nächsten

Wehe.

»Bitte!«, schnieft sie, als die endlich abklingt. »Das darf doch nicht sein, ich bin doch erst in der 36. Woche. Das ist zu früh. Klara, das ist zu früh!«

»Ganz ruhig, Maria. Es wird alles gut, versprochen.« Mit einem mütterlichen Lächeln, das sogar mich beruhigt, streicht Klara dem Mädchen das inzwischen feuchtgeschwitzte Haar aus der Stirn. »Ich hole gleich Dr. Bennet, der wird entscheiden, wie es weitergeht.« Ich sehe, wie Klara auf Marias Schoß sieht und ihre Miene für den Bruchteil einer Sekunde blankes Entsetzen offenbart. Ich folge ihrem Blick und erkenne, dass das dunkle Grau der Stoffhose jetzt zusätzlich blutgetränkt ist. Meine Kollegin will sich eben abwenden, um unseren Chef zu holen, als die schlanke Hand der Kleinen nach ihr fasst.

»Nein, bitte, du darfst mich nicht allein lassen!«

»Schon gut«, sage ich, »ich hole Marc.« Froh, dieser beängstigenden Situation entfliehen zu können, eile ich in Richtung Behandlungsraum Eins. Ich klopfe an die Tür und trete unaufgefordert ein. Marc, der gerade einem alten Herrn die Lunge abhört, sieht überrascht auf.

»Ashley?«, ist alles, was er sagen kann, dann sprudelt es auch schon aus mir heraus.

»Tut mir leid, dass ich störe. Wir haben hier ein junges Mädchen, das im achten Monat schwanger ist. Sie wollte sich untersuchen lassen, weil sie, wie sie sagte, sich unwohl fühlte. So, wie es aussieht, ist jetzt ihre Blase gesprungen, sie hat heftige Wehen in kurzen Abständen und seit Kurzem blutet sie …«

»Wo ist das Mädchen?« Marcs Miene ist kontrolliert und im Gegensatz zu seinem Patienten zeigt er weder Besorgnis noch Entsetzen.

»Wir haben sie auf die Bahre im Behandlungsraum Zwei gelegt.« Ich bin ganz außer Atem, so stresst mich die Situation.

»Verstehe. Ich bin sofort da. Bitte schließ die Tür hinter dir!«

»Ich, ja natürlich …« Keine Ahnung, was ich dachte, womöglich, dass er aufspringt, alles stehen und liegen lässt und herbeieilt. Mit bebenden Händen ziehe ich die Tür zu. Auf halbem Weg zurück zum Behandlungsraum Zwei höre ich bereits Marias Stöhnen. Als ich das Zimmer erreiche, sehe ich Klara auf der Liege sitzen – neben ihr das arme Ding, zusammengerollt wie ein kranker Wurm. Ihr Atem kommt stoßweise. Ich trete ein und schließe die Tür hinter mir.

»Was ist los? Wo ist Marc?«, will Klara wissen, während sie mit einer Hand unablässig über Marias Stirn und Kopf streicht. Die andere Hand hält das Mädchen umklammert und jetzt, da allem Anschein nach die nächste Wehe heranrollt, drückt sie diese aufstöhnend so fest zusammen, dass Klaras Finger ganz weiß werden.

»Ganz ruhig Maria, achte auf deine Atmung. Durch die Nase ein und den Mund aus.« Zur Demonstration atmet meine Kollegin hörbar durch die Nase ein und den Mund aus. Maria folgt ihrem Beispiel, wenn auch gehetzt und zwischendurch wimmernd.

»Klara … ich … ich glaube…« Wieder eine Wehe. Maria kneift die Augen zusammen, erträgt tapfer den Schmerz. Als die Kontraktionen abebben, bringt sie ihren Satz zu Ende. »Ich … ich will pressen …Bitte, sag, dass ich beim nächsten Mal schon pressen darf!«

Klara und ich tauschen einen entsetzten Blick. Ich will gerade zur Tür, um noch einmal nach Marc zu sehen, als sich diese öffnet und unser Boss eintritt.

»Also, wen haben wir denn da?« Er geht an den

Desinfektionsspender, drückt mit dem Ellenbogen eine große Menge auf seine Handfläche und reinigt sich gründlich die Hände.

»Maria Banks, 18 und im 8 Monat schwanger. Sie wollte sich untersuchen lassen, weil ihr unwohl war«, erkläre ich.

»Verstehe. Hallo Maria.« Mit einem ›Keine Sorge, alles wird gut‹-Lächeln, tritt Marc an seine Patientin heran und bedeutet Klara, ihm Platz zu machen.

»Hallo Dr. Bennet«, presst Maria zwischen den Zähnen hervor.

»Ich muss dich untersuchen«, sagt er und legt eine Hand auf den Saum ihrer Hose. »Können wir die hier ausziehen?«

Die Kleine nickt.

»Na schön, Ashley, kannst du mir hier mal helfen? Und Klara, ich möchte, dass du ihre Eltern verständigst.«

»Aber ... Marc, ich ...«

»Ich bin mir sicher, die Banks machen sich schon große Sorgen um ihre Tochter. Wenn du dich also bitte darum kümmern würdest. Wir haben hier alles im Griff, keine Sorge.«

Wir alle wissen, dass Marc Marias Eltern fürs Erste schnurzegal sind, er will einfach nur Klara hier raushaben. Sie ist selbst im achten Monat schwanger und sollte das nicht miterleben.

»Verstehe«, sagt sie ergeben. »Ich kümmere mich darum. Alles Gute, Süße.« Damit küsst sie das Mädchen auf die Stirn und verschwindet.

Die Tür ist kaum hinter ihr ins Schloss gefallen, als Marc mich anweist, ihm zu helfen Maria auf den Rücken zu drehen und ihr die Hose auszuziehen. Die Aufgabe erweist sich schwieriger als erahnt, weil Maria im Minutentakt von Wehen gebeutelt wird.

Als sie endlich Unterkörper frei auf der Bahre liegt, zieht sich Marc einen Handschuh an, winkelt ihre Beine an und beginnt mit der Untersuchung.

»Neun Zentimeter, der Muttermund ist fast vollständig geöffnet. Das ist sehr gut. Maria, wann warst du das letzte Mal beim Gynäkologen?«

»Das war Ende letzte Woche.«

»Und wie lag das Baby da?«

»Mit … dem Kopf … nach … unten«, lautet die gekeuchte Antwort.

»Gut, dann wollen wir hoffen, dass sich da nichts verändert hat.«

»Dr. … Bennet!«, kreischt Maria. »Bitte, sagen Sie mir, dass ich drücken darf!«

Marc runzelt die Stirn, befühlt noch einmal den Muttermund und meint dann: »Okay, weißt du was, noch zwei Wehen, noch zwei Mal durchbeißen, dann darfst du drücken, ja?«

Das schweißgebadete Mädchen nickt und gibt sich der nächsten Schmerzwelle hin. Marc bedeutet mir, mich an ihre Seite zu stellen. Während ich nach beruhigenden Worten ringend Marias Hand nehme, holt Marc einige Stoffwindeln, die wir für die kleinen Patienten stets bereithalten, und seinen Ärztekoffer, der gewöhnlich nur bei Hausbesuchen Einsatz findet.

Die zweite Wehe ist kaum geschafft, als Maria freudig aufstöhnt. »Okay, jetzt … jetzt darf ich aber … oder? Sie haben es versprochen … Dr. … *versprochen!*«

»Das habe ich.« Marc setzt sich an Marias Fußende. Er wirkt immer noch gelassen. Die Ruhe vor dem Sturm ist beängstigend und Marias raue Atemzüge zerren an meinen beanspruchten Nerven. Dann ist es soweit, ich sehe, wie sich das Stück Bauch unter ihrem bis zum Nabel hochgerutschten Pullover, verhärtet und ihre Gesichtszüge sich vor Schmerzen verziehen.

»Lass sie kommen, ja, so ist es gut«, lobt Marc. Den Atem anhaltend kneift seine Patientin die Augen zu, drückt das Kinn gehen die Brust und presst. Sekunden vergehen, bis sich Maria nach Luft schnappend von der Tortur erholt.

»Und gleich noch einmal. Versuch dich diesmal vom Gefühl leiten zu lassen, presse nicht einfach drauf los, sondern warte, bis die Wehe ihren Höhepunkt erreicht hat.«

Maria nickt, sie wirkt so entschlossen, so tapfer. Niemand würde glauben, dass die Kleine erst 18 ist, und ich muss zugeben, dass ich ehrlich Respekt vor ihr habe.

Die nächste Wehe kommt. Wieder hält sie die Luft an, presst das Kinn auf die Brust, und wieder lobt Marc und ermutigt, weiter so tapfer zu sein. Diese Prozedur zieht sich noch einige Wehen lang so hin, bis sich schließlich doch ein besorgter Ausdruck auf Marcs Miene legt. Augenblicklich bekomme ich es mit der Angst zu tun. Weil ich nicht will, dass Maria die Reaktion ihres Arztes bemerkt, lenke ich sie ab, streichle ihr Gesicht und sage, dass sie unfassbar tapfer und jetzt schon eine fantastische Mutter ist. Ich höre wie Marcs Ärztekoffer aufschnappt und rede hektisch weiter, sage, dass Maria weiterhin so toll auf die Atmung achten und auf Dr. Bennets Anweisungen hören soll.

»Ashley«, unterbricht mich mein Boss. »Ich möchte, dass du dich an Marias Kopfende stellst. Verblüfft folge ich seinen Anweisungen. »Gut, und jetzt möchte ich, dass sie sich etwas aufrichtet. Du umfasst sie und stützt bitte ihren Rücken.« Ich tue wie mir geheißen, richte das arme Ding auf und stütze sie.

»Also gut, Maria. Jetzt hast du es bald geschafft. Noch ein paar Mal fest drücken und bitte schön in den Bauch, ja?«

Wieder nickt unsere Patientin tapfer und wieder warten wir auf die nächste Wehe. Als sie endlich da ist, merke ich, wie der zierliche Körper des Mädchens sich versteift. Ich höre sie nach Luft schnappen und drücken.

»Gut so … gut so …« Ich schaue meinen Chef an, sehe, wie er konzentriert auf den Unterleib des Mädchens achtet, plötzlich neben sich greift und einen Gegenstand holt. Ich höre Plastik reißen und sehe etwas Metallisches aufblitzen, das er zwischen Marias Beine führt. Ein Knacken, als würde man das Brustbein eines Huhns durchschneiden, lässt mir einem eisigen Schauer über den Rücken rieseln. Maria scheint am Höhepunkt der Wehe angelangt. Sie drückt so heftig, dass ich ihre Zähne knirschen höre. Dann ist die Wehe vorbei und die Kleine wirft den Kopf in den Nacken. »Oh Gott, ich kann nicht mehr, es tut so weh!«, jammert sie.

»Alles gut, das Köpfchen ist schon da. Einmal noch pressen, dann ist es geschafft.« Wieder versteift sich der Körper in meinen Armen, doch diesmal hält Maria nicht den Atem an, stattdessen stößt einen markerschütternden Schrei aus.

»Perfekt, so ist gut, so ist es gut … und … da haben wir es!« Mit diesen Worten zieht Marc das Baby heraus. »Und es ist ein kleines Mädchen. Ein wunderschönes kleines Mädchen«, erklärt er und schon hören wir ein kräftiges Stimmchen seinen Unmut kundtun. Marc hebt ein mit Blut und Käseschmiere bedecktes Baby hoch und legt es auf die Brust der jungen Mutter.

»Oh mein Gott, danke, danke, danke, danke Dr. Bennet. Sie haben mein Baby geholt«, schluchzt Maria unter Tränen und küsst ihr Neugeborenes.

»Ist hier drinnen alles okay?« Klara späht zur Tür herein.

»Ja, alles bestens. Maria hat soeben eine wunderhübsche

kleine Tochter zur Welt gebracht«, erklärt Marc, wischt sich die Hände an einer der Stoffwindeln ab und fasst in seinen Koffer. Während meine Kollegin freudestrahlend den Raum betritt, holt mein Boss Nadel und Faden aus seinem Koffer, und ich begreife, dass dieses aufblitzende Ding vorhin ein Skalpell war und Maria einen Dammschnitt brauchte.

»Ich bin so froh, dass alles gut gegangen ist.« Die dunklen Hände ans Herz gedrückt tritt Klara an die frisch gebackene Mutter heran und küsst sie auf die Stirn. »Ein Mädchen, ein süßes kleines Mädchen«, sagt sie und ich sehe Tränen in ihren Augen aufsteigen, während sie sich der neuen Erdenbürgerin widmet.

»Ja, ein Mädchen«, wiederholt Maria, »eine wunderschöne Klara.« Jetzt ist es soweit, jetzt muss auch ich heulen. Was für ein Tag!

Was für ein unglaublich aufregend und schöner Tag!

7. Kapitel

Tiffany

Der Kerl macht seine Vorankündigung wahr.

Bis Jacksonville kommt es zu keinem neuen Stopp – jedenfalls keinem freiwilligen. Denn wir geraten noch in etliche Baustellen, welche zunächst die Route 275 säumen, die dann zur Route 301 wird, bis wir irgendwann – da leide ich bereits an akuten Vertrocknungserscheinungen – auf die 295 biegen.

»Liam!« Ich habe so laut geschrien, dass der Wagen ins Schlingern gerät, weil der schreckhafte Fahrer sich offensichtlich tatsächlich erschrocken hat. Nicht mein Problem entscheide ich.

Nachdem der Lieferwagen wieder exakt der Spur folgt, vor uns ist sogar freie Bahn – für ungefähr fünfzig Meter, dann kommt unser Vorfahrer – sieht er mich an. »Bist du von allen …«

»Nein!«, unterbreche ich ihn. »Bin ich nicht. Ich wollte dich nur darauf hinweisen, dass wir … *jetzt* im Distrikt Jacksonville sind.«

»Wunderbar, offenbar magst du die hiesigen Krankenhäuser und die Bestatter haben es dir auch angetan.«

»Was soll das denn jetzt heißen?«

»Das soll heißen, dass wir beinahe einen Unfall mit möglicherweise fatalen Folgen gehabt hätten. Weil du *etwas sagen musstest*!«, faucht er.

»Du dramatisierst mal wieder«, stelle ich grummelnd fest.

»Ich habe nur einen sehr angebrachten Hinweis angebracht ...«

Liam verdreht stöhnend die Augen. »Angebrachten Hinweis angebracht – alles klar.«

»Ja, ist es! Denn ich habe immer noch verdammten Durst, und du sagtest ...«

Doch er lenkt den Wagen bereits auf einen Rastplatz, auf dem es – oh Wunder! – sogar ein kleines Diner gibt. »Hol dir was, ich polier solange die Frontscheibe«, sagt er, nachdem wir ausgestiegen sind. »Die ist voller ...«

Endlich habe ich Luft genug, um meiner Empörung Stimme zu verleihen, denn vorübergehend war ich von meiner eigenen Fassungslosigkeit mit Stummheit geschlagen worden. Wütend und mit in die Seite gestemmten Händen baue ich mich vor ihm auf. »Glaubst du wirklich, dass ich allein in *diesen* Schuppen gehe?« Anklagend deute ich zum Diner, der alles andere als vertrauenerweckend wirkt. Und die zahlreichen, direkt davor parkenden staubigen Trucks erzählen eine Menge über das dortige Publikum. »Außerdem hattest du mir versprochen, dass wir in Jacksonville übernachten!«

Ungläubig starrt er mich an. Jetzt ringt *er* wohl um die Fähigkeit, seine Meinung verbal zum Besten zu geben. »Was habe ich?«, stößt er endlich hervor. »Wann soll das gewesen sein?«

»Vorhin! Aber lass mich raten, jetzt weißt du wieder nichts mehr davon, richtig?«

Liam kommt näher, noch immer drückt sein Gesicht reine Fassungslosigkeit aus, für die ich ihn sehr gern sehr ausgiebig schlagen möchte. »Tiffany ...« Oh, er benutzt meinen vollen

Namen, das bedeutet, Liam wird sauer. »Wir sind erst seit fünf Stunden unterwegs. Es ist nicht mal Nachmittag. Wir werden ganz bestimmt nicht in Jacksonville übernachten. Weil das absolut *dämlich wäre.*«

»Sagst du!«

»*Weiß* ich!«, erwidert er schneidend. »Wir werden überhaupt nicht übernachten, wenn es nach mir geht, und auch das habe ich dir bereits unmissverständlich klargemacht.«

»*Unmissverständlich klargemacht*«, äffe ich ihn giftig nach und wische mir das Haar aus der verschwitzten Stirn. »Du spinnst wohl! Ich habe meine Meinung gesagt, du deine, und wir haben die Auseinandersetzung vertagt. So war es! Nichts wurde entschieden!«

Sekundenlang starrt er mich an, sein Mund öffnet und schließt sich wie das Maul eines Karpfens. Nebenbei geht mir auf, dass auch Liam nicht mehr taufrisch aussieht. Der verdammte Lieferwagen hat zwar eine Klimaanlage, aber die ist hoffnungslos ungewartet – weshalb die Temperatur nie unter 25 Grad sinkt. Viel zu heiß für mein Verständnis von einer entspannenden Tour. Und für seines wohl auch.

»Okay.« Sein heiseres Knurren reißt mich aus meinen Gedanken. Er deutet zum Diner. »*Wir* gehen da jetzt rein, du besorgst dir alles, was du für eine *lange* Fahrt brauchst – endlich! Und dann werden wir weiterfahren. Nein, nicht nach Jacksonville, sondern immer schön den Highway entlang. Ist das klar?«

Nein, nichts ist klar. Absolut nicht. Ich würde ihm sehr gern in aller Ausführlichkeit sagen, was alles nicht klar ist, doch mir wird bewusst, dass wir dann hier nicht wegkommen werden. Außerdem sterbe ich fast, so durstig bin ich. Und da ist eine

Diskussion nun mal zweitrangig. Ich werde noch ausreichend Gelegenheit bekommen, mich an ihm für seine unmögliche Art zu rächen. Erst einmal jedoch stehen lebenserhaltende Maßnahmen an.

Und so drehe ich mich wortlos um, froh, als ich kurz darauf seine Schritte auf dem losen und schmuddeligen Kies höre.

Wenigstens lässt er mich nicht allein in diese Hölle gehen.

Zwanzig Minuten später treten wir in den grellen Sonnenschein hinaus und ich atme gierig die von Abgasen verseuchte Luft ein. Nein, ich sage nichts, sondern gehe stumm zu unserem treuen Lieferwagen. Dort angekommen warte ich, bis Liam ihn endlich geöffnet hat. Wieso hat eigentlich immer er den Schlüssel? Dann steige ich ein und lasse mir von ihm die fünf Tüten geben, in denen wirklich alles ist, was man für eine *lange* Fahrt benötigt.

Schweigend steigt er ein, schweigend startet er den Motor.

Ich habe keine Zeit, mich mit der Causa ›Unflätiger Liam‹ auseinanderzusetzen. Denn zunächst nehme ich mir die Limo, die ich in der versifften Bude erstanden habe. Ungläubig betrachte ich die Staubschicht auf der Flasche und suche rasch das Mindesthaltbarkeitsdatum.

Entwarnung!

Es ist noch über ein halbes Jahr haltbar.

Nun gibt es kein Stoppen mehr. Nachdem ich mit bereits vor Aufregung zitternden Fingern den verdammten Schraubverschluss bewältigt habe, lasse ich den halben Flascheninhalt auf einmal meine ausgedörrte Kehle hinabrinnen. Es ist wie eine Neugeburt, nur dass ich kurz darauf Magenkrämpfe bekomme.

»Fuck!«, flucht Liam, der offenbar irgendwann mein fortwährendes und sehr lautes Gewimmer nicht mehr ignorieren kann. Er fährt auf den nächsten Rastplatz und ich schleppe mich aus dem verdammten Lieferwagen. Nie zuvor hatte ich solche Krämpfe. Als sich sein Arm um mich legt, sehe ich dankbar zu ihm auf.

»Was ist los?« Es tut so gut, wenn er besorgt klingt.

»Ich weiß nicht«, jammere ich. »Das war vielleicht zu viel Limo auf einmal.«

»Niemand hat gesagt, dass du das Gesöff auf ex trinken sollst.«

Klugscheißer! »Das habe ich auch nicht!«, fauche ich und bemühe mich, die starrenden Truckfahrer zu ignorieren, die sich natürlich genau hier eine Zigarettenpause gönnen. Als hätte ich heute nicht schon genug von all dem gehabt: Zigarettenqualm *und* Trucker. »Vielleicht war das Zeug doch schlecht«, mutmaße ich, der aktuelle Zorn ist schon wieder vergessen.

»Das glaube ich nicht«, erwiderte Liam, der bedeutend versöhnlicher klingt. »Geht es dir wieder besser?«

»Ich weiß nicht ...« Angestrengt lausche ich in mich hinein. Unbemerkt hat das Grummeln in meinem Bauch aufgehört, ich habe auch nicht mehr das Gefühl, sofort zur Toilette zu müssen. Es ziept und zwickt noch ein wenig, aber nicht mal annähernd so schlimm, wie zuvor. »Es geht wieder, denke ich.« Damit richte ich mich auf und wirbele auf dem Absatz herum. »Und ihr hört endlich mit diesen verdammten Grimassen auf!«, zische ich den dreckigen Truckern entgegen, die uns die ganze Zeit beobachtet haben. »Ihr habt keine Ahnung ...«

»Ich glaube nicht, dass sie dir zuhören, Baby«, raunt Liam mir zu und geleitet mich wieder zum Wagen. Er hilft mir hinein, schließt die Tür und taucht kurz darauf auf dem Fahrersitz auf. Sein Gesicht wird von einem Grinsen erhellt, das ich für unangebracht halte, schließlich bin ich soeben fast gestorben. Doch als er den Motor startet, und dieses Grinsen nicht verschwindet, ahne ich, was sich kurz darauf bewahrheitet.

Es muss vor ein paar Stunden geregnet haben. Das fiel mir schon früher auf, wegen der sauber gewaschen wirkenden Vegetation, doch erst jetzt nehme ich es bewusst wahr. In dem schadhaften Asphalt des Rastplatzes haben sich etliche Dellen gebildet. Eine davon befindet sich direkt vor den noch immer bestens unterhaltenen Truckern. Liam fährt genau hindurch, und verdammt, das Teil ist tiefer als es zunächst den Anschein hatte. Das Wasser schwappt fast einen Meter hoch, die Trucker lachen mit einem Mal überhaupt nicht mehr blöde, stattdessen hört man jede Menge heiseres Gebrüll …

Von außen, versteht sich.

Im Wageninneren ist nur herzliches Gelächter zu vernehmen. Liam hebt seine rechte Hand und ich schlage ein. »Genial!«, jubele ich.

»Stimmt! Und jetzt machen wir besser, dass wir hier wegkommen«, entgegnet Liam mit Blick in den Rückspiegel. »Die scheinen das nicht auf sich sitzen lassen zu wollen.«

Und richtig. Als ich in den Seitenspiegel schaue, sehe ich, dass die vier Männer zu ihren jeweiligen Trucks streben, um die Verfolgung aufzunehmen. Dabei wirken ihre Mienen nicht sehr freundlich.

»Die haben mit den riesigen Dingern keine Chance«, murmele ich, ohne den Blick vom Seitenspiegel zu nehmen.

»Hoffen wir es«, erwidert Liam. »Na ja, was heißt hoffen? Es liegt weniger daran, was die können und was wir können, sondern eher, was wir dürfen und woran die sich halten!«

Damit deutet er auf das Geschwindigkeitsbegrenzungsschild, das uns mit einer sehr jämmerlichen 70 entgegen prangt. Auf einmal finde ich Liams Angriff gar nicht mehr so witzig, denn die Trucks haben trotz des dichten Verkehrs bereits die Verfolgung aufgenommen. »Oh mein Gott!«, jammere ich, meine Hände halten den Sitz umklammert. »Sie werden uns zerquetschen!«

»Werden sie nicht«, stößt Liam zwischen zusammengepressten Zähnen hervor. Dann tritt er aufs Pedal, der Wagen beschleunigt, bis wir genau den Toleranzbereich kratzen, und er fädelt sich geschickt zwischen zwei Autos.

»Scheiße, wir werden in einem Unfall enden!«, jammere ich nun. »Es wird nur ein Wrack und unsere toten Körper übrig bleiben. Wie sehe ich aus?«

Rasch prüfe ich den Zustand meines Gesichts im Kosmetikspiegel.

Liam, der gerade das nächste halsbrecherische Manöver durchgeführt hat – inzwischen trennen uns um die fünfzig Meter vom ersten der vier Trucks – starrt mich fassungslos an. »Das ist wichtig? Wie du aussiehst?«

Nun ist es an mir ihn sprachlos anzustarren. »Ich werde in einer *Leichenhalle* liegen, Liam! Ich werde *seziert* werden!«

»Das heißt obduziert.«

»Aber es bedeutet seziert, nur für Menschen«, beharre ich. »Am Ende ist es das Gleiche. Ein Rudel Männer stehen um dich herum, während du nackt vor ihnen liegst. Sie schneiden dich auf und schauen nach, woran du gestorben bist. Ich hoffe wirklich, meine Organe sehen gut gepflegt aus.«

Während unserer Unterhaltung schlängelt Liam sich gekonnt durch den Verkehr. Hier zeigt sich, dass er tatsächlich häufig diese seltsamen Rennspiele auf der Playstation zockt. Na ja, wenigstens ist diese Zeitverschwendung für etwas nütze. »Tiff, so etwas wird nur bei ungeklärten Todesfällen vorgenommen!«

»Ach ehrlich?« Das sind völlig neue Aussichten. »Perfekt!«, sage ich nach kurzer Überlegung. »Umso wichtiger ist es, dass ich äußerlich einen guten Eindruck mache. Schließlich werde ich in die Leichenhalle kommen, und ich will dem Wächter dort auch mal einen netten Anblick gönnen.«

Liam verdreht die Augen. »Ich geb's auf.«

»Das ist sehr clever, Darling!«, schnurre ich. »Das halte ich für eine wirklich clevere Entscheidung.« Ich lausche in mich hinein, und registriere begeistert, dass es nichts zu registrieren gibt. Keine Bauchschmerzen, kein Magengrummeln und auch die Vorboten eines widerlichen Durchfalls, den ich nun wirklich nicht gebrauchen kann, sind inzwischen vollständig verschwunden. Ein Blick in den Seitenspiegel sagt mir, dass die Trucks mittlerweile weit genug zurückliegen, um Entwarnung zu geben. Kurz entschlossen greife ich zur zweiten Papiertüte, aus der ich eine zerbeulte Thermoskanne ziehe. »Dass die keinen Coffee-to-go haben, ist echt die Härte, oder?«, bemerke ich, während ich aus der gleichen Tüte zwei angeschlagene Porzellanbecher berge, die ungefähr vor 150 Jahren in einer feudalen Manufaktur erzeugt worden sein müssen. Die Thermoskanne kann nur unbedeutend jünger sein, denn ich breche mir fast zwei Fingernägel ab, bis ich endlich diese verdammte Kappe abgeschraubt bekommen habe und den Kaffee, der zugegeben sehr aromatisch duftet und auch nach Kaffee aussieht, eingießen kann.

»Das war ein uraltes Diner«, entgegnet er. Inzwischen hat er das wüste Slalomfahren gelassen. »Außerdem hatten sie ja to-go

– eben nur die herkömmliche Weise. Hast du die Juke-Box gesehen? Während du mit diesem Wirt verhandelt hast, hab ich mir mal die Titel angesehen. Der jüngste, den ich finden konnte, war von den ›Temtations‹.«

»Nein!«

Er nickt heftig. »Doch. Ich glaube, die leben in so einer Art Realitätsblase, aus der sie seit dreißig Jahren nicht mehr rausgekommen sind.«

»Na glücklicherweise hatte er diese Kanne«, erwidere ich. »Sonst hätten wir ohne Kaffee auskommen müssen.« Ich lege ihm die Tasse in die ausgestreckte Hand und er führt sie an seine Lippen, ohne den Blick von der Straße zu nehmen. Inzwischen sind wir auf der Route 95. Jacksonville liegt längst hinter uns. Also wird wohl aus der erhofften Übernachtung im Fünf-Sterne-Plus-Hotel und dem damit verbundenen Bad im Whirlpool nichts.

Jedenfalls nicht in Jacksonville.

»Diese Kanne, Baby«, Liam deutet mit der Tassenhand auf die Thermoskanne in meinem Schoss, die ich gerade mit nur einer Hand und viel Mühe wieder zuschrauben will, »ist die wahrscheinlich teuerste Thermoskanne, die jemals über den Ladentisch gegangen ist. Der Typ hat uns abgezockt.«

»Er hat fünfzehn Dollar dafür genommen!«

»Sie ist nicht mal zwei wert.«

»Aber andernfalls hätten wir keinen Kaffee gehabt.«

»Und daran wärst du gestorben?«

Fassungslos betrachte ich ihn. »Und *wie* ich gestorben wäre, Liam. Du kennst mich nicht besonders gut, oder?«

»Offenbar nicht«, murmelt er und nimmt einen Schluck von seinem Kaffee. »Übrigens, es wird auch kaum zwei teurere Porzellanbecher in diesem Zustand irgendwo geben.«

Ich zucke mit den Schultern. »Sieben Dollar finde ich nicht sonderlich übertrieben, wenn man den üblichen Highway-Zuschlag einberechnet.«

Liam gluckst. »Für die Teile hättest du auf einem Flohmarkt nicht mehr als fünfzig Cent bekommen. Wenn überhaupt.«

»Seit wann kennst du dich mit Flohmarktpreisen so gut aus?«

»Seit wann nicht?«

Er sieht flüchtig zu mir, den Mund wie so häufig auf diese bestimmte arrogante Art verzogen, die ich mag und die mich gleichsam provoziert wie selten etwas zuvor. Nein, ich weiß nicht viel über Liam, genau genommen gar nichts. Und irgendetwas hält mich anhaltend davon ab, Näheres über diesen Mann herauszufinden. Grund ist die zu erwartende Enttäuschung, beispielsweise zu erfahren, dass er sich sogar blendend auf Flohmärkten auskennt, weil er üblicherweise auf diesen Ramschmärkten seine Möbel zusammensucht. Ich will das nicht wissen. Lieber sehe ich in ihm den geheimnisvollen Mr. Unbekannt, der eines Tages auftauchte, um nicht wieder zu gehen.

Vorerst zumindest.

»Schon gut«, wiegele ich ab und kehre schnell zum eigentlichen Thema zurück. »Sieh es mal so«, erkläre ich und angele nebenbei nach der dritten Tüte, aus der ich ein paar Donuts extrahiere. »Wir hätten keinen Kaffee, nichts zu essen und müssten wohl oder übel innerhalb der nächsten Stunde anhalten.«

»Ach ja?« Vorsichtig, ohne den Blick von der Straße zu nehmen, platziert er seine Tasse in der dafür vorgesehenen Halterung, um danach den von mir gereichten Donut zu nehmen.

»Das sehe ich anders. Denn hättest du wie von mir vorgeschlagen für die Verpflegung gesorgt, und zwar, *bevor* wir losgefahren sind, dann wärst du jetzt nicht 75 Dollar los und wir hätten bis auf eine kurze Pinkelpause bisher überhaupt nicht anhalten müssen.«

Damit beißt er von seinem Donut ab und nickt. »Ich gebe zu, der schmeckt großartig. Aber wenn man bedenkt, dass das gute Stück zwei Dollar gekostet hat, ist das ja auch nur recht und billig.«

»Tankstellenpreise«, erwidere ich genervt. »Das ist überall so.«

»Ach ja? Ein Burger hat acht Dollar gekostet und die sind ziemlich mickrig. Sieh es ein, Honey, die haben dich abgezockt, und zwar gewaltig!«

»Uns«, berichtige ich und beiße erneut von meinem Donut ab. »Wenn, dann hat er *uns* abgezockt.«

Doch Liam zuckt mit den Schultern. »Ich habe mich da rausgehalten, denn erstens war die Rede von einer Limo, als wir in den Schuppen hineingingen, ganz ehrlich, für einen wilden Moment dachte ich, du willst dort essen und dann hätte ich wirklich gestreikt. Na ja und zweitens … ich fand, in die Falle solltest du allein hineintappen. Junge Leute lernen bekanntlich nie aus.«

Langsam werde ich wütend. »Er hat mich nicht beschissen, ich wusste, dass er überteuerte Preise nimmt, das hätte ich genauso gemacht. Angebot und Nachfrage, weißt du denn gar nichts?«

Liam stopft sich den Rest des Donuts in den Mund, wischt sich die mit Sicherheit klebrige Hand an seiner Jeans ab und hält sie dann fordernd in meine Richtung. Ach nein, erst meckern, aber wenn es ans Futtern geht, ist es egal, dass 75 Dollar aus meiner Designertasche in dieses stinkende Diner umziehen mussten.

»Ich weiß«, erklärt er noch mit vollem Mund, »dass du dich von einem schmierigen Wirt um eine Menge Geld bringen lassen hast. Und das nur, weil du mal wieder mit dem Kopf durch die Wand musstest. Wie immer. Aber weißt du was?«

»Nein!«, stoße ich gepresst hervor, seine ewige Klugscheißerei geht mir allmählich auf den Geist.

»Es ist mir egal, denn es war dein Geld. Und ich tue mir diese verdammte Tour an, um *deiner* Freundin deren Zeug zu bringen. Deshalb interessiert es mich nicht sonderlich, ob du danach pleite bist oder nicht. Ich mache meine Vorschläge, und es ist ganz dir überlassen, ob du sie annimmst oder nicht. Natürlich wirst du es in den seltensten Fällen beherzigen, weil du ja so viel mehr weißt als ich. Schon klar, ich hab es begriffen.« Und in völlig veränderter Tonlage: »Waren da vorhin nicht ein paar Burger mit im Spiel?«

8. Kapitel

Liam

1100 Meilen.

Das sind 16 Stunden Fahrt. Wenn man in sicheren Gefilden das Gaspedal auch mal etwas tiefer drückt, als erlaubt, kann man es gut in 15 Stunden schaffen. Als wir losfuhren, war ich davon überzeugt, die Tour in einem Rutsch zu absolvieren. Maximal Pinkelpausen wollte ich einlegen, die leider unerlässlich sind – das sehe ich ja sogar ein.

Es wäre anstrengend gewesen, aber wenigstens nicht endlos. Leider habe ich nicht mit dem Tiff-Faktor gerechnet. Diese Messgröße habe ich selbst entwickelt, als ich begreifen musste, dass alles Planen nichts nützt, wenn man es mit Tiffany Lech zu tun hat.

Ich hatte ihr gesagt, sie solle für ordentlich Proviant sorgen, damit wir unterwegs nicht extra anhalten müssen, und ich schwöre, sie hat es abgenickt. Nur offenbar hat sie mir nicht zugehört – wie so häufig nicht –, denn heute Morgen hatten wir nicht einmal Wasser im Haus. Also in Flaschen. Womit mein gesamter Plan das erste Mal ins Wanken geriet. Und so ging es Schlag auf Schlag. Weder war Mylady in der Lage, ein einziges Mal in ihrem Leben tatsächlich *früh* aufzustehen, noch ist ihre

Blase mit mir im Bunde.

Als wir den Staat Florida verlassen und wegen einer Straßensperrung auf die Route 77 ausweichen müssen, ist es nach sechs Uhr am Abend und ich bin gründlich entnervt. Wir haben nämlich nur die Hälfe dessen geschafft, was ich schaffen wollte. Nein, ich verweigere die Rast in ›Summerville‹ und für den Vorschlag, sich eine Übernachtungsmöglichkeit zu suchen, habe ich nur ein Schnauben übrig.

Diese Frau hat nicht die geringste Ahnung von einer solchen Tour. Wie auch, wo sie doch bisher in ihrem beschaulichen Tampa mit der ewigen Sonne, den ewig fröhlichen Leuten und ihrer Boutique, mit dieser bunten Markise und der zuverlässig antanzenden Kundschaft ein wahres Märchenleben geführt hat? Dass weder Tiff noch Ash auch nur das Geringste über das echte Leben wissen, war mir schnell klar. Kein Mensch würde in New York oder Boston so naiv bleiben können, wie die beiden es sind. Nur warum gerade ich ihr Babysitter sein soll, das wollte mir lange nicht in den Kopf. Warum musste gerade ich in diese beschissene, rosarote Klitsche rasseln, wo ich doch nur auf der Suche nach Ruhe und Abstand gewesen war?

Besser noch: Warum habe ich mich nicht längst aus diesen Fängen befreit?

All das sind verdammt gute Fragen, auf die ich samt und sonders keine Antworten finde. Schemen davon kommen mir in den Sinn, wann immer ich Tiff ansehe und erkenne, wie außergewöhnlich schön sie ist. Ganz genau weiß ich es, wenn ich in ihr bin, dieses unendlich gute Gefühl genieße und für ein paar Minuten einfach abschalten kann. Oder wenn ich mich über ihren Humor amüsiere, genauso wie über ihre schon an Frechheit grenzende Selbstherrlichkeit. Mir ist noch nie eine Person begegnet, die so sehr über jeden Selbstzweifel erhaben war, wie Tiffany Lech. Das fordert mich heraus, es stachelt mich an, ihre Schwachstellen auszuloten. Außerdem ist der Sex mit ihr wirklich unglaublich heiß und befriedigend. Keine langen Vorreden und keine langen Nachreden, faktisch kann ich mir Tiff nehmen, wann immer ich will, weil *sie* fast immer will. Das ist für einen Mann, der beschlossen hat, ein Leben als Aussteiger zu führen, genügend Grund, um eine Zeit lang bei ein und derselben Frau zu bleiben.

Aber warum habe ich mich auf diese verdammte Fahrt eingelassen? Was gehen mich Ashleys Möbel, was geht mich *Ash* an?

Nun, das ist auch so eine Frage, auf die ich nach wie vor noch keine Antwort gefunden habe. Ich weiß nur, dass ich auf sehr brüchigem Eis wandele, das mich aber nicht davon abgehalten hätte, nach New York zu reisen. Obwohl es doch viel vernünftiger gewesen wäre, in Tampa und der dortigen Ruhe zu bleiben. Fuck, am vernünftigsten wäre es gewesen, sich überhaupt von diesen Frauen fernzuhalten. Denn dass sie nur Ärger bringen würden, war mir von Anfang an klargewesen. Das sagte mir der gesunde Menschenverstand. Seit wann enden Dreiecksgeschichten glücklich?

In der Gegenwart starre ich in die Dunkelheit hinein, die von den Scheinwerfern des hoffnungslos untermotorisierten Fords zerrissen wird, und versuche, Tiffs Endlosgeschnatter auch weiterhin auszublenden.

Vielleicht kam der Macho in mir zum Zug, das wäre wenigstens eine plausible Erklärung. Vielleicht erschien mir die Vorstellung, mit zwei schönen Frauen in einem Appartement zu wohnen, wie ein wahrgewordener Männertraum. Es wäre auf jeden Fall möglich. Der Schlamassel war vorprogrammiert, aber bis er eintraf war es eine echt heiße Sache. Und bin ich nicht abgehauen, um das, was mich fertigmacht, hinter mir zu lassen und echt heiße Sachen zu erleben?

Ja!

Aber ganz bestimmt nicht, um mich in ein folgenschweres Drama hineinziehen zu lassen. Und nun hänge ich mittendrin, ohne mich daraus befreien zu können. Ich merke, dass ich sogar sehr dringend nach New York will, als gäbe es dort irgendetwas Wichtiges zu erfahren. Genau so lässt sich die Spannung in mir beschreiben. Wie die Vorfreude auf Weihnachten, die ich mir bereits als kleiner Junge von vielleicht dreizehn Jahren endgültig abgewöhnt habe. Weil es sowieso nie das gab, was ich mir in meiner Hirnlosigkeit gewünscht hatte.

Aber das ist wieder ein anderes Thema.

Verdutzt bemerke ich, dass Tiff neben mir verstummt ist. Ich wage zunächst nicht, meinem Glück zu trauen, und halte den Blick stur auf das dunkle Nichts vor mir gerichtet. Inzwischen sind die Straßen nämlich fast frei, nur gelegentlich überhole ich einen Wagen, was bedeutet, wir können ganz entspannt die Highways neu vermessen. So, wie ich es von Anfang an wollte.

Erst nach etlichen Minuten sehe ich rasch zur Seite und atme auf. Sie ist tatsächlich eingeschlafen. Die Limoflasche hält sie noch immer fest und in ihrer rechten Hand befindet sich der angebissene Burger. Nie hätte ich gedacht, dass eine so schlanke Person Unmengen von Junk-Foot in sich hineinstopfen kann, ohne zwangsläufig in die Breite zu gehen. Tiffany hat mich mal wieder eines Besseren belehrt. Innerhalb der vergangenen

Stunden hat sie fast alles von dem sagenhaften 75-Dollar-Einkauf in dem stinkenden Diner verdrückt. Und ich habe Hunger, aber das nur am Rande. Auch auf die Gefahr hin, dass ihr das Zeug nach und nach aus den Händen rutscht und sich in dem Leihwagen eine riesige Sauerei breitmacht, halte ich nirgendwo an, sondern jage weiter die Route 77 entlang …

Vielleicht schaffe ich es ja bis New York, bevor sie wieder wach wird.

* * *

Wunschträume sind eine tolle Sache, wenn man sich nicht auf deren Erfüllung verlässt.

Denn natürlich wird sie nur eine Stunde später wach. Mit einem spitzen Aufschrei, bei dem sie alles, was sie bisher so wacker in ihren Händen gehalten hat, von sich wirft. Erst fliegt mir der Hamburger an die Stirn – was noch verträglich ist, wenn auch eklig –, aber dann zieht die Flasche nach und ich bin über und über mit klebriger Limo bedeckt. Außerdem ist es kein Vergnügen, einen Gegenstand aus Plastik an den Schädel zu bekommen, wenn er geworfen wird, ganz ehrlich!

»Klasse!«, knurre ich und fahre rechts an. Gott schütze den Standstreifen.

Es dauert zwanzig Minuten, um erst mich mit jeder Menge Kleenex und dann das Auto irgendwie zu reinigen. Sehr sauber fühle ich mich danach allerdings nicht.

»Wo sind wir?«, erkundigt sich Tiff, nachdem sie mir eine Weile bei meinen Bemühungen zugesehen hat.

»Kurz vor *Charlotte*.«

»Wie spät ist es?«

»Halb elf.«

»Ohhhh …« Sie dehnt und streckt sich, sodass sich die Spitzen ihrer Brüste gegen den leichten Stoff ihres Shirts drängen. Doch selbst dieser zugegeben sexy Anblick kann meine Stimmung momentan nicht sonderlich heben. Möglicherweise, weil ich jetzt genauso stinke und klebe, wie das Diner, aus dem wir die verdammten Hamburger und Limos gerettet haben. »Dann hab ich ja echt eine Weile geschlafen.«

Ja, aber leider nicht lange genug, hätte ich fast gesagt, kann mich aber trotz meines Zorns noch rechtzeitig beherrschen. »Tja«, erwidere ich stattdessen gedehnt und steige wieder ein. »Dann werden wir uns jetzt wohl eine Unterkunft für den Rest der Nacht suchen. Oder was meinst du, Tiffany?«

Diese ist so frisch wie eine Gazelle neben mich in den Wagen gehüpft und mustert mich nun total unschuldig. »Oh, wirklich? Wolltest du nicht durchfahren? Also ich halte es natürlich für vernünftiger, wenn wir ein paar Stunden schlafen. Aber ich will echt nicht, dass du meinetwegen …«

»Halt den Mund, Tiff!«, knurre ich und fahre wieder auf den Highway.

* * *

»Nein!«

»Was ist denn jetzt wieder?«

Sie verschränkt die Arme, und starrt nach vorn durch die Windschutzscheibe. »Ich schlafe in keinem dreckigen Motel.«

»Ach so? War das nicht ursprünglich deine Idee gewesen?«

»Möglich, aber ich habe meine Meinung eben geändert.«

Ich atme tief durch und schließe die Augen, während ich mit zwei Fingern in meinen Nasenrücken kneife. Gott, schenke mir Kraft! Als ich weiß, dass mein Tobsuchtsanfall noch einmal abgewendet ist, sehe ich sie an. »Und wo dachtest du, würden wir sonst nächtigen?«

Langsam wendet sie mir den Kopf zu. Selbst in dem fahlen Dämmerlicht der spärlichen Beleuchtung des Motel-Parkplatzes, ist unverkennbar, wie empört Tiffany ist. »Es gibt auch so etwas wie Hotels, weißt du, Liam? Schon mal was vom Hilton gehört? Oder Intercontinental? Oder Radisson? Alles Hotels, in denen man davon ausgehen kann, dass keine Kakerlaken im Bad sind, oder ein irrer Axtmörder mitten in der Nacht das Zimmer stürmt.«

»Also das mit den Kakerlaken kann ich ja noch irgendwie verstehen. Jedenfalls, wenn du jemand bist, der sich ziemlich ausgelutschter Klischees bedient.«

Ihr schriller Aufschrei lässt mich zusammenzucken und ich reiße die Hände hoch. »Okay, okay, ich habe mich ihrer ja selbst bedient, zufrieden?« Keine Antwort ist auch eine Antwort, weshalb ich weiterspreche. »Aber seit wann wird man in einem Motel von einem irren Axtmörder massakriert?«

Sie mustert mich, als wäre ich nach langer, *sehr* langer, Allexpedition wieder auf der Erde gelandet, wo sich die Verhältnisse inzwischen grundlegend geändert haben. »Schaust du denn kein Fernsehen?«

»Nicht häufig«, erwidere ich wahrheitsgetreu, »aber häufig genug, um zu wissen, dass so was garantiert nicht regelmäßig Schlagzeilen macht. Unregelmäßig übrigens auch nicht.«

»Und auf die Idee, dass das reine Taktik ist, bist du wohl noch nie gekommen, oder? Wenn sie davon berichten würden, dann würden die Motels reihenweise pleitegehen, weil es ja keine naiven Provinzler mehr geben würde, die so dumm sind, in so einer Todesfalle zu übernachten. Und dann würde die amerikanische Wirtschaft geschwächt werden, von dem Heer an

Arbeitslosen, die das produzieren würde, will ich gar nicht reden. All die Rezeptionisten, Leichenbeschauer, Mordermittler, Reinigungsunternehmen hätte mit einem Mal nichts mehr zu tun. Wusstest du, dass es Tatortreiniger gibt? Also Typen, deren Job es ist, nach so einem Massaker die Sauerei zu beseitigen. Du weißt schon, das Blut und die Hirnmasse und das alles.«

»Die Hirnmasse.«

»Ja, das ist so glibberiges Zeug und riecht süßlich. Hab ich mal irgendwo gelesen, also kannst du deine morbide Frage gleich wieder runterschlucken. Aber jetzt mal ernsthaft, stell dir das vor. Du kommst ständig an Orte, wo vor Kurzem jemand ... also so richtig mit Blut und Tod und allem ...«

Ich verschränke die Arme. »Vorzugsweise Motels, nehme ich an.«

Mit großen Augen sieht sie mich an. »Davon rede ich doch die ganze Zeit! Ich könnte mir vorstellen, wenn so ein Tatortreiniger mal aus dem Nähkästchen plaudert, wird es ziemlich blutig.«

»Und glibberig.«

»Liam, das ist nicht witzig!«

»Ach nein?« Jetzt betrachte ich sie etwas länger als zuvor. Es kann Einbildung sein, schließlich ist die Beleuchtungssituation alles andere als berauschend, aber wenn ich mich nicht täusche, ist sie inzwischen leichenblass. So viel zum Thema Suggestion.

»Also bedeutet der Umstand, dass niemals jemand über einen Axtmörder im Motel berichtet hat, nichts anderes, als dass in Etablissements wie diesem«, damit nicke ich auf den Flachbaukomplex, vor dem wir parken, »ständig die vorübergehenden Bewohner gemeuchelt werden und daher leider nicht darüber berichten können? Wenn sie nicht vorher von den

Kakerlaken gefressen wurden, heißt das.«

Okay, leichenblass gehört der Geschichte an. Jetzt ist Tiffany wütend und erfahrungsgemäß wird sie dann immer rot.

»Was du daraus machst oder nicht, ist mir scheißegal«, fährt sie mich schroff an. »Ich schätze die Botschaft, ist angekommen. Ich.« Damit tippt sie mit dem Daumen auf sich. »Werde nicht dort.« Nun zeigt sie zum Motelkomplex. »Schlafen. Für keine. Einzige. Sekunde.«

Ich zuckte mit den Schultern. »Okay.« Dann schnalle ich mich ab und steige aus. Bevor ich die Tür schließe, werfe ich ihr den Zündschlüssel zu. »Nur für den Fall, dass du woanders hinfahren willst. Tust du es, ist die Fahrt für mich beendet und du kannst zusehen, dass du das Zeug allein nach New York bekommst. So langsam habe ich nämlich genug von deinem ewigen Gezeter. Und zwar gründlich!«

Bevor sie in die Verlegenheit kommt, zu antworten, habe ich die Fahrertür geschlossen und stapfe zu dem Eingang, über dem ›CHECK IN‹ steht.

Im Innern finde ich eine zweckdienliche, aber saubere Lobby vor. Der Tresen ist nicht mehr der jüngste, aber garantiert nicht antik. Und was ich bei dem dämmrigen Licht vom Allgemeinzustand sehen kann, ist auf jeden Fall sauber. So riecht es auch. Als hätte die Putzfrau gerade ihren Lappen geschwungen.

»Theater!«, murmele ich und betätige die altmodische Klingel, die sich in Reichweite auf dem Counter befindet.

Es dauert einen Moment, dann erscheint ein Mann mittleren Alters. Er trägt eine Jeansjacke und ein Bascap und wirkt recht freundlich. »Guten Abend. Na, aufgegeben?«

Ich deute auf meine versauten Klamotten. »Notgedrungen.«

Der Typ folgt meinem Fingerzeig und grinst. »Das ist ein Argument. Ein Zimmer?«

»Ja, bitte.«

»Einzel oder Doppel?«

»Doppelzimmer.«

Das klingt sehr entschlossen und stammt von der jungen, wutschnaubenden Frau, die soeben neben mir aufgetaucht ist. Sie würdigt mich keines Blickes und begegnet dem überraschten Gruß des Bascaptypen nur mit einem arroganten, knappen Nicken.

Er zuckt mit den Schultern. »Pro Übernachtung zahlen Sie 79 Dollar, Stromverbrauch kostet extra, die Abrechnung erfolgt beim Auschecken. Die Kaution beträgt 50 Dollar, prüfen Sie den Zählerstand, wenn Sie ihr Zimmer betreten haben. Anteilig wird die Reinigung der Bettwäsche berechnet. Ein paar Meter entfernt gibt es einen Getränkeautomaten. Und über die Straße ist ein Diner, in dem Sie preiswert frühstücken können.« All das rattert er in einer atemberaubenden Geschwindigkeit herunter. Dankend nimmt er meine Karte, schiebt sie in den Leser und ich bete, dass das Scheißteil gedeckt ist. Diese Blöße kann und will ich mir vor Tiffany nicht geben. Ich halte die Luft an, doch der Typ gibt mir bereits die Karte wieder zurück. Alles in Ordnung.

Halleluja.

9. Kapitel

Ashley

Begleitet vom kräftigen Stimmchen der kleinen Klara, die seit der letzten halben Stunde ihren Unmut kundtut, verabschiede ich mich von ihrer Mutter Maria und den Sanitätern, welche die junge Frau und ihr Baby auf eine Rettungsliege gebettet aus der Praxis schieben. Draußen wartet bereits der aufgebrachte Vater, der sich das Haar raufend an die tausend Mal entschuldigt und sich nach seinem Sprössling und dem Befinden seiner Liebsten erkundigt. Es ist ein einziges Stimmengewirr aus Vorwürfen, Entschuldigungen, Sanitätern, die um Platz bitten, und Babygekreische. Ich schaue der sonderbaren Menschentraube nach, bis sie um die Ecke und somit aus meinem Blickfeld verschwunden sind. Dann schließe ich die Tür und gehe zurück in den Behandlungsraum Zwei, wo Klara die Liege säubert und Marc gerade dabei ist, irgendein Formular auszufüllen.

Als ich den Raum betrete, hebt meine Kollegin den Kopf und ich erkenne, dass sie besorgniserregend elend aussieht.

»Alles okay bei dir? Komm«, sage ich und eile an ihre Seite, um ihr die blutverschmierten Stoffwindeln abzunehmen. »Lass mich das machen.«

»Es geht schon. War nur ein wenig aufregend, das Ganze.«

»Klara?« Marc ist aufgestanden und kommt nun zu uns herüber. »Ist dir unwohl?« Prüfend nimmt er ihr Gesicht zwischen die Hände, hebt es an und misst sie mit skeptischem Blick. »Fühlst du dich nicht gut?«

Was für eine Frage! Natürlich fühlt sie sich nicht gut. Hallo? Sie hat als Hochschwangere die Sturzgeburt ihrer Bekannten miterlebt und nun räumt sie deren blutverschmierte Tücher weg. Nicht, dass das unsere Idee war, nein, ganz bestimmt nicht. Marc hatte Klara eigentlich schon vor einer Ewigkeit nach Hause geschickt, aber nein, der Sturkopf bestand ja darauf, so lange hierzubleiben, bis der Rettungswagen Maria und die Kleine abgeholt haben. Und dann, als die endlich da waren, fielen ihr hundert andere Sachen ein, die sie noch erledigen wollte … Wenn sie mich wenigstens die Sauerei aufräumen lassen würde. Ich verstehe diese Frau nicht. Warum ist sie so erpicht darauf hierzubleiben und sich die gesamte Show anzutun? Das kann einfach nicht gut für sie sein. Geschweige denn für ihr Baby.

»Klara, ich möchte, dass du jetzt nach Hause gehst«, fordert Marc, dessen Züge einen besorgten Ausdruck angenommen haben.

»Aber, ich …«

»Kein Aber, Klara! Es reicht, für heute ist Schluss. Kann dich dein Mann abholen?«

»Nein, aber das braucht er auch nicht, ich bin mit dem Wagen da.«

»Mit dem Wagen? Aber du weißt doch, dass du in deinem Zustand nicht mehr fahren solltest. Ich habe dir gesagt …«

»Ich weiß, aber ich war zu spät dran und … Es kommt nicht wieder vor«, meint Klara, verlegen den Mund verziehend.

»In Ordnung. Dann fahr jetzt nach Hause, leg dich hin und ruh dich aus.«

»Mach ich, dann bis morgen.« Damit schenkt sie uns ein müdes Lächeln und verschwindet in Richtung Empfangstresen, um ihr Zeug zu holen.

Zwanzig Minuten später ist das Behandlungszimmer Zwei blitzblank. Marc hat inzwischen das Formular ausgefüllt, mit dem Krankenhaus telefoniert und bei Klara angerufen, um sicher zu gehen, dass diese heil zuhause angekommen ist. So erschöpft wie sie war, finde ich seine Besorgnis absolut berechtigt, auch wenn meine Kollegin das vermutlich nicht so sieht.

»Das wär's dann also, Feierabend«, sage ich grinsend, als ich am Empfang auf meinen Boss treffe.

»Feierabend«, bestätigt er, langt über den Counter und angelt nach meiner Handtasche.

»Danke«, erwidere ich lächelnd, als er sie mir reicht, meinen Mantel aus der Garderobe nimmt und mir hinein hilft. *Es sollte wirklich mehr Gentlemen von seiner Sorte geben*, denke ich.

»Also Ash, das war ein langer Tag, was hältst du davon, wenn wir noch was essen gehen?«

Was essen gehen? Nur wir zwei? So, wie bei einem Date?

»Klar«, entgegne ich, ehe mein Hirn auch nur ansatzhalber überlegt hat, auf was genau ich mich da eigentlich einlasse.

»Schön.« Seine Lippen formen ein sanftes Lächeln und in seine Augen tritt dieser warme Ausdruck, den ich so mag. Ich fühle, wie der Schwarm Schmetterlinge in meinem Bauch erwacht und freue mich wie ein kleines Kind auf das Essen.

»Was darf es denn sein? Chinesisch, Griechisch oder vielleicht Italienisch?«

Bei Marcs Vorschlag der italienischen Küche kommt mir prompt das Mittagessen mit Liam in den Sinn. Damals habe ich mich bis auf die Knochen blamiert, bin auf seine fiese Masche reingefallen und hatte danach den schlimmsten alkoholischen Absturz meines Lebens. Der Arsch hat mich angebaggert, mir vorgemacht interessiert an mir zu sein. Ich dumme Nuss bin natürlich darauf hereingefallen, hab im vermeintlich passenden Moment die Augen geschlossen und auf einen Kuss gehofft – der, wie könnte es anders sein – ausblieb. Denn Liam hatte in Wahrheit keine Sekunde lang Interesse an mir oder meiner Gesellschaft. Nein, ihm ging es einzig und allein um seinen Vorteil bei meinem damaligen Trainer Dan, der ihm zu weiteren Rettungsschwimmerstunden verhelfen sollte.

Die Erinnerung an Liam und die damit verbundene Schmach brennen ein Loch in meinen Bauch. Gott, noch heute schäme ich mich dafür. Meine Hände werden nass. Gefangen in der Erinnerungsblase höre ich nicht, dass Marc etwas sagt. Erst als er mir die Hand auf die Schulter legt, schrecke ich auf.

»Keine Sorge, du musst nicht mit mir essen gehen. Ich bin dir absolut nicht böse, wenn du nach dem langen Tag lieber nach Hause willst.« Oh, Marc scheint meinen Gesichtsausdruck entnommen zu haben, dass es mir unangenehm sein könnte, mit ihm auszugehen. Doch so ist es gar nicht!

»Nein!«, platzt es aus mir heraus. »Ich … also ich würde liebend gern mit dir was essen gehen.« Wie zur Bestätigung grummelt mein Magen, was meinem Boss ein Grinsen ins Gesicht zaubert und den letzten Rest Unsicherheit verschwinden lässt.

»Okay, also, wo möchtest du gerne hin?« Ganz Gentleman reicht mir Marc seinen angewinkelten Arm. Mit einem wohligen

Gefühl in der Brust hake ich mich unter und lasse mich von ihm zur Tür führen. Dort hält er kurz inne, um neben mich zu greifen und den Lichtschalter zu betätigen. Dabei kommt er meinem Gesicht so nah, dass mich sein Atem streift und erschauern lässt.

»Ich kenne da einen guten Inder«, schlägt er vor, als er die Tür schließt und absperrt. Alleine der Gedanke ans Essen schafft es, meinen hoffnungslos ausgehungerten Magen rebellieren zu lassen. Offen gesagt bin ich inzwischen so hungrig, dass mir schon fast übel ist. Wenn ich daran denke in einem Restaurant zu sitzen und im schlimmsten Fall ewig auf die Bestellung zu warten, möchte ich verzweifeln.

»Um ehrlich zu sein wäre mir ein Hot Dog oder sonst was, das ähnlich schnell geht, am liebsten. Ich bin am Verhungern«, gestehe ich.

Marc bleibt stehen und sieht mich überrascht an. »Sag jetzt nicht, dass die paar Bissen Nudeln heute Mittag das Einzige waren, das du zwischen die Zähne bekommen hast.«

»Na ja, am Morgen hatte ich noch einen Muffin«, winke ich ab. Was so nicht stimmt, denn ich hatte, glaube ich, keine drei Bissen davon genommen, bevor der erste Patient kam und den Turbotag einläutete.

»Und die Nachmittagspause?« Mir ist bewusst, dass Marc auf Einhaltung der Pausen bei seinen Angestellten besteht oder wie er es nennt der ›Auszeiten‹. Ein hungriger oder müder Kopf arbeitet nicht gut – so sein Motto. Doch ich glaube, dass er einfach nur einer der wenigen Urgesteine ist, dem seine Mitmenschen noch etwas bedeuten.

»Die Pause fiel aus, weil so viel zu tun war.«

»Ashley, die Patienten laufen doch nicht davon. Pausen sind wichtig. Hat Klara auch keine …« Ich brauche kein Wort von mir zu geben, meine schuldbewusste Miene verrät, dass auch Klara durchgearbeitet hat.

»Darüber reden wir morgen«, sagt er streng, »jetzt wollen wir erst mal zusehen, dass du etwas Warmes in den Bauch bekommst.« Damit führt mich mein Boss eisernen Schrittes zwei Blocks die Straße hinab, wo er mir am ersten Imbissstand, den wir finden, einen gigantischen Hot-Dog kauft. Er lässt das Ding so großzügig mit Gürkchen, Sauerkraut und Senf füllen, dass es eine Kunst ist, abzubeißen, ohne zu kleckern. Gegen meinen Monster-Hot-Dog sieht Marcs geradezu kümmerlich aus.

Mit den Snacks in der Hand schlendern wie die Straße hinunter und Marc erzählt, dass er erst seit ein paar Jahren in New York lebt. Ursprünglich kommt er aus Burley – Idaho, und wie so oft war es auch bei ihm die Liebe, die ihn hierhergeführt hat. Sally war ihr Name, erklärt er und ihre Beziehung habe fünf Jahre gehalten. Tja und dann war die Luft raus, die zwei hatten sich auseinandergelebt und entschieden, dass es schlauer wäre, getrennte Wege zu gehen.

Weil ich mich noch immer für die Liam-Tiffany-Kiste schäme, schweige ich über diesen Teil meines Lebens, als Marc von meiner Vergangenheit wissen will. Stattdessen erzähle ich von meinem liebsten Hobby, dem Schwimmen. Dass ich mehrfach die Landesmeisterschaften gewonnen habe und mein Trainer Dan es nicht wahrhaben wollte, als ich aus zeitlichen Gründen den Badeanzug und die Schwimmbrille an den Nagel hängte. Natürlich brennt ihn die Frage, was mich hierher verschlagen hat, unter den Nägeln, und weil ich so ehrlich wie möglich zu ihm sein will, sage ich, dass ich mich mit meiner Freundin überworfen habe und aus meinem alten Leben in Tampa raus musste. Ich erkläre, dass ich eine Herausforderung brauchte

– und was würde sich das besser anbieten als New York?

So neben dem hochgewachsenen Arzt her zu schlendern und über früher zu reden, lässt in mir ein Gefühl der Geborgenheit aufkeimen. Es tut gut, einfach mal unbeschwert zu sein. Viel zu oft sitze ich allein und mit dem Gefühl, alles verloren zu haben und der schlechteste Mensch auf der Welt zu sein, in meiner Bruchbude. Während mein Begleiter von den Schwierigkeiten erzählt, in New York eine Arztpraxis zu eröffnen, schwenkt mein Blick ungeniert über seine Erscheinung. Und wieder einmal werde ich mir bewusst, dass er ein wirklich gut aussehender Mann ist. Nicht auf die typische Sonnyboy-Schönling-Weise, nein, Marc ist der natürliche Typ. Ich sehe, wie er anerkennende Blicke von Frauen – ja, auch von hübschen – erntet, und muss zugeben, dass ich sie verstehe. Wer möchte nicht von diesen Lippen geküsst werden und wer möchte nicht seine Finger in diesen frechen Locken vergraben? Die Unterlippe zwischen die Zähne ziehend überlege ich, wie er im Bett sein mag.

Fordernd?

Oder doch einfühlsam – so wie Liam?

Oh, ich verfluche diesen Kerl! Warum um alles in der Welt muss er mir noch immer im Kopf herumspuken? Kann ich ihn denn nicht endlich vergessen? Ich wünschte, mein Gehirn würde Liam und alles, was mit ihm zu tun hat, streichen, es wieder ausspucken, absorbieren, irgendwas! Ich will einfach vergessen, dass es ihn je gegeben hat. Gott, wäre das herrlich! Kein in Zorn ertränktes schlechtes Gewissen mehr, keine durchgeschwitzten Albtraumnächte und verdammt noch mal, kein klaffendes Loch in der Brust mehr! Ich schüttle den Kopf, als könnte ich ihn und diese Vergangenheitswiederholungsschleifen abschütteln. Denn ich will das nicht, ich will nicht länger an Menschen hängen, die mich verletzt haben und mich zu Dingen verführten, für die ich mich ein Leben lang schämen muss. Es reicht, und zwar endgültig. Ich habe die Nase gestrichen voll! Gerade als ich mich frage, was um Himmels willen ich tun kann, um endlich loszulassen, schwenkt Marcs Blick zu mir herüber und ich schaue in seine gutmütigen braunen Augen.

Ich versinke geradewegs darin und überlege mir, dass dies ein hervorragender Zeitpunkt wäre, um endlich einmal alles hinter mir zu lassen.

Lebe jetzt!, wispert eine Stimme in mir, die ich bisher nur sehr selten gehört habe. *Lebe jetzt und lass all das, was dich bedrückt, ein einziges Mal hinter dir. Was hast du zu verlieren?*

Darüber muss ich nicht lange nachdenken:

Nichts!

10. Kapitel

Ashley

Einen zwanzigminütigen, mit Abgasen geschwängerten Spaziergang später, finden Marc und ich uns im Central Park wieder. Unsere Füße scheinen uns wie von selbst in die grüne Oase getragen zu haben.

Da wir unsere Hot-Dogs inzwischen verputzt haben, besorgt uns Marc an einer Snackbar eine Riesentüte Minidonuts mit Zimt und Zucker, die wir uns, bewaffnet mit langen Holzspießen, gönnen. Als wir uns schließlich auf eine der Parkbänke am Reservoir setzen, ist es schon dämmrig. Der See ist ruhig, glitzert im letzten Licht des Tages und in der Ferne, über den Wipfeln der Weiden, kündigen die Lichter der Wolkenkratzer eine weitere aufregende Großstadtnacht an.

»Erzähl mal, wie ist das Leben so, bei euch oben in Idaho?«, will ich wissen.

»Kühl. Zumindest um diese Jahreszeit.« Er schmunzelt, vermutlich, weil er weiß, dass ich nicht auf das Wetter hinauswollte. »In Burley sind die Menschen friedlich und das Leben ist ruhig«, ergänzt er und lässt den Blick über ein sich zankendes Paar schweifen, das eben an uns vorbeigeht. Ich verstehe, was er meint. New York ist wirklich großartig, keine

Frage, aber wenn man nicht aus dieser Gegend stammt, hat man erst mal mit Anpassungsschwierigkeiten zu kämpfen. Zumindest ging es mir so. In meiner ersten Nacht hier habe ich kein Auge zugetan, so laut war die Stadt.

»Und wie ist das Leben in Tampa? Ich vermute mal heiß«, erkundigt sich mein Chef schmunzelnd und verzieht dabei so frech einen Mundwinkel, dass ich unwillkürlich kichere.

»Kann man so sagen«, erwidere ich immer noch glucksend und sehe wie Marcs Augen funkeln. Flirtet er mit mir? Das ist unbestritten, würde ich sagen. Aber … steige ich darauf ein? Darüber muss ich länger nachdenken. Es scheint fast so, zumindest würde es das sehnsüchtige Ziehen in meinem Bauch erklären und auch die Tatsache, dass mein Herz viel schneller als für gewöhnlich klopft. Es ist jetzt über einen Monat her, dass ich das letzte Mal Sex hatte, und doch ist seither kein Tag vergangen, an dem ich nicht an dieses überwältigende Gefühl bei meinem Orgasmus denken musste.

Meines ersten und bis dato letzten Orgasmus.

Wieder einmal frage ich mich, ob Marc ein guter Liebhaber ist. Ob er geduldig und zart oder aber grob und direkt ist. Interessant, dass mir beides gefallen würde. Ich ziehe meine Unterlippe zwischen die Zähne und stelle mir vor, nackt auf ihm zu sitzen. Wie ich ihm meine Brüste entgegen recke, während er so tief wie möglich in mir ist. Wie ich vor Lust das Becken kreisen lasse, mir mit der Zungenspitze über die Lippen streiche, meine Hände auf seiner muskulösen Brust. Der Gedanke an Marcs hungrigen Blick, an sein Knurren und Aufstöhnen, wenn ich wilder und hemmungsloser werde, tränkt mein Höschen.

»Ashley?« Die braunen Augen meines Chefs mustern mich. Shit, bestimmt hat er was von sich gegeben, das ich, mal wieder abgedriftet in meine Sex-Fantasiewelt, nicht gehört habe.

»Hm?«, mache ich und hebe die Brauen. »Hast du was gesagt?«

»Nein, ich habe dich nur angesehen, und mich gefragt, woran du gerade denkst.«

Prompt schießt mir das Blut in den Kopf und ich merke, wie meine Wangen zu glühen beginnen.

»Ich … also …ich hab nur gerade überlegt, wie schön es ist, Zeit mit dir zu verbringen.« *Oh Gott, bist du eine schlechte Lügnerin!,* schimpfe ich mit mir. Nicht, dass mir die Zeit mit Marc nicht gefallen würde, aber meine Gedanken waren definitiv schlüpfriger Natur.

»Ich genieße das hier auch«, erwidert er lächelnd und greift nach meiner Hand. Die Berührung reicht aus, um meine Fantasie neu zu entfachen. Ich sehe, wie er mich durch ein Zimmer zu einem Kingsize Bett führen, dort befiehlt er mir mich hinzusetzen und entledigt sich auf unvergleichlich sexy Art seines Shirts. Shit – Shit – Shit!

Verdammt Ash, jetzt reiß dich mal zusammen! Was ist nur los mit dir? Was hat dieser verdammte Liam dir nur angetan? Seit dem Sex mit ihm bist du nicht mehr dieselbe. Ständig denkst du an Sex, ständig sind deine Nippel steif und dann, als wäre das nicht genug, reicht so eine banale Berührung aus, um dich auf Touren zu bringen!

»Wie lange ist deine letzte Beziehung her?« Marcs Frage dringt wie ein Vorschlaghammer zu mir durch und lässt meine Gedankenblase in tausend Stücke zerbersten. Oh Gott, was um Himmels willen soll ich darauf nur antworten? Dass ich noch nie eine echte Beziehung hatte? Dass ich bis vor etwas mehr als einem Monat noch Jungfrau war? Dass ich mir vom Freund meiner ehemals besten Freundin die Unschuld rauben ließ? Okay, nicht rauben, ich habe sie ihm vor die Füße geworfen, das ist nur die Wahrheit!

Nein, nichts davon darf Marc erfahren. Er würde mich entweder für bescheuert oder eine Schlampe halten. Also lüge ich: »Zwei Jahre«, sage ich, »sein Name war Andy.« Überrascht, wie leicht mir die Worte über die Lippen kamen, füge ich hinzu: »Er war fünf Jahre älter als ich, Lehrer und wollte sich beruflich verändern. Also zog er nach England, wo er heute an einer Universität in London unterrichtet.« *Wow, Ashley Jones, wo bitte kam das denn her? Und wie konntest du in so kurzer Zeit zu einem so abgebrühten Vamp mutieren?*

Ich meine, so bin ich doch sonst nicht. Und so will ich auch nicht sein. Aber das ist wohl das Resultat, die Strafe dafür, dass ich mit dem Freund meiner besten Freundin geschlafen und all meine Prinzipien über Bord geworfen habe. Nun stehe ich alleine da, habe alles verloren, was mir wichtig war. Und das Schlimmste, ich bin zu einer Person geworden, die sich selbst kaum kennt und die ich zum Teufel noch eins nicht sein will! Verlegen senke ich den Blick und reibe meine Hand im Nacken. Hoffentlich hat Marc meine Lüge geschluckt. Schlimm genug, dass ich sie ihm aufgetischt habe.

»Ich mag dich, Ashley.« Völlig überraschend nimmt Marc mein Kinn zwischen die Finger und hebt es an, um mir in die Augen sehen zu können. Sein Blick ist so warm, so liebevoll. »Ich möchte nicht, dass du einen falschen Eindruck von mir gewinnst«, sagt er mit seiner tiefen, männlichen, sexy Stimme, die ich nur bei ihm höre, wenn wir allein sind. Marcs Flirtstimme.

»Ich lege eigentlich großen Wert auf eine strikte Trennung, was Arbeit und Privates betrifft. Aber bei dir ist es irgendwie anders. *Du* bist anders. Obwohl du jetzt schon seit einigen Wochen hier lebst, hat die Großstadt dich nicht verändert. Du bist die sanftmütige, geduldige Frau geblieben und zu keinem oberflächlichen Stressbündel mutiert. Das finde ich schön.« Meinen Blick noch immer festhaltend lächelt mich Marc an. Dabei offenbaren seine Züge einen Ausdruck, den ich nur allzu gut kenne. Und zwar von mir. Genau so habe ich ausgesehen, als das mit Liam lief. Ich nenne es das Honigkuchenpferd-Gesicht. Ein breites überglückliches Lächeln überspannt von zwei großen erwartungsschwangeren Augen. Ich frage mich, wie lange Marc schon in mich verliebt sein mag und erhalte die Antwort praktisch umgehend.

»Als du zur Praxistür hereingekommen bist, wusste ich, dass du was Besonderes bist.« Okay, er ist definitiv verknallt in mich. Das stellt mich vor eine neue Situation, denn in mich war noch nie ein Mann verknallt!

Was für ein berauschendes Gefühl!

Und jetzt fällt es mir auch wie Schuppen von den Augen. Wie oft hatte ich schon das Gefühl, dass Marc mich länger als notwendig ansieht, dass sein Gesicht diesen weichen Ausdruck annimmt, wenn er mit mir spricht. Er war stets geduldig, auch wenn ich mich beim Karteiprogramm des Firmencomputers noch so dämlich angestellt habe. Wow, ich habe es ihm wohl tatsächlich angetan. Cool! Zum ersten Mal seit diesem alles verändernden Sonntag, vermisse ich Tiffany. Wie gerne würde ich ihr von Marc und meinem neuen Leben erzählen, wie gerne würde ich mich mit ihr auf die Couch setzen, einen Mädelsabend abhalten und einfach nur hören, was es Neues gibt. Ich schlucke den Kloß, der sich in meiner Kehle gebildet hat, herunter und entsinne mich wieder meiner Lage. Ich hasse Tiffany. Scheißegal wie sehr mein Herz sie vermisst, mein Kopf weiß, dass sie für mich gestorben ist.

Weil ich keine Gedanken mehr an diese Frau verschwenden will, richte ich meine volle Aufmerksamkeit auf Marc und das berauschende Gefühl, begehrt zu werden.

»Ich hoffe, ich habe dich jetzt nicht überrumpelt. Aber ich denke mir das schon so lange und verflucht, das musste gesagt werden!« Wieder erscheint der Honigkuchenpferd-Ausdruck auf seinen Zügen und wieder erfüllt er mich bis ins Innerste mit jenem aufregenden Gefühl.

»Keine Sorge, du überrumpelst mich nicht«, sage ich sanft und lege meine Hand auf seine. Marc nickt, strahlt mich an und reicht mir die Tüte Minidonuts.

»Nein, danke. Ich bin wirklich satt«, winke ich ab und ziehe meinen Mantel enger, weil der Wind auffrischt.

»Ist dir kalt? Wenn du möchtest, bringe ich dich nach Hause oder wenn du willst, und natürlich nur, wenn du *wirklich* willst, könnten wir auch zu mir gehen und was trinken.«

Oh, nein, ich will auf keinen Fall, dass Marc auch nur einen Fuß in meine Bruchbude setzt. Aber genauso wenig will ich den Abend jetzt abbrechen, also willige ich kurzerhand ein, mit zu ihm zu gehen. Übermütig wie ein kleiner Junge hüpft er von der Parkbank und reicht mir seinen Arm. »Darf ich bitten?« Lächelnd hake ich mich bei ihm unter und frage mich, ob sich alle Verliebten so lächerlich verhalten.

Wir nehmen uns ein Taxi und lassen uns in die E12th Street fahren, wo Marc eine Wohnung gleich gegenüber dem Cinema ›Village‹ hat. Die Fahrt durch New Yorks Straßen ist irgendwie heiß. Obwohl das Taxi geräumig ist, sitze ich so dicht neben meinem Chef, dass ich sein Aftershave riechen und seine Wärme spüren kann. Seltsamerweise bin ich nicht nervös, höchstens gespannt. Aber auf was? Die neue Ashley Jones mag verrückt sein, keine Frage, aber hey, doch nicht so verrückt, dass sie am ersten Abend mit einem Typen in die Kiste steigt ... oder?

Mir ist bewusst, dass das Prickeln zwischen meinen Beinen eine andere Sprache spricht. Leider habe ich nicht genug Zeit, um mir darüber ausreichend Gedanken zu machen, denn wir haben unser Ziel bald erreicht. Nachdem Marc bezahlt hat – wie erwartet lässt er mich nicht die Kosten übernehmen –, hilft er mir aus dem Wagen und führt mich die Treppen zu seinem Appartement empor. Jetzt werde ich doch nervös. Mein Herz schlägt mit jeder Stufe, die ich nehme, wilder in meiner Brust. Was werden wir tun? Etwas trinken, uns küssen? Werde ich über ihn herfallen? Wird er über *mich* herfallen? Werden wir wilden, hemmungslosen Sex haben? Verdammt, ich habe nicht einmal Kondome! Aber wer hätte das denn auch ahnen können?

Wir erreichen die Haustür, Marc sperrt auf und führt mich ins Innere. Inzwischen habe ich schweißnasse Hände und mein Mund ist ausgedörrt, als hätte ich seit Tagen nichts getrunken. Mein Gehirn spielt mir die verrücktesten Szenarien vor. Und alle, einfach *alle*, haben sie mit Sex zu tun. Mal sehe ich, wie ich mich von ihm gleich hier im Treppenhaus nehmen lasse, dann beobachte ich uns in einem Himmelbett beim ›Liebemachen‹, als Nächstes auf seiner Couch und unter der Dusche. Je länger ich mich diesen atemberaubend orgasmusfördernden Gedanken hingebe, desto stärker klopft mein Herz, desto wacher sind all meine Sinne, desto unsteter wird mein Atem und desto feuchter werde ich. Das Verlangen nach ihm wird immer größer – was auch eine Glanzleistung ist, denn die Möglichkeit, dass ich überhaupt in die Verlegenheit kommen könnte, mit Marc Bennet zu schlafen, existiert seit nicht einmal einem Tag in meinem Kopf.

Wir nähern uns dem Lift, Marc betätigt den Rufknopf, worauf die Türen augenblicklich auseinandergleiten. Hoffentlich ist er genauso angeturnt wie ich, denn er wird es riechen. Ich kann mir nichts Peinlicheres vorstellen.

Wie benebelt lasse ich mich von ihm in die kleine Kabine führen. Ich höre das ›*Pling!*‹, bekomme mit, wie die Türen sich schließen, und dann falle ich über ihn her. Wie ein wildes Tier springe ich ihn an, kralle meine Finger in seine Locken, presse meinen Lippen auf seine und fordere ungeduldig mit meiner Zunge Einlass. Marcs überraschtes Keuchen wirkt geradezu anspornend auf mich. Er stolpert rückwärts, bis die Kabinenwand ihn stoppt, doch seine Arme legen sich bereitwillig um mich. Besser noch: Eine Hand taucht in meinem Nacken an meinem Haaransatz auf. Ich küsse ihn gierig, mache dem Hunger und der Leidenschaft, die sich in mir gesammelt haben, Platz. Und verdammt, es ist so was von gut! Wild atme ich durch die Nase, erobere seinen Mund – was ich noch nie getan habe – und inhaliere hektisch seinen unglaublich frischen, männlichen Duft.

Das erneute ›*Pling!*‹ reißt mich schließlich ins Hier und Jetzt zurück. Verlegen lasse ich von ihm ab. Marcs Lippen sind gerötet und sein Haar hoffnungslos zerzaust. Doch das scheint ihm nichts auszumachen. Im Gegenteil, seine Augen leuchten und auf seinen Zügen liegt ein überwältigter Ausdruck. Obwohl der Fahrstuhl inzwischen gehalten hat und die Türen offen sind, bleiben wir stehen, die Blicke ineinander versunken. Unglaublich, wie heiß sich das anfühlt. Ich sehe das Begehren in seinen Augen, spüre, wie unsere Körper nacheinander verlangen. Als ich an ihm hinabsehe, schlucke ich trocken, denn seine Hose ist signifikant gewölbt. Ich sehe auf, unsere Blicke stranden ineinander und er scheint mir Tausende von Botschaften in wenigen Sekunden zu senden. Alle handeln von dem, was er gern mit mir anstellen will und alle sind nur ein Echo meiner eigenen Gelüste.

Wieder ist es das ›*Pling!*‹ des Aufzugs, was uns schließlich aus unserer Trance reißt. Gerade noch rechtzeitig ehe die Türen zugleiten können, hält Marc seine Hand dazwischen, worauf die grauen Stahlplatten wieder auseinandergleiten.

»Komm«, sagt er rau, nimmt fest meine Hand und führt mich den Flur entlang.

Vor lauter Aufregung kann ich kaum atmen. Die Vorfreude nimmt mir fast die Fähigkeit zu gehen, und ansehen kann ich ihn auch nicht, weil ich ihn gerade wie notgeil überfallen habe.

Aber vielleicht bin ich das ja auch: notgeil.

Wer einmal von der verbotenen Frucht aß ...

Verdammt, bisher wusste ich nicht, was mir entgeht, aber seit Liam sein widerliches Spiel mit mir getrieben hat, weiß ich ganz genau, was man mit einem Mann erleben kann. Nicht einmal das peinliche Ende kann mich diese Gefühle vergessen lassen. Ich sehne mich nach Zärtlichkeiten, nach körperlicher Erfüllung, nach diesem süßen, bitteren Gefühl, wenn man seinen Höhepunkt erreicht. Und ich habe gelernt, dass man, um dies zu erleben, nicht unbedingt die große Liebe in seinem Bett haben muss.

... oder auf dem Küchentisch, auf dem Boden, im Aufzug, auf der Parkbank, in einem verdammten Auto, in der Subway, in einer Besenkammer in der Praxis! Es gibt keinen Ort, an den ich regelmäßig gehe, den ich nicht schon in meinen Sexfantasien verarbeitet habe. Das Verlangen in mir wird immer größer – besonders, seitdem ich weiß, dass Marc an mir ernsthaft interessiert ist. Ich will berührt werden, will seine Küsse überall auf meinem Körper, will ihn in mir! So wie Liam, als …

Unvermittelt wird mir schwindelig.

Liam.

Ich sehe sein hübsches Gesicht, die ebenmäßigen Züge, rieche seinen unverwechselbaren Duft. Was hat dieser Teufel nur mit mir angestellt? Was hat er nur aus der anständigen Ashley gemacht? Verflucht noch mal, ich hasse ihn und ich hasse mich, für das, was ich hier tue. Habe ich denn aus der Vergangenheit nichts gelernt? Männer sind schlecht, sie machen nichts als Ärger. Ohne sie bin ich definitiv besser dran! Ich schnappe nach Luft, merke, wie meine Lungen sich verkrampfen und blanke Panik mich erfasst. Oh Gott, ich muss hier weg. Sofort!

»Marc … ich.« Ehe er versteht, was vor sich geht, habe ich ihm meine Hand entwunden. »Es … es tut mir leid.« Damit wirbele ich herum, stürze auf das Treppenhaus zu und laufe, so schnell mich meine Beine tragen, davon.

11. Kapitel

Tiffany

»Die Fliesen sind absolut *nicht* toll!«

Lange Zeit herrscht Stille, doch ich habe es gelernt, geduldig zu warten. Dass der Volltrottel nicht schläft weiß ich zufällig ganz genau.

Er schnarcht nämlich nicht.

Und wie immer soll ich recht behalten. Irgendwann ist ein tiefes Luftholen zu vernehmen – es hat so was Resigniertes – und dann ertönt seine tiefe, zugegeben sehr sexy Stimme in der Dunkelheit. »Sie sind also nicht toll. Und?«

»Wie und? In einem Hotel würde dir sowas nicht passieren!«

»Ich hab ja keine Ahnung, in welchen Hotels du üblicherweise absteigst, aber das kann es sehr wohl.«

Ich beschließe, darauf nicht zu antworten. Offensichtlich nächtigt Liam nur in solchen Absteigen. Was immer noch mehr ist, als ich erwartet habe, denn spätestens seit heute habe ich keine Schwierigkeiten mehr, ihn mir auf einer Parkbank vorzustellen. Zugedeckt mit der Zeitung des gestrigen Tages.

MOTEL!

Ich kann es immer noch nicht fassen: Er hat mich gezwungen, in einem stinkenden Motel zu übernachten!

Das ist ein neuer Tiefstand innerhalb meines Daseins. In Wahrheit habe ich nämlich immer von einem Hotel gesprochen. Auf die Idee, ernsthaft in einer widerlichen Bruchbude abzusteigen, in der wir nun gelandet sind, wäre ich zeit meines Lebens nicht von allein gekommen. Ich habe es eben nur Motel genannt, weil ich ihn nicht verschrecken wollte. Liam ist nämlich ein Geizhals vor dem Herrn!

Viel habe ich zu ihm nicht gesagt, denn was hätte das schon sein sollen? Dass er mich wie ein Ganove erpresst hat, auf die übelste Tour muss wohl nicht hinzugefügt werden. Dass er mich auf diese Art gezwungen hat, an einem Ort zu übernachten, der mir mit an Sicherheit grenzender Wahrscheinlichkeit etliche Ekelpickel *und* Herpes bescheren wird? Dass das verdammte Doppelzimmer, das dieser Basecaptyp so mutig angepriesen hat, nichts anderes ist als eine bessere Besenkammer, in die man mit viel Mühe zwei Einzelbetten geschoben hat?

EINZELBETTEN! Doppelzimmer, dass ich nicht lache!

Dass ich mich lieber erschossen hätte, als mich zu ihm in dieses widerliche Bett zu quetschen, das übrigens muffig riecht, nichts für ungut. Viele Gäste haben die hier wohl nicht. Und regelmäßig gelüftet wird auch nicht. Ich bin kein Experte, aber ich glaube, das Schwarze in den Fliesenfugen ist Schimmel. Fazit: Einmal Fahrt nach New York mit dem Obertrottel und ich bin dem Tode geweiht.

Mit nicht mal dreißig, perfekt!

Und so liegen wir eben jeweils in unseren Betten. Heißer Sex fällt aus, ich hätte sowieso keine Lust darauf. Die Fahrt war anstrengend, das ewige Sitzen bin ich nicht gewohnt, es lässt meine Gelenke einrosten und mich wie eine alte Frau fühlen. Und nicht nur räumlich haben wir uns entfernt, fällt mir in diesen

Momenten auf. Abgesehen von dem halben Meter, der unsere Betten trennt, scheint sich eine dichte Mauer zwischen uns aufgetan zu haben. Selbst Liams Atemzüge hören sich unterkühlt an. Als wäre er mit einem Mal ein völlig anderer Mensch.

Alarmiert richte ich mich auf und starre zu ihm hinüber.

Das war es ganz bestimmt nicht, was ich erreichen wollte – wenngleich mir nach wie vor meine wahren Ziele dieser Reise schleierhaft sind.

»Liam?«, wispere ich in die Dunkelheit hinein. Eine dichte Wolkendecke verbirgt den Mond, sodass diese Nacht sprichwörtlich schwarz ist. »Schläfst du?«

Es dauert einen Moment, bevor er die Antwort gibt, die ich bereits kenne. »Nein.«

»Was ist los?«

»Alles, was nicht angebunden ist.«

Ich schnaube auf, auch wenn ich fast gelacht hätte. »Baby, das ist ein Spruch, den üblicherweise Sieben- bis Zehnjährige gebrauchen.«

»Klar. Und Männer, die in Motels übernachten, weil ihre Freundinnen sie mit einer Mischung aus Barbecuesoße und Limo überschüttet haben.«

Nun kann ich mein Lachen nicht länger zurückhalten. Es klingt erleichtert, das wird mir sofort klar, und es stört mich. Ändern kann ich es nicht. »Tut mir echt leid«, sage ich, als es wieder möglich ist. »Aber du wolltest ja keine ordentliche Rast zulassen und ich war müde.«

»Gekauft.« Jetzt gluckst auch er. »Wenigstens hast du nun die Erfahrung gemacht, wie es ist, in einem Motel zu übernachten. Und ganz ehrlich: Das war es mir wert. Obwohl ich eigentlich durchfahren wollte.«

»Ich sagte dir, dass es zu weit ist.«

»Und ich sage dir wieder, dass wir es geschafft hätten, wenn du dich nicht so verdammt unkooperativ gezeigt hättest.«

Die Mauer, die eben eingerissen wurde, scheint wieder neu zu entstehen, doch diesmal bin ich schneller und komme der Vollendung zuvor. »Sagen wir doch einfach, dass wir beide nicht ganz richtig lagen«, schlage ich zuckersüß vor.

»Hmmm.«

»Heißt das, du stimmst zu oder du tust es nicht, bist weiterhin sauer und vermiest uns so auch noch den Rest der Fahrt?«

Erst jetzt klingt er wirklich hellwach. »Ich bin nicht sauer!«

»Warst du aber!«

»Du auch«, gibt er zurück und klingt dabei so entwaffnend, dass ich es nicht leugnen kann.

»Okay, dann waren wir nicht nur beide im Unrecht, sondern auch noch beide sauer«, lenke ich ein. Bis zu diesem Moment war mir nicht bewusst, dass ich so aktiv auf Deeskalationskurs gehen kann. »Ist das in Ordnung?«

Es dauert eine Weile, doch dann höre ich ihn wieder. »Ja, das ist es.«

Diese dunkle, heisere Stimme, die sich in der Finsternis fast mystisch anhört, verursacht einen wohligen Schauer auf meiner Haut. »Was tust du gerade?«

»Ich liege im Bett«, brummt er.

Ich begreife, dass ich so nicht weiterkommen werde und in Wahrheit bin ich das Versteckspiel auch leid. Und so stehe ich auf und tappe zu ihm hinüber. Er hat die Decke bereits gelüftet, was mich nicht wundert. Wir beide empfinden wohl ähnlich. Auf jeden Fall ist es wie ein Heimkommen, als ich mich neben ihn lege, den Kopf in seiner Armbeuge, sein warmer Körper an meinem. Ich liebe seine glatte, unbehaarte Brust, meine Finger streichen gern über die Hügel und Täler und spielen noch lieber mit seinen kleinen Nippeln, und ... ich lasse meine Hand hinabgleiten und schließe lächelnd die Augen: seiner harten, pulsierenden Erregung. Ich liebe es, den kleinen Lusttropfen auf seiner Eichel mit dem Daumen zu verstreichen, und diesen dann zwischen meine Lippen zu schieben. Liam steht jedes Mal kurz davor, wie ein College-Boy los zu spritzen. Oh ja. Er steht darauf, er steht auf dreckigen Sex und auf Dirty Talk. Er steht darauf, wenn ich ihn hart rannehme, genauso wie er dafür töten würde, *mich* hart ranzunehmen. Möglicherweise hat er es derzeit verdrängt, doch ich könnte ihn ganz schnell dazu bringen, es mir zu besorgen. So, wie ich es ihm dann besorge. Dies war immer eine Geschichte des Gebens und Nehmens – die Art, auf die ich es bevorzuge. »Du musst zugeben, die Fahrt ist schon spannend.«

»Na ja, wenn man Highways mag«, sagt er leise und ich höre das Lächeln, das sich unter Garantie um seine Lippen gelegt hat. Nur leider flacht seine Erregung wieder ab, weshalb ich mich beeile, seinen Semisteifen zu liebkosen. Sanft lasse ich meine Hand an seiner gesamten Länge auf und ab gleiten, bis er stöhnt. Dann nicke ich zufrieden.

»Nein, ehrlich!«, beharre ich. »So ungefähr hatte ich mir das gedacht. Wie einen Kurzurlaub. Mal was anderes sehen, den Alltag hinter sich lassen, Tausende von Meilen auf staubigen Straßen hinter sich legen, keine Sorgen haben, keine Probleme, nur für den Augenblick leben ...«

»Du hast definitiv zu viele Roadmovies gesehen«, sagt er schläfrig. »Außerdem ist das kein Leben für dich. Du musstest ja schon an einem Motel aussteigen *und* einchecken. Ich will dir nicht noch mehr dieser Widerlichkeiten zumuten, Darling.«

»Das hast du aber.« Mit einem Bein reibe ich über seine, obwohl mir die Augen fast zufallen, mein Knie berührt wie aus Versehen seine bereits wieder steinharte Erregung, und ich seufze leise, als das Verlangen über mich hereinbricht.

»Nein, habe ich nicht. Ich war nur so freundlich, dir bei dem Ash-Dilemma zu helfen. Mal wieder«, sagt er jedoch völlig ungerührt.

Mich ärgert die Zurechtweisung mehr als alles andere. Doch darauf erwidern kann ich nichts, weil mir die Augen zufallen. Als hätte mir nur seine Nähe gefehlt, um endlich einschlafen zu können. Nein, nicht der Wunsch nach Sex hat mich zu ihm gehen lassen, wie ich ursprünglich dachte. Es war das Verlangen nach seiner direkten Gegenwart, seiner Wärme und seinem Duft. Und so ziehe ich mein Knie zurück, lege einen Arm um ihn und kuschele mich an seine warme, unbehaarte, muskulöse und umwerfende Brust.

Er ist ein Trottel, das ist mir zwar schon länger bewusst, doch innerhalb der letzten Stunden hat er den eindeutigen Beweis erbracht. Blöderweise hänge ich nun mal an diesem Trottel, was soll ich sagen?

Mit diesem Gedanken schlummere ich ein.

12. Kapitel

Liam

Sie hat mich wieder gekriegt, so wie sie mich immer kriegt.

Nein, ich wollte sie nicht in dieses verdammt enge Bett lassen. Ganz ehrlich, auf eine solche Idee wäre ich im Traum nicht gekommen. Ich brauche beim Schlafen meinen Platz. Nichts ist widerlicher, als wenn man darum kämpfen muss, genau wie um die Decke. Und was ist passiert? Nun drängelt sie derart, dass ich mehr als einmal fast den Abgang über die Kante mache.

Außerdem schnarcht sie.

Spätestens das ärgert mich so sehr, dass ich wieder hellwach bin. Ich drücke ihren Arm von mir, verfahre mit vor Konzentration durch die Zähne geschobener Zunge mit ihren Beinen genauso und stehe kurz darauf in der sehr kleinen Mitte des Motelzimmers. Nach einigem Umhertasten finde ich meine Hose und darin mein Handy, mit dem ich für lange drei Minuten das Schnarchkonzert aufnehme. Nur für den Fall, dass sie mir mal wieder meine Unzulänglichkeit vorwirft. Übrigens, sie grunzt auch.

… und schmatzt. Ganz schlimm wird es, wenn sie auf dem Rücken liegt, dann macht sie nämlich alle drei Dinge auf einmal. Und das stört dann selbst mich.

Ich gehe nicht wieder in dieses viel zu kleine Bett zurück, sondern lege mich stattdessen in ihres. Doch einschlafen kann ich nicht. Denn ihr arroganter Monolog ließ erneut die Frage in mir aufkeimen, weshalb ich mich auf diese Tour überhaupt eingelassen habe. Tiffanys Motivation liegt nach wie vor im Dunkeln, und ich habe die Hoffnung längst aufgegeben, noch mal dahinter zu gelangen. Sie verfügt über genügend Geld, um ein Transportunternehmen zu engagieren, was sie aber nicht getan hat. Nein, Tiff musste höchst selbst nach New York fahren und an Dingen rütteln, die bereits geklärt waren. Oder zum Schweigen verurteilt. Wie auch immer, eines ist mir klar: Hätte Ashley noch Klärungsbedarf, dann hätte sie sich in der Zwischenzeit gemeldet. Was sie aber nicht hat, mit Ausnahme dieses dummen Briefes, den man nun wirklich nicht als Aufforderung werten kann.

... Das kann man doch nicht, oder? Unwirsch schüttele ich den Kopf. Warum die Dinge wieder aufbrechen, wo sie so schön totgeschwiegen wurden?

Ich schließe die Augen und sehe die fast knabenhaft schlanke Figur Ashleys vor mir. Diesen biegsamen, trotz allen Sports sanft geschwungenen Körper; das lange, seidige brünette Haar, das sie nur mir zuliebe offen trug. Die großen dunklen Augen, die so viel Wärme, Zuneigung und Interesse ausstrahlen, wann immer man hineinsieht. Eine Minute in diese Augen geblickt und man hat so viel menschliche Empathie gespürt, wie bei Tiffany in einem Monat nicht. Ach was rede ich, in einem Jahr! Oh, sie wollte gerade Sex, und normalerweise nehm ich ihn mir, wenn er mir so höflich angeboten wird. Heute nicht. Ich konnte nicht! Obwohl ich deutlich steif war, obwohl ich es hätte wollen sollen!

Aber ich wollte einfach nicht! Die Wahrheit ist, dass ich endlich nachdenken muss.

Nachdenken über Ashley.

Seufzend lehne ich den Kopf zurück, halte die Augen nach wie vor geschlossen.

Anfänglich hatte ich mich gefragt, wie solch unterschiedliche Menschen zueinanderfinden und so lange zusammenleben konnten. Mittlerweile meine ich, die Antwort gefunden zu haben: Sie ergänzen sich perfekt. Woran es Tiffany mangelt, darüber verfügt Ash im Gegenzug, und andersherum läuft es genauso.

Zu viel Stolz trifft auf zu viel Empathie.

Zu viel Selbstbewusstsein trifft auf zu viel Unsicherheit.

Zu viel Egoismus trifft auf zu große Anteilnahme.

Zu viel Erfahrung trifft auf zu viel Naivität.

Wären sie Mann und Frau hätten sie die perfekte Basis für eine gefährlich einseitige, aber weit verbreitete Art der Ehe gebildet. So waren es eben die besten Freundinnen. Freundinnen in einer Beziehung, in der die eine nur gab und die andere nur nahm.

Wie man es auch dreht und wendet, das ist eine verdammt ungesunde Konstellation.

Nein, ich war nie stolz auf das, was ich getan habe. Nicht einmal, während es stattfand, auch wenn ich zugeben muss, dass ich meinen Spaß hatte. Tiffany würde mich wahrscheinlich erdolchen, wenn sie wüsste, *wie viel* Spaß das war. Gerade Ashs Vorsicht, diese leichte Angst, diese Unerfahrenheit gepaart mit dieser beinahe unerträglichen Attraktivität hat mich unsagbar angemacht. Ihr Körper ist so trainiert, ihre Muskeln so geübt, dass selbst das In-sie-Hineingleiten ein nie zuvor gefühltes Erlebnis war. Bei Ash habe ich jeden Muskel gespürt, wenn ich in ihr war. Trotzdem sie so unerfahren ist, wusste sie perfekt mit ihnen umzugehen. Noch immer spüre ich die zarten, schlanken Finger auf meinem Rücken. Nach wie vor bilde ich mir ein, ihr verhaltenes Stöhnen zu hören. Oh ja, eine Ashley Johnes lässt sich nicht rückhaltlos fallen. Jedenfalls nicht einfach so. Ich musste mir jedes Keuchen, jedes Stöhnen, jeden wohligen Aufschrei hart erkämpfen und ich tat es gern.

Verdammt gern.

Um ehrlich zu sein war Tiffany in diesen wenigen Stunden, die mir mit Ashley vergönnt waren, vergessen. Nicht einen verdammten Gedanken habe ich währenddessen an die attraktive Blondine verschwendet, die soeben schnarchend in dem angeblich stinkenden Bett neben mir liegt. Ich hatte mich ganz und gar auf diese kleine, süße und so schüchterne Ashley eingelassen.

Ein Novum, so etwas ist mir bisher noch nie passiert und vielleicht war ich deshalb so dankbar, als Tiffany die Sache klärte. Nachdem der erste Zorn überwunden war, genau wie meine Sorge um Ash, versteht sich. Ich wollte mich nicht einfangen lassen, dazu habe ich nicht alles hinter mir gelassen und bin freiwillig ins Exil gegangen.

Ich wollte Freiheit, Freiheit und noch mal Freiheit. Eine feste Beziehung kam in meinen Plänen nicht vor, und zunächst ließ sich ja auch alles sehr gut an. Wer will schon einen Taugenichts, der sich nicht einmal ein eigenes Appartement leisten kann?

Dass gerade Tiffany meine Pläne durchkreuzen würde, hätte ich nicht gedacht. Sie schien mir der materielle Typ zu sein. Der Typ Frau, die sich niemals auf einen Mann ernsthaft einlassen würde, wenn er nicht wenigstens über ein gesichertes Einkommen und ein Eigenheim verfügt. Nun, auch das war eine Fehleinschätzung. In Wahrheit genießt Tiffany die Überlegenheit, sie meint, damit Macht über mich zu haben, mir nicht nur materiell und intellektuell weit überlegen zu sein, sondern absolut. Ich belasse sie größtenteils in dem Glauben, weil das Leben mit ihr auf diese Art leichter ist. Ash bin ich los und habe dafür Tiffany am Haken.

Tiffany, die zwar gleißend schön, aber auch so unsagbar nervend ist.

Tiffany, die mich mit ihrem endlosen Egoismus so sehr an das erinnert, was ich hinter mir gelassen habe.

Tiffany, die meiner Ansicht nach nicht den geringsten Schimmer vom echten Leben hat, aber wacker an das Gegenteil glaubt.

Unvermutet schlage ich die Augen auf.

Befinde ich mich schon wieder auf der Flucht?

Eine Flucht vor dem blonden Vamp, der mich begleitet und dabei angestrengt daran arbeitet, mich doch noch in den Wahnsinn zu treiben? Wenn ja, dann haben meine Fluchtfähigkeiten innerhalb der vergangenen Monate extrem gelitten. Und was, wenn wir New York erreichen? Was, wenn wir Ash dort wirklich antreffen – was nicht gesagt ist, schließlich haben wir unser Erscheinen nicht angekündigt. Sie könnte sonst wo sein. Aber angenommen, unsere Mission ist erfolgreich. Was denn dann?

Mir geht auf, dass ich wieder einmal sehr spontan gehandelt habe, ohne auch nur annähernd mögliche Konsequenzen zu überdenken. Und mir geht noch mehr auf ...

Ich werfe einen raschen Blick in das Nachbarbett, in dem Tiffany friedlich und mit der ihr eigenen Selbstgefälligkeit, die sie sogar im Schlaf nicht ablegt, vor sich hin schnarcht, grunzt und schmatzt. Dann stehe ich auf, ziehe meine Jeans über – glücklicherweise habe ich noch eine Ersatzjeans eingesteckt –

und verlasse leise das Zimmer. Mit einem Mal ist es mir viel zu klein, um mich darin gemeinsam mit dieser Frau aufzuhalten.

* * *

Finstere Nacht und diffuses Licht aus einigen Notlampen empfängt mich. Darüber hinaus weht eine kühle Brise, die auf meinen nackten Armen eine Gänsehaut verursacht. Es ist bemerkbar, dass wir die Subtropen hinter uns gelassen haben. Auch wenn der Kalender Spätsommer zeigt, ist es in diesen Breitengraden bedeutend kühler. Möglicherweise wird uns im Big Apple Regen erwarten. Regen und äußerst niedrige Temperaturen. Auf Tiffanys Gezeter, sollte sie endlich kapieren, dass es in New York mit der ewigen Sonne Essig ist, kann ich bereits im Vorfeld verzichten. Hören werde ich es trotzdem, da mache ich mir nichts vor.

Und dann?

Was werde ich wohl tun, wenn ich Ash tatsächlich gegenüberstehe?

Ich weiß es nicht, was keine sehr schöne Erfahrung ist. Wer schlittert schon gern in eine unkalkulierbare Situation hinein? Doch die Alternative, nämlich, sie nicht anzutreffen, fühlt sich ebenso unerträglich an. In Wahrheit weiß ich nicht, was ich will und das zermürbt mich. Diese Reise habe ich mit Sicherheit auch angetreten, um endlich mein derzeit schwammiges Gemüt wieder auf Linie zu bekommen.

Das brauche ich wohl ebenfalls kaum zu leugnen, ich habe auch nicht die Absicht.

Die kühle Brise scheint meinen Kopf erfolgreich zurechtzurücken, ich meine, wieder klarer und vor allem rationaler denken zu können. Es ergibt keinen Sinn, weiterhin an dieser Fahrt zu zweifeln, denn ich habe bereits die Hälfte der Wegstrecke bewältigt. Ein Ausbruch käme leicht verspätet und wäre total überflüssig. Daher heißt das derzeitige Motto wohl: *Augen zu und durch.*

Das nehme ich als Aufforderung, schließe erneut die Augen, atme einige Male tief ein und aus und erfreue mich an der Stille des sehr jungen Morgens – die Dämmerung liegt noch über drei Stunden in der Zukunft. Ich fühle keine Müdigkeit; die Erschöpfung, die mich vorhin kurzzeitig heimgesucht hat, gehört längst wieder der Vergangenheit an. In Wahrheit bin ich hellwach, als hätte ich einen dreifachen Espresso getrunken.

Aber ein Weiterfahren fällt ja aus, weil Mylady pennen muss.

Mann!

Nein, ich gebe mich keinem unterdrückten Wutanfall hin, stattdessen schließe ich die Zimmertür vollständig und betrete dann den großen Parkplatz, um den herum der Flachbau errichtet worden ist. Circa fünfzig Türen führen in höchstwahrscheinlich ähnlich angelegte Zimmer, wie das, welches Tiffany und ich in dieser Nacht bewohnen. Über allen flackert jeweils eine Lampe mit geringer Wattstärke. Das dicke Glas wurde mit einem Gitter überzogen, um es vor Zerstörungen zu bewahren. Motel-Style, so wie überall in dieser Art von Etablissements. Die Veranda zieht sich abgesehen von der Auffahrt um das gesamte Quadrat und ich mache den üblichen Eisspender aus. Das Münztelefon darf ebenfalls nicht fehlen und selbstverständlich findet sich auch der Getränkeautomat, in dem es, ohne dass ich erst nachsehen muss, die diversen Limo- und Wassersorten gibt. Bier wird man dort nicht finden. Kein Problem, ich bin nicht durstig.

Einzig die dunkle Gestalt, die sich in zwanzig Metern Entfernung in den Verandaschatten drückt, passt nicht in dieses

Idyll. Ich blinzele ein paarmal heftig, weil ich zunächst von einer Halluzination überzeugt bin. Als ich erkenne, dass die Gestalt wahr ist, erinnere ich mich schlagartig an Tiffanys Horrorszenarien, mit denen sie versucht hat, eine Übernachtung in diesem Etablissement zu torpedieren. Es wäre doch verdammt witzig, wenn von allen Motels in diesem riesigen Lande, genau das, in dem wir übernachten, in genau dieser Nacht von einem irren Amokläufer heimgesucht wird.

Sobald der Gedanke gekommen ist, schwindet er wieder, denn mein Verstand arbeitet währenddessen auf Hochtouren, und ihm ist nicht entgangen, dass die Gestalt für einen Mann viel zu klein ist. Sie wirkt auf mich auch nicht lauernd, sondern eher vorsichtig. Dennoch will ich es genau wissen.

»Hey!« Ich rufe nicht, spreche aber auch nicht unbedingt leise, während ich bereits die freie Parkplatzfläche überquere. Zu spät geht mir auf, dass es mitten in der Nacht ist. Das Geräusch wird von den umliegenden Wänden aufgefangen und zurückgeworfen, und spätestens das Echo ist sogar verdammt laut. Wenn Tiffany jetzt wach wird, dann wird sie auch wieder sauer sein – Tiff ist erklärter Morgenmuffel. Doch sobald mir der Gedanke gekommen ist, verwerfe ich ihn wieder, denn es kümmert mich nicht wirklich.

Den Blick auf die Gestalt im Schatten geheftet, die sich noch tiefer hineindrückt, überquere ich die Straße. Wenn sie – inzwischen bin ich davon überzeugt, dass es sich um ein Mädchen handelt – sich derart benimmt, muss ich davon ausgehen, dass sie nichts Gutes im Schilde führt. Und das wiederum gefällt mir nicht. Ich hätte nämlich gern den Lieferwagen mit all dem Kram behalten. Auch wenn Tiffany die Kaution bezahlt hat.

Als ich sie erreiche, scheint es für einen Augenblick, als wolle sie endlich abhauen, weshalb ich sie mit meinen an die Hauswand gestützten Armen einkeile. »Was suchst du hier?«, will ich dann erfahren. Erst jetzt nehme ich wenigstens teilweise die Züge ihres Gesichtes wahr und weiß trotz der Dunkelheit, dass sie kaum zwanzig sein kann. Das Geräusch ihres hektischen Atems erreicht mein Ohr und sie zieht den Kopf sichtbar zwischen die Schultern. Ich begreife, dass sie sich vor mir fürchtet und senke hastig die Arme. Zwar wollte ich sie von einer Flucht abhalten, aber ihr ganz sicher keinen Todesschreck einjagen. Als sie jedoch immer noch keine Anstalten macht, sich zu äußern, packe ich sie am Arm – wenn auch weder brutal noch sonderlich fest – und ziehe sie ins spärliche Licht des nächsten Zimmereingangs.

Mein erster Eindruck wird bestätigt. Sie kann kaum zwanzig sein. Eine Mörderin ist sie definitiv auch nicht. Was mich hier aus großen, dunklen Augen anblickt ist eine … verschüchterte Collegestudentin. Das erste Jahr gerade absolviert.

»College?«, frage ich sicherheitshalber nach.

Die riesigen Augen weiten sich noch ein wenig mehr. Aus Überraschung, vermutlich, dann nickt sie hastig.

»Und du trampst?« Das schließe ich aus dem riesigen Rucksack, der auf ihrem schmächtigen Rücken ruht. So, wie das ganze Wesen eher schmächtig ist. Die kunstvoll zerrissene Jeans ist so eng, dass man ihre Konturen problemlos ausmachen kann. Das ärmellose Shirt zeigt, dass auch die Oberweite stimmt. Beide Klamotten stammen aus keinem Billigladen. Sie ist ein niedliches kleines Mädchen, dass sich auf eine viel zu beschwerliche Reise gemacht hat. Zum ersten Mal ohne die Eltern, schätzungsweise. Ihr Nicken ist obligatorisch. Außerdem meine ich, leichten Ärger in ihrem Blick auszumachen, als sie mich dabei erwischt, wie ich den standardmäßigen Scann durchführe. Es interessiert mich nicht sonderlich. Sie wäre die erste Frau, der dieser Kurzcheck gefallen würde. Abgesehen von Tiff vielleicht, die so etwas immer genießt. Ash hingegen …

Aber Ash ist momentan nicht das Thema.

Allerdings begreife ich, warum sie mir gerade jetzt in den Sinn kommt, denn die Kleine hat Ähnlichkeit mit ihr. Nicht in Sachen Figur, da hat Ash weniger zu bieten, ihre Brüste sind kleiner, durch den ganzen Sport, schätze ich. Die Mädchen in meiner damaligen Trainingsgruppe waren noch nicht entwickelt genug, um Vergleiche anstellen zu können. Ash ist größer und muskulöser, wenn ich mich nicht täusche.

Der Blick ist es. Dieser unschuldige, naive, fast schon babyhafte Blick, der mich immer an Bambi erinnert und interessanterweise den Beschützerinstinkt in mir weckt. Egal, was hinter ihr liegt, momentan fühlt sich dieses Kind – ja, es ist ein Witz, aber ich sehe die Kleine so – nicht sonderlich sicher. Weit und breit ist kein Vater oder Freund verfügbar, der sich ihrer annimmt, weshalb für mich in dieser Sekunde feststeht, dass *ich* ihr neuer Beschützer sein werde. Bis sie wohl behütet daheim angekommen ist. Jedenfalls, wenn wir in die gleiche Richtung müssen.

»Wohin?«, erkundige ich mich, als mir die Waghalsigkeit dieser neuesten Schnapsidee bewusst wird.

»New York«, stößt sie hervor. Ihr Unterkiefer schiebt sich vor. »Warum …«

»Ist dort dein Zuhause? Eltern? Oder College? Beides?«

»Hören Sie, warum …«

»Antworte mir, verdammt!«, schnauze ich sie an und sehe sie zusammenzucken, aber wenigstens hört sie mit diesen nervenden

Protesten auf. Sie mustert mich aufmerksam, die Furcht verschwindet aus ihrem Blick, dafür sehe ich Interesse aufflackern. Keines, das mich in Schwierigkeiten bringen könnte, eher versucht sie offensichtlich in meinen Kopf hineinzublicken und zu erkennen, was darin vorgeht. Nun, da wünsche ich ihr viel Glück, das haben nämlich schon bedeutend clevere Menschen versucht und sind gnadenlos gescheitert. Selbst ich habe ab und an so meine Schwierigkeiten.

»So ist es nicht«, sagt sie mit unerwartet fester, klarer Stimme. »Ich habe eine Tour durch ein paar Staaten gemacht. Trampen, Übernachten in Jugendherbergen, Sie wissen schon. Ich war früher pleite als zu Hause und dachte mir, wenn ich hier nachschaue, wer morgens ins Auto einsteigt … also ich meine, es ist nicht leicht, allein zu reisen. Auf die Art.«

Sie betrachtet mich flehend, offenbar hofft sie, sich verständlich ausgedrückt zu haben.

»Und da treibst du dich nachts in einer Motelanlage herum?«

»Na ja, ich dachte, ich könnte schon mal vorpeilen, wer hier so schläft.«

»Aha … Äh, und warum das?«

Sie stöhnt und verdreht die Augen. »Um zu sehen, mit wem ich mitfahren könnte. Trampen ist beschissen anstrengend, das kann ich dir flüstern. Und nicht, weil man ständig den Daumen in den Wind halten muss, vertrau mir.«

Offensichtlich taut sie auf. Und das nicht allmählich, sondern innerhalb von Sekunden. Die traurig geglaubten Augen funkeln und sprühen, ihr Kopf ist leicht nach vorn gereckt, und wenn ich das trotz der nicht sehr guten Lichtverhältnisse richtig sehe, dann sind ihre Wangen inzwischen von einem zarten Rouge durchzogen.

»Und wenn sie schlafen, dann weißt du, ob sie vorhaben, dich zu misshandeln oder nicht, solltest du mit ihnen mitfahren?«

»Nein, aber wenn du weißt, ob eine Frau mit an Bord ist, dann hast du schon mal die Hälfte gewonnen«, gibt sie schnippisch zurück.

»Klasse Idee. Komisch ist nur …« Damit wende ich mich um und überblicke den Parkplatz auf dem noch immer genau ein verdammter Wagen steht – meiner. Ich sehe sie wieder an. »Komisch ist nur, dass deine Auswahl hier echt eingeschränkt ist. Also, ein Blick hätte gereicht, bei dem du übrigens auch nicht gewusst hättest, ob nun Frauen anwesend sind oder nicht. Sieht für mich wie ein ganz normaler Transporter aus.«

Sie betrachtet mich mitleidig. »Weil du eben keine Ahnung hast.«

»Aha. Und wovon habe ich keine Ahnung?«

»Von schneller, exakter Bestandsaufnahme der allgemeinen Lage«, erklärt sie mir im Brustton der Überzeugung und wirkt dabei so selbstsicher, dass ich mir ein Lächeln kaum verbeißen kann. Übrigens revidiere ich meine Altersschätzung. Sie ist zwanzig, wenn nicht sogar schon älter. Jetzt, wo sie interagiert, ist das nicht übersehbar.

»Aha«, erwidere ich wieder, ohne den geringsten Schimmer zu haben, wovon die Lady spricht.

»Du siehst genau, ob eine Frau mitgefahren ist oder nicht.«

»Und woran?«

»Am Dreck.«

Das verblüfft mich jetzt doch. »Am Dreck?«

Ihr Grinsen wirkt auf jeden Fall ziemlich herablassend. »Ihr Männer seid Schweine«, teilt sie mir lässig und ohne jede Reue mit, wobei sie sich eine Strähne ihres langen Haars hinter das Ohr klemmt. »Nicht im übertragenen, sondern im eigentlichen Sinne. Ihr lasst alles fallen, ohne euch um die Müllbeseitigung zu kümmern. Besonders, wenn ihr fahrt. Habt ihr eine Beifahrerin, kümmert diese sich um die Schweinerei und das Auto sieht auch nach 1000 Meilen noch relativ sauber aus.«

Ich muss lachen, denn … ehrlich, bei Tiff und mir ist das total anders. Tiff ist diejenige, die überhaupt erst für diesen verdammten Zwischenstopp sorgte, indem sie ihr überteuertes Fastfood im gesamten Wagen verteilte. Und soweit ich weiß, hat sie die Sauerei bisher nicht beseitigt. Das wird wohl wieder an mir hängenbleiben. Denn im Appartement macht sie sich auch nicht gerade durch Putzen einen Namen. Durch sexy Aussehen schon eher. Aber wenn ich will, dass es ordentlich ist, dann muss ich schon selbst dafür sorgen. Übrigens eines der wenigen Dinge, die mich absolut nicht stören. Ich mochte diese Heimchen am Herd noch nie. Aber ich will diesem Mädchen mit der totalen Verpeilung nicht die Hoffnung oder den Glauben nehmen, deshalb schmunzele ich nur, ohne in das tatsächlich angebrachte laute Gelächter auszubrechen.

Sie mustert mich erwartungsvoll und ich nicke, ohne zu wissen, was genau sie jetzt hören will. »Wir sind auch auf dem Weg nach New York.«

»Wir?«

»Meine … Freundin und ich.«

Täusche ich mich oder huscht ein kurzer Schatten über ihr Gesicht? Es ist total blödsinnig, denn in der Dunkelheit kann man derartige Nuancen garantiert nicht erkennen, vielleicht beziehe ich mich eher auf die veränderte Atmosphäre. Ich war schon immer sehr empfänglich für zwischenmenschliche Schwingungen, und unsere haben gerade ein wenig ihren

Charakter geändert. Sie ist enttäuscht. Es berührt mich auf interessante Weise, wenn man bedenkt, dass ich dieses Mädchen nie wirklich kennenlernen werde und es auch ganz bestimmt nicht will. Ja, ich fühle mich tatsächlich für ihr Schicksal verantwortlich. Jedenfalls, bis ich sie zu Hause abgesetzt haben werde. Sinnierend fahre ich mir mit beiden Händen durchs Haar, denn ich habe keine Sekunde geschlafen, was mir in ein paar Stunden zum Verhängnis werden wird. Vor uns liegen noch gut 500 Meilen, die ich vorhabe, ohne weiteren Stopp zu bewältigen. Wie, wenn ich so müde bin, dass ich kaum die Augen offenhalten kann?

Seufzend streift mein Blick das jugendliche und tatsächlich sehr hübsche Gesicht meiner nächtlichen Zufallsbekanntschaft. Auch sie wirkt müde, um nicht erschöpft zu sagen oder vielmehr zu denken. Ich mache die Erfahrung, dass ich ein Ritter sein will oder es vielleicht sogar bin, denn meine Finger streifen flüchtig ihren Arm, sodass sie mich wieder ansieht. »Wo willst du schlafen?«

Ihre dunklen Augen nehmen den Ausdruck von Hoffnung an, was es mir nicht leichter macht. Oder gerade das. Ein Zurück gibt es nicht, auch wenn sich der egoistische Teil in mir anhaltend fragt, was ich bitte mit diesem Mädchen zu tun habe.

Nichts, lautet die vernünftige Antwort, die mich aber nicht davon abhält, mir trotzdem Sorgen um sie zu machen. Rasch denke ich nach. Ein weiteres Motelzimmer kann ich mir nicht leisten. Ich bin immer noch verblüfft, dass meine Kreditkarte nicht bereits bei der Bezahlung des ersten gestreikt hat. Also fällt das schon mal aus. Demnach bleibt nur noch eine Lösung.

»Komm«, sage ich leise und gehe voraus, wissend, dass sie mir folgen wird.

Erst als wir die Tür erreichen, die in das kleine Zimmer führt, in dem Tiff noch immer schläft, wende ich mich zu der Kleinen um.

»Wie heißt du?«

Ihr Lächeln wirkt so offen und ehrlich erfreut, dass ich es unwillkürlich erwidere. »Mara«, haucht sie fast. »Aber ich …«

»Du wirst jetzt schlafen und morgen fahren wir dich heim, ist das ein Wort?«

Sie will protestieren, das sehe ich genau, doch am Ende scheint die Aussicht auf ein weiches und vor allem sauberes Bett alle inneren Zweifel zu übertönen. Ich kann das gut verstehen. Ein Studentenleben ist nicht immer nur Zuckerschlecken, besonders, wenn man sich zu einer längeren Tour aufgemacht hat. Obwohl ich nie so abgebrannt war, wie die Kleine gerade. Das war gar nicht möglich, denn wenn nichts in meiner Kindheit und Jugend stimmte, Geld war immer genügend vorhanden. Aber das macht – wie ich aus erster Hand weiß – nicht unbedingt glücklich. Eine Tour quer durch die Staaten, mit einem Rucksack und ansonsten freiem Kopf kann das schon. Auch das habe ich bereits hinter mir, allerdings fand diese Erfahrung erst nach Abschluss des Colleges statt und meine Taschen waren wirklich fast leer.

Nun ja …

Ich lege einen Finger an die Lippen, bedeute ihr so, leise zu sein und öffne dann die Tür. Soweit ich das einschätzen kann, hat Tiff sich nicht bewegt, seitdem ich den Raum verlassen habe. Sie schnarcht, grunzt manchmal und schmatzt hin und wieder. Alles also im grünen Bereich. Als ich das Zögern bemerke, übe ich mit einer flachen Hand sanften Druck auf ihrer Schulter aus und schiebe Mara in den Raum. Fragend sieht sie zu mir auf, doch ich nickte zu jenem Bett, in dem ich zuvor gelegen habe. Da sie keineswegs überzeugt aussieht, neige ich den Kopf zu ihr hinab und wispere in ihr Ohr: »Du kannst hier schlafen und morgen duschen. Dann kannst du mit uns mitfahren.« Noch immer wirkt sie nicht sicher, aber nun, weil sie sich offenbar fragt, wo ich bleibe. Das dreckige Grinsen, das flüchtig mein Gesicht ziert, kann ich nicht verhindern. Dann schüttele ich den Kopf und beuge mich ein zweites Mal zu ihr hinab.»Vergiss es, ich schlafe woanders.«

Damit drehe ich mich um und verlasse den Raum, bevor sie noch Alarm schlägt, oder so. Erst, als ich wieder in der kühlen Nacht stehe, wird mir klar, dass mein Angebot wirklich etwas schlüpfrig geklungen haben muss. Aber auch nur, weil man nicht in meinen Kopf schauen kann. Denn in meinen Augen ist die kleine Mara nichts anderes als eine neue Ash, die es zu schützen gilt. Mit Ash mag ich geschlafen haben – was ich noch immer nicht bereue –, doch ich werde garantiert nicht den gleichen Fehler zweimal begehen.

Langsam mache ich mich auf zum Transporter, der noch immer einsam und verlassen auf dem Parkplatz ausharrt. Währenddessen überlege ich mir, dass es Frauen wie Tiff gibt, die man einfach benutzt, so wie sie die Männer benutzen. Und dann gibt es Mädchen wie Ash und diese kleine Mara. Man schaut sie an, überlegt sich, wie hübsch und selten sie sind und dass der Mann, der sie irgendwann einmal bekommen wird, sich glücklich schätzen kann. Aber man käme niemals auf die Idee, mit ihnen das abzuziehen, was man ohne zweites Nachdenken mit den Tiffanys dieser Welt veranstaltet. Einfach weil sie … anders sind.

Kostbar. Schützenswert. Einmalig.

13. Kapitel

Tiffany

Überrascht stelle ich nach dem Aufwachen fest, dass ich verdammt gut geschlafen habe. Das hatte ich nicht erwartet, in dieser Absteige, in der es garantiert Kakerlaken gibt – auch wenn ich bisher noch keine gesehen habe. Aber ich weiß aus Erfahrung, dass diese Biester total verschlagen sind. Die lauern in ihren Ecken, bis die Luft rein ist, um dann gleich einer Invasion über den gesamten Raum herzufallen. Außerdem hat mir meine Mami beigebracht, niemals in einem Motel zu schlafen. »Man könnte glauben, du würdest dich dort mit einem Mann treffen, damit ihr« – an dieser Stelle war sie ziemlich rot geworden. Ich auch, aber eher vor Wut als Scham – »... du weißt schon dort treibt. Es ziemt sich nicht für ein Mädchen aus gutem Hause, in einer solchen Absteige zu übernachten. Egal, was passiert: Du wirst immer an einem Ort übernachten, an dem ein Page deine Koffer ins Zimmer bringt.«

Okay, den hatte ich nicht, aber dafür Liam, der mein Gepäck reingetragen hat. Murrend, logisch, er hat ja immer was zu meckern. Ich begreife sowieso nicht, weshalb er sich so aufregt, nur weil ich ein paar Klamotten eingepackt habe. Ist es meine Schuld, dass sich der Trolley danach nicht mehr schließen ließ und ich noch eine kleine Tasche dazu nehmen musste? Keine Frau, die was auf sich hält, packt nur eine Hose und eine Bluse zum Wechseln ein. Warum? Weil sie nun mal nicht weiß, wie sie sich *fühlen* wird. Will sie eher schwarz oder weiß tragen? Ist es warm oder kalt? Schmerzen ihre Füße oder nicht? Muss sie unvorhergesehen einmal mehr ihre Wäsche wechseln? Ich habe nur vorgearbeitet, um Geld zu sparen, schließlich werde ich so nichts kaufen müssen. Jeder weiß, dass New York verdammt teuer ist. Aber interessiert Liam das? Nein, natürlich nicht!

Dafür hat er aber andere Qualitäten.

Noch immer halte ich die Augen geschlossen, sonne mich ein wenig länger in dem Gefühl der Semibewusstlosigkeit, diesem Zustand zwischen Schlaf und Wachsein, in dem alles so einfach und leicht erscheint.

In der Nacht ist er ins Nachbarbett geflüchtet, was mich nicht sehr ärgert. Dieses Bett ist nun einmal zu klein für zwei Schläfer, besonders, weil Liam immer so unglaublich viel Platz beansprucht.

Ich lausche und vernehme nicht das geringste Schnarchen. Ist Liam schon wach? Das sähe ihm gar nicht ähnlich, der Mann ist nämlich Langschläfer und hasst es, geweckt zu werden. Jedenfalls, wenn man ihn zu irgendwelchen Arbeiten heranziehen will. Gegen Sex am Morgen hat er, soweit ich weiß, nichts einzuwenden, und verdammt ich will Sex. Eingedenk der Belehrungen, die meine Mutter mir auf den Weg gegeben hat, wäre das wohl auch der geeignete Auftakt für einen Tag, den man in einem heruntergekommenen Motel beginnt, oder?

Ich strecke mich, gähne herzhaft und öffne endlich die Augen.

Ugh!

Gruselig diese bräunliche Zimmerdecke. Sie muss noch aus der Zeit stammen, als das Rauchen hier gestattet war. Ein Neuanstrich wäre sicherlich nicht verfrüht, aber was will man von so einer Absteige schon erwarten? Ich überlege ernsthaft, das Duschen auf New York zu verschieben, wo ich im *Four Seasons* ein wunderschönes, *sauberes* und *gepflegtes* Doppelzimmer gebucht habe.

So wie es sich gehört.

Meine Lippen verziehen sich zu einem spitzbübischen Lächeln, als ich endlich zu seinem Bett sehe. Getrennte Betten! Auch so ein Affront, der mich Motels noch etwas mehr hassen lässt. Von Liam ist derzeit nur die Kontur zu sehen, die vollständig unter der Decke verborgen ist. Außerdem hat er mir den Rücken zugewandt. Sehr sträflich, das darf ich ihm unmöglich durchgehen lassen.

Nach einem nächsten Strecken, das ich diesmal in allen Gliedern fühle, schwinge ich meine Beine über die Bettkante und tappe wenig später zu Liam hinüber. Ich lasse mich neben ihm auf die Matratze gleiten und lege eine Hand auf seine Schulter – also den Ort, wo ich sie unter der Decke vermute. Blöd, dass so gar nichts von seinem Gesicht zu erreichen ist. Mangels Alternative streichele ich seine Schulter, schlinge ein Bein um seinen Körper und presse mich an ihn. Also an die Decke und die darunterliegende Gestalt.

»Baby«, wispere ich nicht allzu leise, denn die Decke schluckt ja eine Menge der Akustik. »Wenn du jetzt wach wirst, dann kriegst du ein ganz besonderes Frühstück.«

Als Liam sich regt, schmiege ich mich noch enger an ihn. Besonders morgens, kurz nach dem Wachwerden, wirkt er immer unglaublich sexy. Mit seinem verwuscheltem Haar und den dunklen Schatten auf Wangen und Kinn. Da kann ich sogar die noch ungeputzten Zähne verschmerzen.

Dann geht alles so schnell, dass ich unmöglich folgen kann. Ein schriller Schrei ertönt, der mir durch Mark und Bein geht, etwas springt in atemberaubender Geschwindigkeit aus dem Bett und stürzt zur gegenüberliegenden Wand. All das unter wildem Gebrüll, als wäre *ich* der Mörder, von dem ich Liam gestern lang und breit berichtet habe.

Wie betäubt starre ich zu der Person, die kreischend an der Wand in sich zusammensinkt und dann am Boden kauert.

Brüllend.

Mein Gehör verabschiedet sich unter dem gellenden Lärm, während in mir ganz langsam eine Ahnung zur Gewissheit wird: Das ist nicht Liam. Es ist überhaupt kein Mann, sondern ein … Mädchen.

Ein kreischendes Mädchen, auch wenn das Gebrüll langsam etwas abebbt, offenbar wird sie müde. Ich bemerke, dass ich mit einem Mal das Laken vor die Brust halte, denn ich trage nur meine sehr knappe Spitzenunterwäsche. Wenn das keine Jugendherberge ist – und soweit ich weiß, trifft das zu – dann fällt mir keine Erklärung für die Anwesenheit einer anderen Frau ein.

Sie ist sehr jung, aber nicht zu jung, so weit ich das einschätzen kann. Ihr Aussehen ist eher gewöhnlich, obwohl etwas Make-up ja bekanntlicherweise Wunder bewirken kann. Das lange, dunkle Haar macht einen strähnigen Eindruck – sie hat es wohl zu lange nicht gewaschen. Sie trägt ein ausgebleichtes Fck-the-World-Shirt – womit ich sie als Studentin identifiziert habe. Niemand, der nicht gerade das College besucht, trägt so eine bekleidungstechnische Geschmacksverirrung. Die nackten

Beine wirken wie Spargelstangen, insgesamt ist sie so dürr, dass es meinem verwöhnten Auge wehtut. Und wenn mich nicht alles täuscht, trägt sie einen schlichten Baumwollslip, der es nicht ungestraft in mein Appartement und ganz bestimmt nicht an meinen Körper schaffen würde.

Das Krähen hat sie zwischenzeitlich aufgegeben, auch wirkt sie nicht mehr halb so erschrocken wie zuvor. Ich betrachte sie stumm, warte auf eine Erklärung. Es dauert eine Weile, sie räuspert sich ein paar Mal, hustet in die vorgehaltene Hand – gibt also vor, so was wie Manieren zu besitzen – und bringt schließlich ein gekrächztes: »Hi« hervor.

Darauf erwidere ich überhaupt nichts, denn wie auch immer, eine Erklärung hört sich anders an.

»Ich … bin Mara.«

Aha, Mara. Super. Und weiter? Mein Schweigen scheint sie nervös zu machen, denn sie rutscht auf dem Hintern hin und her, und mehr als einmal richtet sie den Blick kurz zum Fenster. Wahrscheinlich sondiert sie die Fluchtmöglichkeiten. Dabei kann ich mir schon ungefähr vorstellen, was geschehen ist, ich will es nur noch hören, bevor ich Liam killen werde.

Apropos: Wo ist der überhaupt?

»Dein Freund hat mich gestern Nacht hierhergebracht.« Es scheint, als wäre ein Wasserhahn geöffnet worden, denn die Worte sprudeln ab jetzt nur so hervor. »Er meinte, ich solle mich in sein Bett legen und schlafen und wir würden heute zusammen nach New York fahren. Hey, ich wusste nicht, dass du angepisst sein würdest, aber da war echt nichts!«

Geistesabwesend winke ich ab. Natürlich ist da nichts gewesen. Liam steht nicht auf diese unscheinbaren Mädchen, er bevorzugt schöne, selbstbewusste Frauen wie mich. Ärgerlich bin ich über die Eigenmächtigkeit, mit der er diese Tussi zu uns eingeladen hat. Außerdem *hat* er sie nicht hierher zu schleppen. Genau genommen habe ich mit einer Wildfremden in einem Raum geschlafen, und wer sagt mir denn, dass sie *keine* irre Serienkillerin ist? Wie konnte er das tun?

Bei dieser Frage angekommen, wird mir klar, dass wir zur vollständigen Klärung des ungeheuerlichen Sachverhaltes ein Diskussionspartner zu wenig sind. Ich stehe auf und greife nach meinem Shirt, das ich mir überziehe. Gleichsam verfahre ich mit meiner Jeans – es ist zu kalt, um länger beim üblichen Sommerkleid zu bleiben. Wir fahren wettertechnisch gesehen in die Eiszeit. Dann schaue ich zu dieser Mara, die mich mit offenen Mund beobachtet hat. »Komm schon! Wir klären das jetzt!«

Damit gehe ich zur Tür und halte sie ihr einladend auf. Sie starrt mich für einen langen Moment an, in dem es stark nach Meuterei riecht. Doch dann scheint sie begriffen zu haben, dass sie in einem Zweikampf mit mir unterliegen würde, denn sie rappelt sich hoch, wischt sich einmal kräftig über die Augen und schielt dann zu jenem Bett, in dem sie in der vergangenen Nacht geschlafen hat. »Gleich, ich muss mir wenigstens noch meine Hose anziehen.«

Nun ja, ich will mal nicht so sein.

14. Kapitel

Liam

Heftiges Klopfen an die Scheibe reißt mich aus einem Traum, in dem eine brünette Schönheit mit großen, dunklen Augen in meinen Armen lag. Ich brauche einen langen Moment, um überhaupt zu erkennen, wo ich bin … der mir allerdings nicht gewährt wird. Denn das Hämmern wiederholt sich. Es stammt eindeutig von Fäusten, die ohne Rücksicht auf Verluste gegen das Glas geschlagen werden.

»Schon gut!«, brülle ich und zucke zusammen, denn meine laute Stimme tut mir in den Ohren weh. Habe ich gestern zu viel getrunken? Nein, soweit ich weiß, war da nur Cola und jede Menge Wasser im Spiel.

»Mach endlich die verdammte Tür auf, Liam!«, brüllt eine gedämpfte, aber dennoch sehr schrille Stimme, die ebenfalls meinen leicht in Mitleidenschaft gezogenen Ohren absolut nicht guttut. Noch habe ich keinen Schimmer, weshalb ich in dem verdammten Lieferwagen geschlafen habe. Schlecht geschlafen, mein Kreuz macht sich bereits jetzt grauenvoll schmerzend bemerkbar. Ich weiß auch nicht, weshalb Tiff wie eine Furie vor der Wagentür steht, obwohl sich zumindest hier gewisse Zusammenhänge herstellen lassen. Erst als mein Blick auf das

Mädchen fällt, das sich hinter Tiff postiert hat und überhaupt nicht glücklich aussieht, kehren allmählich die Erinnerungen zurück. Als hätte ich am gestrigen Abend tatsächlich mindestens einen Drink zu viel genommen.

Scheiße, was gäbe ich für einen starken Kaffee.

Aber zunächst muss wohl erst mal Tiff abgefrühstückt werden. Ich fahre mir mit beiden Händen entnervt und noch immer todmüde durch die Haare, atme ein paarmal tief durch, wobei ich das schrille Gebrüll und das ewige Hämmern gegen die Scheibe zu ignorieren versuche. Dann zaubere ich aus dem Nichts ein Lächeln auf mein Gesicht und öffne die Tür.

»Guten Morgen, Tiff. Guten Morgen, Mara. Was für ein herrlicher Tag. Wie kann ich euch helfen?«

* * *

Eisiges Schweigen beherrscht das Wageninnere. Die Stille ist so dick, dass man sie schneiden könnte. Mara hatte flüchtig das Radio eingeschaltet, aber es aufgrund von Tiffanys Mörderblick schnell wieder ausgestellt. Egal, wie hübsch meine Mitbewohnerin ist, heute ist mit ihr absolut nicht zu spaßen.

Außerdem hasst sie es, auf dem Mittelsitz zu sein, sie konnte sich aber auch nicht dazu durchringen, Mara direkt neben mir sitzen zu lassen. Womöglich hat sie Angst, ich könnte während der Fahrt über sie herfallen oder sie unsittlich berühren. Was weiß ich, erkläre mir einer die Frauen!

Gesprochen werden darf auch nicht. Wann immer entweder Mara oder ich einen Versuch starten, gibt Tiffany diese bewussten Töne von sich, die sich am besten mit einer Mischung aus einem Schnauben und einem etwas zu hohen Knurren vergleichen lassen. Viel sehe ich von Mara nicht, aber das, was ich aus dem Augenwinkel bemerke, ist, dass sie leicht verschreckt, aber vorrangig amüsiert wirkt. Immer wieder zucken ihre Finger in Richtung Radio, um dann Tiffanys wütenden Blick fest zu retournieren. Die Kleine hat Schneid, so viel muss ich ihr lassen. Natürlich fährt sie bei uns mit, das war keine Frage und mit Sicherheit keine Diskussion wert. Leider sah Tiff das anders, weshalb wir erst zwei Stunden nach ihrem unmenschlichen Wecken vom Motel wegkamen.

Ohne einen Kaffee getrunken oder etwas gegessen zu haben. Erstaunlicherweise hat Tiffany keinen so gearteten Vorschlag unterbreitet, was ihr überhaupt nicht ähnlich sieht.Ich musste eine Weile darüber nachdenken, bevor mir ihre Beweggründe einfielen. Hätten wir etwas in dem Diner gegenüber des Motelkomplexes gegessen, dann wäre Mara mit von der Partie gewesen, und das überschreitet offenbar für Tiff die Grenze des Zumutbaren. Eher verzichtet sie auf Kaffee und Eier mit Speck. Schön für sie, doch mein Magen könnte gut und gern eine Stärkung verkraften, zumal ich in der letzten Nacht, wenn es hochkommt, vielleicht drei Stunden geschlafen habe.

Doch heute denkt Tiffany nicht daran, um eine Pause zu bitten. Jede Raststätte, die wir passieren, wird von ihr konsequent ignoriert. Na ja, wir haben ja auch nichts zu uns genommen, demnach werden es wohl heute nicht viele Pinkelpausen werden.

Wenigstens ein Lichtblick in rabenschwarzer Nacht.

Seufzend sehe ich sie an, ihr Blick ist so starr geradeaus gerichtet, dass ich schwören könnte, sie vergisst sogar das Blinzeln. Ich kenne Tiff in diesem Zustand noch nicht, aber ich habe den Eindruck, dass jedes Wort derzeit eines zu viel wäre. Und so trete ich das Gaspedal durch und konzentriere mich darauf, endlich in dieses abgefuckte New York zu gelangen, damit der Albtraum ein Ende nimmt.

Irgendwie.

* * *

Okay, diese inzwischen unheimliche Stille hat noch einen weiteren Vorteil: Wenn man nirgendwo anhalten muss und sich auch ansonsten nur auf das Fahren konzentrieren kann, dann bewältigt man die Meilen irgendwie schneller. Nur zweimal bittet die äußerst verschnupfte Tiffany um einen kurzen Stopp. Das ist, als die Natur ruft. Mara und ich passen uns ihr an und so schaffen wir den Rest der Strecke tatsächlich in weniger als sieben Stunden. Trotz Baustellen. Nachteil ist, dass wir, sobald wir uns in der City befinden, von der Rushhour überfallen werden. Und so quälen wir uns für weitere zwei Stunden durch die stinkenden, lärmenden Straßen New Yorks, denn ich lasse es mir nicht nehmen, Mara direkt zu Hause abzuliefern. Dass sie in einem New Yorker Vorort wohnt, konnte ja keiner ahnen.

»Ich hab ja gesagt, dass wir besser die Stadt umfahren hätten«, bemerkt sie kleinlaut, als ich den Motor vor dem hübschen Einfamilienhaus in der netten Siedlung abstelle. »Dann hätten wir uns den Stau erspart.«

Ich kann mich täuschen, aber Tiff wirkt noch ein bisschen roter im Gesicht, als schon während der Fahrt. Und daher mache ich mir einen Spaß daraus, Mara freundlich aus dem Wagen zu helfen und ihr den Rucksack bis zur Haustür zu tragen.

Ihre Mutter öffnet – eine kleine, sehr freundliche Frau, die ihre Tochter strafend mustert. »Warum hast du nicht angerufen? Dein Dad hätte dich abholen können!«

»Weil ich erwachsen bin, Mom«, erwidert Mara stöhnend und ich begreife, dass ich direkt in einen Generationskonflikt gerauscht bin. Damit will ich absolut nichts zu tun haben – der in meinem eigenen Elternhaus genügt mir, auch wenn dieser bereits etliche Jahre zurückliegt. Weshalb ich mich schnellstens empfehle und die angebotene Tasse Kaffee dankend ablehne.

Von Letzterem habe ich am heutigen Tag noch immer nichts bekommen, und so langsam machen sich ernsthafte Entzugserscheinungen bemerkbar. Denn ich hatte nie die Chance, richtig wach zu werden, die drei Stunden Schlaf waren nicht wirklich erholsam und ich muss sagen, ich fühle mich derzeit nicht in der Lage, Ash gegenüberzutreten.

Zum ersten Mal seit gestern habe ich wieder an sie und damit an den Grund für diese Mördertour gedacht. Mit leichter Belustigung registriere ich, dass mir tatsächlich die Knie weich werden. Ich habe also Schiss, ihr gegenüberzutreten.

Nun ja …

Noch ist es nicht so weit, noch kann ich diese widerlichen Gefühle verdrängen und das ist gut so. Mara umarmt mich zum Abschied, was mich einigermaßen verblüfft, denn in der kurzen Zeit konnten wir garantiert kein freundschaftliches Verhältnis zueinander aufbauen. Nicht zuletzt wegen Tiffs Totalboykott. Mara scheint es genügt zu haben. »Danke für alles«, wispert sie mir ins Ohr, bevor sie sich von mir löst. Ich sehe leichtes Bedauern in ihrem Blick, was mit Sicherheit auch Tiff gilt.

Sie hat sie nur als mürrisches Monster erlebt, daher kann ich es ihr nicht verdenken.

Als ich wieder in den Lieferwagen steige, hat Tiffany auf dem regulären Beifahrersitz Platz genommen. Noch immer hält sie den Blick starr geradeaus gerichtet, aber inzwischen bin ich gegen dieses sinnlose Gehabe immun. Einzig die Aussicht auf einen

Kaffee hält mich noch aufrecht. Daher lenke ich den Wagen auch an das erste Diner, das zu finden ist. Da wir uns hier in der Pseudoprovinz befinden, handelt es sich tatsächlich um ein Diner, keinen der Fast-Food-Tempel, die man in New York an jeder Straßenecke findet.

Sobald der Motor ausgestellt ist, sehe ich fragend zu Tiffany.

»Ich gehe jetzt einen Kaffee trinken und was essen. Kommst du mit?«

Es dauert offenbar eine Weile, bevor die Information erfolgreich von ihrem Gehirn verarbeitet wurde, denn erst nach einer geschlagenen Minute sieht sie mich an.

»Was?«

»Kommst du mit, was essen?«

»Warum?«

»Weil ich Hunger habe?«

Sie schnaubt – ich hasse dieses Geräusch, stelle ich gerade fest. »Ach nein, der Held hat Hunger. Das ist ja was ganz Neues.«

»Und wie darf ich das verstehen?«

»Dass du mir verdammt auf die Nerven gehst«, zischt sie mir unerwartet giftig ins Gesicht und ich spüre, wie die letzten Barrieren, die mich den ganzen Tag über von einem Tobsuchtsanfall abgehalten haben, bersten. Noch sind sie nicht gebrochen, doch es bedarf nicht mehr viel, bis das geschieht. Und genau das kann ich unmöglich zulassen.

Und so diskutiere ich nicht weiter, sondern steige aus und stapfe mit in den Jeanstaschen vergrabenen Händen zum Eingang. Die Wolkendecke ist komplett, kein Sonnenstrahl schafft es hindurch, und es ist trotz der Jahreszeit hundekalt. Finster überfliege ich mein Guthaben. Sowohl in meiner Brieftasche als auch auf meinem Konto. Nein, es reicht vielleicht für ein Essen in dem Diner, aber ganz bestimmt nicht für einen Pullover oder gar eine Jacke.

Fuck!

Wenigstens das hätte ich besser wissen müssen!

Das Innere des Diners überrascht mich nicht. Es ist leicht heruntergekommen, aber urig gemütlich. Die Bedienung ist um die sechzig, hinter dem Tresen steht offenbar ihr Mann, denn der Typ ist ungefähr gleichaltrig. Sie betrachtet mich mütterlich. »Sie sehen halb verhungert aus.«

»Gut beobachtet«, erwidere ich, schaffe es aber auf kein Lächeln. Denn sie hat recht: Ich sterbe fast vor Hunger. Das ist mir bisher entgangen. Die miese Stimmung während der Fahrt hat alle Bedürfnisse, außer dem, so schnell wie möglich ans Ziel zu gelangen, in den Hintergrund gedrängt.

»Was darf ich Ihnen bringen? Ich empfehle Rührei mit viel Speck oder einen von Dannys Burgern. Danny ist mein Mann und er ist ein Trottel, aber kochen kann er, das dürfen Sie mir glauben. Hier ist noch keiner hungrig rausgegangen. Ein Kaffee wäre auch nicht schlecht, oder? Obwohl das Gesöff total ungesund ist. Nicht, dass das jemanden interessiert, wenn Sie wüssten, wie viele Liter von dem Zeug hier täglich eingeschenkt werden … Wundert mich, dass die Menschheit noch nicht ausgestorben ist. Also, was wollen Sie nun? Eier und Speck? Hamburger? Fritten? Kaffee? Cola? Wasser? Reden Sie, Junge, umso schneller können Sie sich was zwischen die Kiemen schieben.«

Mit offenem Mund habe ich ihrer Tirade gelauscht, und als ich schließlich Gelegenheit bekomme, etwas zu sagen, fehlen mir zunächst die Worte. Wenn diese Person immer so viel quatscht, muss sie sich nicht wundern, dass die Kohle nie für eine Neurenovierung reicht. Die verkaufen ja kaum was, weil die Leute vor lauter Verblüffung anhaltend stumm sind. Der Typ hinter dem Tresen – Danny, wenn mich nicht alles täuscht – sieht ziemlich entnervt aber auch resigniert zu uns rüber. Der hat sich mit seinem Los abgefunden. Dumm, wie ich finde. Ich würde eine solche Folter nicht akzeptieren und sie mir vom Hals schaffen, ehe es zu spät ist.

»Ich nehme das Ei und den Hamburger, eine riesige Tasse Kaffee und eine Cola.«

Sie lächelt und das auf so mütterliche Weise, dass ich sogar den armen Ehemann vergesse. Er hat es schwer, aber das ist nicht mein Problem. »Ich bring dir gleich die ganze Kanne, Junge«, teilt sie mir mit, bevor sie losgeht. »Du scheinst es zu brauchen.«

»Und wie«, betone ich. In diesem Moment geht die Schwingtür auf und Tiffany erscheint auf der Bildfläche. Leicht zerzaust wirkend und schlecht gelaunt wie eh und je. Für einen flüchtigen Moment bete ich, dass sie sich an einen anderen Tisch setzt. Meine Gebete werden selbstverständlich nicht erhört, denn sie lässt sich mir gegenüber in die harten Polster der Bank sinken. Meine kurz aufgekeimten Fluchtpläne habe ich bereits wieder beerdigt. Denn ich bin wirklich niemand, der sich aus einer Affäre stiehlt, wenn es keinen Sinn ergibt. Wir werden die Dinge jetzt klären und dann weitersehen.

Fertig!

Zunächst sagt sie gar nichts, sondern studiert eingehend die Karte. Mir entgeht nicht, dass die mütterliche Bedienung sich bei ihr nicht halb so viel Mühe gibt, wie zuvor bei mir. Ihr Blick scheint zu sagen: *Frauen von deiner Sorte kenne ich. Deine Show kannst du aufführen, wo du willst, aber bei mir hast du keine Chance!‹*

Vielleicht existiert zwischen Frauen eine nonverbale Verständigung, die mir bislang verborgen geblieben ist, denn die Botschaft kommt an. Miss *Arrogant und Selbstherrlich höchstpersönlich* zeigt sich zumindest der Bedienung gegenüber von ihrer absolut nicht kratzbürstigen Seite. Mit zuckersüßem Lächeln bestellt sie einen Hamburger und eine Tasse Kaffee, wobei sie mich kategorisch ignoriert. Ich zucke mit den Schultern, denn im Grunde kommt sie mir damit nur entgegen. So habe ich wenigstens meine Ruhe.

Die eisige Stille hält an, bis wir unser Essen vor uns stehen haben und ich die erste Tasse Kaffee geleert habe. Letzteres geht sehr schnell vonstatten, glücklicherweise ist das Zeug nicht allzu heiß. Es fühlt sich an, als würde ich soeben neu geboren.

Tiffany hat auch Kaffee getrunken, allerdings in kleinen, sehr geziemten Schlucken. Dann stellt sie die Tasse nahezu lautlos ab und mustert mich. Die Hände faltet sie dabei über dem Teller ineinander. Offenbar hat Tiffany nicht sehr großen Hunger. Nun ja, ich schon, weshalb ich mich auch ungeniert über den Inhalt meiner Teller hermache. Für Etikette gibt es mit Sicherheit die richtigen Momente, aber dieser ist meilenweit davon entfernt. Mein Benehmen scheint Tiffany nicht sonderlich zu amüsieren. Jedenfalls ihrem Gesichtsausdruck nach zu urteilen, den ich zwischen meinen Bissen hin und wieder kurz mustere. Herrlich, es interessiert mich nicht. Die ganze Frau interessiert mich momentan nicht im Geringsten. Nur mein Essen und die Tatsache, dass es endlich wieder welches gibt.

»Warum hast du mir nicht Bescheid gesagt, als du diese Landstreicherin aufgegabelt hattest?«

Ich stoppe flüchtig, meine Hand mit der Gabel verweilt auf dem Weg zu meinem Mund, doch dann habe ich mich gefangen und schiebe mir das Ei in den Mund. Nachdem ich ausgiebig gekaut und schließlich geschluckt habe, schüttele ich in gespielter Fassungslosigkeit den Kopf. »Nicht einmal dir kann entgangen sein, dass Mara keine Landstreicherin ist.«

»Ach, und warum?«

Ich verdrehe die Augen. »Weil wir sie soeben in ihr erzkonservatives Heim gebracht haben? Hast du gesehen? Das Gras war unter Garantie auf exakt fünf Komma drei Zentimeter gestutzt und der Anstrich nicht älter als zwei Jahre.«

»Das war das Haus ihrer Eltern. Es sagt nur bedingt etwas über diese … Person selbst aus.« Noch immer hält sie die Hände ineinandergeschlungen, doch ihre Augen wirken nicht mehr milde, sondern eher wie kurz vor einem Feuerwerk. Leicht erstaunt bemerke ich, dass es mich nervt, als dass ich es aufhalten will. Kann sie nicht einfach abhauen und jemand anderem mit ihrer unsagbar aufgesetzten Tour auf den Geist gehen? Die verdammten Möbel bekomme ich unter Garantie auch allein an die ahnungslose Empfängerin.

Sobald meine Gedanken für einen flüchtigen Moment zu Ash wandern, meldet sich der grausam schwere und mit etlichen scharfen Kanten behaftete Stein in meinem Magen zurück. Diese Adresse auf dieser Pilgertour will sich so gar nicht gut anfühlen. Das tut die derzeitige Situation auch nicht, doch unbemerkt von mir selbst, habe ich einen Entschluss gefasst. Dass es so ist, bemerke ich erst in diesem Moment, als ich der geballten Wucht einer wütenden Tiffany mit grenzenloser Ruhe, ja, fast Belustigung begegne.

Nein, ich bin nicht mit ihr verheiratet und ich habe alles hinter mir gelassen, um mich nicht länger gängeln zu lassen. Jede Menge Geld, ein sorgenfreies Leben, eine schöne Frau und mehr. Bin ich wirklich gegangen, um mich in die Tiffany-Falle zu begeben und am Ende wie dieser arme Tropf hinter dem Tresen zu enden? Vielleicht nicht in einem Diner, aber mit Sicherheit genauso gebändigt wie er?

Nein, bin ich nicht.

Fuck, ich liebe diese Frau nicht! Ja, der Sex mit ihr ist gut, und es hatte etwas, nach Monaten ohne festen Wohnsitz wieder ein Heim zu haben oder sich wenigstens einzureden, dass es so sei. Aber der Preis ist mir bei Weitem zu hoch. Um ehrlich zu sein habe ich das schon vorher gewusst, doch meine Bequemlichkeit und der unbedingte Wille, Auseinandersetzungen aus dem Weg zu gehen, haben mich daran gehindert, endlich das Richtige zu tun.

Nun, welcher Ort eignet sich besser, als ein Diner, um eine Beziehung, die nie eine war, endlich zu beenden?

Ich stopfe den Rest des Eis in mich hinein und lehne mich dann nach einem sehnsüchtigen Blick auf die Reste des Hamburgers zurück. »Was willst du eigentlich sagen, Tiff? Ich meine, du kannst dich doch nicht an so einer unschuldigen Studentin, die einfach nur einen Platz zum Pennen brauchte, derart hochziehen!«

»Mache ich auch nicht, mich kotzt nur deine Selbstherrlichkeit an!« Nun zischt sie. Sieh an, sieh an.

Ich muss kurz lachen. »*Meine* Selbstherrlichkeit? Baby, ich habe mir bestimmt vieles anzulasten, einiges davon sind echte Makel, aber selbstherrlich war ich noch nie. Du solltest nicht von dir auf andere schließen!«

»Witzbold«, kontert sie lahm, dann zieht sie ihren Hamburger zu sich heran, nimmt demonstrativ ihr Besteck und schneidet unter meinem staunenden Blick tatsächlich ein Stück von dem Teil ab, das zum In-der-Hand-Essen konzipiert wurde.

Ich habe nicht vor, mich auf diese Art abservieren zu lassen. Auch das ist mir in der Vergangenheit einmal zu oft geschehen. Wenn Tiffany ein Thema nicht passt oder die Entwicklung einer Unterhaltung ihr nicht gefällt, dann beendet sie diese einfach. Heute nicht.

»Wir müssen reden«, stelle ich fest.

»So?« Sie hält inne und sieht mich mit erhobener Augenbraue an. »Ich dachte, das tun wir bereits.«

»Ja, tun wir. Aber nach deinen Regeln und jetzt drehen wir den Spieß einfach um!«

»Oh …« Die Augenbrauen sind noch ein wenig höher gerutscht. »Sprach der Macho zur holden Maid.«

Das ignoriere ich. »So kann es nicht weitergehen, da stimmst du mir doch zu, oder?«

»Dass du unmöglich weiter nächtliche Gäste ohne mein Wissen in unserem Zimmer übernachten lassen kannst? Ja, das kann unmöglich so weitergehen. Aber nett zu wissen, dass du keine Wiederholung geplant hast.«

Wut keimt in mir auf, die ich mit aller Macht zu bezwingen versuche. Denn genau das will sie ja erreichen. Aber heute nicht. Nicht heute.

Nein!

Ich lehne mich zurück und betrachte sie ohne das geringste Lächeln. »Du weißt genau, was ich meine. Stell dich nicht dümmer, als du bist.«

»Oh, dumm bin ich auch noch«, konstatiert sie, während sie das nächste millimetergroße Stück von ihrem Burger abschneidet. Das grenzt tatsächlich an Kunst.

»Wie würdest du sagen, läuft es mit uns?«

Sie sieht auf, schiebt sich dann ihr Millimeterstück in den Mund, kaut sehr ausgiebig und schluckt. »Wenn du nicht gerade den Alleingang startest, sehr gut, warum fragst du?«

»Gut? Ich kann nicht glauben, dass du das wirklich meinst.«

»Ich pflege, immer genau das zu sagen, was ich denke, wenigstens das solltest du doch in der Zwischenzeit begriffen haben, Liam. Und ich kann absolut nicht verstehen, weshalb du aus einer Mücke eine Grundsatzdiskussion machen musst. Du hast dich falsch verhalten, ich war sauer, und habe das zum Ausdruck gebracht. Wir haben die Angelegenheit geklärt und alles ist wieder gut.« Sie lächelt mich an, meine wachsende Fassungslosigkeit ignorierend. »Meinst du nicht, dass wir viel besser miteinander auskommen, wenn wir uns nicht streiten? So viel verschenkte Lebenszeit, die man viel angenehmer ausfüllen könnte. Vor allem viel befriedigender.« Sie fährt sich mit der Zunge über die fetttriefenden Lippen. »Du fehlst mir, Darling.«

Das meint sie ernst. So sehr ich auch nach einem Hinweis in ihrem Gesicht suche, der diese Vorstellung als Show entlarvt, ich finde keinen. Für Tiff ist alles klar.

»Wann haben wir unseren Disput geklärt?«

»Nun …« Sie säbelt das nächste Millimeterstück von ihrem Burger ab und ich bin versucht, sie zu zwingen, das Teil endlich in die Hand zu nehmen. Das macht mich aggressiv und ich bin überhaupt nicht aggressiv veranlagt!

Jedenfalls nicht mehr.

»Du hast deine Meinung gesagt, ich meine, wir haben beide

bemerkt, dass wir zu keinem Konsens kommen werden, und sind erwachsen genug, es somit auf sich beruhen zu lassen. Sinnlose und vor allem aussichtslose Auseinandersetzungen liegen mir nicht, Liam. Und wenn wir mal ehrlich sind – ich besonders, das gebe ich ja gern zu – dann ist nicht wirklich etwas passiert. Ich war eben leicht … wütend, weil ich diese Fremde beim Aufwachen vorfand.«

»*Nichts* ist geklärt«, erwidere ich und bemerke überrascht, dass ich mittlerweile ziemlich dunkel klinge. »Dich hat auch nicht genervt, mit dieser Fremden«, ich hebe die Finger in die Luft, um die beiden Worte zu betonen, auch wenn sie zumindest damit ja durchaus richtig liegt. »… aufzuwachen, sondern die reine Eifersucht. Nichts weiter!«

»Auch wenn ich dir nicht ganz zustimme, kann ich nicht wissen, was sie als Gegenleistung erbracht hat, damit du für sie dein Bett räumst!«

»Das ist albern«, sage ich nüchtern, erreiche aber das komplette Gegenteil.

Klirrend landet die Gabel auf dem Teller, das Messer folgt und sie beugt sich zu mir über den Tisch. »So, das ist albern? ICH bin also albern? Du halst mir eine Schlampe auf, die zu allem Überfluss auch noch mit mir in einem Zimmer geschlafen hat – ohne mein Wissen! – und wunderst dich, dass ich wütend bin?«

»Tiffany, ich …«

»NENN mich nicht Tiffany!« Bislang wusste ich gar nicht, dass diese Frau in der Lage ist, Gift und Galle zu speien. Ihre von Wut verzerrte Grimasse trägt übrigens überhaupt nicht positiv zu ihrem Erscheinungsbild bei. Also von ihrer Schönheit ist momentan nicht viel vorhanden. Was nicht weiter ins Gewicht fällt, denn sie hat mich ohnehin schon lange nicht mehr beeindruckt. Zumindest nicht so sehr, wie sie sollte. »Du hast dir von ihr einen Blowjob verpassen lassen, gib es wenigstens zu!«

Das verwirrt mich nun tatsächlich. »Ich habe was?«

Der Wutanfall scheint vorbei, Tiff wirkt wieder vollkommen gefestigt. Sie hat sogar ihr Besteck aufgenommen, nur säbelt sie kein weiteres Stück von ihrem verdammten Hamburger ab. »Stell dich nicht so dumm! Du hast sie gestern Nacht irgendwo aufgegabelt, sie hat dir eine Weile etwas vorgeheult, dir ihre oralen Dienste angeboten und du hast angenommen. Kein Problem, Männer sind alles Idioten und Schweine, ich kann damit umgehen, schließlich sind wir nicht verheiratet.«

Das ist es!

Eine Sicherung brennt in mir durch. Kurz und schmerzlos, ohne Qualm und sonstiges Drumherum. Nur ist das Maß schlicht und ergreifend voll.

Langsam stelle ich meine Tasse zurück auf den Unterteller, wobei ich mir Mühe gebe, diesen Prozess absolut geräuschlos vonstattengehen zu lassen. »Nein, wir sind nicht verheiratet«, sage ich dann. »Was mich übrigens sehr glücklich macht. In Wahrheit führen wir nicht einmal eine Beziehung, uns verbindet *nichts*. Das ist mir endlich klar geworden. Du hast nichts, was mich anmacht, mit Ausnahme deiner weiblichen Reize …« Ich neige den Kopf zur Seite und betrachte sie lächelnd. Von oben bis unten. Sie trägt wie üblich ein hautenges Shirt, das tief ausgeschnitten ist. Bei Tiffany ist noch nicht angekommen, dass sie den ewigen Sommer hinter sich gelassen hat. Darunter schließt eine ebenso enge Jeans an, die eher an eine Leggins erinnert. Nun, Tiffany ist eine der wenigen Frauen, die so etwas tragen können, ohne sich zu blamieren. Abschließend dürfen selbstverständlich die üblichen High Heels nicht fehlen. Heute handelt es sich um ungefähr zwölf Zentimeter hohe Absätze eines offenen Pumps, sodass ihre rot lackierten Zehennägel zu sehen sind. Die Farbe passt exakt zu ihren Fingernägeln. Das Haar hat sie sich ganz offensichtlich in aller Eile zu einem Zopf gebunden, aus dem sich etliche Strähnen im Laufe der vergangenen Stunden gelöst haben. Sie mag sich als ungestylt betrachten, doch gerade diese Natürlichkeit, diese suggerierte Ungezwungenheit macht sie besonders sexy. Auch die Tatsache, dass sie heute kein Make-up aufgelegt hat, trägt dazu bei, dass sie in meinen Augen wirklich hübsch wirkt. Nur um nicht zu sagen schön, weil ich diesen Begriff inzwischen nicht mehr ruhigen Gewissens bei einer Person wie dieser anwenden kann. Aber … ja, sie ist heiß, und ich würde mich nicht lange bitten lassen, wenn *sie* mir einen unverbindlichen Blowjob anbieten würde. Aber …

Ich lächele, und auch ihre Lippen verziehen sich wissend, überzeugt und so grenzenlos arrogant. »Aber das reicht mir nicht. Jemanden für eine Nacht findet man an jeder Ecke und hat nicht halb so viel Ärger mit ihm, wie ich mit dir. In Wahrheit gehst du mir einfach nur auf die Nerven, und ich frage mich schon die ganze Zeit ... wieso ich das eigentlich hinnehme? Ich danke dir für alles, was du für mich getan hast – auch wenn ich, glaube ich, mich für das meiste bereits revanchiert habe. Aber ich denke, wir sollten es dabei belassen. Mein Vorschlag lautet: Wir bringen die Möbel zu Ash, übernachten in der Stadt, fahren morgen zurück – ohne weitere Verzögerung – ich entferne die wenigen Klamotten, die mir gehören, aus deiner Bude, und das war's.«

Womit ich gerechnet habe, ist mir nicht ganz klar. Möglicherweise mit einem achtkantigen Rauswurf der beiden älteren, absolut nicht miteinander glücklichen Leutchen, weil Tiffany sich nun erst recht in eine Furie verwandelt.

Nichts dergleichen geschieht. Stattdessen schneidet sie sich in aller Seelenruhe ein weiteres Stück von ihrem verdammten Hamburger ab, schieb es sich zwischen die vollen Kusslippen, kaut ausgiebig, schluckt und nickt schließlich.

»Wie du willst.«

15. Kapitel

Liam

Der Rest der Fahrt geht zwar nicht sehr schnell, dafür aber in Eintracht vonstatten. Keine Furie sitzt neben mir, im Gegenteil scheint sie wie gelöst, als hätte sich eine dichte Matte der Verstimmung von ihr gehoben, die ihr seit einigen Stunden auf der Seele gelastet hat. Es ist fast so, als wäre meine Ansage eine Erlösung gewesen. Umso besser. Vielleicht sind wir nicht dazu geschaffen, ein Paar zu sein, können aber in der Folge Freunde werden. Ich würde es mir wünschen, denn was mir in all dem Frust entfallen ist, kommt nun langsam wieder zum Vorschein: All die Vorzüge, die diese Frau neben mir auf sich vereint. Ihr Humor, ihre Intelligenz, die Leichtigkeit, mit der sie ihr Leben bestreitet, und auch die Brutalität, mit der sie manchmal Amputationen vollzieht, wenn es keine Alternative dazu gibt.

Ja, möglicherweise bin ich ihr nur zuvorgekommen.

Ich mustere sie von der Seite, während wir uns durch den dichten Feierabendverkehr von New York quälen, und sie erwidert unbefangen meinen Blick, lächelt sogar.

Okay, das kann ich mir gefallen lassen.

Wir fahren so lange und haben so große Probleme, uns ohne Ortskenntnis, nur mit dem veralteten Navigationsgerät durchzuschlagen, dass mir unser Ziel wieder entfällt. Erst als ich direkt vor einem unscheinbaren Backsteinmietshaus parke, dessen Fassade mehr als heruntergekommen wirkt und bei dem aus etlichen Fenstern Wäsche zum Trocknen heraushängt, wird mir bewusst, wo ich bin.

Inzwischen ist es dunkel geworden, der Tag neigt sich dem Ende zu, womit ich die Hoffnung, sie könnte womöglich nicht daheim sein, in den Wind schlage. Nein, Ashley ist keine Frau, die sich nachts herumtreibt. Und so, wie ich sie zu kennen glaube, wird sie garantiert noch keinen Anschluss gefunden haben. Nicht in einem Moloch wie dem Big Apple, in dem sich jeder der Nächste ist. Eine Einstellung, mit der Ashley Johnes schlicht nicht umgehen kann.

Langsam steige ich aus und warte, bis Tiff es mir nachgetan hat, bevor ich den Lieferwagen verriegele. In einiger Entfernung stehen ein paar Jugendliche, die auffallend oft zu uns herübersehen. Ich mag es hier nicht, alles in mir brüllt, diesen Ort zu verlassen und mich in zivilisiertere Teile dieser Stadt zu retten.

Was hat Ash sich dabei gedacht, hierherzuziehen?

Dumme Frage, denn es wäre durchaus möglich, dass sie keine andere Wahl hatte. Jeder weiß von der akuten Wohnungsnot in der Stadt, und viel Geld dürfte ihr nicht zur Verfügung stehen. Womöglich hat sie noch nicht mal einen Job gefunden.

Fuck!

Siedend heiß bricht das schlechte Gewissen über mich herein. Es überfällt mich mit unvorhersehbarer Wucht und führt dazu, dass sich mein Herzschlag beschleunigt.

Blödsinn!, knurre ich mich innerlich an. Dazu besteht kein Grund.

Doch das stimmt nicht, und ich weiß es, weshalb sich mein

Magen um mindestens zehn Zentimeter absenkt, während ich darauf warte, dass Tiffany endlich bereit ist, das Haus zu betreten.

»Na ja, uns bleibt wohl nichts anderes übrig«, meint sie schließlich und geht voraus. Dabei trägt sie den Ausdruck eines weiblichen Rambos, der in den Krieg zieht.

Der Hausflur ist genau das, was ich nach Sichtung der Fassade erwartet habe: dunkel, stinkend und heruntergekommen. Wieder trifft mich der Gedanke, dass Ash hier wohnt, sehr hart, denn all das hätte nicht geschehen müssen, wäre ich nicht auf diese unnachahmliche Art in ihr Leben gerauscht. Das schlechte Gewissen verdoppelt sich mit jeder der abgetretenen Stufen, die wir erklimmen. Nachdem Tiffany das Geländer berührt hat, lässt sie es schnell wieder los und wischt sich angewidert die Hand an ihrer Hose ab. Ich beachte sie nicht, sondern suche die Appartementtüren nach dem Namen ab.

Johnes …

Wo wohnt denn Miss Johnes oder eher, wo haust sie?

Wir müssen alle vorhandenen Stockwerke erklimmen, bis wir endlich den gewünschten Namenszug finden. Nichts weist darauf hin, dass hier die pedantische Ash wohnt. Der Absatz ist genauso dreckig wie die vorangegangenen, die Tür wirken genauso heruntergekommen und der Türknauf ist genauso schmutzig. Außerdem stinkt es erbärmlich.

Ich sehe zu Tiffany, die hörbar außer Puste ist. Vielleicht sollte sie doch hin und wieder Fitness betreiben. »Bereit?«

Ein spöttisches Lächeln erblüht auf ihren Lippen und sendet Grüße aus dem offenbar nicht allzu fernen Land, in dem die wahre, arrogante Tiffany derzeit weilt. »Wozu? Zum Klopfen? Warum nicht?«

Bevor ich auch nur ahnen kann, was sie vorhat, hebt sie die Faust und lässt diese ein paar Mal auf das mitgenommene Holz sinken. Der Hall im Treppenhaus ist mörderisch, und ich warte nur darauf, dass die ersten erzürnten Mieter einschließlich ihrer unter Garantie vorhandenen Waffen angerauscht kommen. Hinter der Tür rührt sich nichts. Ob sie schon schläft?

»Oh, komm schon«, murmelt Tiffany in einem hörbaren Anflug von Verzweiflung, bevor sie erneut an die Tür hämmert.

Nichts geschieht. Weder stürmt die aufgebrachte Mieterschaft herbei noch lässt Ashley sich blicken. Und mir wird das ganze Theater allmählich zu bunt. Zu lange bin ich bereits unterwegs, zu hohl ist das Gefühl in meiner Bauchgegend, zu groß die Anspannung, um das Ganze noch über Gebühr auszudehnen.

»Lass mich mal.«

Ich nehme nicht eine Faust, sondern beide, und ich bin stärker. Wenige Sekunden später hallt lautes Gehämmer in dem Hausflur und jetzt melden sich auch die ersten Mieter.

»Schnauze!«, brüllt es. Und »Ruhe da oben!« Und »Ich hole die Cops, wenn das nicht aufhört!« Und »Hör auf damit, du Wichser!«

Doch niemand lässt sich blicken. Ich habe sie mutiger eingeschätzt, als sie sind. Allerdings habe ich längst den Verdacht, dass Ashley nicht da ist. Ich hämmere noch etwas länger, genau so lange, bis es mir gelungen ist, diese unabwendbare Tatsache auch zu akzeptieren. Dann lasse ich von der Tür ab und trete einen Schritt zurück.

»Sie ist nicht da«, erkläre ich dumpf. Die Rufe der Mieter sind mit meinem letzten Faustschlag verstummt. Offenbar eilt man hier nicht zu Hilfe, wenn sich jemand in scheinbaren Schwierigkeiten befindet. Ich hätte es wissen müssen.

»Ach nein, echt? Meinst du wirklich, dein Gehämmer hätte genügt, um sie aus dem Tiefschlaf zu reißen?«

Ich werfe Tiffany einen entnervten Blick zu. Sie ist offensichtlich vollständig aus dem Urlaub zurückgekehrt, denn ihr Gesicht offenbart nicht etwa Enttäuschung, weil sie ihre Freundin nicht angetroffen hat, sondern tiefe Frustration und ... ja! ... *Beleidigung.* Sie ist ernsthaft beleidigt, weil Ashley, die nicht das Geringste von unserem Überfall ahnt, nicht ordnungsgemäß um halb neun am Abend daheim weilt, um ihre Freundin herzend und küssend in Empfang zu nehmen.

»Wir können hier noch länger dumm herumstehen oder zurück zum Wagen gehen und uns dort überlegen, was wir als Nächstes tun wollen«, erkläre ich ruhig, denn noch bevor ich wütend werden kann ist mir glücklicherweise aufgefallen, dass es mich nicht mehr zu interessieren hat, welche Laune Mylady gerade spazieren führt. Einzig diese Mission verbindet uns noch, und die gilt es, erfolgreich zu beenden, um auch diesen letzten Strang endgültig zu kappen.

Um ehrlich zu sein kann ich es kaum erwarten.

»Ich halte es sowieso nicht für sonderlich klug, den Transporter zu lange ohne Aufsicht zu lassen. Hast du die Typen gesehen?«

Sie schaltet sofort um. Von zickig auf nüchtern analysierend. Perfekt! »Ja, ich hab sie gesehen und ja, wir *sollten* hinuntergehen.« Tiffany wartet nicht auf eine Antwort, sondern macht sich an den Abstieg, und ich folge ihr nach einem letzten Blick zur verwaisten Tür.

Nun, im Grunde wäre es auch verwunderlich gewesen, hätte sich die gesamte Angelegenheit nach dem beschwerlichen Auftakt in der Folge als leicht erwiesen. So läuft es im Leben nicht, und das weiß ich nicht erst seit heute.

Als wir die Straße wieder betreten, atmen wir zunächst befreit auf, denn in dem Gestank, der den Hausflur erfüllt, war kein tiefes Luftholen möglich. Als Nächstes registrieren wir, dass unser Lieferwagen unversehrt auf uns wartet, er wurde nicht einmal aufgebrochen. Die Gruppe mit den Jugendlichen ist verschwunden. Auch Tiff sieht zu der Stelle, an der sie vorhin noch gestanden haben.

»Vielleicht holen sie gerade Verstärkung«, mutmaße ich finster. »Wir sollten machen, dass wir wegkommen und es morgen noch einmal versuchen, oder was sagst du?«

»Ich?« Sie überlegt für einen Moment. »Ich würde sagen wir sollten ihr wenigstens eine Nachricht hinterlassen, damit sie weiß, dass wir in der Stadt sind und sie besuchen wollen. Ansonsten könnte es sein, dass wir uns ständig verpassen.«

Das ist eine einleuchtende Idee. Mich ärgert, dass ich nicht selbst darauf gekommen bin. »Ich glaube, ich hab Stift und einen Block von der Autovermietung im Handschuhfach gesehen«, sage ich und schließe den Wagen auf.

Das Gewünschte findet sich genau dort, wo ich es vermutet habe. Unschlüssig starre ich das jungfräulich weiße Papier an. »Du oder ich?«

Sie mustert mich mit erhobener Augenbraue, ihr Spott ist unverkennbar. »Wer kennt sie besser? Du oder ich?«

Anstatt einer Antwort halte ich ihr den Block entgegen. Wieder hat sie recht. Das bedeutet 2:0, wenn wir uns in einem Ringkampf befinden würden, was wir nicht tun. Nebenbei bemerke ich, dass sich mein Magen wieder am richtigen Ort befindet und auch der Kloß, der meine Luftröhre innerhalb der vergangenen Minuten immer enger werden ließ, sich aufgelöst hat. Wenigstens etwas.

Ich sehe nicht nach, was Tiff schreibt, schließlich geht es mich nichts an, und sie lässt mich auch nicht daran teilhaben, sondern faltet das Papier zusammen, sobald sie es vom Block abgerissen hat. Mein geringschätziges Grinsen kann ich nur mit Mühen unterdrücken. Was dachte sie? Dass ich mich wie wild darauf stürzen würde, um endlich zu erfahren, was die edle Tiff der guten Ash mitzuteilen hat?

Lächerlich!

»Wohin damit?«, erkundigt sie sich, und wedelt mit dem Papier in der Hand.

»Briefkasten, denke ich«, sage ich nicht ohne Spott.

»Hast du welche gesehen?«

»Nein, ich hab aber auch nicht danach gesucht.«

Sie räuspert sich und betrachtet mich dann sichtlich entnervt. »Weißt du, wenn du nicht in der Lage bist, eine ernsthafte Unterhaltung…«

Um sie auszublenden, wende ich den Blick von ihr ab und richte ihn die Straße entlang. Nur für den Fall, dass diese Gang zurückkehrt, denn dann würde ich gern weg sein. Tiffany scheint das immer noch nicht begriffen zu haben, aber wir sind hier in New York! Und in New York steht man nachts nicht sinnlos an einem Transporter herum und führt eine bescheuerte Diskussion. In New York sorgt man dafür, dass man bei Anbruch der Dunkelheit in Sicherheit ist. Kaum gedacht stellt sich Wut auf Ash ein.

Wie kann sie es wagen, nicht daheim zu sein?

Eine Gang mache ich in der spärlich beleuchteten Straße nicht aus, dafür nähert sich eine einsame Gestalt schnellen Schrittes.

Ich muss kein zweites Mal hinsehen, um zu wissen, um wen es sich handelt. Dieser Gang, die schlanke Gestalt, das wehende Haar – all das ist unverkennbar, auch wenn sie es erst offen trägt, seitdem ich sie darum gebeten habe.

Der Kloß in meiner Kehle bildet sich in Sekundenbruchteilen neu; ich meine zu spüren, wie sich mein Herz beschleunigt und sich in meinem Kopf wüste Fluchtszenarien ein Stelldichein geben. Das ist nicht gut. Ganz und gar nicht. Wir hätten niemals hierherfahren dürfen.

Was habe ich mir nur dabei gedacht und vor allem: Was soll ich jetzt tun?

Bevor ich mich für irgendeine Reaktion entscheiden kann, überschlagen sich die Ereignisse. Tiffany, bislang in ihrer idiotischen Tirade gefangen, stoppt abrupt. Zeitgleich bleibt auch die Gestalt, die sich bis auf zehn Meter genähert hat, unvermittelt stehen. Nun kann ich ihr Gesicht erkennen und der glühende Krater in meinem Magen wütet noch etwas brutaler, während ich mit Atemnot zu kämpfen habe.

Sie ist nicht mit einem Mal überirdisch schön oder jämmerlich heruntergekommen. Ich entdecke keine neuen Züge an ihr, die mich verwirren könnten. Sie wirkt nicht verhärmt und nicht glücklich, nicht älter und nicht jünger. Weder lässiger noch zugeschnürter. Die widerliche, für mich kaum erträgliche Wahrheit ist, dass Ashley sich überhaupt nicht verändert hat. Ein paar Meter von mir entfernt steht das Mädchen, das vor ein paar Wochen spurlos verschwunden ist. Das Mädchen, das ich unter mir hatte, in dem ich überhaupt als erster Mann gewesen war, das mich tief beeindruckt hat, aufgrund seiner Natürlichkeit und dieses bewundernswert freundlichen Wesens. Die sinnliche Frau, die sich in meinen Armen in den Himmel tragen ließ und mich mitnahm. Die sinnliche Frau, zu der ich sie erst machte, weil niemand zuvor diese Chance bekam. Diese sinnliche, atemberaubende Frau, von der ich seitdem jede Nacht träume, was ich mir genau in diesem Moment erstmalig eingestehe.

Verdammt, ich hätte nicht herkommen dürfen.

Verdammt!

16. Kapitel

Tiffany

Ich brauche keine fünf Sekunden, um mich zu fassen und mich mit der veränderten Lage zu arrangieren. So ist es perfekt, denn es wäre nicht besonders hilfreich gewesen, die Konfrontation erneut verschieben zu müssen.

Meine gute alte Freundin Ashley Johnes kommt langsam auf uns zu und ich zerknülle rasch den Zettel in der Hand, bevor ich ihr entgegeneile. »Ash!«, rufe ich, sobald ich sie erreicht habe, und schließe sie in meine Arme. »Gott sei Dank, wir haben uns ja solche Sorgen gemacht!«

Schlagfertigkeit war noch nie eine ihrer Stärken, und momentan scheint sie vollends außer Gefecht gesetzt zu sein. Verdattert lässt sie sich links und rechts auf die Wange küssen.

Es dauert eine Weile, bis sie ihre Stimme wiedergefunden hat. »Was machst du denn hier? Und …« Ihre Augen werden groß, demnach hat Liam wohl auch endlich aufgeschlossen. Ach Gottchen, wie süß ist *das* denn? Ich lasse von ihr ab und mustere die beiden abwechselnd, deren Blicke ineinander versunken sind. Romeo und Julia nach langer, aufopferungsvoller Trennung wiedervereint – gibt es etwas Schöneres?

Ich könnte spontan kotzen, so süß/sauer wirkt das aufgesetzte

Getue auf mich.

»Was sind wir froh, dass du doch noch gekommen bist!«, gurre ich. »Nicht wahr, Liam?«

Der nickt und unterbricht somit endlich den Blickkontakt. »Ja, das sind wir. Wo warst du?«, fügt er ohne Luft zu holen schneidend hinzu, was *mich* zur Abwechslung die Augen aufreißen lässt. Von samtener Hauchstimme ist keine Spur. Stattdessen knurrt er sie an. Beißend, unfreundlich, fast aggressiv. Und von liebevollem Blick ist auch keine Rede mehr. »Was fällt dir ein, dich nach dem Dunkelwerden herumzutreiben, und wie zum Fuck kommst du dazu, in dieser Bruchbude zu hausen?« Anklagend richtet er einen Finger zu dem stinkenden Haus, in das ich freiwillig nie auch nur einen Zeh gesetzt hätte. Ich spüre meine Mundwinkel zucken, beende dies aber gleich mutwillig, denn in Wahrheit ist hier nichts witzig, und ein Grund zum Feiern besteht auch nicht. Liams Wut ist in dieser Form gefährlich und zeigt mir erst auf, wie weit er sich bereits von mir entfernt hat.

Wie lange geht das denn schon so? Ich hatte gleich den Verdacht, dass sein Unmut nicht erst während der Fahrt entstanden sein kann. Was läuft da zwischen den beiden, von dem ich nichts weiß? Habe ich tatsächlich etwas Offensichtliches übersehen? War ich mir seiner denn wirklich so sicher?

»Ist dein verdammtes Telefon kaputt oder willst du mir echt weismachen, dass wir das Missverständnis nicht hätten klären können wie vernünftige, erwachsene Leute?« Mit jedem Wort wird er etwas lauter. Fassungslos betrachte ich die geballten Fäuste, die er an seinen Seiten herabhängen lässt. Wie ein wilder Stier hat er den Kopf vorgereckt, in der Dunkelheit funkeln seine Augen, und die Tatsache, dass er sich seit mehr als einem Tag nicht rasiert hat, macht seinen Anblick noch einmal um ein

Vielfaches heißer. Genau wie die zu einem Strich zusammengepressten Lippen oder die bebenden Nasenflügel. Nur leider gilt sein Zorn – dieser unglaublich sexy Zorn – nicht mir.

»Das war nicht möglich? Du konntest also nicht erst sprechen und bist freiwillig lieber in dieses Loch gezogen, um dich dann nachts herumzutreiben? Lass mich raten, das ist ein perfides Spiel, ja? Wenn du nur lange genug herumstolperst, dann wird schon jemand kommen, der dich überfällt, damit du den Märtyrer spielen kannst. Ist das dein Plan, Ashley? Wolltest du es mir auf diese idiotische Art heimzahlen?«

Leben kommt wieder in Ash. Sie tritt einen Schritt zurück und verschränkt die Arme vor der nicht vorhandenen Brust. Verzweifelt darum bemüht, Liams durchschaubaren Ausbruch zu ignorieren, mustere ich meine Freundin genauer. Sie wirkt gut, weder unterernährt noch heruntergekommen. Was Liam ihr da vorwirft, trifft nicht zu. Sie hat sich zwar aus dem Staub gemacht, aber offenbar ist es ihr gelungen, ein neues Leben zu beginnen. Warum konnte sie es nicht dabei belassen? Es geht ihr doch gut, verdammt! Warum musste sie sich einmischen? Warum musste sie den elenden Brief schreiben und damit alles noch einmal durcheinanderbringen?

»Was tut ihr hier?«, wiederholt sie, und mir geht jetzt erst auf, dass diese Kuh mich ignoriert. *Mich!* Die sich Tag und Nacht Sorgen um sie gemacht hat, diejenige, die alle verdammten Polizeireviere abgeklappert hat, die mit allen Krankenhäusern telefonierte, die sie vergewaltigt im Rinnstein vermutete.

Sie hat die Nerven, mich zu ignorieren?

Ja!

Hat sie!

Das Miststück hat nur Augen für Liam!

Nun geht es Schlag auf Schlag!

»Was hast du geglaubt, würden wir nach deinem beschissenen Brief machen? Dein Zeug in Kisten verpacken und abschicken? Dazu bräuchte es aber verdammt viele Kisten, Baby!«

»Dann hättet ihr es gelassen«, zischt Ashley erstaunlich wütend – so kenne ich sie gar nicht. »Eine Nachricht hätte es auch getan. Ich wollte euch ganz bestimmt nicht stören, oder so.«

»Stören?« Liam lacht. Auch er hat die Arme nun vor der Brust verschränkt. »Wobei denn? Falls du das meinst, was ich glaube. Baby, so notgeil sind wir nicht, um nicht hin und wieder mal eine Pause einzulegen. Außerdem konnten wir doch unmöglich riskieren, dass du ohne Möbel dastehst, oder? War ja klar, dass du allein keine Chance hast. So läuft das eben, wenn man sich bei Nacht und Nebel aus dem Staub macht. Aber ein kleiner Tipp für die Zukunft: Wenn du die nächste Aktion dieser Art starten willst, sieh doch lieber vorher auf deinem Konto nach, ob du dir so was auch leisten kannst. Ansonsten endet das … Na ja, sieht man ja, wo es endet.«

»Was willst du damit sagen?«, zischt Ash.

»Muss ich noch weiter ausholen? Hast du was geraucht oder warum bist du so schwer von Begriff?«

Ashley lacht so schallend, dass sich auf meiner Haut eine gemeine Gänsehaut bildet, denn Ashley lacht nur sehr selten und garantiert nicht schallend. »Ich fasse es nicht, das sagt gerade der Richtige! Der Typ, der es bis heute nicht auf eine eigene Wohnung gebracht hat und der gelegentlich mal so tut, als würde er arbeiten gehen, um nicht ganz blank zu sein. Dieser Penner taucht hier auf und maßt sich an, über mich zu richten? Bist du bescheuert oder hast *du* vielleicht was geraucht?« Sie stolpert ein paar Schritte zurück und beugt sich dann unsinnigerweise vor.

Warum geht sie dann erst weg? Na ja, Ashley war noch nie eine von denen, deren Handlungen irgendeiner Logik unterworfen war. »HAU AB!«, brüllt sie so laut, dass es von den Häuserfronten zurückgeworfen wird. »Ich will dich nicht sehen, kapiert? Und du!« Jetzt hat sie mich wohl doch endlich wiederentdeckt, denn Letzteres ist an mich gerichtet. »Für dich gilt das Gleiche. Wie weit muss man eigentlich fahren, um euch loszuwerden? Wer hat euch gebeten, herzukommen? War es so schwer, einfach meine Sachen einzupacken und über eine Spedition zu schicken? Verdammt, ich hätte es bezahlt! Was war denn an meinem Brief nicht verständlich? Was soll die Scheiße?«

»Ash …« Verdutzt sehe ich neben mich, und erkenne, dass es tatsächlich Liam ist, der Ashs Namen auf diese total veränderte, sanfte, einnehmende Weise ausspricht. Zu allem Überfluss hat der Trottel auch noch entwaffnend seine Hände erhoben. »Lass uns noch mal beginnen. Lass uns das alles vergessen, wir sind alle müde und aufgebracht. Es bringt doch nichts, sich zu streiten. Atmen wir jetzt alle tief durch, besinnen uns und fangen noch einmal an. Was sagst du dazu?«

Das ist totaler Nonsens, der offenbar bei Ash ankommt. Wenigstens das verwirrt mich nicht sonderlich, so verpeilt, wie diese Person schon immer war. Doch meine Wut über diese veränderte, eindringliche Stimme will sich nicht vertreiben lassen. Denn es ist genau die Tonlage, in der Liam eigentlich nur mit mir spricht.

… sprach, muss das heißen. So *hat* er mit mir gesprochen, bevor er mir seine an Lächerlichkeit grenzenden Gedankengänge in diesem stinkenden Diner präsentierte. Bisher habe ich das Theater ignoriert, davon überzeugt, dass er zu sich kommen würde, sobald wir wieder zu Hause sein werden. Momentan darüber zu diskutieren würde nichts bringen, das war seinem Gesichtsausdruck klar zu entnehmen. Also habe ich den Mund gehalten und mich hierher kutschieren lassen. Im Kopf den Plan, die Möbel so schnell wie möglich von Ash und Liam entladen zu lassen, dann zu einem *ordentlichen* Hotel zu fahren – dem *Four Seasons,* um genau zu sein – und dort mit Liam heißen Sex zu haben. Der kuriert ihn von seinen Dämlichkeiten immer am schnellsten.

Womit ich nicht gerechnet habe, war mit den unterschwelligen Botschaften, die zwischen den beiden hin und herfliegen. In mir keimt ein böser, sehr böser Verdacht, der sich, je länger ich die beiden beobachte, immer weiter verhärtet. Es ist eine gottverdammte Show! Das Ganze! Liams unnahbares Verhalten, die Geschichte mit der kleinen Pennerin, die er in seinem Bett schlafen ließ, seine Weigerung, in einem anständigen Hotel zu übernachten, sein Wutausbruch in dem Diner und der, den er hier soeben zum Besten gegeben hat. Alles war Show, denn seine Augen sprechen eine ganz andere Sprache. Eine, die man nur entdeckt, wenn man sie sehr genau beobachtet.

Mir ist nicht ganz klar, ob sie sich abgesprochen haben – hierbei tendiere ich zu einem nein. Ash ist keine sonderlich begabte Schauspielerin, sie hätte sich verraten, sobald sie ihn sah. Aber dass ich hier gerade verarscht werde, ist nicht zu leugnen.

Nicht.

Mit.

Mir!

Sehr langsam verschränke auch ich meine Arme, das Lächeln, das eben noch wie festgeschweißt meine Lippen geziert hat, gehört der Vergangenheit an. »So habt ihr euch das also gedacht, ja?«

Ich warte und das nicht grundlos. Nach einer Weile geht den beiden auf, dass sich ein Dritter in die Sinnlosunterhaltung gemischt hat. Zuerst sieht Liam mich an, dann Ash – beide wirken verwirrt, was meinen Zorn zusätzlich schürt. »Haltet ihr mich für bescheuert oder meint ihr ehrlich, ich würde nicht durchschauen, was für eine gottverdammt miese Show hier abläuft?«

»Du!« Damit richte ich meine Zeigefinger auf Liam, der mir, ebenso wie Ashley, reglos lauscht. »Egal, welche Gefühlsverwirrungen du gerade durchmachst, du solltest nie vergessen, dass du mit *mir* hier bist, und *ich* diesen verdammten Trip bezahle. Ich lasse mich garantiert nicht ausbooten wie eine kleine Schlampe, die du mal wieder im Rinnstein aufgelesen hast, um sie ein paarmal unverbindlich zu knallen! Überlege dir genau, was du tust!«

»Ich habe …«

»Halt den Mund!«, unterbreche ich ihn zischend und registriere mit einer gewissen Genugtuung, dass sich seine Lippen tatsächlich wieder aufeinanderpressen. Nach einem abschließenden Nicken wende ich mich meiner ehemals besten Freundin zu. Die Kluft zwischen uns könnte nicht größer sein, und ich verspüre nicht den geringsten Wunsch, sie wieder einzureißen. Im Gegenteil: Ich muss an mich halten, um sie nur mit Worten und nicht mit meinen Fäusten zu verletzen, die unkontrolliert beben, sodass ich sie unter meinen Armen verstecke.

Regel Nummer eins, wenn du erfolgreich dein Leben bestreiten willst: Zeige niemals Schwäche. *Niemals!* Denn sie wird sofort gnadenlos ausgeschlachtet werden.

»Und du!« Ashleys Zusammenzucken nehme ich mit

Genugtuung zur Kenntnis. »Warst du es nicht, die sich in einer Nacht-und-Nebelaktion aus dem Haus geschlichen hat? Mit einem läppischen Zettel als einzige Nachricht? Warst du es nicht, die uns über Wochen im Unklaren ließ und der es scheißegal war, welche Sorgen wir uns deinetwegen gemacht haben? Und dann beschließt das Prinzesschen, dass es seine verdammten Klamotten haben will. Ja, da ist dir wieder eingefallen, dass es die gute Tiffany gibt, die dir schon immer den Hintern gewischt hat, oder? Da ist es dir wieder eingefallen. Mach dich nicht lächerlich, der Beitrag mit den Kisten war total dämlich, das muss sogar dir aufgefallen sein. Wie hätten wir das bewerkstelligen sollen? Nein, du wusstest ganz genau, dass wir dir das Zeug bringen würden, oder? Du hast nur diese ziemlich geschmacklose Tour benutzt, um uns – *ihn!* – hierherzulocken. *Sag es!*«

Sie entgegnet überhaupt nichts, sondern starrt mich nur mit diesen widerlich, unschuldigen Augen an. Das war schon immer ihre Masche, ich hab sie nur nie als solche entlarvt. Dumm tun und im Zweifelsfalle den Mund halten in Verbindung mit ihrem Madonnengesicht! Das ist ihre abgefuckte, widerliche Tour!

»Ja, mehr als blöd gucken kannst du nicht, ist ja nichts Neues«, gifte ich. »So wie üblich. Sie spielt die Unschuld vom Lande, dabei gehört das alles hier zu einem perfiden Plan, um mir das verdammte Leben zu zerstören. Du glaubst doch wohl nicht ernsthaft, dass ich dir abkaufe, du würdest in dieser Bruchbude leben. Ha! In Wahrheit hast du die Mitleidstour durchgezogen, dass ich nicht gleich darauf gekommen bin! Und warum die ganze Scheiße? Weil ich dafür gesorgt habe, dass du endlich einen Stecher findest, der es dir anständig besorgt! Findest du das nicht selbst ein bisschen jämmerlich? ER HAT DICH NUR GEVÖGELT, DAMIT ES ENDLICH MAL IRGENDWER TUT!

KAPIER ES! DAS SOMMERMÄRCHEN FÄLLT AUS!«

Selbst in der Dunkelheit ist unverkennbar, dass sie mit jedem Wort ein bisschen blasser geworden ist. Ich wappne mich gegen ihre Erwiderung, die mit Sicherheit wieder jede Menge Müll beinhalten wird. Doch zu meiner grenzenlosen Belustigung macht sie kehrt und rennt davon.

Schweigend schaue ich ihr nach, bis sie von der Dunkelheit verschluckt wurde, dann sehe ich zu Liam. »Ich weiß ja nicht, wie du das siehst, aber ich bin hier fertig!«

17. Kapitel

Ashley

Warum?

Warum um alles in der Welt muss mein Leben so verflucht beschissen verlaufen? Warum mussten Tiffany und Liam mich bis nach New York verfolgen? Können sie mich denn nicht einfach in Ruhe lassen? Reicht ihnen die Scheiße nicht, die sie mir angetan haben? Da meine ich, endlich mein Leben langsam aber sicher wieder auf die Reihe zu kriegen, und die beiden haben nichts Besseres zu tun, als hier aufzukreuzen und alles wieder zunichtezumachen.

Auf dem Heimweg von Marc habe ich mir lange Gedanken über uns gemacht und entschieden, es mit ihm zu versuchen. Ich mag ihn – sehr sogar. Bei ihm fühle ich mich sicher, bin glücklich und schaffe es, meine Vergangenheit weitestgehend zu verdrängen. Wenn auch nicht komplett. Aber er ist nett, großzügig und neben Klara der einzige Freund, den ich habe. Na ja, jedenfalls habe ich entschieden, dass es einen Versuch wert ist. Ich hatte gerade mein Handy gezückt, um Marc anzurufen, ihm zu sagen, es täte mir leid, vorhin einfach abgehauen zu sein, und dass ich, sofern er möchte, noch auf ein Getränk bei ihm vorbeischauen würde. Tja, und dann traf ich auf Tiffany und

Liam, und dank der beiden kam es zu keinem Telefonat mehr. Stattdessen, musste ich mich meiner Vergangenheit stellen und wurde von einem Hurrikan an Gefühlen überrollt.

Wie kann er es wagen, hier aufzutauchen und mir allen Ernstes all diese sinnlosen Fragen zu stellen? Und das auch noch mit dieser bitterbösen Anklage im Blick. Als hätte ich mich wie ein Kleinkind aufgeführt, während er, der große, mächtige, allwissende Liam stets vorausschauend und über allen Zweifeln erhaben handelt.

Der kleine Arsch!

Gott!

Für einen kurzen Moment bin ich versucht, mir die Hand vor den Mund zu schlagen, zugegeben, für einen sehr, sehr kurzen Moment. Denn es fühlt sich so gut an, die Wahrheit wenigstens zu denken, wenn ich sie schon nicht laut aussprechen konnte. Es war, als wäre ich mit totaler Stummheit geschlagen, als er vor mir stand und mich so unglaublich frech anbrüllte. Das war schon immer mein größtes Problem, dass ich niveaulosen Menschen nichts entgegenzusetzen habe. Das bisschen Gebrabbel zu meiner Verteidigung war nichts! Nicht einmal annähernd das, was er verdient hat. Denn viel schlimmer als seine Worte, war seine Anwesenheit. Er stand direkt vor mir, mit diesem unvergleichlich attraktiven Gesicht, das ich noch immer liebe.

Verdammt noch mal!

Die ganze Zeit über haben meine Fingerspitzen gezuckt, weil sie ihn so dringend berühren wollten. Es war so leicht, seinen Zorn als Sorge fehlzuinterpretieren. Sorge um mich, um meine Person. Und wie weit ist es in einem romantischen Geist denn, um aus Sorge Liebe zu machen? Für einen kurzen Moment war ich so stumm, weil ich *glauben* wollte, dass er so für mich empfand. Weil dieser Traum des rettenden Prinzen in silberner Rüstung auf einem weißen Schimmel auch vor mir nicht haltmacht. Weil ich glauben wollte, dass er nicht nur meinetwegen in diese Stadt gekommen war, sondern auch meinetwegen so zornig war.

Nur für mich.

Aus Angst, mir könnte etwas geschehen sein. Dabei ging es nur um ihn. Die ganze Zeit, nur aus diesem Grund ist er hierhergekommen. Die Wahrheit ist doch: Würde mir etwas passieren, dann müsste er sich dafür die bittersten Vorwürfe machen. Wobei das ›bitterste‹ auch wieder nur einem meiner so widerlich romantischen Träume entspringt. Er würde sich verantwortlich fühlen und hat stattdessen allen Ernstes verlangt, dass ich *bleibe!* Dass ich eine *Aussprache* überstehe, um dann fortzufahren, wie bisher?

Was für ein bizarrer, beleidigender Vorschlag! Er zeigt genau, wie die beiden über mich denken und was sie von mir halten. Sie sehen in mir ein kleines, dummes, leicht zu lenkendes Mädchen, das man nach Belieben treten kann, um dann die Scherben halbwegs aufzufegen, sie zu kitten und von vorn zu beginnen. Nur dass sie bei jedem Mal kitten einen Splitter vergessen, sodass ich immer mehr von mir verliere, wenn ich auf sie treffe.

Weder Tiffany noch Liam sehen in mir die Frau, die ich bin.

Das ist die Wahrheit und das ist der Grund, aus dem ich gegangen bin, denn was sie von mir halten, wusste ich ja längst, ich habe es auch keineswegs vergessen. Ihr Auftauchen hat mich in meinem Resümee nur noch bestärkt. Ich habe versucht, stark zu sein, habe versucht zu kämpfen und nicht klein bei zu geben. Doch das war schwerer als gedacht. Tiffany ist so ... so Tiffany. Ich kann mich einfach nicht mit ihr streiten. Das konnte ich noch nie und werde ich vermutlich auch nie können. Wobei das jetzt auch egal ist, denn nach dem, was sie mir an den Kopf geworfen hat, habe ich das einzig Richtige getan, ich bin gegangen. Sollen die beiden denken was sie wollen, sollen sie meinen Krempel meinetwegen wieder mit nach Tampa nehmen – mir ist alles recht. Ich will nur eines, meine Ruhe. Schluss mit dieser Gefühlsachterbahn, dem Vermissen, dem Hassen, dem Hoffen. Wie heißt es so schön? Lieber ein Ende mit Schrecken, als ein Schrecken ohne Ende.

Emotional aufgewühlt wie ich bin, kenne ich nur einen Ort, an den ich jetzt gehen möchte, nur einen Menschen, der es vermag, mich von diesem ganzen Müll abzulenken: Marc. Nach dem Streit habe ich mir ein Taxi genommen und bin zu ihm gefahren. Nun stehe ich vor seinem Block. Den Kopf in den Nacken gelegt lasse ich meinen Blick über das imposante Gebäude schweifen. Mein Herz, das mir vorhin, als ich auf Liam und meine ehemals beste Freundin getroffen bin, in der Brust praktisch zersprungen ist, beginnt jetzt wieder nervös zu klopfen. Was wird er sagen, wenn ich plötzlich vor seiner Haustür stehe? Wird er sich freuen? Wird er mich für eine Verrückte halten? Vermutlich. Zumindest würde ich einen Typen, der mich erst anflirtet und ungestüm küsst, nur um dann im letzten Moment die Reißleine zu ziehen und abzuhauen, als verrückt einstufen.

Vielleicht war es ja eine blöde Idee herzukommen.

Mein Blick wandert an der von Abgasen verfärbten Fassade entlang. Ich frage mich, ob ich überhaupt klingeln soll ... warum eigentlich nicht? Hey, was soll schon passieren? Im schlimmsten Fall ist Marc nicht zu Hause oder aber er schickt mich wieder weg – was ich ihm nicht verübeln könnte. Auf den Innenseiten meiner Wangen herumkauend steige ich die wenigen Stufen zur

Haustür hoch. Was jetzt? Klingeln oder nicht klingeln? Ich hebe meine Hand und positioniere den ausgestreckten Zeigefinger über dem *Dr. M. Bennet*-Schild.

Komm schon Ash, sei kein feiges Huhn, stichelt mein Unterbewusstsein, doch ich Hosenscheißer trau mich nicht zu klingeln. Gerade will ich mich umwenden und gehen, als die Tür aufschwingt und ein junges Mädchen herauskommt. Mit einem Lächeln, das mein verzweifeltes Herz erwärmt, hält es mir die Tür auf und ich trete ohne nachzudenken mit einem »Danke« ein. Okay, also wenn das kein Zeichen war, dann weiß ich auch nicht.

Mutigen Schrittes steuere ich den Fahrstuhl an. Es dauert eine gefühlte Ewigkeit, bis das vertraute ›*Pling!*‹ ertönt und ich einsteigen kann. In der Kabine riecht es intensiv nach einem süßlichen Parfum. Vermutlich ist es das der jungen Dame von eben. Ich bin froh über die kleine Ablenkung, ansonsten würde ich bestimmt pausenlos an Marc und unser wildes Rumgeknutsche in dieser Kabine denken.

Schneller als mir lieb ist, erreiche ich das Stockwerk, in dem mein Chef wohnt. In meiner plötzlichen Euphorie habe ich vergessen darüber nachzudenken, was ich ihm jetzt genau sagen soll. Mir fallen die Worte ein, die mir auf der Herfahrt durch den Kopf gingen. »Marc«, murmele ich vor mich hin. »Es tut mir ehrlich leid, dass ich vorhin so plötzlich verschwunden bin. Ich habe Angst bekommen, dass ich ...« Dass ich was? Eine blöde Kuh bin?

»Ach verdammter Mist!«, knurre ich. »Was um alles in der Welt soll ich ihm denn jetzt sagen?« Die Fäuste geballt, die Lippen zu einem Strich gezogen steige ich aus und gehe mit winzigen Schritten auf seine Wohnungstür zu. Mir ist schlecht vor Aufregung. Was, wenn er wirklich sauer ist? Oh, er ist ganz bestimmt sauer – er hat jedes Recht sauer zu sein! Im Schneckentempo tragen mich meine Füße zu der weiß lackierten Tür. Übrigens ist sie sauber und hier stinkt es garantiert nicht widerlich nach menschlichen Exkrementen.

Komm schon, Ash, sei ein großes Mädchen. Du hast das verbockt, also wirst du es auch wieder in Ordnung bringen. Ganz ruhig, alles wird gut. Alles wird gut!

Unmittelbar vor seiner Wohnungstür bleibe ich stehen und schlucke leer. Ich hebe die Faust. *Einfach anklopfen Ash, das ist ganz leicht, einfach anklopfen.* Doch ich Weichei schaffe es nicht. Stattdessen stehe ich wie zur Salzsäule erstarrt da, ringe mit mir, die verdammte Faust auf die Tür zuzubewegen und diesem Drama endlich ein Ende zu setzen. *Marc ist toll, er wird dich verstehen. Ganz bestimmt. Er wird dich mit seinen warmen, wissenden Augen ansehen und* … okay, keine Chance, mir geht der Arsch auf Grundeis. Das alles ist mir zu viel. Ich schaffe das nicht.

Mit dem Sinken meiner Hand versiegt auch das letzte Fünkchen Hoffnung in mir. Deprimiert steige ich die Stufen hinab und trete hinaus in die lärmende Nacht. Ein tiefergelegter Wagen mit getönten Scheiben fährt mit dröhnender Musik die Straße hinab, und auf dem Bürgersteig sind jede Menge Leute unterwegs. Wie ferngesteuert überquere ich die Fahrbahn und schlängele mich durch die Traube aus Menschen, die am Kinohäuschen für ihre Karten anstehen. Ich habe für nichts und niemanden Augen. In meinem Kopf herrscht nur ein Gedanke: Ich muss ans Wasser.

Also schlage ich den Weg zum Central Park ein. Ich will an den Reservoir. Mein Zeitgefühl hat sich in Luft aufgelöst und mit ihm das Gewirr aus Emotionen, das eben noch in mir tobte. Wer weiß, vielleicht verliere ich ja den Verstand. Ich hätte nichts dagegen, denn dann gäbe mein Kopf endlich Ruhe. Dann würde dieses alles verzehrende Gefühl aus Wut und Schmerz endlich von mir ablassen. Oh Mann, wär das schön! Kein Liam, der mich mit diesem feurigen-zornigen, sexy, höschennässenden Blick anglotzt, keine geifernde, beleidigende, mir plötzlich so fremde Tiff, kein vorwurfsvoller Marc.

Meine Gedanken schweifen zurück zum heutigen Morgen. Der Tag hatte so gut begonnen. Mir fällt ein, wie vorsichtig ich in meine Sachen schlüpfen musste, weil mein Knie so schmerzte. Marc wollte es sich noch ansehen, kam jedoch bei all dem Stress nicht dazu. Aber das ist halb so schlimm. Es geht mir mittlerweile ganz gut. Eigentlich tut es nur dann weh, wenn ich es abwinkele.

Je weiter ich laufe, desto leerer wird mein Kopf. Irgendwann weiß ich nicht einmal mehr, warum ich eigentlich auf Tiffany sauer bin. Die Emotionsblase, in der ich stecke, vernebelt meine Gedanken. Ich frage mich, was ich an Liam finde oder an Marc, und wer zur Hölle aus mir geworden ist. All die Anziehungskraft, die Liam noch vor wenigen Minuten auf mich ausgeübt hat, dieser Zauber, der dafür sorgte, dass ich wie an unsichtbaren Schnüren zu ihm gezogen wurde, ist weg. Zurück bleibt die schwammige Erinnerung an einen Mann, mit dem ich zufällig mal im Bett war, obwohl ich mich daran auch nicht mehr wirklich zu erinnern vermag. Es erscheint mir wie ein zufälliges Ereignis, ohne große Bedeutung.

Mein Leben mit all den Menschen um mich herum, ja sogar New York, fühlt sich surreal an. Nichts ist tatsächlich von Bedeutung, nicht die Menschen, die meinen Weg kreuzen, nicht die Neonreklameschilder, die einen bunten Hintergrund zaubern, oder die Straße. Einfach nichts.

Nicht einmal die grellen Scheinwerfer, die meinen Körper gerade in Szene setzen.

Und auch nicht der rote Lieferwagen, der mich seitlich erfasst und diesen schrecklichen Abend in gnädige Dunkelheit taucht.

18. Kapitel

Liam

»Wir können hier nicht weg, denn das verdammte Auto ist voll Zeug von ihr!« Ich bin überrascht, diesen Hinweis so ruhig an die Frau bringen zu können. Und das, wo der Zorn in mir so heftig brodelt, dass ich kaum sprechen kann. Dabei bin ich nicht mal sicher, auf wen ich nun wütender bin, auf Tiffany oder Ashley – okay, es ist auch nicht von Bedeutung. Nur, dass ich hier so schnell wie möglich verschwinden will und es nicht kann, verdammt noch mal!

Ihrem Gesichtsausdruck nach zu urteilen, hat Tiffany die Sachlage vollständig erfasst. Suchend sieht sie sich um, was mir im ersten Moment nicht einleuchten will. Bis ich die Jungengang ausmache, die sich uns wieder nähert.

»Hey!« Tiffany winkt mit beiden Armen nach den fünf Nachwuchsterroristen, bevor ich sie von diesem Bullshit abhalten kann. Sie bleiben stehen, mustern uns selbst auf die Entfernung unverkennbar misstrauisch, doch Tiffany winkt nur noch stärker. »Ja, ihr! Kommt mal her!«

»Bist du wahnsinnig?«, knurre ich sie an.

»Nein«, erwidert sie nur und sieht den Neuankömmlingen strahlend entgegen. Meine Panik legt sich ein wenig, als ich die

Gesichter erkennen kann, denn es handelt sich tatsächlich bloß um ein paar Halbwüchsige. Ihre T-Shirts sind zwar schmutzig, zeigen aber nur die Schriftzüge der üblichen Punkbands, und sie tragen gewöhnliche Jeans. An ihren Füßen entdecke ich ausgetretene Chucks.

»Was ist?«, erkundigt sich der Größte von allen, der wohl der Anführer ist.

»Wir müssen ein paar Möbel dort hinaufbringen.« Tiffany deutet an der Fassade des Wohnhauses hoch. »Habt ihr Lust, euch ein paar Dollar zu verdienen?«

Sie treten näher, das Misstrauen ist noch immer präsent. »Wie viel?«

»Jeder zehn?«

»Fünfzehn!«, meldet sich die raue Stimme eines nur um wenige Zentimeter kleineren Bengels.

»Zwölf!«, feilscht Tiffany.

»Entweder fünfzehn oder wir gehen.«

Sie gibt vor, darüber nachzudenken, obwohl mir klar ist, dass ihre Entscheidung bereits steht. Dann nickt sie widerstrebend. »In Ordnung.«

Der größte der Typen grinst. »Dann rück die Kohle raus und wir tragen euch das Zeug hoch!«

Tiffanys Lachen klingt so herzlich, dass mir angst und bange wird. Sie nimmt die Kerle hoch, und auch wenn diese recht friedlich wirken, lassen sie sich garantiert nicht ungestraft verarschen. Meine Hände, die sich an meinen Seiten befinden, signalisieren ihr ein: »Mach langsam, verdammt«, doch Tiffany beachtet es nicht.

Fuck!

Ihr Gelächter erstirbt und sie musterte die Jungen nacheinander. »Ihr haltet mich für selten dämlich ja? Ein Landei in New York, das ihr hochnehmen könnt, richtig?«

Die Jungs verändern ihre Pokermienen nicht und wieder ergreift der Größte das Wort. »Entweder vorher das Geld oder wir rühren keinen Finger.«

Tiffany lässt sich nicht aus der Ruhe bringen. Während ich sie beim Verhandeln mit den Teenagern beobachte, wächst sie in meinem Ansehen wieder ein bisschen. Denn sie ist furchtlos und lässt sich absolut nicht übers Ohr hauen. Außerdem bekommt sie genau das, was sie will. Nun ja, in diesem einem Fall ist es wohl das, was *wir* wollen.

Sie kramt in ihrer Tasche, zieht ihre Geldbörse hervor und zählt neunzig Dollar ab. Diese hebt sie in die Luft, damit alle sie sehen können. »Ich deponiere sie auf der Motorhaube des Lieferwagens. Ihr bekommt sie, sobald er leer ist. So einfach ist das. Und das ist mein letztes Wort.«

Die Jungs mustern einander finster, wobei sie verdächtig wie ein paar Ganoven aus einem Gangsterfilm wirken, dann nickt der Große. »In Ordnung. Aber wenn du uns bescheißt, dann wirst du es bereuen. Und du auch!« Letzteres gilt mir, was ich mit einem zackigen: »Yessir, jawohl, Sir, natürlich, Sir«, retourniere.

Tiffany beachtet mich nicht, was ich als sehr positiv empfinde. Es hat sie einmal Klopfen an der Ashs Appartement gegenüberliegenden Wohnungstür gekostet und ein paar erklärende Sätze, bis die Studentin, die Ashs direkte Nachbarin ist, den bei ihr hinterlegten Schlüssel herausgerückt hat. Sobald die Tür offen ist, machen sich die Jungs daran, den Inhalt des Lasters nach oben zu schleppen. Zunächst will ich helfen, sehe jedoch bald ein, dass die Aussicht auf den finanziellen Reibach aus den Jungen die besten Möbelpacker der Welt gemacht hat. Sie sind zu sechst, was drei Paare ergibt, weshalb ich so ziemlich nutzlos bin.

Und während ich zusehe, wie der Laster innerhalb weniger Minuten entladen wird, wo wir zu zweit für das Aufladen Stunden benötigt haben, kann ich nicht länger die verwirrenden Gedanken zurückhalten. So sehr ich mich auch bemühe.

Ashleys blasses Gesicht schiebt sich vor mein inneres Auge, und auch, wie ich sie angebrüllt habe. Was will ich Tiffany vorwerfen? Ich habe mich genauso widerlich verhalten wie sie, und sie kam nach mir zum Zug. Als ich schon all die Widerlichkeiten in den Orbit geschrien hatte.

Hatte ich mir das Ganze so vorgestellt?

Nein, ganz sicher nicht. Ehrlich gesagt habe ich mir gar nichts vorgestellt, aber wenn da überhaupt eine gewisse Erwartung war, dann diese, dass Ashley uns in ihrem Appartement empfangen würde. Eine kleine, aber sehr hübsche, helle Wohnung, vielleicht auch ein Zimmer in einer Pension. Sie würde ein wenig wehmütig, aber gefasst wirken. Sich der Richtigkeit ihrer Entscheidung noch immer sicher, deren Gründe sie mir so auseinandernehmen würde, dass selbst ich sie verstehe. Besonders, warum sie mir nie die Möglichkeit gegeben hat, mit der veränderten Situation klarzukommen und mich zu positionieren. Als sie ging, hatte ich noch nicht entschieden, wo ich in dieser vertrackten Geschichte stehe. Ich war noch immer dabei, mich festzulegen und zu keinem Schluss gekommen. Anstatt mir die Gelegenheit zu geben, mir über das, was ich will, klar zu werden, ist sie abgehauen, und das betrachte ich als ziemlich feige. Noch immer.

In meiner Fantasie hat sie mir haarklein erklärt, warum sie

sich wie verhalten hat, und dann wusste ich endlich, was genau ich von meinen Gefühlen halten soll.

In der Realität ist alles ganz anders gelaufen.

Der Anblick ihrer Bruchbude hat mich bereits wütend gemacht – danke, die Tür und der elende Gestank aus den Gemeinschaftsklos, die auf dem Flur liegen, reicht, um zu wissen, wie es dahinter aussieht. Und als sie dann angeschlendert kam, diesen widerlichen, wissenden, gesetzten Ausdruck im Gesicht, in den unauffälligen, sauberen, der Witterung entsprechenden Klamotten, bin ich einfach durchgedreht. Denn es zeigt mir, dass sie integriert ist, dass sie ein neues Leben hat. Eines, in dem sie in einer heruntergekommenen Bruchbude lebt, aber ausgeht, anständige Kleidung besitzt und das Geld, um sich ihr verdammtes Knie verbinden zu lassen. Sie trug einen Rock, der Verband stach mir sofort ins Auge.

Was ist überhaupt mit ihrem Knie? Ich habe nicht mal gefragt, verdammter Mist!

Dieser Anblick, ihre demonstrierte Unabhängigkeit, hat mich explodieren lassen und mir im entscheidenden Moment den Verstand geraubt. Anstatt ihr die Gelegenheit zu geben, sich endlich mal zu erklären, habe ich sie angebrüllt und dann, als mir nichts mehr einfiel, hat Tiffany weitergemacht. Natürlich war das Meiste von dem, was sie gesagt hat, an den Haaren herbeigezogener Müll. Teilweise sogar sehr unangemessen und beleidigend.

Aber eben nicht alles.

Obwohl ich keine Zugehörigkeit zu dieser Frau, spüren will, unter deren Regie der Transporter gerade in atemberaubender Geschwindigkeit entladen wird, waren wir in diesen Momenten Geschwister im Geiste. Getrieben von dem gleichen Gefühl, vereint in der gleichen Verwirrung. Betrogen von Ashley, die uns nie eine Chance gegeben hat.

Und jetzt ist Ash weg. Ich weiß zwar, wo sie wohnt, aber all die Träume, diese Fantasien, die Luftschlösser, die ich ihretwegen bisher bauen konnte, existieren nicht mehr.

Ist das also das Ende?

... *WOVON denn?*, frage ich mich wütend, sobald ich es gedacht habe. Das alles ist doch ein riesiger Haufen Müll, verdammt noch mal!

Ungeduldig warte ich, dass die Jungs endlich den Wagen geleert haben. Sie sind schnell, könnten aber noch bedeutend schneller sein, würden sie sich im Laufschritt bewegen. Ich will hier weg! Halb überlege ich, wie ich Tiffany überreden könnte, sofort die Rückreise anzutreten und die verdammte Übernachtung zu canceln. Diese würde sowieso wieder nur neue Komplikationen bringen. Und von denen hatte ich innerhalb der letzten Stunden genug, danke der Nachfrage!

Ich weiß, dass ich keine Chance haben werde, deshalb bringe ich den Vorschlag erst gar nicht an die Frau. Außerdem verspüre ich elende Müdigkeit. Die Aussicht auf ein Bett erscheint mir immer besser, und inzwischen ist mir fast egal, mit wem ich es teilen muss. Alles Weitere kann ich auch tun, wenn ich ein wenig geschlafen habe. Was aus taktischen Gründen wohl auch die bessere Alternative darstellt.

Keine halbe Stunde später ist der gesamte Wagen entladen und die Jungs stehen verschwitzt vor Tiffany, welche die Packaktion mit Argusaugen überwacht hat. »Das habt ihr fast perfekt gemacht«, lobt sie. »Wäre euch die Kommode nicht runtergefallen, würde ich das ›Fast‹ auch streichen. Aber ich bin mal nicht so und ziehe euch das Teil nicht von eurem Lohn ab. Danke!«, sagt sie in einem Ton, der mich ganz stark an einen Admiral erinnert, der zu seinen Soldaten spricht. Sie verteilt die Scheine in die ausgestreckten, schmutzigen Hände.

Nachdem alle kurz genickt haben – für mich haben sie nur ein geringschätziges Grinsen übrig, wahrscheinlich, weil ich mich nicht am Hochtragen beteiligt habe – ziehen sie ab. Auf den ersten zehn Meter schweigen sie noch männlich würdevoll, dann sind ihre Stimmen zu vernehmen, die wild durcheinanderreden. Offenbar überlegt man, was man mit dem Reibach anstellen soll.

Ich sehe zu Tiff. »Das war gut«, ringe ich mir ab, obwohl mir ihr überlegener Gesichtsausdruck bereits wieder extrem auf die Nerven geht. »Was hast du jetzt vor?«

»Jetzt?« Sie sieht auf die Uhr. »Also erstens habe ich Hunger, zweitens will ich dringend duschen und drittens schlafen. Ich schlage vor, wir fahren ins Hotel.«

Lauernd betrachtet sie mich, in der Dunkelheit blitzen ihre blauen Augen, sie rechnet mit meinem Widerspruch, doch warum sollte ich aufbegehren?

»Klingt perfekt«, sage ich zu ihrer sichtlichen Verblüffung und füge erklärend und auch ein wenig versöhnlich hinzu: »Ich sterbe vor Hunger, Schlaf wäre wirklich nicht schlecht und eine Dusche auch nicht.«

Ihr Schmollmund verzieht sich zu einem strahlenden Lächeln, was mir sagt, dass ich wohl zu nett gewesen war. Aber ehrlich, ich soll mit dieser Frau noch zurück nach Tampa und ich habe nicht vor, dies innerhalb jenes eisigen Schweigens hinter mich zu bringen, wie es auf den letzten 500 Meilen der Hinfahrt geherrscht hat. Das ist nichts für mich. Vielleicht ist es gar nicht so schlecht, wenn sie meint, die Wogen hätten sich geglättet.

Dann habe ich wenigstens meine Ruhe.

Ich öffne die Tür des Wagens und steige ein. Sie folgt mir auf der anderen Seite. »Hast du einen besonderen Hotelwunsch?«, erkundige ich mich, als wir sitzen und hoffe, ihr ist klar, dass sie zahlen wird. Denn ich bin wirklich pleite. Wirklich und wahrhaftig.

Sie hat ihr Handy aus der Tasche gezogen und ist bereits am Googeln.

»Wie, du hast nicht vorher schon eine Bleibe für uns gesucht? Das überrascht mich jetzt!«

Diese Bemerkung bringt mir einen scharfen Blick ein, bevor sie sich wieder dem Display ihres Smartphones widmet. »Ich wusste nicht genau, wann wir hier eintreffen würden und habe zwar voravisiert, muss die Buchung nun aber bestätigen«, sagt sie, ohne aufzusehen. »Das ist doch kein Problem, oder?«

»Natürlich nicht«, erwidere ich eilig.

Das Summen ihres Handys lässt sie auffluchen. »Was soll das denn?«, fragt sie ausgerechnet mich, bevor sie den Anruf entgegennimmt.

»Wer stört, verdammt?«

Sie lauscht, ihre Stirn legt sich in Falten.

»Was?«

»Woher haben Sie …?«

»Oh!«

»Ja, natürlich. Wo?«

»In Ordnung, ich bin unterwegs!«

Sie beendet den Anruf und starrt mich in der Dunkelheit wortlos an. Ich kann nicht viel von ihrem Gesicht erkennen, doch dass sich darin Entsetzen breitmacht, ist offensichtlich.

»Sie hat mich angegeben«, sagt sie unvermittelt. »Mich!

Kannst du dir so was vorstellen?«

»Wovon sprichst du?«

Wieder kehrt eine Weile Stille ein, bevor ihre Stimme abermals ertönt. »Als denjenigen, der informiert werden soll, wenn sie ...« Ihr trockenes Schlucken ertönt im begrenzten Raum der Fahrerkabine. »Also wenn sie ...«

Nun erfüllt auch mich maßloses Entsetzen. Eine widerliche stechende Ahnung arbeitet sich meine Kehle hoch. Ich schnalle mich wieder ab und nehme sie an den Schultern. »Tiffany, wovon sprichst du?«

Es dauert noch einmal einen langen Moment, bevor sie antworten kann. Währenddessen glaube ich, zu explodieren, denn ich weiß, dass eine Katastrophe eingetreten ist. Mehr noch, ich glaube sogar zu ahnen, wen sie betrifft. Was ich jetzt dringend benötige, ist Gewissheit!

»Ashley hatte einen Unfall«, wispert Tiffany schließlich.

Ich nickte mechanisch. »Wo wurde sie eingeliefert?«

»General Hospital.«

Ich bin bereits dabei, das Navigationsgerät zu programmieren, fluche, weil ich die Eingabe wiederholen muss, bis uns endlich der Weg angezeigt wird. Dann schnalle ich mich an, starte den Motor und fahre los, ohne ein weiteres Wort mit Tiffany gewechselt zu haben.

Die Fahrt dauert trotz der inzwischen recht freien Straßen zwanzig Minuten, weil ich mit dem Einbahnstraßensystem der Stadt noch nicht vertraut bin und mich mehr als vier Mal verfahre. Wann immer das geschieht, verkrampfen sich meine Hände noch etwas fester um das Lenkrad und ich presse die Lippen stärker aufeinander. Keinen Blick habe ich für Tiffany übrig und auch kein Ohr für ihr Gefluche, wenn wieder einmal eine Kehrtwende erforderlich ist, weil wir uns nicht mehr auf Kurs befinden. Mir ist, als würde jeder überflüssige Gedanke meine Konzentration endgültig zum Detonieren bringen, etwas, was ich mir schlicht nicht leisten kann. Nach wenigen Minuten stelle ich auch alle Mutmaßungen ein, die sich darum ranken, *wie* Ash verunglücken konnte. Zu häufig schleichen sich unangenehme Ahnungen hinzu, die Überlegung, ob sie sich vielleicht absichtlich etwas angetan hat und vor allem, was genau mit ihr geschehen ist.

All das provoziert bloße Hypothesen, die mir absolut nicht weiterhelfen würden. Mir genügen schon die unendlichen Sorgen, die ich mir mache und die Selbstvorwürfe, weil ich sie gehen ließ. Am Ende ist es immer mein elender Wille, alles hübsch ruhig und diskussionsfrei zu halten, der mich regelmäßig zu den falschen Entscheidungen bringt. Ich wollte keine weiteren Auseinandersetzungen, war viel zu wütend, um ein klares, vernünftiges Argument anbringen zu können und zu arrogant, um mich in diesem Moment näher mit ihr zu befassen. Und so ließ ich sie sehenden Auges ins Verderben rennen. Nein, ich konnte nicht wissen, dass etwas geschehen würde – richtig. Aber unter dem Strich ist dies völlig egal, denn es *IST* etwas passiert. Etwas, das Ashley womöglich nicht überleben wird.

Eine Welt ohne die stille, auf ihre Art so erhabene, stolze Ash ist für mich unvorstellbar und nur der weit hergeholte Gedanke schnürt mir bereits die Kehle zu. Wenn ich in den vergangenen Wochen an sie dachte, dann sah ich sie behütet und glücklich in New York und konnte mit dieser Entwicklung umgehen. Mit dem, was sich hier gerade anlässt, kann und will ich *nicht* leben.

Unwillkürlich trete ich das Gaspedal tiefer, rase die dunklen

Straßen entlang, schere mich nicht um Geschwindigkeitsbegrenzungen und auch nicht um Tiffanys mahnende Rufe, die bald hysterisch klingen. Sollten die Cops mich anhalten, dann habe ich eben Pech. Damit gilt es zu dealen, wenn es so weit ist. Einzig der Gedanke, endlich zu diesem verdammten Krankenhaus gelangen zu müssen, bewahrt mich derzeit vor dem Durchdrehen. Und es gibt nichts, was mich daher davon abhalten kann, so schnell wie möglich dorthin zu gelangen.

Niemand hält mich auf, kein Cop stellt sich mir in den Weg und glücklicherweise verfahre ich mich auch kein weiteres Mal. Erfreulicherweise ist der Klinikparkplatz um diese Uhrzeit nur zu einem Viertel belegt, sodass ich ohne Probleme selbst mit dem Transporter einen Stellplatz finde, und nicht lange manövrieren muss. Sobald ich den Zündschlüssel gezogen haben, stürze ich aus dem Wagen und warte ungeduldig darauf, dass Tiffany mir folgt.

»Wohin?«

»Intensivstation der Neurologischen Abteilung«, rattert sie herunter. Im Laufschritt bewegen wir uns zum Eingang und in der Lobby an den Tresen.

»Ich wurde von der neurologischen Intensivstation informiert, dass eine Ashley Johnes eingeliefert wurde. Wo …«

Die Schwester hinter dem Tresen mustert uns nur flüchtig. »Stockwerk acht«, sagt sie dann schnarrend und widmet sich wieder ihrem Computer.

Gehetzt stürzen wir zu den Aufzügen, wo ich einige Male heftig auf den Rufknopf einhämmere. Als er blinkt, wende ich mich Tiffany zu. Sie steht wortlos neben mir und ich will ihr so viele Fragen stellen. Was der Anrufer – wer auch immer die

Hiobsbotschaft überbrachte – gesagt hat. Ob Ashley schwer verletzt, bei Bewusstsein oder was überhaupt geschehen ist. Auch wenn sie möglicherweise nur die Hälfte der Antworten geben könnte, wäre das immerhin mehr als ich momentan weiß.

Doch ich kann nicht.

Sobald ich mir vorstelle, wie ihre Stimme ertönt, werde ich mit Stummheit geschlagen. So, wie sie jetzt ist, schweigend und sichtlich in sich gekehrt, kann ich sie ertragen. Wenn sie auch nur ein Wort sagt – das falsche, davon bin ich überzeugt, denn Tiffany sagt in jeder denkbaren Situation das denkbar Unangebrachteste – dann werde ich sie würgen. Und das würde wiederum zu nicht hinnehmbaren Verzögerungen führen.

Nein, ich muss mich gedulden, bis ich mit jemanden sprechen kann, der nicht nur Auskunft geben kann, sondern dem zuzuhören mich nicht derart reizt.

Endlich trudelt der verdammte Lift ein. Wir müssen erst eine Rentnerin aussteigen lassen, was unsagbar viel Zeit in Anspruch nimmt, da sie auf einen Rollator angewiesen ist. Als ich dann endlich in die Kabine treten kann, ruft es von Weitem »Warten SIE!«, und ich sehe einen Mann auf uns zu hasten, der schlitternd vor dem Aufzug zum Stehen kommt und hineinspringt, bevor sich die Türen schließen.

»Welche Etage?«, erkundigt er sich hörbar außer Atem.

»Acht«, erwidere ich und deute auf die bereits erleuchtete Ziffer. Doch er nimmt es gar nicht wahr, sondern wischt sich mit einem Taschentuch über die schweißbedeckte Stirn. Offenbar ist er nicht erst zum Aufzug gerannt.

Bevor meine Gedanken wieder abdriften können, hält der Fahrstuhl erneut und zu meiner milden Überraschung steigen wir zu dritt aus.

Unweit von uns befindet sich ein im Vergleich zu dem in der Lobby sehr kleiner Rundtresen, doch bevor wir herantreten, nehme ich Tiffany beiseite.

»Hör zu, es wird schwierig werden, Informationen aus diesen Idioten herauszubekommen. Wir sind nicht mit Ashley verwandt.«

Abwesend mustert sie mich. »Was?«

Verdammt, was ist daran so schwer verständlich? »Sie erteilen nur Verwandten Auskunft, und wir sind nicht mit ihr verwandt«, sage ich eilig, wie gegen meine wachsende Ungeduld anredend. Himmel, das ist doch nicht neu! »Wir müssen also clever vorgehen. Wie wäre es, wenn du ihre Schwester …«

»Aber sie hat keine Geschwister«, widerspricht Tiffany sofort.

Ich verdrehe die Augen. »Gut, dann bist du eben eine Tante, ihre Patin, was weiß ich! Irgendein Verwandtschaftsgrad wird doch wohl selbst dir genehm sein!«

Nun wendet Tiffany sich mir direkt zu und nimmt mich am Arm. Selten zuvor habe ich sie so ernst gesehen. »Liam, du verstehst nicht. Ashley hat keine Verwandten mehr. Keinen einzigen. Vielleicht irgendwo noch einen entfernten Cousin fünften Grades, aber wenn, dann kennt sie ihn nicht. Warum meinst du, hat sie mich als diejenige angegeben, die im Falle eines Unfalls informiert werden soll?«

Ich überlege blitzschnell, denn das verändert die Sachlage, allerdings zu unseren Gunsten. »Gut«, sage ich und trete zurück, weil ich ihre Berührung nicht ertragen kann. »Dann sagst du genau das.«

Tiffany nickt zustimmend und wir treten wieder an den Tresen. Der Typ aus dem Aufzug ist immer noch da und redet leise mit der zuständigen Schwester.

Diese blickt auf, als sie uns sieht.

»Sie wünschen?«

»Ich wurde angerufen«, sagt Tiffany und mir fällt auf, dass ihre Stimme zittert. »Meine Freundin wurde eingeliefert.«

»Name?«, erkundigt sich die Schwester freundlich.

»Tiffany Lech.«

Ich zupfe an ihrem Ärmel. »Ich denke, sie meint Ashs Namen, Baby.«

»Oh!«, sagt Tiffany und räuspert sich. »Ashley Johnes ist der Name.«

»Sind Sie mit ihr verwandt?«

Diese Frage kommt erwartungsgemäß, weniger allerdings haben wir damit gerechnet, dass sie aus zwei Mündern zur gleichen Zeit gestellt wurde. Nicht nur die Schwester mustert uns fragend, sondern auch der Typ, der mit uns im Aufzug gefahren ist und noch immer nicht gegangen ist.

»Was?«

Er lächelt flüchtig. »Ich bin Marc Bennet, der Arbeitgeber von Miss Johnes.«

»Oh!« Tiffany schluckt ein weiteres Mal und reicht ihm dann die Hand. »Tiffany Lech und Liam King. Wir wurden angerufen, aber wie haben Sie …?«

Sein Lächeln wirkt so bekotzt freundlich, dass ich die Antwort bereits zu kennen glaube, bevor er es sagt. »Ich bin *Doktor* Marc Bennet, Miss Johnes arbeitet in meiner Praxis. Meine Visitenkarte war wohl in ihrer Brieftasche, und so hat ein alter Studienkollege, der hier tätig ist, mich kontaktiert. Er ist der behandelnde Arzt und …«

Er stoppt und sieht einem heraneilenden Mann mit wehenden weißen Kittel entgegen. »Stephen! Hallo!« Die beiden Männer umarmen sich flüchtig und dann sieht der Typ aus dem Fahrstuhl zu uns. »Das sind offenbar die nächsten Angehörigen."

Der Arzt sieht ebenfalls zu uns und tritt dann näher. »Mein Name ist Dr. Potter, ich bin der behandelnde Arzt von Miss Johnes.«

Wir nicken und ich bemerke, dass auch dieser Marc nähergetreten ist. Der ist garantiert kein Angehöriger und es geht mir gehörig auf die Nerven, dass er mithört. Allerdings halte ich den Mund, denn er war es auch, der dafür sorgte, dass bei uns nicht näher nachgefragt wurde.

»Miss Johnes wurde von einem Wagen erfasst und schwer verletzt. Sie hat eine Oberschenkelfraktur und eine Fraktur des linken Unterarms. Etliche Rippen wurden bei dem Aufprall ebenfalls in Mitleidenschaft gezogen. Das ist allerdings nicht das Hauptproblem. Darüber hinaus erlitt Miss Johnes ein Schädelhirntrauma, in dessen Folge das Gehirn angeschwollen ist. Wir mussten die Schädeldecke öffnen, um es ein wenig zu entlasten, und legten Miss Johnes vorsorglich ins künstliche Koma. Wenn man überhaupt davon sprechen kann, dann ist ihr Zustand momentan stabil, aber sollte das Gehirn nicht bald abschwellen, dann ist mit bleibenden Schäden zu rechnen.«

Das klingt so übel, dass sich der Kloß in meinem Hals noch einmal verdichtet.

»Prognosen?«, erkundigt sich dieser Marc, der mir mit jeder Sekunde mehr auf die Eier geht. Gut, sie arbeitet für ihn, aber welcher Arbeitgeber eilt gleich ins Krankenhaus, wenn seine Angestellte einen Unfall hatte? Blumen hätten es doch auch getan, verdammter Mist!

Dr. Potter schüttelt den Kopf. »Es ist zu früh, um irgendwas zu sagen, das weißt du selbst am besten, Marc.«

Der Fahrstuhldoktor nickt und sieht zuerst zu mir, dann zu Tiffany. »Es tut mir aufrichtig leid. Ich … hätte sie nicht weglassen dürfen, als sie heute Abend bei mir war.«

»Was?« Es ist raus, bevor ich mich zurückhalten kann.

»Ja, wir waren … nach einem anstrengenden Tag noch einen Hot-Dog essen und danach … verabschiedete sie sich sehr unerwartet. Aber ich schwöre, sie machte auf mich einen völlig gefassten Eindruck. Wäre es anders gewesen, dann hätte ich …«

»Aber das konnten Sie doch nicht ahnen, Doktor«, mischt sich Tiffany ein, die damit zum ersten Mal seit Minuten spricht. »Niemand macht Ihnen einen Vorwurf.«

Ach nein? Ich schon, aber nach meiner Meinung fragt offenbar ohnehin niemand. Mir ist nämlich endlich aufgegangen, weshalb ich diesen Fahrstuhldoktor namens Marc nicht ausstehen kann. Er trägt nicht den nüchternen Ausdruck eines Arztes, sondern den zutiefst besorgten eines Menschen, der in das Schicksal des Verunglückten involviert ist. *Emotional* involviert, nicht nur geschäftlich. Er sieht so aus, wie wir vermutlich. Ich kann meine Hypothese nicht überprüfen, weil es hier keinen gottverdammten Spiegel gibt, aber er hat gezögert, als er erzählte, weshalb sie genau außerhalb der Praxis zusammen waren. Sie ist schnell gegangen? Ja, warum denn wohl? Hat er sich daneben benommen? Ist der Wichser ihr an die Wäsche gegangen?

Nur mit Mühe kann ich meinen aufkeimenden Zorn im Zaum halten. Es gibt momentan Wichtigeres, als das, was er ihr angetan hat. *Dass* da etwas war … okay, das steht für mich außer Zweifel. »Können wir zu ihr?« Fragend sehe ich zu Doktor Potter, der ein wenig deplatziert der Unterhaltung gelauscht hat.

»Wenn Sie sich still verhalten, könnte es sogar hilfreich sein«, erwidert er und ich atme auf. Wenigstens etwas.

Wegen des offenen Schädels müssen wir erst duschen, unsere Körper dann desinfizieren, als Nächstes wird uns eine dieser OP-Anzüge über geholfen, eine Haube für den Kopf und schließlich Handschuhe und Mundschutz. In der Zwischenzeit kämpfe ich damit, diesen verdammten Doktor nicht anzufallen und aus ihm herauszuprügeln, wie er wirklich zu Ashley steht, denn wir benutzen gemeinsam die Herrendusche und auch die Herrenumkleide. Einen Vorteil hat seine Anwesenheit allerdings, denn er hilft mir beim Vermummen, weshalb wir wenig später gemeinsam vor dem Eingang zu Ashleys Krankenzimmer stehen.

»Miss Lech braucht noch einen Moment«, informiert uns eine Schwester, die genauso unkenntlich ist wie wir. »Gehen Sie doch schon mal hinein!«

Plötzlich habe ich Skrupel, die Tür zu öffnen, hinter der sich Ash befindet. Furcht vor dem Anblick befällt mich und lähmt mich zeitgleich.

Dieser Marc-Typ scheint zu ahnen, was in mir vorgeht, denn sein Blick – das Einzige, was ich derzeit von ihm ausmachen kann – ist ernst. »Nur Mut«, sagt er und öffnet die Tür.

19. Kapitel

Liam

Was für eine beschissene Situation!

Nichts und niemand hätte mich darauf vorbereiten können. Auf alles, aber nicht darauf. Das, was ich von Ash in Erinnerung habe, scheint nicht länger zu existieren. Ausradiert!

Weg!

Als wäre es niemals da gewesen!

Fassungslos starre ich zum Bett, in dem das liegt, was von der heißen, sexy Ashley Johnes übrig geblieben ist, und versuche irgendwie, das Ganze zu begreifen. Blöderweise gelingt es mir nicht.

Die Stimme des Fahrstuhldoktors dringt verschwommen an mein Ohr. Im Blickwinkel sehe ich, wie er Tiffany, die gerade eingetreten ist, mit einem Arm umfängt und ihr hilft, auf dem Stuhl neben Ashs Bett Platz zu nehmen. Ash ... mein Blick wandert zum dutzenden Mal über die zerbrechliche, fast kindliche Gestalt, die da vor uns liegt. Sie ist an eine Litanei von Geräten angeschlossen, die wie piepsende und blinkende Metallwächter hinter ihrem Bett oder neben ihrem Bett stehen. Ihren linken Unterarm bedeckt ein Gips und über ihrem zierlichen Gesicht, das an Wange und Mund Schürf- und Schnittverletzungen aufweist, thront ein exorbitant großer Verbandsturban aus welchem Schläuche und Kabel hervorsprießen.

Mir ist speiübel. Wenn ich nur etwas tun könnte. Aber nein, ich bin dazu verdammt hilflos herumzustehen. Im Gegensatz zu dem Doktorheini, der sich die Infokartei, die am Fußende von Ashs Bett klemmt, schnappt und mit wichtiger Miene die Unterlagen studiert.

Sein »Mhm … mhm« lässt mich beben vor Zorn. Dieser verfluchte Idiot, kann er sich nicht einfach verpissen? Mit zusammengekniffenen Augen betrachte ich den Mann genauer. Zumindest das, was ich derzeit von ihm erkennen kann. Er ist er ein stinknormaler, ach was sage ich, ein stink*langweiliger* Typ. Ich kann mir kaum vorstellen, dass Ash was an ihm findet. Trotzdem ist er hier und prüft auf seine Klugscheißerart Ashs Krankenakte. Unwillkürlich balle ich die Fäuste und mein Kiefer spannt sich.

Reiß dich zusammen, du bist wegen Ash hier!, ermahne ich mich und wende mich wieder dem Häufchen Elend in den von Kabeln zerfurchten weißen Laken zu.

Das Klacken der Zimmertür lässt mich aufhorchen, doch ich schaffe es nicht, meinen Blick von Ashs kalkweißem Gesicht zu nehmen. Dr. Bennet hingegen hebt den Kopf und setzt ein strahlendes Lächeln auf – diese Augen können nicht lügen –, das ich ihm am liebsten aus der Visage prügeln würde.

»Stephen«, sagt er in diesem wichtigtuerischen Ton. »Wie ich lese, konntet ihr die Blutung stoppen und den Druck ausgleichen, sehr schön.«

Sehr schön!? *Sehr schön!?* Ashley Johnes Zustand ist viel, aber ganz bestimmt nicht *sehr schön!* Abgefucktes Arschloch!

Ich balle die Fäuste noch fester, bis sich meine Fingernägel in die Handballen graben.

»Gut, dass du mich angerufen hast«, sagt der Fahrstuhltyp zu seinem Kumpel, offenbar lächelt er, und erneut wünsche ich mir, ihm sein beschissenes Grinsen aus dem Gesicht prügeln zu dürfen.

»Wie gesagt, ich dachte mir schon, dass du Bescheid wissen möchtest. Übrigens gerade sind die Blutwerte reingekommen.« Während die Ärzte sich über die neuesten Ergebnisse unterhalten, versuche ich, mich voll und ganz auf Ash zu konzentrieren. Verdammt, ich bin die ganze Strecke von Tampa bis nach New York hochgefahren, um sie zu sehen. Und jetzt liegt sie hier, angeschlossen an diese piepsende und tropfende Maschinerie des Grauens und niemand anderer als ich hat schuld daran. Warum nur musste ich Idiot diese bescheuerte Reise antreten? *Um Mylady Tiffany zu unterstützen, um die Arme nicht allein fahren zu lassen und ein Auge auf die Frau zu haben!*, knurrt mein Unterbewusstsein. Die arme, verwöhnte, stoische, arrogante …

Unvermittelt habe ich den Blick auf Tiffany gelenkt. Wie sie dasitzt, so zerbrechlich und hilflos, die tränengefüllten Augen auf ihre Freundin gerichtet, kommt sie mir alles andere als der narzisstische Vamp vor, der sie im Grunde ist. Die Fassungslosigkeit steht ihr ins Gesicht geschrieben, die ich übrigens sehr gut nachvollziehen kann. Bislang habe ich diese Frau nur als berechnendes selbstsüchtiges Biest erlebt, das verdammt gut im Bett ist. Inzwischen glaube ich, dass es da möglicherweise noch eine andere Seite gibt. Eine, die sie nur zu gut von ihren Mitmenschen verbirgt und von der vermutlich nur eine einzige Person überhaupt weiß: Ash. Jahrelang gingen die beiden durch dick und dünn, so unterschiedlich sie auch sein mögen, unzertrennlich, bis ... tja, bis ich in ihr Leben trat. Ich bedauere diese Entwicklung nicht, denn Tiffany hat Ashley unterdrückt, zwang sie immer in ihren Schatten, gab ihr keine Möglichkeit, sich zu entfalten, auch die Frau in sich zu entdecken. Es war höchste Zeit, dass irgendwer gegen dieses menschenverachtende Gebilde, dass die beiden Mädchen so großspurig Freundschaft nennen, angeht. Aber für Tiffany ist der Anblick offenbar der Overkill. So sieht ein Mensch aus, der das Leben immer spielerisch nahm und auf einmal erkennen muss, dass es Abgründe gibt, die nicht mal er mit einem Handstreich beseitigen kann.

Habe ich Mitleid mit ihr?

Nein, nicht im Geringsten. Vielmehr begrüße ich diese Entwicklung, denn sie bringt Tiffany Lech möglicherweise wieder auf den Boden der Tatsachen zurück, wenn sie diesen überhaupt schon mal in ihrem Leben berührt hat. Nur musste es ausgerechnet so passieren? Florida hat so viele geniale Strände, warum musste sich meinen Finger ausgerechnet auf diese Stelle der Landkarte senken? In meinen Gedanken fast restlos absorbiert, frage ich mich, ob es so etwas wie Schicksal gibt. Eine höhere Macht, die dafür sorgte, dass ich genau in diese Stadt kam und auf diese Frauen traf. Ein Treffen, wie ich erst jetzt begreife, das auch mein Leben grundlegend verändert hat.

Ein sanfter Druck an meinem Oberarm reißt mich aus meinen Überlegungen. »... dann bitten zu gehen?«, dringen die Worte von Dr. Potter zu mir durch.

Stirnrunzelnd sehe ich erst zu Tiffany, die so verwirrt aussieht, wie ich mich gerade fühle, dann wieder den Arzt an. »Wie ... wie bitte?«

Der Arzt räuspert sich hinter seinem verdammten Mundschutz. »Miss Johnes braucht jetzt Ruhe, daher bitte ich Sie, zu gehen. Wenn Sie vielleicht morgen noch einmal vorbeischauen wollen …«

»Was? Wir sind gerade erst gekommen! Was soll der Scheiß?«

»Mr. …« Potters blaugraue Augen sehen mich eindringlich an.

»King, Liam King«, presse ich zwischen meinen zusammengeschweißten Zähnen hervor, mühsam die Fassung wahrend.

»Schön, Mr. King. Wenn ich Sie und Ihre Freundin dann bitten dürfte zu gehen. Miss Johnes braucht jetzt dringend ihre Ruhe.«

»Ich …« Wie gern würde ich ihn an seinem klugscheißerischen Kragen nehmen und durchschütteln. Doch ich kann mich in letzter Sekunde beherrschen. So sind Krankenhäuser und deren Bewohner nun einmal. Ich sehe zwar nicht, wie ich Ashley in ihrem Koma ernsthaft stören könnte, doch trotz all meinem Zorn habe ich nicht vergessen, wie froh wir sein können, überhaupt zu ihr vorgelassen worden zu sein.

Und deshalb – *nur deshalb* – nicke ich und stimme damit dem elenden Rausschmiss sogar noch zu. Verdammt! Während der Doktor zu Tiffany tritt, auch sie am Arm nimmt und bittet zu gehen, schweift mein Blick durchs Zimmer. Erst auf Tiff, dann auf Ash, ihren aufdringlichen Chef, zurück auf Ash und wieder auf ihren Boss, der es doch tatsächlich wagt, seine Hand auf die ihre zu legen. Verdammtes Arschloch! Lodernde Wut kocht in mir hoch. Warum fasst er sie an?

Warum verdammte Scheiße fasst dieser Kittelheini sie an?

Und warum zur Hölle, macht *er* denn keine Anstalten, ebenfalls abzuhauen? Während mein Blick sich in die Hand des Arschlochs frisst, schiebt Dr. Potter Tiffany zu mir herüber. Die wirkt alles andere als erheitert, sie scheint den Typ mit Blicken zu erdolchen.

Dieser hat die Botschaft wohl erhalten. »Sie brauchen sich keine Sorgen zu machen, Ashley ist bei uns in besten Händen. Sie können also beruhigt nach Hause fahren und sich von der Fahrt erholen. Wir melden uns, wenn es was Neues gibt«, leiert der spargelartige Potter herunter, umfasst meinen Arm und macht Anstalten, uns tatsächlich zur Tür zu ziehen. Doch er hat die Rechnung ohne Tiffany gemacht.

»Ich kann allein gehen!«, zischte sie und befreit sich ruckartig aus dem Griff des Arztes. Anerkennend sehe ich sie an, begegne aber nur dem üblichen Trotz in ihrem Blick, der nur leider total unangebracht ist. Seufzend entziehe auch mich der Hand des Doktors.

»Komm!«, sage ich zu Tiffany und gehe zur Tür. Als meine Hand auf dem Knauf liegt, werfe ich einen letzten Blick über meine Schulter. Mein momentan nicht sehr belastungsfähiges Gehirn muss den Anblick Bennets verkraften, der liebevoll mit dem angewinkelten Zeigefinger über Ashs Wange streicht. Das und der wehmütige Ausdruck in seinen Augen lässt mich wieder herumwirbeln. Wie kann er es wagen sie so anzusehen und sie so zu anzutatschen?

»Was ist mit dem da?«, knurre ich. Anklagend deute ich auf diesen Marc, wobei ich mich immer noch denkbar beherrsche, denn am liebsten würde ich diesem selbstgefälligen Wichser, der die Finger nicht von dem Mädchen lassen kann, die Visage polieren. Schließlich liegt sie im Koma, und ich habe von ihr nicht gehört, dass es okay ist! Was soll die Scheiße?

So gut können die beiden sich nicht kennen, wo sie doch gerade mal vier Wochen überhaupt in der Stadt ist! Und da dachte ich, die Aggressionen unter bester Kontrolle zu haben.

Irrtum!

»Dr. Bennet gehört zu den behandelnden Ärzten«, lautet die schneidende Antwort Dr. Potters, der so entnervt und ungeduldig klingt, dass sich mein Zorn auch auf ihn richtet.

»Seltsam, hat er nicht eine eigene Praxis?« Darauf bekomme ich keine Erwiderung, was Antwort genug ist. »Der Typ hat genauso wenig oder so viel Recht wie wir, hierzubleiben. Nur weil er Arzt ist, lautet das noch lange nicht, dass seine Rechte hier größer sind. Ich dachte, sie braucht Ruhe?«, stoße ich hervor, womit ich Benets Aufmerksamkeit errege. Gequält hebt er den Blick, sieht mich mit zusammengezogenen Brauen an.

»Ganz genau«, erklärt Potter, greift an mir vorbei und öffnet die Tür. »Miss Johnes braucht Ruhe, und genau aus diesem Grund werden Sie jetzt auch gehen. Auf Wiedersehen, Mr. King.« Damit macht der Typ erneut Anstalten, mich und Tiffany aus dem Raum zu schieben, was mich endgültig zum Explodieren bringt.

»Der Typ ist Hausarzt!«, knurre ich. »Meine Freundin ist die einzige Angehörige von Miss Johnes.«

»Genau!«, wirft Tiffany ein, die neben mir Aufstellung bezogen hat. Ich überlasse ihr den Kampf, denn das kann sie bedeutend besser ... Und, vor allen Dingen hat genau genommen *sie* wirklich das Recht, sich zu wehren. »Wenn wir gehen müssen, dann er auch. Er steht in keiner Beziehung zu meiner Freundin.«

»Sie sagen es! Sie sind die Freundin. Genau genommen dürfte ich Sie gar nicht ...«

»Ach nein?«, knurre ich, unfähig, mich zurückzuhalten.

»Richtig. Und er auch nicht. Er ist ihr Arbeitgeber, mehr nicht.«

»Entweder«, trumpft Tiffany abermals auf, »er muss auch gehen, oder ich beschwere mich bei der Klinikleitung. Hier finden Mauscheleien statt. Was fasst er sie überhaupt an? Sie kann sich nicht wehren. Ich kenne diesen Mann überhaupt nich...«

»Schon gut!«

Der Grapscher ist aufgestanden und hebt die Hände. »Ich gehe auch, denn ich will nicht riskieren, dass sie noch mehr leidet.«

Eine nie zuvor gekannte Wut steigt in mir hoch. Wer ist dieser Idiot, dass er es wagt, hier den Moralapostel zu spielen? Wer ist er, sich die Fähigkeit anzudichten, zu wissen, was Ashley will oder braucht und darüber hinaus auch noch so zu tun, als wäre er hier der einzig Vernünftige unter komplett Durchgedrehten? Niemand, so einfach ist das!

In der kurzen Zeit, in der sie in der Stadt ist, KANN theoretisch kein Mann dieses Recht erwirkt haben. Jedenfalls nicht bei der Ashley Johnes, wie ich sie kenne.

Bei Tiffany wäre er möglicherweise schon im Testament begünstigt worden, Ash?

NEIN!

Was für eine abgefuckte Scheiße!

Da verzichte ich wochenlang auf Ashley, versuche mich ihr zuliebe zurückzuhalten, weil ich denke, dass es so das Beste ist, und dann? Wenn dieser Bastard sich einbildet, er hätte das Recht auf sie gepachtet, dann hat er sich getäuscht. Sie gehört niemandem, wenn aber überhaupt irgendwem – obwohl ich selten in solchen Bahnen denke – dann doch wohl mir! Ich war derjenige, der so aus dem Mädchenstatus zur Frau erhoben hat!

Ich war derjenige, der ihr gezeigt hat, wie schön und begehrenswert sie ist. Weniger gehoben ausgedrückt, aber umso wahrer: Ich war derjenige, der als Erstes zwischen ihre Schenkel und in sie hinein durfte, der sie zum ersten Mal geknallt hat. Dieses kleine Arschloch mit dem überlegenen Blick ganz bestimmt nicht! Ich bin nicht diese verdammte Wegstrecke gefahren, um mich in letzter Sekunde ausbooten zu lassen. Und ganz ehrlich, *wenn doch*, dann nicht von einem solchen Trottel, der mit seinem gebügelten Hemd, seiner Bundfaltenhose – wer zum Henker trägt heutzutage noch eine Bundfaltenhose? – und seinen glattrasierten Wangen, nicht zu vergessen das sorgfältig zurückgegelte Haar, einfach lächerlich aussieht.

Was soll Ashley mit dem?

Zugeknöpft ist sie schon selbst genug, da braucht sie diesen Vorzeigeschwiegersohn nicht noch zur Unterstützung!

Mit einem Mal ist mir klar, weshalb ich hier bin, was mich in eine leichte Identitätskrise stürzt. Ich wollte weder Tiffany unterstützen noch ging es mir darum, diese Geschichte zu einem Abschluss zu bringen, indem ich auch das Letzte, was in Tampa an Ash erinnert hat, aus meinen Augen räume.

Fuck Selbsttäuschung!

In Wahrheit wollte ich zu ihr – es war, als hätte sie mit diesem Brief einen unsichtbaren Magneten arbeiten lassen, der mich unweigerlich nach New York zog. Bis ich aufgegeben und einfach gefahren bin.

Was für ein Scheiß!

Es gab eine Unzahl an Frauen in meinem Leben, gerade im letzten Jahr, als ich alle Zwänge, die mich früher vielleicht noch gebändigt hatten, fallen ließ. Auch wenn ich zugebe, dass es nicht viele Grenzen waren, die ich mir, seitdem ich am College war, auferlegt hatte. Warum auch? Viele atemberaubend schöne Frauen waren darunter, nicht wenige hätten es gut und gern mit Tiffany aufnehmen können. Ich hatte heißen Sex und das an jedem denkbaren und undenkbaren Ort. Ich habe reihenweise Frauenherzen gebrochen, wenn sie so dämlich waren, sich in mich zu verlieben. Ich habe niemals einen Blick zurückgeworfen, blieb bei keiner länger als ein paar Tage – Tiffany ist die erste Beziehung seit Jahren, auf die ich mich eingelassen habe. Warum auch immer.

Normalerweise sind sie es nicht wert!

Diese Frauen mit den makellosen Gesichtern, den großen Titten, den langen Beinen, die dir einen blasen, damit du ihnen die abgefuckte Handtasche kaufst, die ihre sexuellen Grenzen dem Inhalt deiner Brieftasche anpassen, die nach drei Tagen meinen, du würdest nach ihrer Pfeife tanzen, die sich einbilden, dich mit einem bedeutungslosen Fick für sich einnehmen zu können. Oh, ich kenne sie alle – mir ist, als hätte ich mit jeder schon mal das Bett oder die Bank oder den Rücksitz eines verdammten Autos geteilt. Kennt man eine, dann kennt man fast zwangsläufig alle. Es hat mich nicht gestört, im Gegenteil: Ich wollte es gar nicht anders. Nur damit mir jetzt aufgeht, dass ich mich viel zu lange auf Oberflächliches fixiert habe.

Tiffany ist das beste Beispiel.

Doch diese Zeiten sind vorbei. Ich wollte es wohl nur nicht wahrhaben, möglich, dass ich vor mir selbst nicht als elende Pussy dastehen wollte, die sich am Ende eben doch einfangen ließ. Egal wie, mir wird bewusst, dass ich nicht das Feld räumen werde, schon gar nicht für diesen Penner, der ihr nichts, aber auch überhaupt nichts zu bieten hat. Diese Kanalratte weiß überhaupt nicht, was sie braucht!

Das werde ich Ash klarmachen, sollte sie diese Scheiße hier überstehen, was ja noch nicht mal annähernd gesichert ist – woran übrigens auch keiner denkt. Weder Tiffany noch dieser idiotische Quacksalber, der sich Doktor schimpft und hier nichts, aber auch gar nichts zu melden hat.

Alter Unikumpel hin oder her!

Das scheint er auch einzusehen, denn er nickt uns kurz zu und verlässt dann das Krankenzimmer, geht aber nicht zu den Fahrstühlen, sondern den Gang entlang, gemeinsam mit seinem Kumpel, der nicht mal ein Nicken für mich übrig hat.

Was für ein Blödsinn!

Entweder, sie braucht Ruhe, oder nicht! Ich sehe nicht das geringste Problem, ahne aber, dass sie nur warten, bis wir verschwunden sind, um dann wieder wie zwei Attentäter in das Intensivzimmer zu hechten.

Flüchtig ziehe ich eine zweite Ringrunde in Betracht, entscheide dann aber, dass Ashs Gesundheit über allem steht – oder wohl eher die Möglichkeit für sie, wieder gesund zu werden. Es wäre nicht sehr erwachsen, wenn ich weiterhin auf eine Gleichbehandlung bestehen würde. Ich werde mich allerdings nicht von ihnen zum Idioten stempeln lassen und ihnen die nächste Show liefern, nachdem sie sich doch schon bei der ersten als die grenzenlos Überlegenen gefühlt haben.

Manchmal ist das Nachgeben tatsächlich klüger, als weiterhin auf seinem nicht unbedingt gesicherten Recht zu beharren.

Und so lege ich meine Hand auf die Schulter der Blondine neben mir, während ich nicht den Blick von sich entfernenden Rücken nehme. »Komm, ziehen wir uns um und machen, dass wir hier wegkommen. Ich muss dringend schlafen.«

20. Kapitel

Tiffany

Ich hasse Kranke.

Ehrlich, das ist nicht nur eine gesunde Abneigung gegen die Vergänglichkeit des Menschen, sondern ich *hasse sie!* Dementsprechend sind mir auch Krankenhäuser zuwider. Dieser *Geruch!* Diese Mischung aus Tod, Eiter, Exkrementen und Desinfektionsmitteln verursacht bei mir augenblicklich einen Brechreiz. Andere mit weniger guten Nasen mögen das nicht wahrnehmen, und ja, sie sind verdammt glückliche Menschen. Aber ich rieche das Desaster auf tausend Meter.

Gegen den Wind.

Und doch habe ich mich heute nicht nur freiwillig in eine Klinik, sondern auch noch unter eine Desinfektionsdusche begeben. Ich ließ zu, dass man mich in einen hässlichen Kittel wandete, dass ich mich verhüllte und mein Haar verdeckte. Es war für Ash, deshalb konnte ich damit leben. Irgendwie.

Bis ich Ash sah und wusste, dass ich nicht damit leben konnte.

Das war Betrug. Widerlicher, elender Betrug! Mein Über-den-Schatten-Springen, indem ich mich überhaupt in dieses Gebäude begeben hatte, war nicht belohnt worden. Im Gegenteil!

Für meinen Mut wurde ich auch noch bestraft!

Sobald mein Blick auf sie gefallen war, oder das, was von meiner süßen, unschuldigen, hübschen, witzigen Freundin übrig war, kämpfte ich mit dem Würgreiz. Er war so mächtig, dass ich minutenlang davon überzeugt war, zu verlieren. Nur die Tatsache, dass ich mich nicht vor den beiden Männern zu dämlich anstellen wollte und vielleicht auch ein bisschen, weil ich keine Lust hatte, mich in meinen Mundschutz zu übergeben, womit ich mein eigenes Erbrochenes im Gesicht gehabt hätte, verlieh mir die Kraft, diesem Impuls noch einmal zu widerstehen. Ich konnte Ash nicht ansehen, weil nichts mehr an sie erinnerte. Und ich fragte mich ernsthaft, weshalb ich sie überhaupt hatte ziehen lassen. Wieso war ich an diesem Tag nicht zu ihr gegangen, hatte mit ihr ausdiskutiert, was es auszudiskutieren gab, hatte ihr vor Augen geführt, dass ich wirklich nur ihr Bestes im Sinn gehabt hatte, dass Liam aber mir gehörte?

Es hätte alles verhindert!

Nun ja, gehörte Liam denn mir?

Viel war nicht davon zu sehen, als er vor dem Bett stand. Mit dem Mundschutz war das Gesicht fast vollständig verhüllt, ich konnte nur die Augen erkennen, aber das genügte. Denn in ihnen kann man lesen wie in einem Buch. Nichts hielt er zurück, während er beobachtete, wie dieser Marc sie betrachtete, wie er mit ihr umging, über ihre Hand streichelte, wie er sie … liebte.

Vielleicht noch nicht tief und garantiert nicht lange, aber es ist Liebe. Und Liam mochte das gar nicht. All die Hoffnung, die ich mit Entdecken der tiefen Gefühle in den Augen des Doktors verbunden hatte, starben nur Minuten darauf.

Ich verschob jeden Gedanken darüber auf später, wenn wir nicht mehr in dieser Todesfalle von Krankenhaus sein würden.

Dann, wenn wir nicht mehr vor Ash stünden. Angesichts ihres Zustandes erschien es mir total abwegig und auch pietätlos, um mit meinen neuesten Entdeckungen umgehen zu üben.

* * *

Nun sind wir nicht mehr im Krankenhaus.

Während Liam irgendwohin fährt, kehren meine Lebensgeister zurück. Der Schock fällt mit jedem Meter mehr von mir ab und der Kampfeswille hält Einzug. Ich bin nicht bereit, Liam aufzugeben. Das war ich zu keinem Zeitpunkt, auch wenn er das vielleicht glaubt. Sehr helle ist er nicht, es ist mir nie verborgen geblieben, hat mich aber nicht gestört. Ich will keinen Einstein als Mann, sondern einen gut aussehenden. Einen mit einem gut gebauten, trainierten Körper, einen, der mein Tempo im Bett mithalten kann, einen, der mich nicht bescheißt.

Ich meinte, ihn in Liam gefunden zu haben, und bin auch jetzt noch davon überzeugt, dass er aufrichtig und ehrlich ist. Warum ihn aufgeben? Warum wieder Single sein, wo mir die Beziehung zu Liam so gutgetan hat? Nach meinem Dafürhalten geben dieser Marc und Ash ein sehr gutes Paar ab. Er scheint sie wirklich zu lieben, war sofort zur Stelle, als er von ihrem Unfall erfuhr. Mehr noch, sie hat in diesem Hexenkessel von einer Stadt offenbar wirklich ihren Platz gefunden, hat Arbeit, eine Wohnung, Menschen, die sich um sie sorgen. So hart, wie mir dieser Gedanke erscheint, aber sie ist offenbar auch ohne mich klargekommen. Eine Zukunft mit Ash und Liam wird es nicht geben. Früher hätte ich mich ohne mit der Wimper zu zucken für Ash entschieden. Doch Ash hat nun ihr eigenes Leben, ich *kann* Liam wählen, ohne mich dabei schlechtfühlen zu müssen.

Beinahe komme ich mir wie eine Mutter vor, die ihre Tochter bangen Herzens in die Welt entlassen hat und zu ihrem Glück feststellen durfte, dass diese es schaffen wird. Das bedeutet, dass sie endlich frei ist. Noch nicht zu alt, um von vorn zu beginnen und diesmal, ohne Rücksicht nehmen zu müssen.

Das überdenke ich noch einmal und nicke es dann in Gedanken ab.

Ja, es ist gut.

Bleibt nur noch zu hoffen, dass Ashley wieder vollständig genesen wird, aber im Grunde stelle ich das nicht infrage. Meine Lebenserfahrung lautet: Wenn man sich gar nicht erst auf Gedanken mögliche Katastrophen bezüglich einlässt, dann bleiben diese in den allermeisten Fällen auch aus. Ich will nicht mehr über Katastrophen nachdenken, sondern dafür sorgen, dass mein Leben mit Liam endlich an Formen gewinnt.

»Tiff?«

Hektisch blinzele ich und blicke mich dann verwirrt um. Ich war so in Gedanken versunken, dass mir gar nicht aufgefallen ist, wie wir hielten. Wir stehen vor einem Hotel, neben dessen gläserner Drehtür vier Sterne angebracht wurden. Holiday Inn … nun ja, ich habe schon besser gewohnt, aber auch schlechter. Nicht zu vergessen die reservierten Zimmer im Four Seasons … aber ich beschließe spontan, nicht zu protestieren.

»Gute Wahl«, lobe ich. »Du entwickelst dich.« Als ich aussteigen will, hält er mich am Arm zurück.

»Bevor wir dort hineingehen«, beginnt er leise und reibt sich in einer sehr erschöpften Geste das stoppelige Kinn. Vielleicht ist das nicht der beste Zeitpunkt, um ihm mitzuteilen, wie unglaublich heiß er aussieht, wenn er sich nicht rasiert, aber ich nehme mir vor, das bei Gelegenheit nachzuholen.

»Ich habe bereits das Motel bezahlt und damit war ich blank. Das da«, Liam deutet mit dem Kopf zum Hotel, »kann ich mir nicht mehr leisten. Kein Problem für mich, ich schlafe zur Not auch in dem Transporter, aber ich dachte mir, dass du es vielleicht etwas bequemer haben willst.«

»Oh, keine Sorge!«, sage ich eilig und könnte mich ohrfeigen, weil ich nicht früher geschaltet habe. »Wirklich, überhaupt kein Problem.« Damit öffne ich die Wagentür und steige aus. Als ich meine Tasche von hinter dem Sitz berge, sehe ich, dass er keine Anstalten macht, ebenfalls auszusteigen. »Was ist, kommst du jetzt?«

Seltsamerweise wirkt Liam erstaunt. »Nein, das werde ich nicht tun. Wie ich bereits sagte, mir fehlt das nötige Kleingeld, um in dem Luxusschuppen zu übernachten.«

»Soll das ein Witz sein?«, erkundige ich mich, sofort wieder sauer. Dieser Typ muss mich ständig provozieren! Warum tut er das?

»Nein, mir ist momentan absolut nicht zum Scherzen zumute«, erwidert er ernst. »Ich kann und werde dort nicht wohnen, denn ich werde mich nicht von dir aushalten lassen. Das ist mein letztes Wort!«

Ich verdrehe die Augen und seufze. Na ja, wenn er meint …

* * *

»Ich wiederhole, das ist mir nicht recht!«

Entnervt lasse ich die Tasche auf meine Seite des Doppelbettes fallen und stemme die Hände in die Hüften. »Weißt du, man kann auch aus allem ein Problem machen!«

»Ach ja?« Liam wirkt alles andere als erheitert. »Warum kannst du nicht respektieren, wenn ich Nein sage?«

»Niemand hat dich gezwungen, mitzukommen!«

»TIFF! Du hast damit gedroht, die ganze Straße zusammenzutrommeln, indem du wie irre ›Vergewaltigung!‹ kreischst!«, knurrt er. »Mir blieb keine echte Wahl, wenn ich nicht die Nacht in einer Zelle verbringen will.«

»Na ja, die hätten auch ein Bett gehabt«, sage ich schulterzuckend, und als auch das ihn nicht zum Lachen bringt, seufze ich. »Sieh es doch ganz locker. Wir übernachten hier, fahren morgen ins Krankenhaus und schauen, ob es Ash schon besser geht.«

Er lässt sich in einen der beiden Sessel fallen und reibt sich heftig über das Gesicht. »Und dann?«, fragt er und lässt die Hände sinken.

»Was dann?«

»Willst du dann heimfahren?«

»Willst du?«

Er gibt vor, zu überlegen, doch ich sehe die Antwort bereits in seinem Gesicht, bevor er sie äußert. »Das kann ich nicht«, sagt er schließlich leise.

»Warum nicht?«

Liam schüttelt den Kopf. »Ich … kann sie nicht im Stich lassen«, stößt er hervor.

»Oh, da mach dir keine Sorgen, so wie ich das sehe, ist der gute Marc da, um ihr rund um die Uhr Gesellschaft zu leisten. Außerdem … du *hast* sie schon mal im Stich gelassen, schon vergessen?«

Liams Augen verengen sich. »Ich verdränge immer wieder, was für ein abgebrühtes Ding du bist. Danke, dass du mich daran erinnerst.«

Mein Lachen ist kurz und garantiert nicht erheitert. »Und ich vergesse immer wieder, was für ein Traumtänzer du bist. Nur weil du dir die Dinge schönredest, werden sie es nicht zwangsläufig auch. Wann siehst du das endlich ein?«

Als er nicht antwortet, wittere ich den schnellen Sieg. Wie immer. Es ist ganz selten vorgekommen, dass Liam sich geziert hat. Im Grunde ist er pflegeleicht und ohne große Anstrengung in jede Richtung zu bewegen. Auch das ist ein Grund, weshalb ich ihn so mag. Er ist nicht schwierig, verkompliziert nichts, und wenn er wirklich einmal meint, seinen Willen durchsetzen zu müssen, dann bekommt man ihn schnell wieder auf den rechten Weg.

Ich nehme den Hörer von der Gabel und bestelle eine Flasche Gin und Tonic aufs Zimmer. Dann sehe ich ihn an. »Du bist durcheinander, und Gott weiß, das bin ich auch. Ich schwöre dir, alles wird gut werden, ja? Aber kannst du nicht verstehen, dass ich momentan nicht diskutieren will? Ash liegt im Krankenhaus, da waren überall Schläuche, sie ist schwer verletzt! Können wir nicht einen Cut machen und morgen weiterreden? Bitte?«

Er betrachtet mich wortlos, in seinen Zügen arbeitet es und schließlich nickt er. »Wie du meinst.«

Der Zimmerkellner bringt das Gewünschte keine zehn Minuten später, und dann sitzen wir gemeinsam auf dem Bett, jeder ein Glas in der Hand und genehmigen uns Gin Tonic. Ich kann ihn gebrauchen. Erst jetzt kommt der Schock. Erst jetzt begreife ich, dass meine beste Freundin wirklich halb tot ist, dass sie dem Tod gerade noch einmal so von der Schippe gesprungen ist. Meine Hände zittern, als ich uns nachschenke.

»Das ist so irre«, wispere ich, proste ihm zu und trinke einen großen Schluck.

Liam hat sein T-Shirt abgestreift, sitzt mit ausgestreckten Beinen auf dem Bett, ein Knie angewinkelt, die Hand ohne Glas lässig darauf. Er hat aus dem Fenster in die Nacht hinausgesehen und blickt nun mich an. »Was genau?«

Ich zucke mit den Schultern. »Das alles. Hättest du gedacht, dass es sich so entwickeln würde?«

Er lacht und schüttelt den Kopf. Bevor er antwortet, nimmt er einen gigantischen Schluck. »Es war ein Unfall und die melden sich ganz selten vorher an. Ich …« Er verstummt und starrt ausdruckslos vor sich hin, bevor er sich wieder an seinem Gin schadlos hält.

»Was?«

Liam schüttelt den Kopf und reibt sich müde über die Augen. »Vielleicht hätte ich es verhindern können, wenn ich sie nicht so angebrüllt hätte. Sie muss kopflos in ihr Unglück gerannt sein.«

»Ich habe sie auch angebrüllt«, werfe ich ein.

»Ja, aber das tust du ständig, das fällt nicht unbedingt auf.«

Empört starre ich ihn an und nehme einen großen Schluck, bevor ich überhaupt sprechen kann. »Das ist einfach nicht wahr! Warum sagst du so was?«

Liam seufzt. »Warum immer ich«, murmelt er vor sich hin, bevor er mich ansieht. »Du scheinst das nicht mal zu merken, aber du behandelst sie ständig wie ein unmündiges Kind. Wie leicht behindert, als würde sie ohne deine Hilfe keinen Schritt tun können.«

Ich nehme die Arme auseinander und betrachte ihn mit erhobenen Augenbrauen. Das hat sich ja wohl heute bestätigt.

Wieder seufzt Liam. »Teil des ganzen Desasters ist, dass du es nicht mal merkst. Das … lässt dich zwar in einem positiveren Licht dastehen, ändert aber nichts daran. Sie hat dich nicht gebraucht – mich auch nicht –, sondern kam hier bestens allein klar. Erst als wir aufgetaucht sind, kam sie in Schwierigkeiten. Gibt dir das nicht zu denken?«

Ich habe die wütende Erwiderung bereits auf den Lippen, schlucke sie aber brav herunter. Manchmal ist es besser, nicht gleich loszupoltern. »Nein, das ist es absolut nicht und ja, ich habe ein schlechtes Gewissen, weil wir hier so einfach aufgetaucht sind. Aber du darfst nicht vergessen, dass *sie* den Kontakt wieder aufgenommen hat.«

»Klar, um an ihre Klamotten zu kommen. Das hätte wohl jeder getan.«

»Ich nicht!«, stelle ich fest.

Verwundert mustert er mich. »Was willst du damit sagen?«

Ich zucke mit den Schultern. »Wenn ich mit einer Angelegenheit abgeschlossen habe, dann ist sie auch wirklich vorbei. Nichts und niemand könnte mich dazu bringen, noch einmal zurückzublicken. Schon gar nicht ein paar alte Möbel und längst aus der Mode gekommenen Klamotten.«

»Vielleicht fehlt ihr das Geld, um sich diese Dinge neu anzuschaffen.«

»Dann würde ich warten, bis ich es zusammenhabe.«

Liam lässt mich nicht aus den Augen. »Du meinst, sie hatte einen anderen Grund, um den Kontakt aufzunehmen?«

»Das weiß ich nicht. Vielleicht … vielleicht hat sie mich vermisst.« Das ›mich‹ betone ich leicht, damit er nicht auf die falschen Gedanken kommt. Dummerweise ist diese Saat bereits gesät.

»Sie hätte anrufen können«, sagt Liam langsam, greift zur Flasche und schenkt sich einen neuen Gin ein. Das Tonic vergisst er dabei.

»Ash telefoniert nicht gern«, widerspreche ich und halte ihm mein Glas hin, damit er auch dieses auffüllt.

»Ist mir noch gar nicht aufgefallen«, murmelt er. Die grünen Augen sind schon wieder in die Ferne gerichtet, und in mir steigt Zorn auf.

»Liam!«

Er sieht mich an. »Was?«

Ich lächele. »Schon gut.«

Nach einem Schluck von meinem Gin schaue ich ihn wieder an. »Ich weiß selbst, dass es momentan nicht so gut läuft, aber ich schwöre dir, das wird wieder besser, wenn wir zu Hause sind. Ich glaube sogar, dass diese Ashley-Sache zwischen uns stand, dass wir hierherfahren mussten, um es aus dem Weg zu schaffen. Dass wir erst glücklich sein können, wenn wir das geklärt haben.«

Langsam richtet er sich auf, der Arm mit dem Glas lehnt jetzt über dem angewinkelten Knie, während er seinen Gin fixiert. »Ich bin mir nicht sicher, dass es daran gelegen hat«, sagt er leise.

Heftig nicke ich. »Ja, mir ist nicht entgangen, dass du unsicher bist. Uneins mit dir und darüber, was du getan hast. Ich hätte das früher begreifen sollen, aber das ist mir erst heute aufgegangen, als wir in diesem Krankenhaus waren. Du fühlst dich schuldig. Nicht wegen des Unfalls, auch wenn du das vielleicht gerade glaubst, sondern weil du … auf meinen Vorschlag damals eingegangen bist, weil du sie entjungfert hast.«

Hastig sieht er auf und mustert mich mit unergründlichem Blick.

»Was, stört dich diese Bezeichnung?«

Er lächelt und nimmt einen großen Schluck, womit er das Glas leert. Sobald der Inhalt seinen Mund in Richtung Magen verlassen hat, füllt er sein Glas nach und leert auch dieses.

»Was hast du vor? Willst du dich ins Koma saufen, um Ash mental näher zu sein?«

Das bringt mir einen strafenden Blick ein, doch er antwortet nicht, sondern leert auch ein drittes Glas auf ex, bevor er die Augen schließt. Es scheint, als würde er nachdenken, allerdings zu keinem Schluss kommen, denn er wiederholt die Prozedur, sobald er die Augen wieder geöffnet hat. Glas füllen, leeren, Augen schließen. Denken.

Diesmal scheint Letzteres eine andere Antwort zu beinhalten, denn er schüttet nicht noch einmal Gin in sein Glas. Womit er die Flasche übrigens geleert hätte. Stattdessen lächelt er mich an. Zu meiner Überraschung nimmt er sogar meine Hand. »Ich glaube«, sagt er. »Ich glaube, ich habe dir unrecht getan. Du bist nicht so kaltschnäuzig, wie du auf andere wirkst, ich schätze eher, du merkst gar nicht, was du manchmal so äußerst. Soll heißen, du bist nicht charakterlich versaut, sondern nur in sozialer Hinsicht.«

»Was ...?«

Weiter komme ich nicht, denn er fasst meine Hand stärker und als er fortfährt, klingt er leiser, aber auch drohender. »Ja, ich habe sie entjungfert, richtig. Aber das hatte weder den Stellenwert, den du darin gesehen hast, noch reduziert es sich darauf. Es wäre auch ein besonderes Erlebnis geworden, wäre es nicht ihr erstes Mal gewesen.« Stirnrunzelnd betrachtet er die Flasche in seiner Hand und leert sie dann direkt. »Was ich damit sagen will«, fährt er fort, nachdem er geschluckt hat, »ist, dass es nicht nur ein Fick war. Weder für sie ...« Und nun sieht er mir sehr eindringlich in die Augen. »Noch für mich, Tiff«, endet er leise.

»Du willst mich verarschen!« Das Herz rast plötzlich mit der doppelten Geschwindigkeit in meiner Brust, das Adrenalin schießt durch meinen Körper wie elektrische Blitze. Ich muss meine Arme verschränken, um ihn nicht anzufallen. »Was soll die Scheiße?«, frage ich, sobald ich sprechen kann.

Noch immer ist er ruhig und lässt mich nicht aus den Augen. »Wärst du nicht die Frau, die du bist, dann hättest du es sofort gesehen. Ich glaube sogar, das *hast* du, aber du wolltest es eben nicht wahrhaben. Was du nicht siehst, das findet für dich auch nicht statt, das ist Teil deines Erfolges. Ein Grund dafür, weshalb du so unendlich unbedarft durch dein Leben tanzen kannst.« Ich verziehe das Gesicht, doch er scheint es nicht zu bemerken. »Sie ging, weil sie sich in mich verliebt hatte, Tiff! Nicht, aus gekränkter Eitelkeit, wie du vielleicht glaubtest. Und ich wusste es«, wispert er und fährt sich durch das dichte Haar. »Fuck, ich wusste es, ich *fühlte* es, und ich … ignorierte es. Ich glaube, wir haben uns eine Zeit lang verdient, wir gehörten für eine Weile zusammen, weil wir anscheinend genau die gleichen emotionalen Krüppel waren. Aber diese Zeit ist jetzt vorbei, Tiff. Denn ich habe begriffen, dass es nichts bringt, sich oder seine Gefühle zu verleugnen, dass man damit absolut nicht glücklich werden kann. Ich weiß nicht, ob es eine Zukunft für mich und Ash gibt, ich tendiere zu einem Nein … zu viel ist passiert.« Er zuckt mit den Schultern, doch seine Augen wirken müde und resigniert. »Ich war zu feige, um mich zu ihr zu bekennen, und dafür bekomme ich jetzt die Quittung.«

»Zu ihr zu bekennen? Willst du mich verarschen? Ihr habt gefickt, verdammt noch mal! Außerdem wusste ich, dass sie in dich verschossen war. Mehr aber auch nicht! Mädchen wie Ash verknallen sich einmal wöchentlich in Typen, bei denen sie sowieso keine Chance haben!«

»Ach ist das so?«, erkundigt er sich interessiert. »Wie auch immer. Aber wir haben nicht gefickt. Nicht nur«, fügt er hinzu und steht auf. Er stellt die Flasche beiseite und greift zu seinem T-Shirt. »Deshalb wollte ich nicht mit dir in ein Hotelzimmer ziehen. Weil ich dir nicht suggerieren wollte, dass wir noch immer ein Paar sind, oder so was ähnliches, was auch immer wir überhaupt waren. Ich lehne nicht den Sex mit dir ab, sondern dich.«

»Pah! Was bist du …?«

Liam schüttelt den Kopf. »Lass es. Es ist an der Zeit, dass ich gehe. Gib den Lieferwagen in der hiesigen Niederlassung des Verleihs ab. Sie haben bestimmt einen schicken kleinen Flitzer, der dich heimbringt, wenn du nicht fliegen willst, was ich aber nicht annehme.« Er zieht sich das Shirt über und lächelt mich an.

Der Arsch lächelt!

»Ich weiß, du hast hin und wieder ein paar Wahrnehmungsschwierigkeiten, traust nicht deinen Ohren und Augen, deshalb sage ich es dir noch einmal klipp und klar: Es. Ist. Aus. Kapiert? Perfekt. Ich bin weg.«

Und damit geht dieser Idiot tatsächlich zur Tür. Ich springe vom Bett und ihm nach. »Du willst wirklich mit der langweiligen Ashley abziehen, wenn du mich haben kannst?«

»Ich werde mit niemandem abziehen«, erwidert er. »Stattdessen werde ich dafür sorgen, dass wenigstens ich nicht länger fliehe. Übrigens erbringst du gerade einen perfekten Beweis für den Grund, weshalb du eben nicht besser als eine Frau wie Ashley bist und es auch niemals sein wirst. Leb wohl.«

Und damit geht er tatsächlich.

Was?

21. Kapitel

Tiffany

Es wird eine unruhige Nacht, in der ich immer wieder Liam anrufe, doch er meldet sich nicht, was mich noch wütender macht, als ich ohnehin schon bin. Halb bin ich überzeugt, sofort am Morgen abzureisen, und halb tendiere ich in die genau entgegengesetzte Richtung. Ich bin nämlich davon überzeugt, dass er nirgendwohin abreisen wird. Nein! Dieser kleine Arsch wird sofort wieder zu der süßen Ashley ins Krankenhaus eilen, um ihr das Händchen zu halten und dafür zu sorgen, dass sie ihn als Erstes sieht, wenn sie aufwacht.

Ich bin nicht bereit, das Feld zu räumen, das ist nicht mein Stil. Oh nein, ich will nichts mehr von diesem Idioten. Eine Tiffany Lech lässt sich nicht abservieren, sie *serviert ab*! Und zwar so, dass es derjenige niemals wieder vergisst. Alles, was jetzt noch zählt, ist, ihm die Tour bei Ashley zu vermasseln.

Ich kenne Ashley und ich weiß, wie nachtragend sie ist. Wie festgefahren in ihren Prinzipien – schlimmer als mancher Rentner. Ich sah sie heute vor ihrem Wohnhaus. Da war nicht der Funke von Einlenken in ihren Augen, als Liam mit ihr sprach und sie ihn ansah. Davor … möglich, da waren noch gewisse Schwingungen wahrnehmbar. Aber nicht, als er sie anschrie.

Sie wird ihm niemals verzeihen und ich werde dafür sorgen, dass dieser Marc bei ihr zum Zug kommt. Die beiden gäben ein hübsches Paar ab. Beide sind gesundes Mittelmaß, nicht hässlich, aber auch beileibe nicht hübsch. Ihre Kinder werden diejenigen innerhalb der grauen Masse sein, in der Schule nie auffällig und auch sonst keine Scherereien machend. Ich könnte mir vorstellen, dass Marc Bennet genau das ist, was Ashley sich gewünscht hat und was sie braucht. Und ich werde nicht zulassen, dass Liam sich zwischen dieses junge Glück stellt und es am Ende noch auf dem Gewissen hat!

Das bin ich Ash als ihre beste Freundin schuldig, und verdammt, wo ich schon mal hier bin, warum gleich wieder verschwinden? Ich war noch nie in New York. Auch wenn das Wetter zu wünschen übrig lässt und mir die Luft zu stickig ist, so muss jeder aufrechte US-Bürger irgendwann einmal in der heimlichen Hauptstadt der USA gewesen sein. Mal ehrlich, auf Washington ist doch was geschissen. Der Big Apple ist das wahre Mekka aller Amerikaner!

Zufrieden darüber, mal wieder eins mit mir selbst zu sein, genehmige ich mir ein ausgiebiges Wannenbad und mache mich dann daran, ein *anständiges* Hotel zu suchen. Mit Fünf Sternen und am besten in der Nähe der Klinik, denn ich werde garantiert nicht mit dieser versifften Subway fahren. Wenn man auch nicht viel von dieser Stadt weiß, dann aber, dass sie erstens rattenverseucht ist, zweitens von Migranten verseucht – was ungefähr dasselbe ist –, und dass drittens kein Mensch, der den Abend noch erleben will, mit der Subway fährt, weil man dort nämlich unter Garantie überfallen wird.

Also heißt es: Kommt der Berg nicht zum Propheten, dann muss der Prophet eben den Berg aufsuchen. Kein Problem.

Die Nacht verbringe ich in dem zugegeben sehr bequemen Bett und male mir aus, was ich zu Liam sagen werde, wenn ich ihn an Ashs Bett erwische. Ohh, das wird nicht freundlich werden. Ganz und gar nicht. Der kann sich schon mal frisch machen, und wenn er mich auch nur im Mindesten kennt, dann wird er dies auch tun.

Am nächsten Morgen checke ich aus und eine halbe Stunde später in meinem Wunschhotel wieder ein. Als ich das Zimmer betrete, weiß ich wieder, was der Unterschied von einem Stern bedeutet. Abgesehen von den 100 Dollar mehr pro Nacht.

Mein Bett ist aufgeschlagen – für den Fall, dass ich nach einer langen Fahrt ein Nickerchen nehmen will –, die Klimaanlage eingeschaltet, auf dem kleinen Tischchen steht eine Aufmerksamkeit des Hauses, mit persönlicher, handschriftlich verfasster Widmung, und ich habe genügend Schränke, um meine Sachen unterzubringen, neben Dusche *und* Wanne im Bad.

Seufzend lasse ich mich auf das breite Bett fallen und schließe die Augen.

Es gibt keine Entschuldigung mehr, der Klinik noch länger fernzubleiben, auch wenn ich mir bedeutend angenehmere Dinge als Zeitvertreib vorstellen kann. Der Gedanke an Liam, der bereits dort sein könnte, um die beiden Liebenden auseinanderzubringen, aktiviert mich schließlich.

Das werde ich nicht zulassen!

Die Klinik ist nur gute fünf Minuten Fußweg entfernt, die ich mich natürlich von einem Taxi chauffieren lasse. Als ich sehe, wie der Fahrer das Gesicht verzieht, fauche ich ihn an: »Kleinvieh macht auch Mist! Wer den Cent nicht ehrt, ist den Dollar nicht wert! Und jetzt machen Sie gefälligst Ihren Job!«

Nun ist er noch wütender, aber das schert mich nicht. Wenn ich eines nicht leiden kann, dann eine laxe Einstellung zur Arbeit. Ich habe heute früh um zehn, während mich ein sehr, sehr freundlicher Taxifahrer zu meiner neuen Behausung brachte, bereits mit meinem Laden telefoniert und mich vergewissert, dass alles bestens läuft. Und dieser Heini, der den ganzen Tag nichts anderes macht, als Auto zu fahren, bringt es nicht mal, höflich zu sein. Wahrscheinlich bedauert er sein Dasein!

Ha!

Hätte er was Anständiges gelernt, müsste er jetzt nicht den Chauffeur spielen. Es *gibt* hervorragende Arbeit, dieses ganze Gesülze von wegen Massenarbeitslosigkeit konnte ich noch nie nachvollziehen. Also mir ging es noch nie schlecht, und ich befand mich auch noch niemals auf Jobsuche. Allerdings wusste ich auch immer ganz genau, wohin ich wollte. Außerdem … Ash hat doch auch sofort Arbeit gefunden, oder? Zwar branchenfremd, aber sie hat sich durchgebissen und war erfolgreich, sprich: Sie hat sich den Boss geangelt. Ash ist der lebende – okay, momentan, semi-lebende – Beweis, dass der amerikanische Traum wirklich existiert. Nur dass eben ein paar Jammerlappen nicht in der Lage sind, dies auch zu begreifen.

Ich bin froh, als ich aussteigen kann, denn der Typ hat wirklich verdammt schlechte Laune. Wegen seiner empörenden Gesamthaltung bekommt er nicht einen Cent Trinkgeld. Ich zähle ihm die sieben Dollar achtundsiebzig in die Hand und schenke ihm dann noch einen guten Rat, den er überhaupt nicht verdient hat: »Wenn Sie mehr wollen, dann sollten Sie sich angewöhnen, zu Ihren Fahrgästen freundlich zu sein. Ansonsten werden Sie wohl immer passend ausgezahlt werden.« Sein wütendes Schnauben kommt nicht überraschend. Diese Typen sind immer total beratungsresistent, deshalb kommen sie ja auch nie auf einen grünen Zweig. Dann sehe ich zu dem Bettenhaus hinauf, suche Stockwerk acht und schlucke, bevor ich mich auf den Eingang zu bewege.

Gott, ich hasse Krankenhäuser!

Zunächst muss ich mich genau der gleichen Prozedur unterziehen, wie am Tag zuvor. Obwohl ich versichere, wirklich sauber zu sein, werde ich genötigt, wieder unter diese Gemeinschaftsdusche zu gehen.

»Tut mir leid«, sagt die hässliche Schwester mit eindeutig vorgetäuschtem Bedauern. »Aber so lauten die Bestimmungen.«

Ich will ihr sagen, dass sie sich ihre verdammten Bestimmungen in den Arsch schieben kann und gehen – eine Tiffany Lech lässt sich nicht zwingen. Zu gar nichts!

Doch ich gebe klein bei, weil es keinen Ausweg gibt. Und so stehe ich unter der Dusche, achte sorgsam darauf, dass meine Haare nicht nass werden, bis diese Krähe von Schwester reinsieht und mir erklärt, dass ich die auch waschen muss.

»Gerade die Haare sind ein Hort für Bakterien«, belehrt sie mich, als ich missmutig aus der Dusche komme. »Deshalb ist es ganz besonders wichtig, dass sie gewaschen werden.« Als ich zur Antwort nur ein unverständliches Brummen von mir gebe, tritt sie trotz der Gefahr, nass zu werden, zu mir und nimmt mich am Arm. »Ich weiß, dass es sehr schwer ist. Aber das ist die einzige Möglichkeit, die Patientin überhaupt besuchen zu können. Sehen Sie mich an, ich mache das täglich einmal. Also zweimal. Morgens dusche ich hier und abends daheim wieder. Es ist lästig, aber es rettet Menschenleben, und darum geht es. Um nichts anderes.«

Ich nicke, obwohl mir absolut nicht danach zumute ist. Ganz klar, sie erwartet von mir Einsicht und Wohlwollen, wo sie doch so nett ist, mir alles so genau zu erklären. Und natürlich soll ich Verständnis aufbringen, aber ich teile ihre Meinung nicht! Das werde ich nie. Denn ich stehe nicht auf dem Standpunkt, dass nur der Kranke zählt, und nur zählt, dass es ihm gut geht. Genauso wichtig ist die Versorgung der Angehörigen, denen das Schicksal eines geliebten Menschen jäh aus der Hand gerissen wurde. Sie sind gezwungen, es in die Hände fremder Leute zu legen, die zufällig Arzt sind, ohne zu wissen, ob diese sich auch *wirklich* um ihren Angehörigen kümmern werden. Werden sie alles Menschenmögliche tun, um ihn zu retten, oder nur Dienst nach Vorschrift? Sind sie innerlich bereits so abgestumpft, dass sie kein menschliches Schicksal mehr berühren kann, oder haben sie noch so viel Empathie, um sich tatsächlich auch emotional auf ihre Patienten und deren persönliches Los einzulassen? Was, wenn die Angehörigen bei der Entlassung des Kranken nur noch nervliche Wracks sind, unfähig, ihn zu versorgen, weil sie selbst zu erschöpft sind, um noch zu geben?

Nein, es geht *nicht* nur um die Patienten, zu der Gesamtheit gehören auch die Angehörigen, diejenigen, die der Grund für den Kranken sind, wieder gesund zu werden. Wenn man sie nicht respektiert, dann respektiert man auch nicht den Patienten. Ich habe es erlebt, sah, wie mein Vater uns vorenthalten wurde, wie man sich an läppische Besuchszeiten halten musste, obwohl er unsere Anwesenheit rund um die Uhr gebraucht hätte. Ich sah ihn zugrunde gehen, ohne eingreifen zu können, und niemand wollte uns zuhören. Und das alles für ein Vermögen, das wir zusätzlich zur Krankenversicherung bezahlt haben.

Nein!

Mir braucht niemand was über Krankenhäuser zu erzählen. Aber die Leute in diesem hier *bemühen* sich. Und genau deshalb halte ich den Mund und begehre nicht auf. Denn es hätte auch anders kommen können. Ich bin schließlich nicht einmal mit Ash verwandt.

Die Schwester hilft mir auch bei dem Mundschutz und bei den Handschuhen.

»Ist jemand bei ihr?«, frage ich vorsichtig.

»Momentan nicht«, erwidert sie. »Doktor Bennet war gestern Abend noch sehr lange an ihrem Bett, er ging erst nach Mitternacht. Aber heute sind Sie die Erste.« Sie sieht auf und lächelt mich an. »Das hat man selten, sonst können wir froh sein, wenn es einen Besucher gibt, bei Miss Johnes kämpft man um den ersten Platz. Schön.«

Ich lasse es unkommentiert, denn meine Frage ist beantwortet: Liam ist nicht hier aufgekreuzt. Noch nicht. Ich bin also nicht zu spät.

Perfekt.

»Bereit?«, fragt mich die Schwester, als wir an der Tür stehen, die zu Ashs Krankenzimmer führt, und ich nicke ungeduldig.

»So bereit, wie man für den Anblick überhaupt sein kann«, erwidere ich unwirsch und bekomme eines von diesem verständnisvollen Lächeln, das ich irgendwie noch mehr hasse, als alles andere. Dieses: *Ich weiß, du bist schockiert, aber du müsstest mal meinen Job machen, ich sehe so was tagtäglich! Kannst du dir so was vorstellen?*

Nein! Deshalb bin ich ja auch keine Krankenschwester geworden, verdammt!

Sie zieht die Tür auf und ich halte die Luft an.

Doch am Ende ist es nichts Spektakuläres, im Vergleich zu

gestern hat sich nichts verändert. Ash liegt da, als wären keine fünf Minuten vergangen. Die Schläuche sind da, die Überwachungsmonitore auch, und noch immer deutet nichts darauf hin, dass sie demnächst oder überhaupt noch einmal aufwachen wird.

»Wie geht es ihr?«

»Oh, das Antibiotikum schlägt an, die Schwellung geht langsam zurück, alles sieht soweit gut aus«, wispert die Schwester. »Für weitere Auskünfte müssten Sie Dr. Potter konsultieren. »Aber ich kann Ihnen sagen, dass es bisher alles nach Plan läuft. Wenn Sie wollen, lesen Sie ihr etwas vor, sprechen Sie mit ihr. Erfahrungsgemäß mögen es die Patienten, die Stimme einer vertrauten Person zu hören. Jedenfalls erzählen es viele, die im Koma gelegen haben.«

»Sicher«, sage ich beklommen. »Aber ich habe gar kein Buch.«

»Das kann ich Ihnen besorgen. Hat Miss Johnes irgendwelche Vorlieben?«

Ich runzele die Stirn, versuche, mich an das Regal in ihrem Zimmer in Tampa zu erinnern. Da war dieses eine Buch, ein Kinderbuch. Sie hat es immer und immer wieder gelesen, auch wenn ich sie dafür hochgezogen habe. Ich schließe die Augen, visualisiere den Raum, in dem sie bis vor wenigen Wochen wohnte, und der nun leer ist, und stellte mir ihr Regal vor.

Wie so häufig funktioniert es tatsächlich. Ich reiße die Augen wieder auf und grinse die Schwester an. »Haben Sie auch *Inkheart* von Cornelia Funke?«

Sie spitzt die Lippen. »Das weiß ich nicht, aber ich kann mich in der Klinikbücherei informieren.«

»Tun Sie das, vielen Dank.« Damit wende ich mich von ihr ab, was sie als die Abfuhr begreift, die es ist. Ich will keine lebenslange Freundschaft mit den Schwestern schließen. Ganz ehrlich nicht.

Seufzend ziehe ich meinen Stuhl an das Bett, in dem die Hülle meiner Freundin liegt – okay, irgendwo ganz tief in ihr ist Ash bestimmt auch darin, aber momentan komme ich nicht an sie heran. Deshalb ist sie nicht viel mehr als eine fleischliche, atmende Schale, die versorgt werden muss, bis Ashley wieder selbst die Regie übernimmt.

»Hey«, sage ich und verstumme sofort wieder. Das ist total bescheuert, denn sie kann mich doch gar nicht hören! Mein Mund ist trocken und ich sehe mich eilig um, nur um sicherzugehen, dass niemand mich bei dem Blödsinn auch noch beobachtet. Keiner ist da, wie ich erleichtert sehe. Halb versucht zu gehen, erhebe ich mich, doch dann sehe ich zufällig in ihr Gesicht. Über einen Schlauch wird Sauerstoff in ihren Mund und offenbar ihre Lungen gepumpt, aber ich kann genug davon erkennen, um zu verinnerlichen, dass dort meine Freundin Ash liegt.

Ashley, die so lange Teil meines Lebens war. Ash, der ich es zumindest jetzt schuldig bin, bei ihr zu sein. So weh es auch tut. Ich weiß, dass sie für mich das Gleiche tun würde.

Seufzend lasse ich mich wieder auf den Stuhl sinken. »Was für ein Mist«, murmele ich und nehme ihre Hand. Sie fühlt sich ganz normal an. Nicht zu kalt, nicht zu warm, auch nicht schwitzig, wie es sonst manchmal bei Ash vorkommt. Einfach nur Ashs Hand und das unverwechselbar. Ich kenne genau die Form ihrer Fingernägel und habe sie schon immer um die zarten, schmalen Glieder beneidet, da meine Finger breiter und damit weniger feminin wirken.

»Ash«, höre ich mich flüstern. »Kannst du nicht einfach wieder wachwerden?«

Eine blödsinnige Frage, denn sie liegt ja im künstlichen Koma, aber ich kann sie mir einfach nicht verkneifen, denn ich will hier nicht sein …

… aber ich muss.

* * *

Jemand tippt mir auf die Schulter und als ich mich umdrehe, sehe ich das verhüllte Gesicht der Stationsschwester. »Ich hab es gefunden«, wispert sie und drückt mir ein Buch in die behandschuhten Hände.

Verwirrt starre ich auf das Cover und es dauert mindestens zehn Sekunden, bevor ich ihr auch geistig folgen kann. »Oh! Danke!«

Sie drückt meine Schulter, bevor sie mich loslässt. »Gern geschehen. Mögen Sie einen Kaffee?«

Ich will ablehnen, weil das Zeug hier garantiert grauenhaft schmeckt, nicke aber. Höflichkeit ist nun mal alles, wie ich es dem unflätigen Taxifahrer heute Morgen gepredigt habe. »Ich bringe Ihnen einen und auch einen Donut? Sie müssen zum Essen allerdings den Raum verlassen.«

»Sehr gern«, wispere ich zurück. Ich kann nur ihre Augen sehen, aber es scheint, als würde sie lächeln. Was mich zum Zurücklächeln bringt. Kliniken – Intensivzimmer mit schwerkranken Freundinnen im Besonderen – machen offenbar sentimental.

Dann geht sie und ich sitze da, mit dem Buch im Schoß, über das ich mich immer lustig gemacht habe, wenn Ashley – *mal wieder* – darin las. Mit Ausnahme der Kurven auf dem Monitor, die ihre Körperfunktionen darstellen, und dem stetigen Auf und Ab des Kolbens im Beatmungsgerät gibt es keine Bewegungen, keine Ablenkung, nichts, womit man irgendwie wenigstens für den Moment vergessen kann, wo man ist und dass es hier so widerlich nach Desinfektionsmittel stinkt oder dass man sich nicht heimlich kratzen kann, wenn es einem am Rücken juckt, weil man ja nicht an seine Haut rankommt.

Irgendwann ist mir so langweilig, dass ich das Buch doch aufschlage. Ich blinzele einige Male, dann ist der Text scharf zu erkennen. Unsicher sehe ich mich um, doch die Schwester, die mir eben den versprochenen Kaffee und einen Donut in den Nebenraum gestellt hat, ist längst wieder verschwunden.

»Willst du das hören, Ash?«, erkundige ich mich unsicher und sehe zu der schweigenden Ash, die von Schläuchen beherrscht wird.

Sie antwortet mir nicht und so senke ich seufzend den Blick auf die erste Seite der Kindergeschichte. Es ist immer noch besser, als hier weiter ohne jede Beschäftigung herumzusitzen.

»Regen fiel in der Nacht. Ein feiner, wispernder Regen …«

Ich sehe auf, betrachte forschend Ashs Gesicht, doch darin ist nicht die geringste Regung zu erkennen. Und so lese ich weiter, versinke bald in dieser albernen, jedoch gleichzeitig irgendwie packenden Geschichte, lese sie meiner Freundin vor. In der Hoffnung, dass sie es hören kann. Was soll ich sagen: Dieses Zimmer macht eben sogar so nüchterne Menschen wie mich sentimental …

* * *

Irgendwann betritt jemand den Raum, der nicht zum Pflegepersonal gehört. Das Herz klopft für einen kurzen Moment aufgeregt in meiner Brust, bis ich sehe, dass es dieser Marc ist.

Verhüllt, selbstverständlich.

Er reicht mir die Hand. »Es tut mir leid, ich musste heute erst in die Praxis. Wie geht es ihr?«

Langsam schließe ich das Buch. »Sie liegt im Koma«, sage ich und lächele, auch wenn er das nicht erkennen kann. »Aber ich habe sie mit ihrer Lieblingslektüre unterhalten.«

Nur seine Augen sind zu sehen – dunkle, nicht unbedingt spektakuläre, aber warme Augen. Ich bleibe bei meinem Urteil: Er passt perfekt zu Ashley.

»Ich bin so froh, dass Sie gekommen sind«, sagt er. »In einer solchen Situation sind Freunde und Familie das Allerwichtigste. Ihr kennt euch von früher?«

»Das könnte man so ausdrücken«, sage ich langsam. »Wir haben die letzten 15 Jahre gemeinsam verbracht.«

Seine Augen weiten sich – offenbar hat Ash nichts von mir erzählt. Das enttäuscht mich auf einer Seite, gibt mir auf der anderen aber auch die Möglichkeit des Neuanfangs.

»Und dann zog sie weg?«

»Ja, dann zog sie weg.«

Er scheint einer von der cleveren Sorte zu sein, denn er fragt nicht nach, sondern geht zu Ash. Der Anblick, wie er ihr sanft das Haar aus dem Gesicht streicht, wie er mit ihr spricht, ihre Wange liebkost, ist … wirklich niedlich.

Zärtlich.

Liebevoll.

Innig …

Alles schön, nur hat es leider keinen Effekt, wenn Liam es nicht sehen kann. Wo ist der überhaupt? Erst jetzt fällt mir auf, dass er nicht da ist, und das, wo ich fest mit seinem Erscheinen gerechnet habe. Deshalb bin ich überhaupt hier!

Und wie viel er verpasst, verdammt! Was ich beobachte, ist Liebe. Ein bisschen kitschig, klebrig und garantiert für mein Verständnis zu anständig, aber definitiv Liebe.

Und Liam ist nicht da, so ein Mist!

Als er mich anspricht, bin ich so in meine nicht unbedingt glücklichen Gedanken versunken, dass ich zusammenzucke. Mark scheint zu lächeln, jedenfalls drücken seine Augen etwas Derartiges aus. »Was?«, erkundige ich mich verständnislos.

»Wie wäre es, wenn wir irgendwo etwas essen gehen? Sie müssen doch schon vor Hunger sterben, wenn Sie den ganzen Nachmittag hier waren.«

»Oh!« Verblüfft über das Angebot starre ich ihn an, sehe dann zu Ash, die sich auch jetzt nicht bewegt und schließlich wieder zu dem Arzt. Der hat wohl mit der Gegenwehr nicht gerechnet, denn er macht einen Rückzieher.

»Wenn sie nicht wo…«

»Nein, perfekt!«, sage ich eilig. »Ich bin nur überrascht.« Dann nehme ich meine Tasche und springe auf. Gemeinsam verlassen wir das Krankenzimmer.

»Wenn Sie etwas in der Nähe kennen, mir ist fast egal, *was* wir essen, Hauptsache, ich kann meinen Magen füllen«, sage ich und strebe bereits zum Fahrstuhl.

»Äh … Tiffany?«

Ich wirbele herum. »Ja?«

Er hat den Mundschutz abgenommen und so sehe ich diesmal, dass er lächelt. »Sie sollten sich erst umziehen, bevor wir das Gebäude verlassen.«

Hastig sehe ich an mir herab. »Oh!«, sage ich. »Es … äh, tut mir leid.«

Dann wende ich mich um und stürzte in die Damenumkleide der Schwestern, die ich freundlicherweise mitbenutzen darf, während mich sein herzliches Lachen verfolgt.

22. Kapitel

Liam

Zwölf Tage – zwölf verdammt lange Tage ist es nun her, dass ich Ashley Johnes das letzte Mal zu Gesicht bekommen habe. Seit über eine Stunde sitze ich jetzt in meinem Audi A8 vor dem General Hospital und starre mit dumpfem Blick an der von Abgasen verfärbten Fassade empor. Irgendwo da oben – als ich sie das letzte Mal sah war's im achten Stock, auf der neurologischen Station – liegt sie, die Frau, die möglicherweise die Richtige sein könnte. Das heißt, wenn man sie inzwischen nicht umgelegt hat ... oder ihr sonst was zugestoßen ist. Ich würge den Kloß, der seit dem Zeitpunkt meiner Abreise wie ein widerspenstiges Stück Kaugummi in meinem Hals klebt, vergeblich herunter.

Meine Reise ... nie hätte ich gedacht, dass es so laufen könnte, dass mein Vater und ich je wieder ein vernünftiges Wort miteinander wechseln würden.

Und doch ist es so gekommen ...

Nach dem Abend in Tiffanys Hotelzimmer fuhr ich mit der Subway an das äußerste Ende der Stadt und begab mich dort auf den Highwayzubringer. Meine Berechnungen gingen auf, denn es dauerte überhaupt nicht lange, bevor mich der erste einsame Fahrer mitnahm. Irgendein Vertreter, wahrscheinlich für Staubsauger oder Versicherungen – ich habe nicht genau hingehört, denn ich war ziemlich abgelenkt damit, in meinem Suff dieses oberflächliche Miststück, diesen Marc Bennet, aber in erster Linie mich selbst zu verfluchen. Ich hatte einfach alles vermasselt, was man vermasseln konnte. Nein, schlimmer noch, meine Schuld war es, dass die heißeste, warmherzigste und jedenfalls für mein Verständnis sexieste Frau, die ich je kennenlernen durfte, jetzt im Koma lag.

Irgendwann trennten sich unsere Wege. Die des Vertreters und meine. Und so stand ich mitten in der Nacht auf einem Rastplatz, mit dreißig Dollar in der Tasche, absinkendem Alkoholpegel und jeder Menge Wut im Bauch. In dem Diner, das jetzt eher einem Pub glich, saßen nur ein paar Trucker und ich überlegte, bei ihnen Streit zu suchen. Ganz dringend wollte ich mich mit Typen anlegen, die mir die verfluchte Scheiße aus dem Leib prügeln würden, denn genau das hatte ich verdient. Am Ende ließ ich es, bestellte mir bei der heruntergekommenen Bedienung ein Bier und trank es missmutig aus. So verfuhr ich mit einem zweiten und dritten. Als ich wieder aufsah, dämmerte bereits der Morgen und die Trucker waren verschwunden.

Ich bezahlte und ging hinaus, zu einer der angeschraubten, eisernen Bänke, die hier glücklicherweise standen. Betrunken ließ ich mich darauf sinken, kippte beinahe sofort zur Seite und schlief ein. Ich träumte von Abgründen, die sich unter mir auftaten und mit gurgelnden Lauten verschlangen. Von Dämonen, die Ashley entführten. Ich hörte ihr Schreien und sah den verzweifelten Ausdruck auf ihrem hübschen Gesicht. Doch mit Füßen, die sich keinen Millimeter bewegen ließen, war ich dazu verdammt, zuzusehen, wie diese Wesen sie verschleppten.

Auch von Tiff träumte ich. Sie und ich saßen in ihrem Zimmer in Tampa, sie wollte mich küssen, und als ich sie abwies, verwandelte sich ihr Gesicht in eine Fratze und ihre Hände zu Klauen. Sie fiel über mich her und verbiss sich in meiner Wange.

Kurz: Es waren keine lauschigen Träume, die mich in dieser Nacht heimsuchten.

Als ich irgendwann aufwachte, waren bereits wieder neue Trucks eingetroffen. Fahrer, die angehalten hatten, um ein schnelles Frühstück einzunehmen. Mein Kopf schmerzte, mir war kotzübel und ich roch bestimmt auch nicht sehr gut. Glücklicherweise hatte ich noch genügend Geld für einen Kaffee, den ich mir bei der nächsten, ziemlich ungepflegten Bedienung in dem vom Pub zurück zum Diner umfunktionierten Rasthof bestellte. Ich rieb mir das Gesicht, fuhr mir mit beiden Händen durch die Haare und resümierte grimmig, dass ich wieder da angekommen war, wo ich begonnen hatte, nachdem ich meine Heimatstadt verlassen hatte.

Es fühlte sich nicht unbedingt gut, aber auf jeden Fall richtig an. Der Kaffee schmeckte erwartungsgemäß hervorragend. Ich verbrannte mir zwar die Zunge daran, doch er weckte meine Lebensgeister ein wenig und ließ mich wieder klar denken. Irgendwann schlenderte ich zu der Gruppe aus drei älteren Truckfahrern hinüber, die mich bisher nicht beachtet hatten.

Sie reagierten nicht ablehnend – das taten Trucker nie, sofern man sie mit der angemessenen Höflichkeit ansprach. Wir tranken gemeinsam einen weiteren Kaffee und es stellte sich heraus, dass einer von ihnen in meine Richtung fuhr und darüber hinaus bereit war, mich mitzunehmen. Daher fuhr ich nur eine halbe Stunde später in einem riesigen Truck mit einem Fahrer, der auch lieber schwieg als mir das Ohr abzukauen nach Hause, nach Calmer, Arkansas.

Was ich vorhatte, war nur schwammig geplant, und allein der Gedanke daran verursachte ein sehr, sehr unangenehmes Gefühl in meiner Magengegend. Doch ich fühlte, dass es an der Zeit war, meine Flucht zu beenden. Wenn ich wirklich bei Ash punkten wollte, dann konnte ich das nur, indem ich ohne Leichen im Keller zu ihr ging.

Ash ...

Der Gedanke an sie hatte sich in meinem Kopf festgebissen, wie eine besonders widerspenstige Zecke. Man bemerkte sie nicht ständig, es schmerzte nicht einmal sehr, doch sie verschwand niemals ganz. Es war keine manische Besessenheit, die mich trieb, eher der Versuch, es in Ordnung zu bringen, mit einer sehr, sehr vagen Vorstellung von dem danach.

Aber es war zumindest mehr als nichts.

***

Es war ziemlich genau um die Mittagszeit, als ich nach weiteren zwanzig Stunden die Straße betrat, in der meine Eltern wohnten. Henry, so hieß mein schweigsamer Chauffeur, hatte es sich nicht nehmen lassen, mich hierherzufahren. Überhaupt war er zwar nicht gerade gesprächig, aber äußerst gebefreudig gewesen. Als er mitbekam, dass ich total abgebrannt war, hatte er mir zum Lunch einen Hamburger und eine Coke spendiert. Meine wiederholten Aufforderungen, mir wenigstens seine Adresse zu geben, damit ich ihm die Kosten erstatten konnte, hatte er jedes Mal mit einem Abwinken und als ich nicht lockerlassen wollte, mit Wut beantwortet.

»Es ist gut, Bengel!«, hatte er mich irgendwann angeschnauzt und ich hatte beschlossen, es dabei zu belassen. Verwundert war ich trotzdem, denn als erfahrener Tramper wusste ich, dass einem so etwas garantiert nicht sehr häufig geschah.

»Danke!«, hatte ich zum Abschied gerufen, was er mit einem Grunzen retournierte, bevor er einfach weiterfuhr.

Henry, der alternde Trucker, der für ein paar Stunden mein bester Freund gewesen war.

Ich schulterte meinen Rucksack und sah die Straße hinunter. Hier war ich aufgewachsen, in dieser ehrwürdigen, riesigen Straße, in der es genau *eine* Zufahrt gab, durch die man durch ein hohes, eisernes Tor zum Haus gelangte. Nun, es stand meistens offen, so auch heute, doch damit war mein Weg noch nicht beendet. Mehr als eine halbe Meile musste ich noch gehen – immer schön die asphaltierte Straße entlang – bevor ich endlich das riesige, graue, alte Gemäuer erreichte, in dem ich aufgewachsen war.

Es hatte mir als Kind Angst bereitet, später hatte es mich einfach nur noch angekotzt. Damals, als ich Teenager und damit Rebell gewesen war. Nur war meine aufständische Phase nicht irgendwann vergangen, sie hatte sich noch gesteigert, als ich nach Yale ging. Nein, ich hatte *nicht* Jura studiert, wie es mein Vater wollte. Ich hatte ihm den Stinkefinger gezeigt und irgendwann ... irgendwann war ich einfach nicht mehr heimgegangen, hatte dem ganzen aufgeblasenen Theater den Rücken gekehrt, hatte nichts damit zu tun haben wollen. Es folgte die obligatorische Enterbung, und ich weiß, er hätte mir auch das Studiengeld gestrichen, wenn das nicht von meiner Grandma Rose gestammt hätte. Grandma Rose, diese großartige, alte Lady, die im Kopf immer jung geblieben war. Während ich den Weg zum Haus entlang lief, verzog sich mein Mund unmerklich zu einem sanften Lächeln.

Ich habe diese Frau nicht nur geliebt, ich habe sie *vergöttert*.

Sie war der Anker, der mich bei meiner Familie hielt. Und sie starb, wie sie gelebt hat: Bei einem Telefonat mit mir, während wir über meinen Vater lästerten. Es hat mir den Boden unter den Füßen weggezogen, ich war tausende von Meilen von daheim entfernt in Yale und konnte nicht zu ihr. Mir blieb nur, einen Krankenwagen zu holen, der viel zu spät eintraf, um ihr noch helfen zu können. Man versicherte mir, dass sie sofort tot gewesen war. Hirnschlag. In ihrem Alter – sie war zu diesem Zeitpunkt weit über achtzig gewesen – nichts, womit man nicht rechnen müsse. Wenn das ein Trost gewesen sein sollte, dann kam er leider nicht an. Ich glaube, ich wollte auch gar nicht getröstet werden. Mein Zorn auf die Welt, meine Wut auf alles, was in meiner Heimatstadt meiner Meinung nach so falsch lief, war überwältigend. Wochenlang lief ich total stoned durch die Gegend, war für niemanden ansprechbar, schwänzte die Vorlesungen und verweigerte jede Kontaktaufnahme mit meinen Eltern.

Warum, war mir nicht klar, aber ich war davon überzeugt, dass sie daran schuld waren. So, wie sie an allem schuld waren. Rose ... Lily ...

Immer noch beim Marschieren hielt ich inne und blickte hinauf in den wolkenverhangenen Himmel. Ja, sie war nicht die Erste, die ich verloren hatte. Innerhalb meiner total abwesenden Phase musste ich mir die Rose stechen lassen haben, die sich nun etwas unter meiner Hüfte befand. Ich hatte sie – als ich wieder klar war – beim Duschen entdeckt, konnte mich nicht mehr erinnern, in einem Tattoo-Studio gewesen zu sein, aber nickte es als passend ab. Eine Rose, eine Lilie ... das war es, was ich immer dabeihaben wollte. Und ich hatte es endlich dabei.

Nur konnte es den Verlust nicht wettmachen. Ich ging zu der Beerdigung, weil ich es ihr schuldig war, doch das war das letzte Mal, dass ich meine Eltern sah. Kaum, dass ich fünf Sätze mit ihnen sprach. Mein Vater nahm es mit der ihm eigenen Arroganz, das Gesicht mit dieser verkniffenen Miene, die wohl ausdrücken sollte: *Der Junge wird schon zu sich kommen.*

Doch das kam ich nicht. Stattdessen beendete ich mein Studium und belegte keinen Aufbaukurs in Jura, wie es von meinen Eltern geplant gewesen war. Ich ging ab und begann mit meinem besten Freund Warren in dieser Immobilienfirma zu arbeiten ...

Ich hatte das Haus erreicht. Noch immer war direkt in der Auffahrt das Blumenrondell, das im Winter wie im Sommer gepflegt wurde. Von unserem Gärtner, natürlich. Noch immer führten die breiten Stufen hinauf zu der pompösen, dunkelbraunen Eingangstür, und noch immer gab es diese Klingel, an der das Schild:

Dienstboten bitte den hinteren Eingang benutzen!

... angebracht war. Schon als ich Kind war, hatte kein normaler Mensch mehr solche Hinweisschilder benutzt – abgesehen von meinen Eltern, die nie begreifen würden, dass die Welt sich weiterbewegt hatte. Auch das war ewiger Quell meines Unmutes gewesen. Nur einer von vielen.

Sehr vielen.

Heruntergekommen und stinkend wie ein Obdachloser stand ich schließlich vor dem Haus meiner Eltern. Für einen winzigen Moment zog ich in Erwägung, einfach wieder zu gehen.

Vielleicht war dies eine verdammt beschissene Idee gewesen. Doch dann schob sich das Bild von Ashley vor mein geistiges Auge. Der Wunsch, zu ihr gehen zu können, mit nichts als mir selbst, war nach wie vor äußerst präsent, und ich seufzte, bevor ich den altmodischen Klingelknopf betätigte.

Ein Dienstmädchen öffnete, das mir total unbekannt war. Das verwundete mich weniger, die Angestellten hielten es bei meinem despotischen Vater nie lange aus.

Sie maß mich von oben bis unten, und das eben noch so freundliche Gesicht verschloss sich. »Wir geben nichts!«

Damit wollte sie die Tür wieder zuschlagen, weshalb ich eilig meine Fußspitze dazwischen schob.

»Hören Sie!«, keifte sie. »Wir ...«

»Ich bin ...«

In diesem Moment tauchte meine Mutter auf. Sie stand mit einem Mal vor mir, ohne ein Wort, ohne dass ich auch nur ahnte, wie sie sich genähert haben konnte. Sobald sie begriff, wer da vor der Tür stand, weiteten sich ihre Augen, während ich dazu verdammt war, sie anzustarren.

»Liam ... oh mein Gott, Liam«, flüsterte sie, die Augen tränenverhangen. Dann stürzte sie sich in meine Arme. Hilflos hielt ich sie fest, unfähig, etwas zu sagen oder auch nur, mich zu bewegen. Wieder einmal wurde ich vom schlechten Gewissen gequält, das mir unangenehme Fragen stellte: Wie hatte ich das nur tun können? Wie hatte ich alle Brücken hinter mir abbrechen, meine Mutter zurücklassen und mich davonstehlen können? Zum ersten Mal im Leben stellte ich meinen damaligen Weggang in Frage. Nicht das, was noch geschehen war, doch ich hatte meine Mutter stellvertretend für meinen Vater mit bestraft. Obwohl sie doch mit dem Tod ihrer eigenen Mom bereits geschlagen genug gewesen war. Und sie traf nicht die geringste Schuld. Auch sie hatte gelitten. Sehr. Mit meinem Egoismus hatte ich sie nicht nur verletzt, ich hatte es in meiner Engstirnigkeit nicht einmal in Betracht gezogen. Hatte nicht an sie gedacht, sondern nur daran, meinen Vater zu bestrafen. Sie jetzt in meinen Armen zu halten, ihren vertrauten Duft zu inhalieren, ihre Wärme zu spüren, war eine der überwältigendsten und gleichzeitig schmerzendsten Erfahrungen, die ich jemals gemacht hatte.

»Wir fürchteten schon, du wärst …« Mehr brachte sie nicht über die Lippen, doch ich verstand. Nach meinem feigen Weggang hatte sie offensichtlich angenommen, ich wäre ums Leben gekommen … so wie Warren. Warren war mein bester Kumpel gewesen. Wir waren von klein auf miteinander durch die härtesten, aber auch geilsten Zeiten gegangen und stets füreinander da gewesen. Er stand mir zur Seite, als ich meine Grandma verlor und kurz darauf meinen Eltern den Rücken kehrte. Er war da, als ich Daniel – meinem älteren Bruder – Prügel androhte, bis dieser mich endlich in Ruhe ließ. Er war auch da, als ich mich plötzlich ohne Familie und ohne irgendeine geplante Zukunft wiederfand. Er stand mir zur Seite, sprach mir Mut zu, wenn es angebracht war und ging mit mir saufen, wenn das ratsamer schien. Alles war gut. Bis … bis wir diesen verdammten Immobilienjob annahmen und Warren in die falschen Kreise geriet. Dylan heißt dieses verfluchte Dreckschwein, das meinen Kumpel in Wahrheit auf dem Gewissen hat. Er war damals der angesagteste und bestbezahlte Verkäufer von *Devenports first property* – dem Unternehmen, in dem wir beide anfingen. Ich in der Rechnungsstelle, er im Vertrieb. Warren hatte sich ausgerechnet ihn zum Vorbild genommen. Was in der Basis ja kein Fehler war. Wenn man erfolgreich sein will, sollte man sich an diejenigen halten, die dieses Ziel bereits erreicht haben. Und zunächst sah auch alles danach aus, als würde es gut gehen. Bis zu jenem Tag, als es Warren gelang, eine seit Jahren leer stehende Villa im Stadtzentrum zu verkaufen und zum erfolgreichsten Verkäufer aufzusteigen. Von da an war er Dylan ein Dorn im Auge. Leider hatte der verdammte Drecksack noch immer zu viel Einfluss auf meinen Freund. So schwatzte er ihm tonnenweise Überstunden auf, powerte ihn so aus, dass er auf dem Zahnfleisch ging, und dann, als er keine Kraft mehr hatte und kurz vor dem Burn-Out stand, kam er ihm mit diesen weißen Dreck.

Warren war bis zu diesem Zeitpunkt was Drogen angelangte unberührt gewesen. Verdammt, er hatte ja nicht mal geraucht und immer milde vorwurfsvoll den Kopf geschüttelt, wenn ich mir eine Tüte reinzog. Mithilfe von Dylans Dreck schaffte es Warren noch härter zu arbeiten. Schlaf wurde für ihn zum Fremdwort. Und so kam es, wie es kommen musste. Irgendwann steckte mein Freund so tief in der Scheiße, dass ihm alles zu viel wurde. Niemand wollte es sehen – ich nehme mich da nicht aus. Auch ich war einer dieser Ignoranten, die lieber wegsahen, als zu helfen. Ich hätte auch nicht gewusst, wie ich das anstellen sollte.

Er rief mich in der Nacht an, als er sich den goldenen Schuss verpasste, sagte mir, was für ein guter Freund ich ihm all die Jahre gewesen sei. Dabei trug er so schwulstig auf, dass bei mir sämtliche Alarmglocken schrillten, denn Warren war kein besonders eloquenter Typ. Irgendwo, tief in meinem Unterbewusstsein, muss ich gewusst haben, was er plante. Doch ich machte mich eher aus Loyalität auf die Suche nach ihm auf, als dass ich einen akuten Notfall vermutete.

Nun ja, ich kam leider zu spät.

Auf der Trauerfeier dann wagte es dieses Dreckschwein von Dylan, sich noch über Warren lustig zu machen. Er hatte die Sache genau geplant, wollte Warren auf die einfachste Weise loswerden, die es in der Geschäftswelt gibt. Was, wie sich gezeigt hatte, wunderbar funktioniert hatte. Als ich das erfuhr, drehte ich durch. Bevor ich noch wusste, wie es geschah, hatte ich den Wichser am Kragen und prügelte so lange auf ihn ein, bis es mir – wenigstens vorübergehend – etwas besser ging. Vor allen Trauergästen, das waren ungefähr fünfzig Zeugen, die *alle* bei Gericht gegen mich aussagten. Es war mir egal, ich würde sie höchstwahrscheinlich sowieso nicht wiedersehen und wenigstens hatte ein Bastard mal bekommen, was er verdiente.

Zu meinem Bedauern hatte ich Dylan zwar krankenhausreif, aber leider nicht totgeprügelt, obwohl das Dreckschwein es nicht besser verdient hatte. Mir war schnell klar, spätestens nach seiner süffisanten Aussage vor Gericht: Würde er mir noch einmal über den Weg laufen, dann würde ich die begonnene Sache zu Ende führen, und das wäre der Untergang für meine Mutter gewesen. Außerdem wollte ich ums Verrecken mein Leben nicht im Knast oder noch besser, mit der Todesspritze beschließen.

Also tat ich nach der Verurteilung das Einzige, was mir in dieser Situation sinnvoll erschien: Ich stahl mich endgültig aus der Stadt, ließ meine Mutter und meine Freunde hinter mir und trampte mit ein paar lausigen Kröten und einem Rucksack, in dem sich nur die notwendigsten Klamotten befanden, durchs Land. Und jetzt, über ein Jahr später, war ich in meiner Stadt zurück – abgebrannt und stinkend. Womit ich ungefähr genau die Erwartungen meines Vaters erfüllt haben dürfte. Es war ein bitterer Gedanke und er passte nicht zu meinen Plänen, weshalb ich ihn schnell wieder aus meinem Kopf verbannte.

Am Ende siegte die unbeugsame Haltung der Frau, die mich geboren hatte. Sie würde sich vor dem Dienstmädchen keine Blöße geben, weshalb sie sich von mir löste und mich in den Salon führte, wo sie sich sehr häufig aufhält. Es erschien mir als die richtige Location, um dieses Wiedersehen irgendwie zu ... kompensieren.

Das hatten wir beide nötig, denn auch ich bekam kein Wort heraus. Was hätte ich schon sagen sollen?

Es tut mir leid?

Es wäre eine Lüge gewesen, ich war sogar der Ansicht, diese Auszeit dringend gebraucht zu haben und momentan war noch überhaupt nichts geklärt. Meine Mutter war niemals das Thema, sie war möglicherweise die einzig Leidtragende in diesem widerlichen Stück gewesen.

Daniel und mein Vater waren schon immer viel härter gewesen. Daniel, der genau drei Jahre älter als ich war, hatte offensichtlich mit Freuden die breitgetretenen Pfade meines Vaters betreten, er war in die väterliche Kanzlei eingestiegen, und genau genommen war er derjenige gewesen, der mich damals vor Gericht vertreten hatte. So viel musste ich meinem Vater lassen, er hatte mich nicht ohne Verteidigung oder noch schlimmer, mit einem unterbezahlten Pflichtverteidiger hängenlassen. Doch ich werde niemals sein Gesicht vergessen, als das vergleichsweise geringe Urteil gefallen war – Daniel war ein ziemlich cleverer Anwalt.

Vorwürfe hatte es gehagelt. Elende Vorhaltungen und das, ohne dass er ein Wort verloren hatte. Sein Blick schien zu sagen: Du hast dich jetzt lange genug ausgetobt. Jetzt komm zu dir! Bevor noch mehr Schaden angerichtet wird!

Doch ich wollte nicht zu mir kommen.

Und so war ich also gegangen, ohne einen Blick zurück, ohne einen Gedanken an meine Mutter. Wenn diese doch einmal aufgekommen waren, so hatte ich es verstanden, sie verdammt schnell wieder in der Versenkung verschwinden zu lassen.

Was also sollte ich jetzt sagen? Ich wusste es nicht, doch das Schweigen wurde mit jeder vergehenden Minute beängstigender. Das Mädchen hatte auf Anweisung meiner Mutter Tee gebracht. Nicht, ohne mir einen neugierigen Blick zuzuwerfen, der mich immens nervte. Ich räusperte mich, sobald es weg war, und betrachtete meine Mutter, die noch genauso aussah, wie ich sie in Erinnerung hatte.

Schlank und rank und schön und gepflegt und mit dem Inbegriff von Zuneigung in ihrem Blick. Wäre da nicht auch diese immer präsente Trauer gewesen, hätte ich mir einreden können, alles sei so wie immer. Sie senkte kein einziges Mal den Kopf, sondern starrte mich wie eine Erscheinung an, was mir auch wieder nicht passte.

»Wie geht es Daniel?«, fragte ich schließlich, um wenigstens dieses Starren zu beenden.

Bei der Erwähnung ihres Erstgeborenen zuckte sie zusammen, doch dann hellte sich ihre Miene auf. »Es geht ihm sehr gut«, sagte sie, nachdem sie sich heftig geräuspert hat. »Er hat im letzten Monat geheiratet. Nancy ist schwanger.«

Ahh, Nancy, seine Freundin. Vor meinem geistigen Auge tauchten die verschwommenen Züge einer rassigen Rothaarigen auf. Soweit ich mich erinnerte, mochte ich sie ganz gern. Ich nickte.

»Es wäre so schön gewesen, wenn du auch zur Feier gekommen wärst.« Sobald sie es gesagt hatte, sah ich, dass sie sich dafür hätte schlagen können.

Doch ich seufzte. »Hätte ich davon gewusst, wäre ich gekommen, ich schwöre.«

»Warum hast du denn nicht einmal eine Telefonnummer dagelassen?« Wir waren bei den Vorwürfen angelangt. Nun ja ... nichts, was mich verwunderte.

»Und dann?«, entgegnete ich leise. »Was wäre dann wohl geschehen?«

»Wir hätten gewusst, wo unser Sohn abgeblieben ist«, erwiderte sie mit Nachdruck, doch ich stöhnte.

»Er wäre gekommen, Mom. Das weißt du genausogut wie ich!«

Sie legte mir eine Hand auf den Unterarm. »Natürlich hätte er versucht, dich zu finden, du bist sein Sohn.«

»Er hätte wieder versucht, mich zu zwingen«, erwiderte ich ernst und gab mir dabei alle Mühe, nicht trotzig zu klingen. Nicht wie das Kind, das damals sein Elternhaus verlassen hatte. Ich war nicht mehr der Gleiche – aber meine Überzeugung, dass aus mir ein verdammt mieser Anwalt geworden wäre, hatte sich nicht geändert. Sie musste das verstehen.

Ob sie es wirklich verstand, war mir nicht klar, doch sie war Mutter genug, um nicht weiter auf mich einzudringen. In den kommenden zwanzig Minuten unterhielten wir uns über Gott und die Welt, sie teilte mir den gesamten Tratsch und Klatsch der vergangenen versäumten Monate mit, ließ aber alle verfänglichen Themen aus. Es war gut, ich fühlte mich gut.

Erst als die Rede auf mich kam, wurde ich wieder einsilbig. Sobald mir das jedoch auffiel, zwang ich mich zum Reden. Schließlich war ich hier, um die Dinge ins Reine zu bringen. Mich und meine Ansichten zu behaupten – ja! Aber ich wollte die Differenzen mit meinen Eltern beilegen.

Und so erzählte ich ihr von meinen Reisen und von meinen Jobs. Die steile Falte auf ihrer Stirn konnte ich nicht wegreden, auch wenn ich ihr mehrfach versicherte, mich wirklich wohl gefühlt zu haben. Aber das war vielleicht normal bei einer Mutter.

»Mir geht es gut«, versicherte ich ihr zum eintausendsten Mal. »Ich war eine Zeit lang in Tampa, habe bei einer Frau gewohnt, aber es ist nichts Ernstes. Und ...«

In diesem Moment hörten wir das Schlagen einer Autotür durch die weit geöffneten Fenster des Salons.

Es hätte jeder sein können, selbst ein abgefuckter Lieferant, der sich noch nicht auskannte und daher nicht wusste, dass er verdammt noch mal am Hintereingang zu parken hatte. Doch ich wusste, dass es mein Vater sein würde. Ich wusste es einfach!

Ich warf meiner Mutter einen nervösen Blick zu und sie grinste diabolisch.

Okay, das hatte ich vielleicht nicht besser verdient.

Es dauerte einen Moment, bevor Schritte auf dem Flur ertönten, die meinen Vater ankündigten. Mein Herz raste mit einem Mal und ich hätte mir am liebsten eine saftige Ohrfeige verpasst, weil ich es hasste, so eine Pussy zu sein.

»Rose!« Die Stimme meines Vaters drang zu uns herein, dabei näherten sich die Schritte harter Absätze auf Parkett, und dann tauchte er im Türrahmen auf.

»Wo bist du ...« Als er stockte, sah ich auf. Seine Miene war undurchschaubar, was die Situation nicht vereinfachte, auch wenn ich mit nichts anderem gerechnet hatte. Langsam erhob ich mich und betrachtete jenen Mann, der mich als Teenager mit seiner bekotzten Art aus dem Haus geekelt hatte. Seit einem Jahr blickte ich zum ersten Mal wieder in das Gesicht meines Vaters. Eigentlich seit vier Jahren, denn als wir uns im Verhandlungssaal gesehen hatten, war der Blickwechsel kurz und schmerzlos ausgefallen. Die Zeit hatte es nicht gut mit ihm gemeint. Er hatte seine sportliche Figur endlich doch eingebüßt, unter dem maßgeschneiderten Hemd wölbte sich ein beachtlicher Wohlstandsbauch. Sein Gesicht wies bedeutend mehr Falten auf, die einst dunkle Mähne war ausgedünnt und von grauen Strähnen durchfurcht. An manchen Stellen sah man die Kopfhaut durchschimmern. Unsere Blicke versanken ineinander und ich hütete mich, den ersten Schritt zu machen. Meinetwegen hätten wir diese Art visueller Auseinandersetzung auch über Stunden treiben können.

Ich siegte – zumindest fürs Erste.

»Liam«, sagte er schließlich. Dunkel, ohne nennenswerte Betonung, und trat in den Raum, um sich an den Tisch zu setzen.

»Rita, ein Bier!«, rief er und mir lag bereits eine bissige Bemerkung auf den Lippen. Warum um alles in der Welt konnte er sich sein abgefucktes Bier nicht selbst holen?

Bevor ich meinem Ärger jedoch Luft machen konnte, besann ich mich. Ich war nicht hergekommen, um die alten Dispute wieder hochkochen zu lassen, sondern um reinen Tisch zu machen. Vielleicht tat ich gut daran, die Eigenheiten meiner Eltern zu akzeptieren. Auch wenn sie nicht selten keineswegs sympathisch waren. Und so lehnte ich mich zurück und betrachtete ihn lauernd. So, wie der Mann aussah, würde die Abrechnung nicht lange auf sich warten lassen. Dass wir damit genau dort weitermachen würden, wo wir vor vier Jahren geendet hatten, bedachte ich zu diesem Zeitpunkt noch nicht. Ich rechnete sogar mit dem Rauswurf – allerdings erst, wenn er seine Meinung an den unwürdigen Sohn gebracht hätte.

Jedoch musste ich sehr schnell einsehen, ihn zumindest teilweise unterschätzt zu haben. Denn zunächst einmal geschah gar nichts. Er wartete, bis das Mädchen sein Bier gebracht hatte – selbstverständlich war die Flasche perfekt temperiert, sodass die Kondenstropfen an dem dunklen Glas abperlten. Das Glas stammte aus seiner eigenen Sammlung, die er mehr hegte und pflegte, als sonst irgendetwas in seinem Leben, einschließlich Kinder und Frau.

Er goss sich selbst ein – das tat er immer, weil niemand abgesehen von ihm in der Lage war, ein Bier so einzuschenken, dass die Blume perfekt war. Und dabei ließ er sich – auch wie immer – ausnehmend viel Zeit. Wenn mein Vater sein Bier einschenkte, dann gab es nichts und niemanden, der ihn dabei aus der Ruhe bringen konnte. Nicht einmal der nach langer Wanderung zurückgekehrte abtrünnige Sohn. In aller Gemütsruhe trank er sein Bier, sein Blick fiel scheinbar zufällig auf mich, und als ich zu meiner Mutter sah, bemerkte ich, dass sie ihn mit erhobenen Augenbrauen musterte. Ja, sie war noch niemals Fan seiner Showeinlagen gewesen. Sie hatte ihn aber auch nie diesbezüglich beeinflusst. Das Glas wurde abgestellt, er wischte sich mit dem Handrücken über den Mund, lehnte sich zurück, beide Hände flach auf der Tischdecke, und endlich sah er mich länger als für den Bruchteil einer Sekunde an.

»Also«, sagte er mit seiner dunklen, immer leicht dröhnenden Stimme. »Was verschafft uns die Ehre? Willst du Geld?«

Ja, so ist er, mein Vater ...

* * *

Es wurde ein langer von Schuldzuweisungen und Erklärungen durchsetzter Tag. Zu achtzig Prozent sprach ich, während meine

Mutter an meinen Lippen hing, hin und wieder nickte oder seufzte, und Dad mit verschränkten Armen und steinerner Miene meinen Worten lauschte. Nur hin und wieder fragte er nach einem Detail, aber ich hatte nicht den Eindruck, als würde ihn vieles von dem, was ich zu berichten hatte, wirklich beeindrucken. Wenigstens diesbezüglich stimmten wir überein: Es *war* auch nicht sonderlich beeindruckend.

Nach dem Lunch, bei dem vorübergehend Waffenruhe einkehrte, rief mein Vater in seiner Anwaltskanzlei an und stornierte sämtliche Termine für diesen und den kommenden Tag. Das war so ungefähr die größte Ehre, die man in seinen Augen bekommen konnte. Oder das größte Pech, ich wusste noch nicht, wie ich mich festlegen sollte. Denn dieses ständige Erzählen machte mich mürbe. Ich hätte gern geschlafen und stellte mehr als einmal meinen Entschluss, hier überhaupt aufzukreuzen, extrem infrage.

Doch inzwischen gab es kein Zurück mehr, und so hieß es: *Augen zu und durch.* Zugeben muss ich auch, dass ich nicht mit diesem Interesse an mir gerechnet hätte. Seitens meiner Mutter schon, aber nicht von meinem Vater, der jeden, der nicht so geradlinig und erfolgsgeil wie er selbst ist, im Allgemeinen als seiner nicht würdig betrachtet.

Am späten Nachmittag hatten wir das Warren-Dylan-Thema durchgekaut. Meine Eltern zeigten Verständnis dafür, dass mich die Sache mitgenommen hatte, allerdings brachten sie so gar keines dafür auf, dass ich einfach abgehauen war. Ohne ein Wort der Erklärung, ohne ein Wort des Abschieds. Meine Mutter – die sonst absolut nicht nah am Wasser gebaut ist – musste einige Male verdächtig blinzeln, weshalb ich schon mit dem Äußersten rechnete. Glücklicherweise fing sie sich noch – ich hätte nicht gewusst, wie ich mit nochmaligen Tränen hätte umgehen sollen. Mein Vater hingegen wirkte wie üblich schlicht wütend – er fragte zwar nach den Gründen, aber ich hatte den Eindruck, als wolle er keinen einzigen auch nur annähernd akzeptieren.

Als er schließlich auf meine Schwimmkarriere zu sprechen kam und sich darüber empörte, dass ich den Sport an den Nagel gehängt habe, kam mir zum ersten Mal, seitdem ich hier war, Ash in den Sinn.

Wie es ihr wohl gehen mochte? Ob die Ärzte sie inzwischen aus dem künstlichen Koma geholt und ihren Kopf wieder geschlossen hatten? Der offene Schädel, das war so eine Sache, die mir bei dem Besuch in der Klinik besonders zugesetzt hatte. Diese Idioten hatten ihr die Schädeldecke durchbohrt, und warum? Okay, es gab wohl nichts daran zu rütteln, dass ich der einzig Schuldige an diesem Desaster war. Und ich war hier, um mein Leben in Ordnung zu bringen. Das durfte ich einfach nicht aus den Augen verlieren, egal, wie sehr mein Vater nervte und wie gern ich ihm sehr, sehr deutlich meine Meinung gesagt hätte. Wobei das eine das andere ja nicht zwangsläufig ausschloss.

Wo wir schon mal halbwegs beim Thema waren, erzählte ich ihnen erstmals von Ashley. Wie ich sie kennenlernte, was für ein unglaublicher Mensch sie war und auf welch tragische Weise sie im Krankenhaus gelandet war – eben die ganze Geschichte.

Einiges ließ ich natürlich aus. Weder erwähnte ich Tiffany in diesem Zusammenhang noch die Tatsache, dass ich mit den beiden Mädchen in einem Appartement gewohnt hatte, oder gar die ganze vertrackte Story mit der Entjungferung, die ich so noch immer nicht bezeichnet hätte.

In Wahrheit war es erstaunlich geiler Sex gewesen. Dass sie unberührt gewesen war, hatte dabei überhaupt keinen Stellenwert besessen. Es ist sowieso ein Märchen, dass ein Mann jubeln würde, wenn er es mit einer Jungfrau zu tun bekommt. Also ich jubele selten – okay, ich bin bisher auch nur einmal in die Verlegenheit gekommen. Aber eine Jungfrau unter sich liegen zu haben, bedeutet, dass sie unerfahren ist. Ziemlich blöd, wenn man eine heiße Nacht erleben will und mehr nicht. Kein Mann, den ich kenne, sucht sich daher ein unberührtes Mädchen, wenn er sich amüsieren will. Wenn es denn so ist ... dann nimmt er es eben in Kauf. Aber wir würden das natürlich niemals äußern, wo sich die Mädchen ihre Unberührtheit so hart aufsparen. Wenigstens einige von ihnen. Und es soll ja Kulturen geben, in denen die Jungfernschaft bei der Heirat vorausgesetzt wird. Also in meiner nicht. Aber Ashley war trotzdem etwas Besonderes, weil es mir Spaß gemacht hatte, sie in dieses Thema einzuführen, weil ich Freude bei dem Gedanken hatte, in Gefilde ihres Körpers vorzudringen, in denen noch kein anderer Mann gewesen ist.

Damals, vor einigen Wochen, habe ich den Hintergrund nicht verstanden – heute bin ich schlauer.

Wie auch immer, ich unterschlug diesen Teil ohnehin. In meiner Version der Geschichte war da Tiff mit ihrer besten Freundin, die sich offensichtlich in mich verliebt hatte, weshalb ich mich tunlichst von ihr fernhielt, nur um eines Tages festzustellen, dass sie fort war und mir fehlte, während mir klar wurde, dass Tiffany doch nicht die Frau meines Lebens sein würde. Nein, ich machte ihnen nicht klar, dass Ashley Johnes diese Stelle einnehmen sollte. Schon, weil ich mir darüber selbst nicht klar war, auch wenn ich in schwachen Momenten dazu tendierte. Aber innerhalb grausamer Ereignisse getroffene

Lebensentscheidungen entpuppen sich nicht selten als Fehlschlüsse. Ich wollte erst wissen, was ich wirklich empfand, bevor ich meinen Eltern den Einzug einer Schwiegertochter verkündete.

Als ich zu der Stelle mit dem Unfall und dem Krankenhaus kam, stöhnte meine Mutter auf und schloss die Augen.

»Das war aber nicht deine Schuld«, hatte mein Vater anzumerken.

»Nicht direkt«, stimmte ich zu und nahm die Hände vom Tisch. »Aber indirekt ...«

»Indirekt genau so wenig!«, unterbrach er mich. Hier sprach der Staranwalt, und der war immer darauf bedacht, nicht das geringste Schuldzugeständnis zu dulden. »Du hattest sie zur Rede gestellt, was nur recht und billig war. Du konntest nicht ahnen, dass sie in den nächsten ...«

»Das ist mir alles klar«, fiel ich ihm ins Wort. »Ich habe auch nicht von einer gesetzlichen verfolgbaren Schuld gesprochen, sondern eher von einer moralischen ...«

»Und auch in diesem Punkt widerspreche ich dir«, hatte er die Güte, mir mitzuteilen. Mein Gesichtsausdruck war wohl nicht sehr freundlich, denn er seufzte und ging zu einem anderen, wenn auch artverwandten Thema über. Allein daran sah man, dass er sich wirklich bemühte. Denn üblicherweise war mein Vater ein Mann, der immer darauf beharrte, seine Meinung zum Besten zu geben.

In jedem.

Abgefuckten.

Detail.

»Also gut, ich nehme an, du willst uns sagen, dass diese Ashley etwas Besonderes für dich ist«, sagte er, die Finger ineinander verschränkt, sich auf den Tisch vorbeugend. »Vermutlich ist sie der Grund, weshalb du dich entschlossen hast, hier wieder aufzutauchen?«

Ich schüttelte den Kopf. »Nein. Das heißt, sie ist nicht der *einzige* Grund.« Okay, das war gelogen, denn Ashley war tatsächlich dafür verantwortlich, warum ich mich auf dieses Himmelfahrtskommando eingelassen hatte.

»Und wenn es so wäre, jetzt ist er hier«, sagte meine Mutter energisch. Die drohenden Tränen waren erfolgreich zurückgedrängt. »Es sind immer Ereignisse, die uns zu unseren Handlungen befähigen. Das wissen wir beide doch am besten, nicht wahr?«

Ihre Blicke versanken ineinander und ich wurde katapultartig in die Vergangenheit versetzt. Eine Vergangenheit, in der es *drei* Kinder gegeben hatte: Daniel, Liam und die kleine Lily. Lily, die nie älter als elf Jahre werden durfte. Lily, die, als sie ging, fast unsere gesamte Familie zerstört hätte. Unwissentlich, natürlich. Dieser Schatten lastete auf uns allen, besonders auf meinem Vater ... und auf mir. Er hat mir nie Vorwürfe gemacht, war für seine Verhältnisse sehr, sehr zahm gewesen, doch ich wusste, was er unterschwellig immer dachte, sobald er mich ansah: *Er hat deine Tochter getötet.*

Meine Mutter war noch nicht fertig. Sie musterte mich ernst. »Ich stelle folgende Regel für die Zukunft auf«, verkündete sie. »Du kannst leben, wo du willst, aber ich verlange zu erfahren, wo das stattfindet und wie es dir geht. Hast du das verstanden? Ein wöchentliches Telefonat!«

Mehr als ein Nicken brachte ich nicht zustande. Was hätte ich auch sonst sagen sollen? Ich würde mich bemühen, aber eine Garantie gab es nicht.

Die gab es niemals.

Damit war das Gespräch allerdings nicht beendet, denn nun ging es tatsächlich in die Details. Mein Vater verlangte lückenlose Aufklärung. Beispielsweise wollte er wissen, wie ich an den Bademeisterjob gekommen war, wie ich es mit 56 Dollar nach Tampa geschafft hatte oder warum ich bei meiner Freundin gewohnt hatte.

Ich beantwortete die Fragen so ruhig und wahrheitsgetreu, wie er es meiner Ansicht nach ertragen konnte. Bei meinem Vater hatte seit jeher das Motto gegolten, dass er zwar alles essen, aber noch lange nicht alles wissen musste.

Gegen halb elf zog sich meine Mutter wegen Kopfschmerzen in ihr Schlafzimmer zurück, allerdings argwöhnte ich, dass sie nur für ein ungestörtes Vater-Sohn-Gespräch sorgen wollte. Ich hätte gern darauf verzichtet, blieb aber, wo ich war. Sie war kaum verschwunden, als mein Vater sein Verhalten änderte. Sich im Stuhl zurücklehnend maß er mich mit strengem Blick – jenem Blick, den ich noch aus meiner Kindheit kannte, jenen, den ich immer erntete, wenn ich etwas ausgefressen hatte. Jenen, der es mir so einfach gemacht hatte, mich von ihm zu lösen, weil er mich damit unter Druck gesetzt hatte. Niemand hatte es bisher ausgesprochen, aber ich war nun mal nicht erst gegangen, als Warren gestorben war. Mein Elternhaus hatte ich bereits viel früher verlassen.

»Also gut«, sagte er schließlich, »reden wir endlich offen. Mir ist bewusst, dass du nicht zurückgekehrt bist, um deiner Mutter eine Freude zu bereiten. Was ist der wahre Grund?«

Ergebend seufzte ich. »Du siehst in mir immer das Schlechte, oder?«

Er lachte trocken auf. »Nein, ich bin Realist.«

»Irrtum!«

»Was genau willst du mir sagen?«

Der Vorwurf lag mir auf der Zunge, diese elende Anklage, die er nicht verdiente, weil es Dinge gab, die man nicht aussprach, egal, was geschehen war. Anstatt etwas zu erwidern, schüttelte ich nur den Kopf.

Mit undurchschaubarer Miene verschränkte mein alter Herr die Arme vor der Brust. Er wollte mehr, wollte, dass ich ihm reinen Wein einschenkte, wollte, dass ich mich für all das Vorgefallene selbst kasteite. Doch das würde nicht passieren. »Als sich Warren in dieser Stripclubtoilette den goldenen Schuss verpasst hat, war ich am Ende. Ich meine sprichwörtlich *am Ende*. Er war der Einzige ...« Doch ich vollendete den Satz nicht, sondern begann einen neuen. »Dann kam dieses Arschloch Dylan ...« Den Blick ins Leere gerichtet, erinnerte ich mich an jenen Tag, als ich den kleinen Wichser ins Krankenhaus geprügelt hatte. Irgendwann sah ich wieder auf, es fiel mir schwer, die Kiefer auseinanderzubekommen, und meine Hände waren längst zu Fäusten geballt. »Alles war seine Schuld, er hat Warren bewusst an diesen Punkt getrieben. Als ich ihn darauf ansprach, hat er sich auch noch über ihn lustig gemacht, und das auf so widerliche Weise. *Auf seiner Beerdigung* ...« Mit Dylans beschissener Visage vor meinem inneren Auge ballte ich die Fäuste so fest, dass die Fingerknöchel hervortraten.

»Wir hätten ihn verklagen können, irgendeinen Dreh gibt es immer.« Daddy, der Staranwalt, trat erneut in Aktion. Natürlich.

»Und dann?«, begehrte ich auf. »Mal angenommen, du hättest ihn wirklich zu einer Geldstrafe verknackt ... Seitdem ich dich vor Gericht erlebt habe, halte ich das nicht mal mehr für unmöglich.

Aber was dann? Nein, es ging nicht um Geld! Ich wollte ihn tot sehen, kapiert?«

Noch immer musterte er mich mit diesem unbeeindruckten Gesichtsausdruck. »Du irrst, wenn du meinst, im Leben würde es Gerechtigkeit geben«, sagte er leise. »Man kann immer nur versuchen, Entschädigung zu bekommen, deshalb wird es aber niemals wirklich besser werden ...«

Unsere Blicke versanken ineinander, ich hatte das Gefühl, mein Herz wäre zu Eis erstarrt, und meine Lippen bewegten sich wie von selbst. »Ich wollte es nicht«, sagte ich tonlos. »Ich war zwölf Jahre alt, verdammt, ich konnte die Gefahr nicht abschätzen. Du hast keine Ahnung, wie sehr ich das bedaure, aber ich ...«

Seine Faust landete auf dem Tisch und er beugte sich zu mir vor. »Wovon sprichst du, Liam?«, knurrte er und klang dabei so dumpf, dass ich instinktiv ein wenig vor ihm zurück schrak. Nicht aus Angst – aus dem Alter war ich heraus –, eher aus Überraschung, ich hatte meinen Vater noch niemals so aufgebracht gesehen.

»Lily«, sagte ich leise und hob den Kopf. »Gib wenigstens zu, dass du mir die Schuld an ihrem ... Tod gibst und es mir nie verziehen hast!«

Anstatt zu antworten, lehnte er sich zurück und betrachtete mich abschätzend. »Darum geht es also«, sagte er schließlich. »Lass mich raten, darum ging es immer, richtig? Das war der Grund, weshalb du dich jahrelang nicht mehr hier blicken lassen hast. Alles andere war vorgeschoben.«

Ich musterte ihn nur, denn ja, das war der wahre Grund gewesen. Ich hatte mich gefühlt wie geduldet und unterschwellig gehasst.

Zu meiner Überraschung lachte er auf. »Ich hätte das wissen müssen«, murmelte er. Nicht bekümmert, sondern entnervt. Dann fuhr er sich mit beiden Händen durch das schüttere Haar und ließ die Arme dröhnend auf den Tisch fallen. »Jetzt will ich dir mal was sagen, du kleiner Scheißer«, begann er freundlich. Meine erhobene Augenbraue ignorierte er dabei. »Was damals geschah, war ... tragisch. Es hat uns sehr, sehr mitgenommen. Nicht nur deine Mutter, sondern auch mich. Uns alle ...« Unvermittelt beugte er sich zu mir vor. »Aber wir haben *niemals*! – für keine Sekunde – die Schuld für diesen Unfall bei dir gesucht. Denn es war ein Unfall! Einer, der immer geschehen kann. Wie das Unfälle nun einmal so an sich haben.«

»*Ich* habe die abgefuckte Leiter an den Baum gerückt.«

»Ja, hast du. Du warst ein kleiner, abenteuerlustiger Junge von zwölf Jahren, der unmöglich die Risiken einschätzen konnte. Wir hätten dich nicht in die Nähe dieser Leiter lassen dürfen – jedenfalls in der Theorie. In der Praxis sah ich meinen zwölfjährigen Jungen und meine elfjährige Tochter nur zu gern auf den Bäumen. Natürlich kannte ich das Risiko, aber das war ... es war eine kleine Möglichkeit, die Eltern nun einmal in Kauf nehmen müssen, wenn sie ihre Kinder, Kinder sein lassen wollen.« Er schüttelte den Kopf. »Niemand macht dir Vorwürfe. Verwechsle Strenge nicht mit etwas anderem.«

Wütend warf ich mich im Stuhl zurück, meine Finger trommelten auf die Tischplatte. »Gut, dann kennst du ja jetzt den Grund, aus dem ich gegangen bin. Ich habe nicht gelogen.«

Seine Mundwinkel zuckten. »Hattest du doch, wie wir eben festgestellt haben. Aber das tut nichts mehr zur Sache. Warum bist du nach der Verhandlung verschwunden? Daniel hat vor Gericht brilliert, die Geldstrafe ...«

»War mir fuckegal!«, knurrte ich. »Ich wollte das Schwein töten, kapierst du das nicht? Ich war eine Gefahr für ihn und für euch, wenn man so will. Jedenfalls in dieser Stadt. Ich musste weg.«

Lange musterte er mich. »In Ordnung, du hast eine Entscheidung getroffen. Manchmal muss ein Mann das einfach tun. Aber ich bezweifle, dass du wirklich ...«

Trocken lachte ich auf. »Du merkst es nicht, oder? Du merkst es nie! Aber du hörst mir einfach nicht zu und du nimmst mich nicht ernst! Kannst du dich an den Tag erinnern, als du mich aus dem Gefängnis auslösen musstest? Den Tag, nachdem ich Dylan ins Krankenhaus geschlagen hatte?« Sein Gesicht hatte sich sichtlich gehärtet, und dennoch zollte ich ihm Respekt, denn abgesehen davon nahm er meine Anklagen relativ gesittet entgegen. Ich für meinen Teil kam gerade so richtig in Fahrt. Mit zusammengepressten Lippen hob ich den Kopf, nur ein Auge zuckte ein wenig. »Ich wollte ihn damals killen. Und wenn dieser Typ aus der Buchhaltung nicht dazwischen gegangen wäre, dann hätte ich den Drecksack erledigt. Aber so ... so ist er noch einmal davongekommen. Du hast keine Vorstellung, wie oft ich diesen Wichser im Nachhinein noch getötet habe und vor allem, auf welche Art. Fuck, ich wollte mir sogar eine Knarre kaufen. Ich glaube, ich habe noch nie einen Menschen so sehr gehasst wie diesen Bastard, und ich wollte nie so werden wie er. Okay, ihr habt mich rausgehauen, aber du hast keinen Ton gesagt!«

»Du auch nicht!«, erinnerte er mich dumpf.

Ich atmete heftig aus. »Was hätte ich denn sagen sollen, nachdem ich nur haarscharf am Knast vorbeigeschrammt war?«

Nun war es an meinem Vater, aufzulachen. »Das *war* nicht haarscharf, vertrau mir. Wäre es jemals so brenzlig geworden, hätte ich vorher eingegriffen. Keiner meiner Söhne wird jemals ...«

»Aber kapierst du nicht!«, brüllte ich. »Ich hätte das Schwein fast getötet, schon beim ersten Mal. Selbst du bist nicht gut genug, um mich rauszupauken, wenn ich wegen Mordes angeklagt bin und das zu recht!«

Mein Vater hob eine Augenbraue und ich verdrehte stöhnend die Augen. »Okay, was red ich überhaupt? Du wirst deine Meinung ja doch niemals ändern. Auf jeden Fall war ich nicht zurechnungsfähig und deshalb bin ich gegangen. Und nein, ich bereue es nicht. Für keine Minute. Ich brauchte das!« Wir schwiegen eine ganze Weile, bis mir die Stille letztlich zu viel wurde. »Ich bin mir sicher, dass es eine gute Idee war.«

»Ach ja?«, polterte er mit einem Mal los. »Das ist genau deine verdammte egoistische Art, die du niemals lassen wirst. Ich habe dir seit Stunden zugehört und es kommt immer nur Ich, ich, ich! Dir ging es schlecht, du dachtest, wir würden dich bestrafen, du meintest, du wolltest weg. Mit keiner Silbe habe ich bisher gehört, dass du bei deinen glorreichen Taten auch mal an andere gedacht hast. Wenn schon nicht an mich, dann wenigstens an deine Mutter. Wäre das wirklich zu viel verlangt gewesen? Sie musste in psychiatrische Behandlung, wusstest du das?«

»Das tut mir leid.« Es war nicht gelogen. »Was hätte ich tun sollen?«, erkundigte ich mich dann.

»Vielleicht wäre es ratsam gewesen, mit mir zu reden!«

Trocken lachte ich auf. »Wirklich? Was genau hätte ich denn sagen sollen? Dass ich nicht mehr bleiben kann? Dass ich es hasse, hier zu sein, ohne Warren? Dass ich keinen Bock auf das habe, was ihr für mich geplant habt?«

Das Schweigen meines Vaters war Antwort genug, und ich seufzte, denn auch wenn er jetzt so tat, hätte er es damals nie eingesehen. Sowohl meinen Weggang von der Familie, als auch meinen Fortgang aus der Stadt.

»Noch mal, es tut mir leid, aber es war zu der Zeit die einzig richtige Lösung für mich.«

»Und heute?«, wollte er wissen. »Lehnst du unsere Lebensweise noch immer ab? Dass ich aus dir einen Anwalt machen will, kannst du mir nicht mehr vorwerfen, der Zug ist abgefahren. Willst du den Kerl immer noch umbringen?«

Ich bezog mich nur auf die letzte Frage, das erschien mir am sichersten. »Nein, das ist vorbei. In den letzten Monaten habe ich meinen Fokus auf andere Dinge gerichtet.«

Das ließ ihn fast auflachen. »Und warum bist du nicht zurückgekommen?«

Ich zuckte mit den Schultern. »Weil ich noch nicht gewusst habe, wohin ich will. Ich brauchte diese Auszeit, ob du mir das abnimmst oder nicht.«

Diesmal lachte er nicht. »Und diese Ashley hat dir gezeigt, dass das Lotterleben falsch ist?«

Scharf sah ich auf, doch sein Gesicht offenbarte noch immer keine Erheiterung. Dann dachte ich an Ash, so wie ich sie zuletzt sah. In dem schlichten Rock, dem Sweatshirt und der leichten Jacke hatte sie wie eine Offenbarung auf mich gewirkt. Das war ja ein Grund, weshalb ich so wütend gewesen war. Wie konnte eine Frau, die so aussah, allein im Dunkeln durch New Yorks Straßen ziehen? Das musste doch zwangsläufig zu Ärger führen. Wer wäre nicht auf eine Nummer mit ihr scharf, wo sie doch so ... unvergleichlich süß war? Bei der Erinnerung an ihren schlanken, festen Körper schlich sich ein Lächeln auf meine Lippen.

»Sie hat damit zwar primär zu tun, aber sie war es nicht, die mir den Weg wies. Niemand konnte oder sollte das. Das musste ich ganz allein.«

Mein Vater seufzte schwer. »Und so verließ er den Weg des Wankelmutes und kehrte in den Schoß der gesicherten Existenz zurück.«

Ich verzog das Gesicht, doch im Grunde hatte er recht. »Du hast es erfasst. Und ja, ich brauche deine Hilfe, ist das okay?«

Er musterte mich sehr, sehr lange, dann nickte er. »Schieß los!«

23. Kapitel

Liam

Gedankenverloren umklammere ich das schwarze Echtlederlenkrad meines nagelneuen A8.

Wenn ich nur wüsste, wie es Ash geht, ob man sie inzwischen aus dem künstlichen Koma geholt und sie auf die normale Station verlegt hat. Zum abertausendsten Mal überlege ich, ob es ein Fehler war, Tiffanys Anrufe zu ignorieren. Es fiel mir nicht leicht, sie wegzudrücken. Nicht, weil sie mir fehlt, fuck, nein, mit der Frau bin ich durch, sondern weil ich wissen will, wie es Ashley geht. Zu meinem Pech hinterließ mir Tiff weder eine Sprachnachricht noch schickt sie mir eine SMS. Mir ist durchaus bewusst warum. Sie will mit mir reden, mir mit ihrem narzisstischen Scheiß auf die Nerven gehen und ein schlechtes Gewissen einreden, weil ich abgehauen bin. Dabei war es das einzig Richtige. Diese Aussprache mit meinen Eltern hat eine sehr schwerwiegende Last von meinen Schultern genommen. Ich hatte sie lange ignoriert, wollte nicht wahrhaben, dass ich so empfand, doch sie war immer da. Und irgendwann hilft alles Wegrennen und Selbstverleugnen nichts mehr. Dann muss man sich seinen Dämonen stellen oder man wird sie zeit seines Lebens nicht mehr los. Außerdem hätten meine Besuche Ash auch nicht schneller gesund gemacht.

Bevor mich meine Gedanken verrückt machen können, überwinde ich mich, auszusteigen und in das Krankenhaus zu gehen. Ohne Unterbrechung gelange ich zu dem kleinen Kiosk, das um diese Uhrzeit überfüllt ist. Ich bin nicht der Einzige, der vergessen hat, irgendein Mitbringsel zu besorgen. Keine Ahnung, ob Ash Schokolade mag, aber ich werde ihr die größte vorrätige Pralinenschachtel kaufen, die ich finden kann, und Blumen ... und Isostar. Mir kommt der Tag in den Sinn, an dem Ash und ich darüber diskutierten, ob nun Isostar oder Getorade der bessere Sport-Energydrink wären. Der Gedanken an ihr verliebtes Lächeln damals erscheint so weit weg. Wie aus einem anderen Leben, und doch habe ich jede winzige Einzelheit davon fest in einem Gedächtnis verankert. Ja, Isostar darf nicht fehlen! Ich betrete den von Glaswänden umfassten, mit Stofftieren, Süßigkeiten, Magazinen und einem Haufen anderen Plunder, der die Patienten erfreuen soll, gefüllten Krankenhauskiosk. Bei den Blumen brauche ich nicht lange zu überlegen und wähle einen Bund rote Rosen. Da sie kein Isostar haben, schnappe ich mir ein Getorade und begebe mich zu den Pralinen. Okay, jetzt wird's schon schwerer. Die Auswahl ist riesig und ...

»Liam?«, unterbricht eine ungläubig klingende Stimme meinen Einkauf. Ich wende mich um und sehe Tiffany in einer cremefarbenen Bluse und einer engen Röhrenjeans mit High Heels vor mir stehen. Sie sieht erschöpft aus. Ihre sonst so großen mandelförmigen Augen erinnern an Rosinen und sind von dunklen Ringen unterlegt. Sie ist blass und wirkt alles in allem abgeschlafft.

»Oh, hey Tiffany«, begrüße ich sie gleichgültig.

»Hätte nicht gedacht, dass ich dich noch mal zu Gesicht bekomme«, sagt sie in ihrem typisch zynischen Tonfall und verschränkt die Arme vor der Brust.

»Ich hatte was zu erledigen.«

»Offensichtlich. Muss ja wichtig gewesen sein, wenn du nicht mal genug Zeit hattest, um ans Handy zu gehen.« Der Zorn darüber, dass ich nicht funktioniert habe, wie Mylady gern hätten, steht Tiffany regelrecht ins Gesicht geschrieben. Die Lippen abfällig verzogen, lässt sie ihren Blick über meine Sneakers, die perfekt sitzende Levis und mein bis zu den Ellenbogen hochgekrempeltes weißes Hemd wandern. Als ihr Scan bei meinem Gesicht angelangt ist, sehe ich, wie sich ihre Stimmung verändert. Der Zorn ist verflogen und, wenn ich das richtig sehe, Anerkennung gewichen.

»Nicht schlecht«, wispert sie offensichtlich mehr zu sich selbst als zu mir. Dann schenkt sie mir ihren 1.000 000 Dollar Tiffany-Augenaufschlag und zieht ihre Unterlippe zwischen die Zähne. Ich kenne diese Geste, es ist Tiffanys Ich-will-dich-hier-und-jetzt-flachlegen-Geste. Das ist heiß und es verfehlt seine Wirkung nicht – wie könnte es das? Sie ist eine umwerfend schöne Frau, selbst jetzt. Nur meinen Kopf erreicht es nicht, der befindet sich bereits etliche Stockwerke weiter oben.

»Also, was führt dich hierher?« Dämliche Frage, denke ich, begreife aber sofort, dass es ihr weniger darum geht, eine anständige Konversation zu führen, als vielmehr bei ein bisschen Smalltalk ihre Wirkung auf mich auszureizen. Weil ihre Lippenbeißaktion nicht fruchtet, versucht sie es mit der nächsten, mir nicht weniger bekannten Taktik und schenkt mir ihren verführerischsten Blick.

»Ashley, führt mich hierher. Ich will sie besuchen.« Der

Name ihrer Freundin aus meinem Mund, lässt Tiff kaum merklich zusammenzucken. Ich sehe, wie sich ihre Lippen verziehen, doch einen Wimpernschlag später, hat sie sich wieder unter Kontrolle.

»Wie schön«, flötet sie, streicht sich eine Strähne hinters Ohr und lässt ihre Hand lasziv über ihr Kinn zur Brust und zum Bauch hinabwandern. Als sich ihre Nippel unter der cremefarbenen Bluse sichtlich abheben, hat sie mich eiskalt erwischt und eine verdammt heiße Erinnerung überkommt mich. Ich sehe, wie sie in ihrem alten Wohnzimmer nackt vor mir kniet und hingebungsvoll an meiner Härte saugt. Heiße Lippen, eine fähige Zunge, ihre Hände auf meinem Hintern und ihr Blick durch dichte Wimpern zu mir emporgehoben.

Unvergesslich!

Mein Mund wird trocken und ich fühle die Elektrizität durch mich hindurchrauschen, bin endlich wieder daran erinnert, weshalb ich mit dieser Frau zusammen war. Es war nur Sex – daran gibt es keinen Zweifel. Aber es war verdammt heißer Sex. Das muss man Tiffany lassen, den Blowjob hat die Frau drauf.

Tief in meinen Erinnerungen gefangen, sehe ich mich stöhnen, mit einer Hand durch mein Haar fahren und den Kopf zurückwerfen, während ihr warmer, feuchter Mund mich verwöhnt. Immer schneller arbeitet ihre Zunge, ihre Finger an meinem Schaft spielen mit mir, greifen mal fester zu und lockern den Griff, sobald es unangenehm werden könnte, während ihre Lippen sich an mir auf und ab bewegen. Meine Hüften stoßen unwillkürlich in ihre Mundhöhle vor, ich packe ihre seidigen Haare, zwinge sie mir entgegen, höre mein tiefes Stöhnen ... nur noch wenige Atemzüge vom Himmel entfernt ...

Und dann, unmittelbar vor dem Höhepunkt löst sich dieses Biest abrupt von mir, steht auf und drückt mich mit einem wissenden Grinsen zurück in den Sessel. Selbstbewusst und mit dem Körper einer Göttin besteigt sie mich, ihre Augen sind halb geschlossen, während sie mich mustert, mit dem Daumen über meine von ihrem Mund noch feuchte Erregung streicht, die empfindliche Spitze so reizt, dass ich zusammenzucke und sie dann an ihrer triefenden Weiblichkeit entlanggleiten lässt. Als ich ihren Kitzler passiere, zieht sie scharf die Luft durch die Zähne ein und wirft den Kopf zurück. Die blonden Haare rinnen wie flüssiges Gold über ihre Schultern, ein paar Strähnen liegen auf ihren Brüsten, sodass man die festen kleinen Nippel nur noch erahnt. Dann platziert sie mich an ihrem Eingang, ihre Zähne versenken sich in ihrer vollen Unterlippe, sie stöhnte, genau wie ich. Meine Hände haben sich auf ihre makellose, elfenbeinfarbene Haut gelegt, während sie sich langsam auf mich herabsenkt, bis sie auf mir zum Sitzen kommt.

»Oh Gott!«, stöhnte sie. »Oh ... mein ... Gott!« Und verdammt, ich muss ihr recht geben. Das Gefühl ist atemberaubend, sie hält mich wie eine Faust umschlossen, ihre Muskeln spielen noch zusätzlich mit meiner Härte, mein Herz klopft so schnell, dass ich den Eindruck habe, mein Brustkorb würde zerspringen, und meine Finger pressen sich in die Haut ihrer Hüften.

Dann reitet sie mich. Fest. Ausdauernd. Kraftvoll. Unersättlich. Dabei hüpfen ihre großen, vollen Brüste mit den zarten rosa Nippel einladend vor mir auf und ab. Gierig küsse ich eine von ihnen, nehme die feste Erhebung in den Mund, lasse die Zungenspitze darüber schnellen und beiße schließlich hinein, womit ich ihr sinnliches Stöhnen provoziere ...

»Liam?«, unterbricht das Miststück meine Gedanken, auf ihren Lippen liegt wieder dieser süffisante Ausdruck. Sie weiß genau, woran ich gedacht habe.

»Ja?« Ich versuche so unbeirrt wie möglich zu klingen, während die Erregung in meiner Hose pulsiert und zumindest ein Teil von mir darüber nachgrübelt, wie ich sie am besten in irgendeine Toilette zerren kann.

»Ich habe dich gefragt, ob du Lust hast, mit mir einen Kaffee trinken zu gehen«, erklärt sie und fährt sich ganz leicht mit der rosa Zungenspitze über die Lippen. So, dass es niemandem weiter auffällt, aber für mich, den sie erfolgreich angeheizt hat, eben doch nicht zu übersehen ist. *Baby, du wirst dich nie ändern,* denke ich. Es dürfte nicht sehr schwierig sein, sie auf einen unverbindlichen Fick in eine der hier mit Sicherheit sehr sauberen Toiletten zu entführen. Nur dass er eben nicht unverbindlich wäre – nicht für sie. Auch wenn sie immer das Gegenteil behauptet: Sie spielt mit gezinkten Karten – geht mir gerade auf. Und das in mehr als nur einer Hinsicht. Doch die Rechnung hat sie ohne mich gemacht. Ich will und werde mich nicht noch einmal auf diese Frau einlassen. Außen hui, innen pfui, das ist die treffendste Beschreibung für sie. Und jemand, der so oberflächlich, so unglaublich narzisstisch wie Tiffany ist, wird das auch immer bleiben. Davon bin ich überzeugt.

»Ein andermal, vielleicht«, sage ich leichthin, um sie nicht zu verärgern. Wenn ich etwas nicht gebrauchen kann, dann ist das eine wütende Tiffany. Für den damit einhergehenden Ärger habe ich keine Zeit.

»Wie du meinst«, lautet ihre schnippische Antwort. »Also dann, man sieht sich!« Damit wirft sie sich das blonde Haar über die Schulter und stöckelt davon. *Genial, das lief ja ganz perfekt,* sagt mein Unterbewusstsein seufzend. Wenn ich Idiot sie wenigstens nach Ashs Zimmernummer gefragt hätte. Na ja, was soll's, ich werde sie auch ohne Miss ›Ich-bin-so-heiß-komm-und-fick mich!‹ finden.

Zehn Minuten später stehe ich, bewaffnet mit Schokolade, Blumen und Getorade im Fahrstuhl nach oben. Die Schwester am Empfang hat mir erklärt, dass Ashley verlegt wurde, und zwar von der linken Seite des achten Stocks – der intensiv – auf die rechte, der regulären Neurologie Station. Zimmer Nr. 834.

Der *Pling!* Des Fahrstuhls erklingt. »8. Stock Neurologie«, teilt eine bleierne Frauenstimme aus dem Lautsprecher über mir mit und ich steige aus. Ich habe keine Ahnung, was mich erwartet, ob Ashley sich über meinen Besuch freuen wird oder mich direkt wieder wegschickt.

Dann kommt mir ein so widerlicher Gedanke, dass ich stehenbleibe. Was, wenn Ash sich nicht an mich erinnert? Von so was habe ich schon gehört, das soll nicht selten vorkommen ... Moment, hat nicht sogar ihr Arzt, dieser Potter gemeint, dass Ashley im schlimmsten Fall ihr Gedächtnis verlieren könnte? Hat er? Ich weiß es nicht, ich weiß einfach gar nichts mehr! Es ist zum Verzweifeln! Ich kann mich nicht erinnern, wann ich das letzte Mal so auf derart glühenden Kohlen gelaufen bin. Wenn Ash mich tatsächlich nicht wiedererkennt oder mich nicht mit ihr reden lässt, was soll ich dann tun? *Nicht aufgeben, du wirst auf keinen Fall aufgeben!,* verlangt mein Unterbewusstsein. Aber was ist, wenn sie wirklich mit diesem Bennet zusammen ist? Allein beim Gedanken an diesen Idioten spannen sich meine Kiefer an, und wären meine Hände nicht voll, dann würde ich die Fäuste ballen. Dieser Idiot ist nichts für sie!

Ich will nicht behaupten, dass deshalb ich was für sie wäre, aber der arrogante, widerliche Wichser ganz bestimmt nicht. Damit will ich das Thema ideell abschließen, doch das lässt mein überlastetes Gehirn nicht zu. Unaufhörlich prügelt diese Frage auf mich ein: *Was, wenn sie doch mit dem Kerl zusammen ist?*

Ich bin praktisch gezwungen, eine Entscheidung zu treffen. Und die fällt vernünftig und unerträglich gleichermaßen aus. Wann habe ich eigentlich beschlossen, nicht ohne Ashley leben zu können?

Wann genau war das?

Und noch viel wichtiger: Welche Basis hat das?

Keine, weiß ich. Weshalb sehr genau klar ist, wie ich reagieren werde, wenn Ash in einem Anflug höchster Geschmacksverirrung mit diesem Bennet ins Bett gegangen ist. Dann … bleibt mir nichts anderes übrig, als sie gehen zu lassen. Egal, was mich das kosten wird. Bei dem Gedanken muss ich trocken auflachen, denn ganz ehrlich: Ist es von Interesse, was *mich* das kosten könnte?

Nein!, lautet die ehrliche, vernünftige und absolut nicht angenehme Antwort.

Das ›*Pling!*‹ des Fahrstuhls und die Schritte der aussteigenden Leute bringen Bewegung in mich. Ich wende mich nach rechts und folge einer alten Lady durch die Glastür auf die Station. Lange benötige ich nicht, um Zimmer Nr. 834 zu finden. Ich halte es kurz und schmerzlos und klopfe, sobald ich davor stehe. Und dann höre ich sie, ihre sanfte Stimme. Ihr schlichtes: »Ja, bitte?« lässt sämtliche Zweifel von mir abfallen. Meine Hand umfasst den kühlen Griff, ich gestatte mir keinen Moment des Innehaltens, werte es als verdiente Strafe, sofort hineinzugehen, und mich dem zu stellen, was mich dort erwartet.

Wissend, dass es um alles geht und ebenso bewusst darüber, dass ich *nicht* sicher bin, was ich will.

Noch immer nicht.

24. Kapitel

Tiffany

Da geht man nichts ahnend hinunter, um sich einen nächsten ungenießbaren Kaffee zu holen, und wen trifft man?

Den lange verschollenen Liam – das Arschloch – King.

Na wenn das keine Überraschung ist!

Dabei hatte ich mich gerade darauf eingestellt, ihn nie wiederzusehen. Er wäre garantiert nicht der erste Mann, der, wenn die Lage brenzlig wird, einfach das Weite sucht und nie mehr zurückkehrt. In diesem Falle wäre es wirklich angebracht gewesen, denn in Wahrheit bringt er gerade alles durcheinander, verflucht! Unsicher sehe ich zu den Fahrstühlen und dann zum Ausgang, wo ich ursprünglich, mitsamt ungenießbarem Kaffee auf Marc warten wollte. Verdammt noch mal! Zwei Baustellen, bei beiden ist meine Anwesenheit dringend erforderlich, und ich weiß nicht, welcher ich mich zuerst widmen soll.

Am Ende beschließe ich, zuerst zu der akuteren zu gehen. Wenn dieser Arsch meint, hier einfach wiederaufzutauchen zu können, den edlen Retter zu spielen – woher hat er überhaupt die teuren Klamotten? – und sich damit in Dinge einzumischen, bei denen er längst keine Rolle mehr spielt, dann hat er sich getäuscht!

Wütend stürze ich zu den Aufzügen, ohne Kaffee, und verdammt, ich hätte einen nötig. Niemand kann sich vorstellen, wie anstrengend es ist, den ganzen Tag am Bett einer Kranken zu sitzen und freundlich zu sein.

Ich *bin* nicht freundlich, ich bin Tiffany!

Wie üblich um diese Uhrzeit hat sich bereits eine Menschentraube vor den Fahrstühlen gesammelt. Die haben *kein* Zuhause! Das ist mir schon früher aufgefallen. Ich meine, ich bewohne wirklich nur ein Hotelzimmer in dieser widerlichen Stadt, außerdem habe ich mich hier um etliche Dinge zu kümmern, aber warum muss diese alte Oma neben mir zum Beispiel täglich zu ihrem Mann? Die sind seit gefühlten 200 Jahren verheiratet, und wo das hier endet ist doch klar! Er stirbt, sie ist fein raus und kann die letzten paar Tage noch zum echten Leben nutzen. Das ist nicht gefühllos, nur die reine Wahrheit, ich hab den Gatten nämlich gesehen.

Gruselig, sage ich nur!

Echt! Gruselig!

Als der Aufzug endlich kommt und ich mich wie üblich unter Nutzung meines gesamten Körpers in die Kabine werfen will – ohne Einsatz von Gewalt überlebt man hier nicht lange – höre ich, dass hinter mir mein Name gerufen wird.

Mist!

Ich wirbele herum und sehe Mark auf mich zukommen.

Ist mir schon früher aufgefallen, wie wiegend sein Gang ist? Er wirkt, als gäbe es kein Problem auf der Welt, das er nicht lösen könnte, als wäre das Leben ein immerwährender Sonnentag. Das Lächeln legt sich wie von selbst auf mein Gesicht, während ich von meinem Fahrstuhleroberungsplan ablasse und ihm entgegengehe, ohne die an mir vorbeiströmenden, fluchenden Leute zu beachten. Wie gezogen, als hätte er Bänder an mir befestigt, die mich unweigerlich zu ihm befehlen. Dabei tut er überhaupt nichts. Inzwischen ist er stehengeblieben, das sanfte Lächeln auf seinen Lippen, die Wangen glattrasiert und mit diesem Blick, der immer zu sagen scheint: *Keine Sorge, der Onkel Doktor macht jetzt ein Pflaster drauf und alles ist wieder gut.* Das müsste lächerlich wirken, doch das tut es nicht. Ganz im Gegenteil, wenn ich ihn anschaue, dann möchte ich immer häufiger sagen: *Bitte, verarzte mich! Mach, dass auch bei mir alles wieder gut wird!*

Ja, inzwischen bin ich dahintergekommen, weshalb Ärzte so sexy wirken. Es ist diese Aura des Überlegenen, dieses Selbstbewusstsein in ihrem Blick, diese Überzeugung, über jede Situation erhaben zu sein.

Sein Blick ist warm und mit Zuneigung gesättigt. Das ist normal, ich kenne es von Männern nicht anders. Interessanter ist da schon, dass auch mein Herz warm wird, wenn ich ihn ansehe, dass ich mich gern in seiner Nähe aufhalte, dass ich sie sogar suche. Bevor dieser Idiot aufgetaucht ist, wollte ich mich draußen in die Sonne setzen, um auf Marcs Eintreffen zu warten. Es sollte nicht sein, seitdem Ash aufgewacht ist, lässt sich nicht länger übersehen, dass sich bei den beiden etwas anbahnt, und ich will, ich *kann* nicht dazwischenfunken.

… tue es aber doch.

Ich kann nicht anders. Zum ersten Mal, seitdem ich mit Ash befreundet bin, fühle ich, dass ich versuchen könnte, ihr den Mann auszuspannen. Okay, das liegt vielleicht vorrangig daran, dass sie vorher ja noch nie einen hatte, aber gleichzeitig bin ich auch hochgradig verwirrt. Denn meine Einschätzung hat sich nicht geändert: Ich finde immer noch, dass Marc und Ash hervorragend zusammenpassen würden, Marc mir aber rein vom Aussehen absolut nicht das Wasser reichen kann. Er gehört zu den Männern, denen ich nicht einmal einen zweiten Blick gönnen würde, wenn ich nicht zufällig mit ihnen zu tun habe. Und ja, ich will unbedingt dort hinauf, um aufzupassen, dass Liam sich ja nicht an die mental absolut nicht gefestigte Ash ran wirft. Aus den vielschichtigsten Gründen, aber auch ganz bestimmt aus dem, dass Liam mir gehört – wenn er schon zurückgekehrt ist. Ich hatte zwar schon gedanklich mit ihm abgeschlossen, aber das war eben, weil ich dachte, er sei auf Nimmerwiedersehen verschwunden. Obwohl mich die Tatsache, dass er mit einem Mal über saubere, moderne Klamotten verfügt, schon nachdenklich stimmt. Außerdem steht ihm der leicht abgehalfterte Look einfach besser. Ich muss dringend hinauf und mein Revier abstecken!

Aber gleichzeitig sehe ich Marc, sein Lächeln, die freudig aufblitzenden Augen, als er mich betrachtet, und fühle die Wärme seiner Hand, als er die meine schüttelt. Dann berühren seine Lippen meine Wange und ich schließe die Augen, weil ich seinen Duft so mag. Er riecht nicht animalisch würzig, so männlich wie Liam, sondern fruchtig und leicht herb, mit dem Touch Desinfektionsmittel, welcher bei keinem Arzt fehlen darf, der jedoch das Gefühl von Sicherheit in mir noch einmal verstärkt. Außerdem mag ich die intellektuelle Aura, die von ihm ausgeht. Der Gedanke, dass er mir *vielleicht* in einigen Gebieten mental überlegen sein könnte, macht mich an.

Dann ist der Moment vorüber und der Zauber verfliegt. »Wie geht es Ash?«, erkundigt Marc sich mit dieser fürsorglichen Art, die mir die Nackenhaare aufstellt.

»Gut«, erwidere ich und wende mich ab, wissend, dass er mir folgen wird. Allerdings strebe ich nicht wieder den Fahrstuhl an, sondern begebe mich in die Cafeteria. Auch wenn es mir unter den Fingern juckt, hochzufahren, muss ich hier erst ein wenig Vorarbeit leisten. »Jedenfalls ging es ihr gut, als ich runterfuhr«, füge ich hinzu, während wir uns gerade am Automaten mit ungenießbaren Kaffee versorgen.

»Ich glaube nicht, dass sich ihr Zustand in der Zwischenzeit verschlechtert hat«, erwidert Marc auf seine ernste, überlegte Art und geht voran zu einem freien Tisch, an dem wir beide Platz nehmen.

»Ich rede auch nicht von ihrem körperlichen Zustand«, sage ich leise und nehme einen Schluck von dem wirklich ungenießbaren Zeug.

Marc sieht auf. »Was willst du damit sagen?«

»Damit will ich sagen, dass der verschollene Liam vor fünf Minuten hier aufgetaucht ist«, erwidere ich.

»Oh!«, sagt er und ich sehe leises Unbehagen in seinen Augen aufglimmen. »Das ist doch schön«, fährt er jedoch fort. »Jeder Freund, der Ash jetzt zur Seite steht, wird ihren Heilungsprozess nachhaltig beschleunigen.«

»Aber nicht dieser, vertrau mir!« Bedeutungsvoll sehe ich ihn über den Rand meines Plastikbechers hinweg an und nehme einen weiteren Schluck.

Marc neigt den Kopf zur Seite. »Und das soll was heißen?«

Seufzend betrachte ich ihn. »Ich bin mir nicht sicher, ob ich das erzählen sollte, aber … Zum großen Teil war Liam der Grund, weshalb Ash Tampa verlassen hat.«

Seine Miene verhärtet sich unmerklich. »Das verstehe ich nicht. Ich hatte den Eindruck, du und er … Oh!«

Heftig nicke ich. »Ja, sie war in ihn verliebt, wie das bei Freundinnen eben so ist, aber das war nicht alles.«

»Was noch?«

Ich hätte wirklich nicht gedacht, dass ein Arzt so verdammt neugierig sein kann.

»Es … gab da einen Zwischenfall«, sage ich langsam, ohne ihn aus den Augen zu lassen, senke aber dann abrupt den Blick. »Ich habe daran nicht wenig Mitschuld, das weiß ich sehr wohl.«

»Aber wovon sprichst du denn?«, erkundigt Marc sich besorgt. Nicht um Ash, sondern um mich – nur fürs Protokoll. Weil er eben ein sehr einfühlsamer Mann ist, dem nicht entgeht, wenn man Schwierigkeiten hat, über etwas zu sprechen. Liam, der frigide Widerling hätte garantiert wieder einen von seinen blöden Witzen gerissen oder an seinem Smartphone herum gespielt.

»Ash war … also Ash ist kein männermordender Vamp.«

Seine Mundwinkel zucken. »Das weiß ich.«

»Aber du kennst nicht das Ausmaß«, erwidere ich. »Sie … sie hat nicht viel Erfolg bei Männern. Obwohl ich mir echt Mühe gegeben habe, das zu ändern, das musst du mir glauben!«

»Ungesehen«, wirft er ein und provoziert so mein Lächeln.

»Ich habe viele Jahre versucht, sie mit anständigen Männern zusammenzubringen, aber es hat nie geklappt. Sie hatte immer nur ihren Sport im Sinn, ich glaube, mehr wollte sie nie.«

»Bis Liam kam, vermute ich?«

Wieder seufze ich. »Du hast es erfasst. Es war eine echte Tragödie, denn er war nie an ihr interessiert, er war ja auch mit mir zusammen. Aber Liam hat eine Art an sich …«

»Ich weiß, was du meinst«, murmelt er finster.

Abermals nicke ich sehr energisch. »Sie hat es fehlinterpretiert, dachte, da wäre mehr als nur Freundschaft. Blöd war natürlich auch, dass wir zu dritt in einem Appartement wohnten.«

Seine Augen werden groß. »Oh!«

»Du sagst es«, erwidere ich. »Ich hätte es nicht zulassen dürfen, heute weiß ich das, aber wenn man in einer solchen Situation steckt, dann kommt man manchmal auf die dämlichsten Ideen.«

»Die da wären?«

Rasch sehe ich in seine Augen, und betrachte dann wieder den restlichen Kaffee in meinem Becher. »Ich wusste, dass sie auf ihn abfuhr«, erwidere ich, ohne ihn anzuschauen. »Und ich dachte, es wäre höchste Zeit, dass sie endlich mit jemanden ins Bett ging, das war sie bis dahin nämlich noch nicht. Ich fragte Liam und er war einverstanden und dann …«

Vorsichtig linse ich durch meine Wimpern zu ihm auf. Sein Gesicht wirkt wie versteinert.

»Ich sagte bereits, dass es eine seltendämliche Idee war«, füge ich rasch an. »Und du hast keine Ahnung, wie sehr ich das bereue. Aber damals erschien es mir als … als echter Freundinnendienst. Ich habe ihr sozusagen meinen Freund für eine Nacht geliehen. Und ich weiß, dass sie Spaß dabei hatte. Bloß das, was danach kam, war eben nicht mehr so spaßig.«

Noch immer sagt er nichts, was mich leicht verunsichert, zumal ich meine, in seinen Augen einen gewissen Zorn auszumachen.

»Am Morgen, nachdem sie davon erfuhr, war sie weg, und da begriff ich erst, was ich angestellt hatte. Ich weiß, es ist unentschuldbar ... Marc?«

Er scheint wie aus einem tiefen Traum erwacht zu sein. Nachdem er heftig geblinzelt hat, schüttelt er den Kopf. »Ja, das war dumm, aber du bist hierhergekommen, sitzt täglich an ihrem Bett, liest ihr vor, kümmerst dich um sie. Eine einzige Verfehlung kann eine so tiefe Freundschaft, wie sie euch verbindet, nicht vernichten. Es gibt immer einen Weg wieder zueinanderzufinden.« Er mustert mich und wirkt dabei so zärtlich und ... lieb, dass ich tatsächlich schlucken muss. Doch dann verfinstert sich sein Gesichtsausdruck.

»Du warst genauso Opfer wie Ash«, knurrte er und ich sehe überrascht, dass er die Zähne fest aufeinandergepresst hat. »Dieser Liam ist ein ... ich werde dieses Wort nicht gebrauchen, weil es unter meinem Niveau ist, und du so etwas nicht hören solltest. Hat er so getan, als würde er sich opfern?«

Langsam nicke ich. Holá! Ich wäre ja nie auf die Idee gekommen, dass Marc so sauer werden kann. »Na ja ich musste ihn schon ziemlich lange bitten, bevor er auf mein Angebot einging.«

»Dachte ich mir!«, stößt er hervor. »Was für ein ... ARSCH!«

Das scheint das deftigste Schimpfwort zu sein, dessen er fähig ist.

»Aber er hat wirklich ...«

Unwirsch schwingt er eine Hand. »Er hat so getan, als würde er sich zieren. Womöglich hat er auf einen Dreier spekuliert. Eine schöne Frau in seinem Bett hat ihm nicht gereicht, also hat er sich die andere auch noch geholt. Natürlich ziert er sich, alles andere wäre doch viel zu verdächtig gewesen. Lass mich raten, er musste sich ganz schön Mühe geben, um Ash in sein Bett zu bekommen, richtig?«

»Ein paar Tage hat es schon gebraucht, ja.«

»Natürlich nicht länger, denn sie war ja über beide Ohren unglücklich in ihn verliebt.« Inzwischen spricht er so laut, dass die ersten Leute von den Nachbartischen zu uns hinübersehen. »Und dann vögelt er mit ihr ...«

Okay, er hat doch noch bessere Schimpfwörter drauf.

»... verspricht ihr dabei höchstwahrscheinlich das Blaue vom Himmel herab, um am nächsten Tag wieder mit dir in die Kiste zu steigen. Das ist ...« Marcs Hände, die bisher entspannt auf dem Tisch gelegen haben, ballen sich zu Fäusten. »... abartig!«, stößt er hervor, springt auf und schiebt den Stuhl ruckartig zurück, um dann davonzueilen.

»Wohin gehst du?«, frage ich ihn, während ich ihm eilig folge.

»Ich werde diesen Wichser ...« Ups, Marc kann auch anders. Schnell verbeiße ich mir ein Grinsen, weil er mich ansieht, während er mit weit ausholenden Schritten zu den Aufzügen strebt. »... rauswerfen! So einfach ist das! Wie kann er es wagen, zu ihr zu gehen? Gerade jetzt, wo sie sich erholen muss!«

Als der nächste Fahrstuhl kommt und wir beide uns mit den anderen Leuten in die Kabine drängen, sehe ich noch einmal in sein Gesicht, und diesmal muss ich mir tatsächlich ein Lachen verbeißen.

Tja, Liam, wenn ich du wäre, dann würde ich mich warm – sehr warm anziehen!

Und das ist nur das, was er verdient!

Niemand – NIEMAND! – bootet eine Tiffany Lech einfach aus.

Niemand!

25. Kapitel

Ashley

»... Liam?«, flüstere ich in der Hoffnung, dass mir meine Fantasie nicht wieder, wie so oft in den vergangenen Tagen, einen Streich spielt. Seit ich vor einer Woche aus dem künstlichen Koma geholt wurde, ist alles so verwirrend, und die Gedächtnislücken, mit welchen ich seither zu kämpfen habe, machen die Sache nicht leichter. Also ist der Mann, der da am Ende meines Krankenbetts steht, tatsächlich Liam oder doch nur ein weiterer meiner wirren Träume?

»Ash«, sagt er, die Stimme sonderbar kratzig. Es muss ein Traum sein, denn Liam sieht so verändert aus, so gar nicht wie sonst. Er hat abgenommen, ist blass, und abgesehen von den eleganten Klamotten wirkt er, als wäre er ziemlich durch den Wind.

»Ash«, wiederholt er und tritt zögerlich an meine Seite. Jetzt ist er mir so nah, dass ich seinen Duft – seinen unverkennbaren wunderbaren Duft, der mir schon so oft den Kopf vernebelt hat –, riechen kann.

Was für ein ungewöhnlicher Traum, denke ich, als ich merke, dass seine Nähe einen Schauer über meinen Rücken rieseln lässt. Gott, wie habe ich diesen Mann vermisst, wie sehr habe ich um das getrauert, was wir hatten, oder, um genauer zu sein, von dem *ich* geglaubte habe, dass wir es hatten. Nichts habe ich mir mehr gewünscht, als dass wir uns wiedersehen und dass er sich dann in einer Art romantischem Showdown für mich entscheidet. Albern, ich weiß, und ganz schön bescheuert. Nachdem, was er und Tiffany mir angetan haben, dürfte ich nicht so denken, das ist mir klar. Und ehrlich, ich habe fieberhaft nach diesem verflixten Knopf gesucht, der die Gefühle für diesen Mann ausschaltet – nur leider vergebens.

»Ich ... also die hier sind für dich.« Mit einem unsicheren Lächeln reicht mir Liam einen Strauß rote Rosen. Wortlos nehme ich sie entgegen und steche mich prompt an einem der Dornen. Verwundert betrachte ich das Blut, das aus der winzigen Wunde tritt, und registriere ebenso verblüfft, dass es schmerzt. Nicht sehr, nicht so, wie mein Kopf, aber auf seltsame Weise realer, echter ... *wahrer*. In diesem Moment beginnt mein Gehirn zu verstehen. Das hier ist kein Traum, keine Halluzination und auch keine Erinnerung, die mir mein geschundener Kopf spontan zuspielt. Nein! Liam ist wirklich und wahrhaftig hier! *Das hier ist echt!*

Überfordert lege ich die Hand auf meine Stirn. Was soll ich tun, was von der Situation halten? Mein Kopf ist wie ein Sack Reis, der überall Löcher aufweist – ich schaffe es nicht, einen Gedanken länger festzuhalten und mich auf ihn zu konzentrieren. Also tue ich das Erste, was mir sinnvoll erscheint und murmle ein heiseres »Danke«, was Liam übergeht und mir Pralinen und Getorade reicht.

»Was denn, kein Isostar?«, erkundige ich mich lächelnd. Doch Liam ist wohl nicht zum Scherzen zumute, denn seine Miene ist steinern und in seinen Augen lese ich seltsame

Regungen. Seltsam, weil ich derartige emotionale Empfindungen bei ihm schon vor Wochen als Lügen entlarvt habe.

Sie sehen nur nicht so aus.

»Ashley«, sagt er, zurrt die Brauen zusammen und senkt den Blick auf meine Hände. Ich sehe, wie er mit sich ringt, nach den richtigen Worten sucht. »Es tut mir so leid«, meint er endlich und klingt dabei so aufrichtig, dass mich eine Ganzkörpergänsehaut überzieht. Weil ich keinen Ton herausbringe, hebt er den Blick und betrachtet besorgt den Verband um meinen Kopf.

»Liam ... es ist okay, mir geht's gut«, wispere ich. Es ist schrecklich, ihn so leiden zu sehen. Auch wenn er mir damals wehgetan hat, so weiß ich doch, dass er im Grunde ein gutes Herz hat und ein anständiger Kerl ist.

Ein Stöhnen niederringend kneift sich Liam in die Nasenflügel und schließt die Augen. »Nichts ist okay«, sagt er. »Meinetwegen hast du dein Leben in Tampa aufgegeben, musstest bis nach New York fliehen, ein neues Leben anfangen.«

»Das ist schon in Ordnung, manchmal ...«

»*Meinetwegen*, Ashley, wärst du um ein Haar gestorben«, unterbricht mich Liam und öffnet die Augen. Er sieht so gequält aus, dass ich leer schlucken muss. »Es tut mir so leid.« Seine Stimme ist nicht viel mehr als ein Flüstern. »Verzeih mir, bitte.« Sanft nimmt er meine Hand, den Blick auf sie gesenkt streichelt er mit dem Daumen über die Knöchel. »Ich weiß, dass ich falsch gemacht habe, was man nur falsch machen kann. Aber ich habe mich geändert, für dich ... *für uns*.«

Was sagt er da? Er hat sich geändert für ... uns? Welches uns? Liam ist mit Tiffany zusammen, oder? Ich bin irgendwie mit Marc zusammen. Es ist nur schwelend – noch immer –, aber wir werden hier als Paar gehandelt und ich sah bisher keine

Veranlassung, dem zu widersprechen. Plötzlich bekomme ich rasende Kopfschmerzen. Als ich Liam das letzte Mal gesehen habe, war er ein Oberarsch, hat sich danebenbenommen und mich auf offener Straße angebrüllt, und jetzt benimmt er sich total anders. Eine Kehrtwende, nicht vergleichbar mit unserer letzten Begegnung. Ich frage mich, ob ich nicht vielleicht doch halluziniere … Dieser Mann legt in Sachen Stimmungsschwanken ein etwas zu großes Tempo vor, als dass ich da mithalten könnte – schon gar nicht in meinem derzeitigen Zustand.

»Ashley, bitte, gib mir nur die Chance, dir zu beweisen, dass ich nicht der Bastard bin, als den du mich kennengelernt hast.« Damit hebt er meine Hand an seine Lippen und küsst liebevoll jede einzelne Fingerspitze. Die Berührung geht mir unter die Haut und sendet ein wohliges Prickeln meinen Arm hinauf. »Du hast es gefühlt«, sagt er, sieht wieder auf und neigt den Kopf zur Seite.

Warum um alles in der Welt muss dieser Mann nur so verdammt grüne Augen haben? Sie lenken mich ab, und das, wo ich mich wirklich dringend konzentrieren muss!

»Du kannst mir nicht erzählen, dass du es vergessen hast. Ich ganz bestimmt nicht! Da war ... mehr als der Sex, mehr als das Körperliche. Ich brauchte nur eine Weile, um mich dem stellen zu können. Weil ich ...« Seine Lippen drücken sich fest auf die Innenfläche meiner Hand und ich schließe unwillkürlich die Augen, weil er damit wahre Strömstöße durch meinen unbefriedigten Körper jagt. »... Weil ich es nicht wahrhaben wollte«, schließt er sanft und betrachtet mich abermals. Leicht lächelnd und auffordernd.

Auffordernd!

Nie war ich verwirrter als in diesem Moment.

»Liam … ich«, hebe ich an und werde von der Zimmertür, die aufgerissen wird, glücklicherweise unterbrochen.

Marc stürmt herein, das Gesicht rot vor … Wut? Ja, er wirkt geradezu außer sich vor Zorn. Ich hätte nicht geglaubt, dass dieser Mann zu solch negativen Emotionen überhaupt fähig ist. Und da kommt auch Tiffany, die auf sehr verdächtige Weise lächelt. Von Sorge keine Spur, im Gegenteil, sie scheint sich prächtig zu amüsieren.

Was ist denn jetzt los? Ehe ich die Frage aussprechen kann, hat sich Marc bereits vor dem verdattert dreinblickenden Liam aufgebaut. Er sagt nichts, sieht meinen Besucher nur mit zusammengepressten Lippen und offensichtlicher Abneigung an.

»Kann ich helfen?«, erkundigt sich Liam nach einer Weile, lässt von meiner Hand ab und wendet sich ganz Marc zu, wobei er sich unwillkürlich aufrichtet.

»Oh, und wie du helfen kannst, du kannst dich vom Acker machen!«, knurrt Marc. Was um alles in der Welt ist nur los mit ihm? So kenne ich ihn gar nicht! Aus dem besonnen und fürsorglichen Mann ist ein Tasmanischer Teufel geworden.

»Wie bitte?« Liam lässt seine Worte betont ungläubig klingen. Die Brauen hochgeschoben misst er meinen Boss mit herausforderndem Blick. Obwohl Marc an die zehn Zentimeter größer ist als Liam, lässt ihn seine schmächtige Figur schwächer erscheinen als sein Gegenüber.

»Ich habe gesagt, du sollst zusehen, dass du Land gewinnst! Die Besuchszeit ist vorbei, also verschwinde!«

Langsam verschränkt Liam die Arme vor der Brust. »Und das sagt wer genau?«

»Ich!«

Liam verzieht das Gesicht. »Das ist mir bewusst, du Opfer! Ich würde nur zu gern erfahren, mit welchem Recht du diese kühne Forderung an mich richtest.«

Trocken lacht Marc auf. »Das war ja klar. Typen wie du haben einfach keinen Respekt!«

»Respekt? Vor dir? Das ich nicht lache.« Liam wirkt nicht, als würde er demnächst einen Heiterkeitsausbruch riskieren. »Und von welchen Typen redest du noch gleich?«, erkundigt er sich knurrend.

»Typen wie du.« Marc hat sich vorgebeugt und spuckt Liam die Worte förmlich ins Gesicht. Ich habe seine Stimme noch nie so dunkel gehört. »Typen, die keinen Anstand besitzen und ihre Mitmenschen respektlos behandeln.«

»Was verdammt noch mal ist dein Problem?«, knurrt Liam.

»Du! Du allein bist hier das Problem!«, redet sich Marc langsam aber sicher in Rage. »Du mit deiner selbstgefälligen Art denkst, dass du dir alles nehmen darfst, wie du gerade willst. Spielst mit den Gefühlen der anderen, als wären sie wertlos. Ich hasse solche Wichser wie dich!«

»Marc …«, falle ich ihm entsetzt ins Wort. Mir gefällt nicht worauf das Ganze hinausläuft, außerdem habe ich einen schrecklichen Verdacht, warum er sich so verhält.

Er hat nur einen flüchtigen Blick für mich übrig. »Lass gut sein, Ashley, ich kümmere mich um den Kerl. Er wird dich nie wieder belästigen, das verspreche ich.« Oh Gott! Entsetzt sehe ich zu Tiffany, die ihre Augen zu Schlitzen verzogen hat und die beiden Männer mit einer fast schon boshaften Freude beobachtet. Was ist nur los mit dieser Frau?

»Was soll das heißen? Ich belästige Ashley nicht!«, knurrt Liam, sichtlich darum bemüht die Fassung zu wahren.

»Ach nein! Sie hat nicht darum gebeten, dass du hier aufkreuzt. Tiffany übrigens auch nicht. Was hast du geplant? Willst du sie jetzt wirklich zu einem Dreier überreden oder ist eher fliegender Wechsel geplant? Was auch immer, such dir für die Scheiße andere, denn das werde ich nicht zulassen, kapiert?«

Jetzt sehe ich wie Liam die Fäuste ballt und dass die Knöchel weiß hervortreten. »Ich rate dir das Maul zu halten und dich nicht in Angelegenheiten einzumischen, die dich nichts angehen.« Er klingt gefährlich leise.

Marc lacht auf. »Oder was? Denkst du, ich fürchte mich vor so einem dreckigen Betrüger wie dir? Der für einen schnellen Fick ganze Leben zerstört?«

»Du. Weißt. Gar. Nichts.«, kommt es stockend von Liam. Er hat die Zähne aufeinandergebissen und lässt Marc nicht aus den Augen. Seine Kiefermuskel pochen sichtbar unter seiner Haut. Oh verdammt, ich wusste es, Scheiße, wie konnte Tiffany ihm nur von der Sache erzählen?

»Ich weiß genug, um sagen zu können, dass du ein widerlicher Wichser bist und Ashley nicht verdient hast. Sie ist einmal auf dich hereingefallen, ich werde nicht zulassen, dass sie ein zweites Mal zerstörst. Abschaum wie du hat kein Recht auf eine Frau wie …« Marc letztes Wort wird von einem dumpfen Schlag abgeschnitten. Ich höre, wie Tiffany erschrocken aufquietscht und sich die Hände vor den Mund schlägt. Liam hat ihm ein verpasst – mitten aufs Auge. Marc hat den Schlag nicht kommen sehen und war diesem mit all seiner Wucht schutzlos ausgeliefert. Er strauchelt zwei Schritte rückwärts und sackt auf das leerstehende Gästebett meines Einzelzimmers.

»Du weißt gar nichts, also halt dich raus!«, knurrt Liam, der sich gefährlich über ihn gebeugt und seine Hand an Marcs

Kragen hat. Damit lässt Liam ihn los und wendet sich zu mir um, hebt mein Kinn an und küsst mich. Hart treffen seine Lippen auf meine, seine Hand stiehlt sich in meinen Nacken, schiebt mich ihm entgegen, während er mit der anderen unerbittlich mein Kinn hält. Keine Flucht möglich!

Seine Zunge schiebt sich durch meine Lippen, tastet sich vor, berührt mit ihrer Spitze die meine, und sein dunkles Stöhnen dringt in meinen Mund. Das war's, alle Gedanken, die mir eben noch durch den Kopf geisterten, sind verflogen. Jetzt gibt es nur noch ihn und mich. Diese sanften Lippen, die meine so bestimmt in Besitz nehmen. Längst sind meine Lider zugefallen, ich schmiege mich an ihn, atme hektisch seinen Duft, fühle Tränen in den Augen brennen, als die Erinnerungen an ihn mich einholen.

Wie konnte ich jemals annehmen, ihn erfolgreich zu vergessen? Wie konnte ich so dumm sein? Wie konnte ich glauben, dass er je aus meinem Kopf verschwinden würde?

Dann lässt er so abrupt, wie der Überfall begann, wieder von mir ab. Mein Herz steht in Flammen, als Liam sich aufrichtet und mir mit dem Handrücken über die Wange streichelt. Der wehmütige Ausdruck in seinen Augen ist wilder Entschlossenheit gewichen, als er sich zu Marc umdreht. »Die Anzeige kannst du direkt an meinen Anwalt, schicken. Und wir«, sagt er und dreht sich zu mir herum, wobei sein Ton eine 100-Grad-Wende vollführt, denn jetzt klingt er sanft und liebevoll. »Wir sehen uns so schnell wie möglich wieder. Ich habe einen wichtigen Termin, den ich unmöglich verpassen darf.« Er beugt sich hinab und küsst zärtlich meine Stirn.

Während ich noch daran arbeite, die letzten Minuten zu verstehen, verlässt Liam mit einem verachtenden Blick zu Tiffany den Raum.

26. Kapitel

Liam

Verdammter Pisser ... elender Wichser ... was denkt er eigentlich, wer er ist? Was fällt ihm ein, so mit mir zu reden? Was zwischen Ash und mir war, geht ihn einen beschissenen Dreck an!, denke ich, als ich mit großen Schritten den Parkplatz überquere. Meine Vergangenheit hat ihn einen Rotz zu interessieren! Scheiße, ich hätte ihm noch einen zweiten Schlag verpassen sollen, dann hätte sich der Ärger wegen der Anzeige die mir diese Pussy jetzt aufhalsen wird, wenigstens rentiert. Wütend ziehe den A8 Schlüssel aus meiner Jeans und drücke den Türöffner. Die Blinklichter leuchten auf, das Klacken erklingt. »Du verlogener Bastard! Das kannst du vergessen!«, knurre ich, öffne die Tür und will gerade einsteigen, als mein Handy klingelt. Grob ziehe ich es aus meiner Hosentasche und verenge die Augen, als ich sehe, wer es ist.

Tiffany. Noch so eine offene Rechnung.

»Was?«, blaffe ich sie ohne eine Begrüßung an.

»Liam, was ist denn nur los mit dir?«, wimmert sie wie ein scheues Reh. Dabei wissen wir doch beide, dass diese Frau so gar nichts Unschuldiges, geschweige denn Scheues an sich hat. Tiffany Lech ist der Teufel in Person. Selbstsüchtig, manipulativ, narzisstisch und berechnend bis in die letzte gebleichte Haarspitze.

»Was mit mir los ist? Ja, was meinst du wohl? Ich gebe dir drei Versuche!« Diese Frau bringt mich noch um den Verstand.

»Wie konntest du das tun? Wie konntest du nur handgreiflich werden?«

»Wie ich …« Ich stehe kurz vor der Explosion, raufe mir das Haar und muss das Handy weghalten um durchzuatmen und runterzukommen. »Gegenfrage, Baby: Wie konntest *du* diesem aufgeblasenen Idioten unsere Story erzählen? Verdammt, das geht niemanden außer uns Drei was an! Und vor allem, *was* genau hast du ihm denn erzählt?«

»Na ja, er hatte gefragt warum Ash aus Tampa abgehauen ist und ich konnte ihn doch nicht belügen.«

Nein, bestimmt nicht. Tiffany doch nicht, wo sie die Aufrichtigkeit für sich gepachtet hat. Ich könnte kotzen so extrem widert diese Frau mich an. Unvorstellbar, dass ich mit ihr mehr als eine Nacht verbringen konnte.

»Vergiss es!«, knurre ich in den Apparat. »Das ist das Letzte! Und hey, denk nicht, dass ich das meinetwegen sage. Was du über mich erzählst ist mir fuckegal! Aber Ashley kann nichts dafür, dass du mir eins auswischen oder dich bei Doktor-Ich-Bin-So-Eine-Gottverdammte-Pussy einschleimen willst. Eine Freundin wie dich wünsche ich meinem schlimmsten Feind nicht. Mir war immer schon klar, dass du ein selbstsüchtiges Stück bist, und je mehr ich dich kennen lerne, desto deutlicher kapiere ich, dass dazu noch widerlichste Heuchelei kommt. Du gibst vor, dir würde an Ashley was liegt, dass du ihre Freundin bist, aber verdammt noch mal in Wirklichkeit kannst du es einfach nicht ertragen, dass es ihr gut geht. Du verschließt die Augen vor der

Wahrheit, nämlich dass du mit deiner verschissenen Selbstverliebtheit deine einzige Freundin vertrieben hast. Den einzigen Menschen, dem du wirklich was bedeutest und der jahrelang all deine Macken hingenommen und zu dir gehalten hat. In Wahrheit kannst du einem nur leidtun. Du glaubst, dass dein Aussehen und deine Titten reichen, dass es darüber hinwegtäuscht. Ich hab eine schlechte Nachricht für dich Tiff – Fehlanzeige. Für den Moment mag es funktionieren, aber wenn man tiefer gräbt, gelangt man an jede Menge Dreck. Stinkendem Dreck! Ashley ist ein wunderbarer Mensch, sie hat etwas Besseres als dich verdient. Und verdammt, selbst wenn Ash mir keine Chance gibt, werde ich dafür sorgen, dass du ihr das Leben nicht länger zur Hölle machst. Versprochen. Du wirst dich ihr nicht mehr auf zehn Meilen nähern!« Während ich rede, höre ich von Tiffany keinen einzigen Ton, doch das lässt mich kalt. Als ich ihr gesagt habe, was zu sagen war, beende ich grußlos das Telefonat.

Es reicht!

Ich habe schon viel zu lange geduldet, dass sie mich zu einer gottverdammten willenlosen Pussy macht.

***

Fünfundvierzig Minuten später sitze ich in einem Starbucks ganz in der Nähe von Ashs versiffter Wohnung und telefoniere mit Donald Hard. Donald ist ein langjähriger Freund meines Dads und sein Geheimtipp. Er soll mir helfen meine Pläne in die Realität umzusetzen.

»... verstehe und was stellt sich dieser Thomson preislich vor?« Ich lausche den Erklärungen des Mannes und notiere *2.000$ kalt.* »Das klingt doch schon mal vernünftig«, freue ich mich, bitte Donald bei diesem Thomson eine Woche Bedenkzeit auszuhandeln und verabschiede mich.

Sehr schön, es läuft alles nach Plan. Schritt 3 – Check! Ich umkreise mit dem Kugelschreiber die 2.000$, stecke die Notiz ein und trinke meinen Kaffee aus. Okay, dann auf zu Schritt 4 – zurück zu Ashley.

Auf der Fahrt zum Krankenhaus kommt mir immer wieder dieser verdammte Marc in den Sinn. Wie kann er es bloß wagen, so mit mir zu reden, dieser verschissene kleine Scheißer! Imaginär schicke ich ihm den nicht gut gemeinten Rat, seine Dreckspfoten von Ash zu lassen. Nur leider ist es zu spät: Die Vorstellung hat sich längst in meinem Gehirn festgesetzt, wo sie sich anscheinend ständig mit neuen Details selbst zu überbieten versucht. In Gedanken sehe ich die beiden vor mir. Ashley, mit ihren kleinen festen Brüsten, wie sie auf ihm sitzt und er über ihre Spitzen leckt. Wie er sie vor sich aufs Bett legt und langsam und genüsslich in sie eindringt. Wie sie ihre Augen schließt, ihn jedoch unter ihren langen, dichten Wimpern hervor betrachtet, und dieses wohlige Stöhnen von sich gibt, das mich allein schon bei der Erinnerung daran hart werden lässt. Am widerlichsten ist die Fantasie, in der sie der Typ in Doggiestellung erst langsam und dann immer schneller an den Rand der Verzweiflung treibt und sie dann mit Druck auf ihre geschwollene, süße, feuchte Klitoris kommen lässt. Wie sie dann *seinen* Namen stöhnt. FUCK!

Bevor ich vor Eifersucht durchdrehe, ermahne ich mich, auf den Verkehr zu achten und verdränge jeden Gedanken an die beiden. Jetzt hat ohnehin nur eine Angelegenheit Priorität – mein Plan.

Am Krankenhaus angelangt, fahre ich mit gemischten

Gefühlen in den achten Stock. Was, wenn Marc oder das feige Stück den Schwestern von unserem kleinen Geplänkel erzählt hat und ich nun des Hauses verwiesen werde? Das traue ich ihm zu, dieser Pussy! Eine große Schnauze, aber wenn er die verdiente Abreibung kassiert hat, den Schwanz einziehen!

Auf alles vorbereitet, steige ich aus, wende mich nach rechts und betrete durch die Glastür die Station. Zu meinem Glück treffe ich weder auf eine Schwester noch auf Doktor Klugscheißer und Pussy. Vor Ashleys Zimmertür bleibe ich stehen, atme durch und trete ohne zu Klopfen ein. Falls sie schlafen sollte, möchte ich sie nicht aufwecken. Sie hat heute schon genug Scheiße erlebt.

»Hey«, begrüße ich das Häufchen Elend in seinem viel zu groß wirkenden Bett. Sie liegt einfach nur da, den Blick aus dem Fenster gerichtet. Als sie mich sieht, umspielt ein dünnes Lächeln ihre Lippen und sie richtet sich auf.

»Liam …« Meinen Namen aus ihrem Mund zu hören tut unwahrscheinlich gut. Obwohl ich kaum zwei Stunden weg war, hat sie mir wirklich gefehlt und es ist, als läge unser letztes Aufeinandertreffen schon wieder Wochen zurück. Unter ihren Augen befinden sich tiefe Schatten, ihr Gesicht ist eingefallen, die Stimme rau, aber die Lippen, diese wundervollen Lippen, sind blassrosa, einladend, ein Versprechen auf mehr.

»Jetzt habe ich dir gar nichts mitgebracht«, fällt mir ein, als ich die Rosen auf ihrem Beistelltisch sehe. Würde es nach mir gehen, dann würde ich dieser Frau den ganzen verdammten Krankenhauskiosk kaufen.

Ashley schüttelt den Kopf, das aufkeimende Lächeln ist bereits wieder verblasst. »Das brauchst du auch nicht.«

Ich durchquere den Raum und setze mich nach einem vorsichtigen Blick in ihr Gesicht zu ihr an die Bettkante. »Das vorhin tut mir echt leid. Mir sind die Sicherungen durchgebrannt.«

»Das habe ich bemerkt«, erwidert sie, die erhoffte Absolution bleibt leider aus.

Ich beeile mich, das Thema zu wechseln. »Wie geht es dir?«

Sie verzieht das Gesicht. »Nicht so gut. Die Kopfschmerzen sind wieder schlimmer geworden. Aber die Schwester meinte, dass sie mir noch was dagegen bringen will.« Erschöpft lässt sie sich in ihr Kissen sinken. Es ist nach wie vor eine Herausforderung für mich, Ash in diesem Zustand zu sehen. Wenn ich bedenke, was sie alles durchmachen musste und noch immer muss, überfällt mich regelmäßig eine Hilflosigkeit, die ich hasse.

»Schön dich zu sehen«, sage ich, weil mir nichts besseres einfällt. Ich nehme ihre zierliche kleine Hand zwischen meine. »Was ist?«, will ich wissen, als ich einen Schatten über ihr Gesicht huschen sehe.

»Liam«, flüstert sie und senkt den Blick auf das Laken, an dem sie jetzt mit ihrer freien Hand zupft. »Was immer du vorhast … lass es, bitte. Ich kann mir wirklich nicht erklären, wie du auf sowas kommst.« Was soll ich antworten? *Ash, ich habe bemerkt, dass ich dich womöglich liebe? Also gib mir die Gelegenheit, es herauszufinden? Lass mich rein und ich schwöre, du wirst es nicht bereuen? Also zu fünfzig Prozent nicht … sechzig, okay mit den Brüsten zu siebzig Prozent.* Nein, das klingt ja schon in meinem Kopf total dämlich und abgefuckt.

Ash schüttelt den Kopf. »Tut mir leid, ich kann das nicht. Du hast deine Gründe gehabt, weshalb du mit Tiffany zusammengegangen bist, und die sind mir alle auch ziemlich plausibel.« Sie lächelt mich an. »Das ist okay, weißt du? Nicht okay ist diese Vorstellung. Die bringt alles durcheinander. Was solltest du mit mir wollen? Deine Mission ist doch erfüllt.«

»Meine Mission? Das war ...«

»Lass mich ausreden«, unterbricht sie mich und atmet nervös aus, bevor sie den Blick senkt. »Ich habe sehr lange und intensiv darüber nachgedacht, das kannst du mir glauben. Gibt hier sonst auch nicht viel mehr für mich zu tun. Und ...« Sie schüttelt den Kopf und sieht mich an. »Was immer dich zu dieser Vorstellung bewogen hat, du irrst, denn es ist nicht richtig. Wir gehören nicht zusammen.«

Ich kann nicht glauben, was ich da höre. »Was?« Fahrig streiche ich mir das Haar aus der Stirn und stehe auf. Ich kann gerade noch so zugreifen, um den Stuhl hinter mir vor dem Umkippen zu bewahren. Dann hole ich tief Luft und sehe sie an. »Ja, ich weiß, dass ich Scheiße gebaut habe, das weiß ich sehr genau, glaub nicht, ich hätte es vergessen. Aber ... ich habe mein Leben für dich auf den Kopf gestellt, habe mich geändert, Tiff verlassen, bin dabei, mir hier eine Zukunft aufzubauen. Sag, was du willst, und ich werde es tun, vertrau mir, ich bin zu fast allen Schandtaten bereit. Hauptsache, du triffst jetzt keine Entscheidung, die du möglicherweise später bereust. Du bist mir unglaublich wichtig, mehr, als du vielleicht ahnst. Klar wäre es optimaler gewesen, hätte ich das früher gewusst, *vor* all dem, was in Tampa geschehen ist, bevor du gingst, bevor das mit Tiffany ...«

Ich seufzte. »Ich weiß das alles, aber ich kann die Zeit nicht zurückdrehen und mich besser verhalten. Wenn ich es könnte, wär ich längst unterwegs, um das zu regeln. Ich kann nur versuchen, dich in der Gegenwart davon zu überzeugen, dass ich es wirklich ehrlich mit dir meine. Und ... und das ist es, was ich will. Mehr als alles andere in meinem Leben. Eine Garantie wird es niemals geben, aber lass es uns doch wenigstens versuchen!« Schwer atmend streiche ich mir mit beiden Händen die Haare aus dem Gesicht. Das war's, mehr kann, mehr *werde* ich nicht zu meinen Gefühlen sagen.

Sie hat mir mit ausdrucksloser Miene gelauscht. Ihre Augen sind von jener Wärme durchzogen, die den Menschen aus ihr machen, der sie ist, die ich nur momentan nicht sehen will. Mitleid? FUCK IT!

»Das glaube ich nicht. Wenn du mich tatsächlich lieben würdest, hättest du mich nicht gehen lassen. Dann hättest du nicht in derselben Nacht, nachdem Tiffany uns erwischt hat, mit ihr geschlafen, und ganz bestimmt hättest du dir nicht über einen Monat Zeit gelassen, um nach mir zu suchen.« Jetzt ist es an ihr, aufzulachen und die Wärme aus ihren Augen verschwindet, wird von einem kalten Glanz ersetzt, den ich ihr niemals zugetraut hätte. »Nein, du liebst mich nicht. Vielleicht verwechselst du da was, denn du bist kein böser Mensch, ich glaube nicht, dass du mich vorsätzlich verletzen willst. Aber ein schlechtes Gewissen und der Wunsch, einen verdammten Fehler wiedergutzumachen, ist keine Liebe. Außerdem, schätze ich, hat dich Marcs Existenz ein bisschen durcheinandergebracht.«

Ihr trockenes Schlucken ertönt, bevor sie fortfährt. »Vermutlich habt ihr eher damit gerechnet, mich innerhalb eines heroischen Rettungsaktes aus der Gosse zu fischen, als dass ich wirklich ein Leben hier gefunden habe. … und einen Mann«, fügt sie fester hinzu. »Was du für Liebe hältst, ist *Eifersucht* und ein Stück weit verletzte Eitelkeit, Liam.« Während ich sie nur ungläubig anstarren kann schüttelt Ashley bitter den Kopf. »Marc hat etwas, das du nicht mehr haben kannst. Das ist alles. Das hat nichts mit Liebe zu tun. Mach dir nichts draus, du bist nicht der Erste, der so denkt und fühlt. Ich bin das von Tiffany gewöhnt. Vielleicht konnte ich es deshalb auch so gut identifizieren. Es tut mir leid ... irgendwie ... aber ich kann und will dir nicht trauen. Ich werde nicht zulassen, dass du noch einmal in die Gelegenheit kommst, mich so nah an die totale Vernichtung zu bringen. Das ist es nicht wert. *Niemand* ist so etwas wert. Geh zu Tiff, sie wird dich mit Begeisterung zurücknehmen. Ich glaube, dass sie tief in sich echte Liebe für dich empfindet. Aber hier kämpfst du auf verlorenem Posten.« Sie betrachtet mich mit erhobenen Augenbrauen, die Lippen nur ein schmaler Strich. »Solltest du überhaupt einen Kampf um mich in Betracht gezogen zu haben. Es wäre natürlich auch möglich, dass der schon wieder viel zu anstrengend für dich geworden wäre, nachdem jetzt raus ist, dass ich dich nicht heulend vor Glück in meine Arme schließe.«

Damit richtet sie den Blick aus dem Fenster, nur ihren Händen, die sich auf der weißen Decke zu feste Fäusten geballt haben, ist die Anspannung anzusehen.

»Das ist dein letztes Wort?«, erkundige ich mich dumpf.

Für einen langen Moment herrscht Stille. Sie ist fast vollkommen ... denn ich habe die Luft angehalten und könnte schwören, dass Gleiches auf Ashley zutrifft. Dann wendet sie mir langsam das Gesicht zu. Keine Tränen haben sich in ihren Augen gesammelt, sie wirkt nach wie vor fest und entschlossen. »Wir zwei, das ... das reicht einfach nicht für ein Leben – in Wahrheit reicht es nicht einmal für einen Tag. Und jetzt lass mich bitte alleine!« Damit dreht sie mir den Rücken zu und mir bleibt nichts anderes übrig, als zu gehen.

27. Kapitel

Ashley

Mit der ins Schloss fallenden Tür, brechen bei mir sämtliche Dämme. Mein Herz fühlt sich an, als hätte es mir jemand aus der Brust geholt, wäre darauf herumgetrampelt und hätte es dann achtlos in eine Ecke geworfen. Weinend vergrabe ich mein Gesicht in der Decke. Ich weiß, dass meine Entscheidung die Richtige war. Liam und ich, das geht einfach nicht. Wir sind zu verschieden. *So verschieden, dass ihr den gleichen Sport liebt, dasselbe Essen mögt und euch ganze Abende lang bei einer einfachen Playstation-Autorennen-Partie köstlichen amüsiert habt,* blafft mein Unterbewusstsein. Warum um alles in der Welt muss das so schwer sein? Warum musste Liam zurückkommen? Wäre er doch einfach weggeblieben!

Verdammt, das Weinen ist Gift für meine Kopfschmerzen. Ich drücke den Rufknopf für die Schwester, die keine Minute später erscheint.

»Miss Johnes, wie kann ich helfen?«

»Wären Sie so nett, mir was gegen die Kopfschmerzen zu bringen?«, bitte ich und wische mir verlegen die Tränen von den Wangen.

»Aber natürlich, Dr. Bennet, meinte schon, dass Sie sich

aufgeregt hätten und mit Schmerzen zu rechnen sei. Einen Moment, ich bringe Ihnen gleich was.« Mit einem mütterlichen Lächeln auf den Lippen, macht die Schwester kehrt und lässt mich allein.

Marc, er ist so ein Schatz. Dank ihm wurde ich in dieses Einzelzimmer verlegt und werde königlich umsorgt. Er ist wirklich unbezahlbar und weicht keine Sekunde länger als notwendig von meiner Seite. Dass Liam ihm eine verpasst hat, ist mir schrecklich peinlich. Aber nicht so peinlich, wie die Tatsache, dass Marc von der Sache mit Liam und mir erfahren hat. Weiß der Himmel, was er nun von mir denken mag. Eine neue Kopfschmerzwoge überkommt mich, und diesmal ist sie so heftig, dass ich mich in die Tüte, in der mir Marc am Morgen, noch bevor er die Praxis öffnete, was von Bäcker gebracht hat, übergeben muss. Okay, nachdenken ist fürs Erste gestrichen, so viel steht fest. Gott sei Dank, kommt die Schwester kurz darauf und hängt mich an einen Schmerztropf, der rasch wirkt und mich, erledigt wie ich bin, einnicken lässt.

Als ich wieder erwache, bin ich schmerzfrei und mein Kopf ist klar. Draußen beginnt es zu dämmern und mein Abendessen, zwei Scheiben Toast mit Wurst und Käse, stehen neben einem Joghurt und einem Glas Saft auf dem Tisch unter dem Fenster. Mir ist nicht nach Essen, dafür bin ich viel zu aufgewühlt. Liam und Marc geistern mir durch den Kopf, ihre Diskussion und dann Liams Schlag. Tiffanys Grinsen … Ich frage mich, was ihr Problem ist und was sie geritten haben muss, dass sie Marc von der Sache erzählt hat. Es war eine gute Entscheidung von Tampa wegzugehen. Tiffany und Liam sind Gift für mich. Wo auch immer sie auftauchen, gibt es Ärger – Ärger, den *ich* ausbaden darf. Ich wünschte, sie würden gehen, wünschte, sie würden mich mein Leben leben lassen und sich um ihre eigenen Probleme kümmern.

Beim Gedanken an Tampa kommt mir mein erstes Mal mit Liam in den Sinn und eine bis dato nie gekannte Wehmut überfällt mich. Um mich abzulenken überlege ich, wo Tiffany eigentlich zu der Zeit war, doch diese Erinnerung gibt mein Gehirn nicht preis. Eine von vielen, wie sich zeigt. Denn auch an meinen ehemaligen Arbeitgeber oder den Trainer vom Schwimmverein vermag ich mich nicht zu erinnern. Das Einzige, was ich weiß, ist, dass sie beide Männer waren. Ich hasse das, hasse es, wie eine geistig Minderbemittelte ziellos in meinen Erinnerungen wühlen zu müssen oder, was noch viel schlimmer ist, während Unterhaltungen nach den rechten Worten zu suchen. Es ist mir unangenehm. Ich komme mir dumm, komme mir hilflos vor.

Weil ich es in meinem Zimmer, dessen Wände immer näher zu kommen scheinen, nicht mehr aushalte und ich mich wie eine Sardine eingepfercht in ihrer Büchse fühle, schnappe ich mir den Ständer mit dem inzwischen leeren Tropf und fliehe in den Flur. Mir ist bewusst, dass mich keine der Schwestern sehen darf, weil sie mich sonst sofort zurück in mein Bett jagen würden. Also schleiche ich, immer wieder an die Wand gestützt und pausierend, den Flur entlang.

Es ist das erste Mal, dass ich mein Zimmer verlassen habe, und ich kenne mich hier nicht aus. Wenn ich nur wüsste, ob das Krankenhaus einen Garten oder eine Kirche besitzt, wohin ich mich zurückziehen könnte. Mit unsicheren Schritten watschle ich durch eine Glastür, die zu den Liften führt. Ein Mann und zwei Frauen warten auf die Aufzüge. Als sie mich sehen, runzeln sie überrascht die Stirn und ich fliehe peinlich berührt in meinem Krankenhauskleidchen ins Treppenhaus. Hier ist es erstaunlich still. Zittrig greife ich nach dem Geländer und lasse mich auf der ersten Treppe nieder. Ich brauche ein paar Minuten, um mich von meinem Marsch zu erholen. Mein Herz klopft wie verrückt, und in meinen Ohren entsteht ein unangenehmer Druck, der nur langsam nachlässt. Trotzdem, der Tapetenwechsel tut mir gut. So nett die Schwestern und Ärzte hier auch sind, in meinem Zimmer fühle ich mich zunehmend eingesperrter.

Seufzend lege ich den Kopf in den Nacken und spüre dabei, wie meine Halskette, das kleine goldene Kreuz, das mir mein Dad vor ein paar Jahren zu Weihnachten geschenkt hat, verrutscht. Wehmütig nehme ich das filigrane Schmuckstück zwischen die Finger. *Ach Dad,* denke ich, *wenn du doch nur hier wärst. Ich vermisse dich so sehr.* Die Augen geschlossen erinnere ich mich an sein Lächeln, an seine sanfte und doch dominante Art. Er war ein fabelhafter Vater, der beste, den man sich wünschen kann. Mit ihm konnte ich über alles sprechen. Gott, wäre er doch noch am Leben, er wüsste, was zu tun wäre. Wahrscheinlich würde er mit seiner brummigen Stimme sagen: »Weißt du Ashley, mit den Männern ist es wie mit den Fischen, du wirfst deine Angel nach ihnen aus, weißt aber nie, was anbeißt. Du wirst noch so manchen Fang wieder zurückwerfen, weil er zu klein oder ungenießbar ist. Und dann, wenn du am wenigsten damit rechnest, beißt der Richtige an.« Ja, ganz genau so etwas würde mein Dad sagen. Eine Träne stiehlt sich aus meinem Augenwinkel und rollt über meine Wange hinab. Ich fühle mich so leer, so alleine. Die Sache mit Marc und Liam setzt mir mehr zu, als ich zugeben will. Noch nie zuvor war ich in einer derartigen Lage. Gott, da habe ich 25 Jahre lang gar keinen Verehrer, geschweige denn einen Freund,

und dann sind da auf einmal zwei Männer, die um mein Herz buhlen. Ein Hecht und ein Karpfen, wie mein Dad sie vermutlich kategorisiert hätte. Der gefährlich Undurchschaubare und der Ruhige, Besinnliche. Ich weiß, dass es vernünftiger ist, den Hecht zurückzulassen und den Karpfen zu wählen, auch wenn mir dessen Fleisch weniger schmeckt. Als ich merke, dass ich zu einem Duplikat meines Metapherm-predigenden Dads mutiere, lache ich trocken auf. Wie vertrackt diese Situation ist. Und mir ist nicht entgangen, dass Tiffany hierbei eine tragende Rolle spielt – so wie sie ja immer mit von der Partie ist, wenn irgendetwas Nachhaltiges, und zumeist Negatives in meinem Leben geschieht. Werde ich sie deshalb angiften? Wieder lache ich, lege den Kopf in den Nacken und schließe die brennenden Augen.

Natürlich nicht!

Keine Ashley Johnes hat sich jemals gegen eine Tiffany Lech behaupten können. Das war so und wird auch für immer so bleiben.

Die Tür hinter mir klackt und ehe ich zur Seite rutschen und Platz machen kann, huscht eine blonde Ärztin mit einem »Entschuldigung!« an mir vorbei. Ich kenne sie, ihr Name ist Dr. Margreth Tenner, wenn ich mich recht entsinne. Sie war bei einer der ersten Visiten dabei, nachdem sie mich aus dem Koma geholt hatten. Meine Erinnerungen an diese Zeit sind sehr verschwommen. Umso mehr freut es mich, dass ich mich an sie und ihren Namen erinnern kann. Das ist es, daran sollte ich mich an Tagen wie diesen festhalten. Ich hatte unverschämtes Glück, schließlich hätte ich bei dem Unfall ebenso gut sterben können. Das ist mir durchaus bewusst. Das und dass ich Folgeschäden davontragen könnte, was, wie mir mein offenbar doch wieder funktionierendes Gehirn beweist, anscheinend nicht der Fall sein wird. Ja, ich hatte unverschämtes Glück und genau daran werde ich mich festhalten. Das Leben ist schön; ich werde fortan jeden Tag genießen, und zwar genau so wie er ist, mit all seinen Höhen und Tiefen.

Ich habe diesen Gedanken kaum zu Ende gedacht, als die Tür hinter mir wieder klackt.

»Verdammte Scheiße, willst du, dass ich einen Herzinfarkt bekomme?«, schimpft eine mir wohlbekannte Stimme. Ich drehe mich um und sehe zu Tiffany auf, die mit rot geflecktem Stressgesicht zu mir in das Treppenhaus tritt. »Ashley, du weißt genau, dass du das Bett nicht verlassen darfst. Was denkst du dir dabei?«

Okay, langsam aber sicher wird mir die Frau zu viel. Erst erzählt sie Marc mein intimstes Geheimnis und dann meint sie hier herumstressen zu können. Was zur Hölle noch mal soll das? Was will sie eigentlich noch hier?

»Ich hatte die Schnauze voll von meinem Zimmer, von Liam, Marc und ganz besonders von dir!«, keife ich sie unerwartet laut und hysterisch an. Meine Reaktion trifft sie so unerwartet, dass sie einen Schritt zurückweicht und mich mit großen Augen ansieht. Es kann mich nicht berühren.

Nicht mehr.

»Was ist los, was willst du von mir? Hast du heute nicht schon genug Gift verspritzt und mir das Leben schwer gemacht?« Das traf ins Schwarze. Sie schluckt leer, doch dann sehe ich, wie sie die Lippen verzieht. Unerwarteterweise stemmt sie weder die Hände in die Hüften noch kontert sie meine Gemeinheit mit irgendeinem ihrer blöden Sprüche. Stattdessen steht sie einfach nur da und sieht mich mit ihren großen blauen Augen an.

Zu ihrem Pech habe ich mein ganzes Mitleid für mich selbst aufgebraucht und so bin ich ungewöhnlich hart zu ihr.

»Was willst du noch? Gibt es nicht irgendwo einen Idioten abzuschleppen oder ein Shoppingcenter, das nach deiner goldenen Kreditkarte schreit?«

»Ash ...«

»Was Tiffany, was willst du noch?« Ich warte ihre Antwort nicht ab, sondern drehe mich um und sage: »Weißt du was, geh einfach! Tu uns alles einen Gefallen und geh zurück nach Tampa.«

»Nein«, sagt sie fest. »Das werde ich nicht tun, denn dann wärst du allein und ich lasse meine Freundin nicht im Stich.«

Stöhnend lege ich den Kopf wieder in den Nacken.

Was muss man eigentlich tun, um diese Frau loszuwerden?

28. Kapitel

Tiffany

Es reicht!

Ich bin wirklich ein sehr netter Mensch und ich lasse mir auch eine Menge sagen. Ja, man könnte mich tatsächlich sehr, *sehr* kritikfähig nennen. Aber mir an jeder Front den Schwarzen Peter zuzuschieben und so zu tun, als wäre *ich* an allem schuld, ist schlicht inakzeptabel.

Nachdem ich Ashley zurück in ihr Bett verfrachtet habe – wo sie nicht nur meiner Meinung nach dringend hingehört, fahre ich hinab in die Lobby und kaufe mir dort einen von diesen ungenießbaren Kaffees, bevor ich mich hinaus in die Sonne setze. Lange genug habe ich mich nur in diesem klimatisierten Kasten aufgehalten. Würde ich rauchen, dann hätte ich mir jetzt eine angesteckt. Direkt vor all den Ärzten und Schwestern, als Mahnmal dafür, dass jeder Mensch sein eigener Herr ist und selbst entscheiden muss, was gut für ihn ist. Okay, außer Ashley Johnes, weil die dazu schlicht nicht in der Lage ist. Auch wenn sie sich neuerdings für *so* erwachsen hält.

Ein Scheiß ist sie!

Mir die Schuld geben! Als hätte ich einen von beiden gezwungen!

Habe ich Liam gezwungen, mit Ashley ins Bett zu gehen?

Ha!

Ich kann mich nicht daran erinnern. Wirklich nicht!

Habe ich Ashley gezwungen, mit Liam ins Bett zu hüpfen und damit nicht mehr und nicht weniger als einen verdammten Vertrauensbruch an mir zu begehen? Oh, ich habe das nicht vergessen oder auch nur verdrängt! Bisher war ich nur fair genug, nicht darauf herumzureiten, schließlich ist Ash verletzt, und ein kluger Mensch muss nicht ständig darauf hinweisen, dass er verletzt wurde. Aber das *wurde ich!* Es war kein schöner Moment in meinem Leben, als ich nichts ahnend mein Appartement betrat, um die beiden beim sexuellen Ringkampf vorzufinden!

Ganz bestimmt nicht!

Nicht *ich* habe sie betrogen, in Wahrheit lief es genau umgekehrt. Nur weil ich davon wusste, macht es das nicht besser! Ich war geduldig, ich war sehr, sehr nachsichtig, aber ich lasse mir bestimmt nicht die ganze Schuld an diesem Desaster geben. Soll sie Liam doch nehmen, ich will ihn überhaupt nicht mehr! Er ist ein Playboy! Mehr aber auch nicht. Im direkten Vergleich zu Marc hat er überhaupt nichts zu bieten. Aussehen ist nicht alles, und man kann wirklich nicht behaupten, dass Marc hässlich wäre. Er ist eben nur ein völlig anderer Typ Mann. Um genau zu sein, einer mit Klasse, einer mit Niveau, einer mit Bildung. Verdammt, er könnte mir sofort helfen, wenn ich mich verschlucke oder einen unvorhergesehen Blinddarmdurchbruch habe, und allein das macht ihn schon unglaublich sexy.

Nur das!

Meine Lippen sind so fest aufeinandergepresst, dass es ernsthaft schmerzt. Ich muss wohl nicht sehr freundlich aussehen, denn die an mir vorbeigehenden Leute werfen mir seltsame

Blicke zu.

Sollen sie! Nur zu!

Ich.

Habe.

Es.

Satt!

Nein, ich bin kein einfacher Mensch, das habe ich auch nie behauptet. Wer mich nicht kennt schätzt mich sehr schnell als oberflächlich ein, auch das ist mir nicht entgangen. Schon aufgrund meines extrem guten Aussehens in Verbindung mit der Haarfarbe halten mich etliche Leute darüber hinaus für dumm.

All das weiß ich – Liam ist naiv, wenn er meint, ich wäre ahnungslos. Nur dass nichts von alledem wirklich zutrifft! Gott, selten zuvor war ich so wütend, und egal, was ich tue, der Zorn bleibt. Am liebsten würde ich heimfahren, doch andererseits scheine ich an diese Stadt festgeschweißt zu sein.

Warum das so ist, wird mir klar, als Marc des Weges kommt. Jung, elegant, so unglaublich intelligent aussehend. In den letzten Tagen muss er unter Stress gestanden haben, weshalb er nicht zum Rasieren gekommen ist. Sein Drei-Tage-Bart macht ihn eine Spur cooler, er wirkt jetzt wie ein heißer Professor an der Uni – und verdammt, es macht mich immer noch unsagbar an.

Ich schlucke trocken und lächele, als er mir zuwinkt.

Dann ist er heran und ich neige instinktiv bereits den Kopf, damit er meine Wange küssen kann. An der Stelle, wo seine Lippen meine Haut berühren und die Barthaare kitzeln, scheint ein wahrer Flächenbrand auszubrechen, der sich innerhalb von Sekunden bis in meine Zehenspitzen ausbreitet. Für einen Moment muss ich mich zusammenreißen, damit ich ihn nicht einfach umarme oder noch besser, ihn an seinem verdammten

Hemdkragen nehme und zwinge, mich endlich zu küssen.

Ich will, dass er mich küsst! Was er natürlich nicht tut, er wäre nicht Marc, würde er sich nun auf mich stürzen. Stattdessen gehen wir gemeinsam hinauf in Ashs Krankenzimmer, so wie schon seit Wochen. Kein Streit mit Ash könnte mich dazu bringen, darauf zu verzichten. Um genau zu sein könnte mich das gottverdammte Armageddon nicht dazu bringen.

Mir fällt auf, dass er heute schweigsamer als sonst ist, auch wenn er mich wie üblich mit diesem sehr, sehr warmen Blick bedenkt. Doch ich beschließe, nicht nachzufragen, was er hat. Manchmal ist es besser, die Menschen kommen zu lassen, als gleich auf das Schlimme zu dringen.

Sobald wir bei Ash sind, wird wieder einmal bewiesen, wie dämlich Zurückhaltung ist. Warum? Weil einem meistens jemand zuvorkommt und sich damit all die Pietät als totaler Nonsens herausstellt. Selbstverständlich entgeht auch Ash nicht – die mich übrigens so gut wie nicht beachtet, ha! –, dass irgendwas absolut nicht stimmt. Nur übt meine Freundin sich nicht in Behutsamkeit. Stattdessen platzt sich gleich mit *meiner* Frage raus.

»Was ist passiert?«

Marc weicht ihrem Blick aus – was mich sehr, sehr wütend macht. »Nichts, was dich interessieren sollte«, erwidert er.

»Sag schon!« Sie klingt fest und lächerlich zugleich. Als könnte sie irgendetwas ändern.

Zu unserer Verblüffung grinst Marc. »Klara hat entbunden. Der Kleine ist endlich da ...«

»Ohhhh ...« Ashley schmilzt tatsächlich dahin, was ich ja nun gar nicht verstehen kann. Es handelt sich schließlich nicht um ihr Kind. Doch kaum hat sich ihr inzwischen so schmales Gesicht pfannkuchenmäßig verzogen, wird sie wieder ernst. »Oh nein!«

»Du sagst es«, entgegnet er und nimmt ihre Hand. Ich kann kaum hinsehen. »Aber das ist nicht dein Problem.«

»Natürlich ist es das!«, entrüstet sie sich auf diese lächerliche Weise, die noch viel blödsinniger wird, wenn man sich ansieht, in welchem Zustand sie sich befindet.

»Kann mich vielleicht mal jemand aufklären?«, rufe ich mich in Erinnerung.

Sofort sieht Marc mich an, sein Gesicht drückt Bedauern aus. »Oh, entschuldige, Tiffany, das war ... sozusagen eine Unterhaltung zwischen Arzt und Sprechstundenhilfe.«

»Ziemlich unangebracht, findest du nicht?«, bemerke ich trocken und beobachte überrascht, wie seine Wangen von einer leichten Röte überzogen werden. Das muss ich ihm abgewöhnen, es steht ihm überhaupt nicht.

Er übergeht meinen Einwand. »Meine Sprechstundenhilfe, für deren Vertretung Ashley ursprünglich eingestellt wurde, hat entbunden ...«

»Das habe ich mitbekommen, ich bin ja nicht taub.«

Ein Lächeln huscht über sein Gesicht, von der Röte ist nichts mehr zu sehen. Marc ist wieder ganz der überlegene Arzt. »Sie hat vor dem Termin entbunden und ich stehe mit der Praxis allein da.« Eilig sieht er Ash an. »Das ist natürlich kein Vorwurf ...«

Doch er hat genug gesagt, damit Ash mit der Selbstkasteiung beginnen kann. »Das tut mir so leid, Marc«, haucht sie. Meine Güte, die Frau ist wirklich unerträglich. Das *muss* Show sein! Sie liegt schwer verletzt im Bett und hat die Nerven, sich zu entschuldigen, weil sie nicht in der Praxis erscheint, um ihren Job zu machen.

Die infantile Rechnung geht wie immer auf.

»Aber das ist wirklich kein Vorwurf, Baby ...«

Das ›Baby‹ war es. Noch Jahre später werde ich mich fragen, was der Auslöser war, und immer wieder auf diesen Kosenamen kommen. Er lässt mich innerhalb von Sekundenbruchteilen eine lebensweisende Entscheidung treffen.

»Ich übernehme das!« Die Worte sind raus, bevor ich auch nur annähernd in die Verlegenheit komme, sie zu überdenken.

Beide starren mich an, als hätte ich neuerdings eine doppelt so große Nase wie üblich, was meine Wut noch einmal steigert. »Was ist?«

»Aber ...« Ash wirkt, als hätte sie einen Geist gesehen. »Du hast doch überhaupt keine Ahnung ...«

»Die hattest du auch nicht«, unterbreche ich sie schulterzuckend. »Du hast es innerhalb von ein paar Wochen gelernt ...«

»Aber da hatte ich jemanden, der es mir zeigt!«

Ich deute auf Marc. »Voilá!«

Flehend sieht Ash zu Marc – ich kann es nicht fassen! Doch bevor ich ausrasten kann, und zwar richtig, lächelt der gute Doktor. »Ich kann ihr zeigen, was sie wissen muss«, sagt er sanft ... und fügt diesmal kein ›Baby‹ mit an. »Und sie hat recht, als du anfingst, da wusstest du auch nichts. Und schau, wie gut du dich eingearbeitet hast.«

»Aber ...«

»Wann fang ich an?«

Marc hat nur noch Augen für mich, und wenn mich nicht alles täuscht, dann ist er inzwischen weit davon entfernt, ›Baby‹ zu Miss *Verletzt und leicht argwöhnisch* zu sagen.

»Morgen? Aber wolltest du nicht wieder heimfahren?«

Ich winke ab. »Mein Laden läuft, ich hatte mich sowieso wegen Ashley für die nächsten Wochen losgeeist.

Also meinetwegen ...«

Sein Lächeln wird zu einem Strahlen. »Perfekt!«

Auch ich muss lächeln. »Genau so sehe ich das auch.«

29. Kapitel

Ash

Jedes Mal, wenn die Tür sich öffnet, wende ich hoffnungsvoll den Blick in diese Richtung, und mein Herz trommelt dabei unkontrollierbar. Dabei weiß ich doch, wie dämlich das ist. Immer und immer wieder habe ich darüber nachgedacht, habe meine Entscheidung auf den Prüfstand gestellt, habe um ihn gerungen und damit auch um mich. Doch ich kam stets zu dem gleichen Schluss: Ich kann nicht mit einem Menschen zusammen sein, der mich derart hintergangen hat. Es *geht* einfach nicht! Diese Beziehung stünde unter keinem guten Stern, weil ich jedes Mal, wenn ich ihn ansähe, auch seinen Verrat sehen würde.

Wie sollte man da in einer Beziehung glücklich werden?

Dies sind sehr erwachsene Überlegungen, die jedoch jeder Basis entbehren. Denn Liam kommt überhaupt nicht. Meine Abfuhr hat ihn offenbar für immer und ewig in die Flucht geschlagen.

Besser konnte es gar nicht kommen!

Womit er doch nur das bestätigt hat, was ich ohnehin schon wusste: Er ist ein widerlicher Feigling, ein Mann, der nicht den geringsten Arsch in der Hose hat – so zumindest hätte sich mein Dad ausgedrückt.

Und ich weiß, dass er ihn nicht gutgeheißen hätte.

Natürlich hätte er nichts gesagt, Daddy war ein Mann, der seine Tochter ihre Erfahrungen immer selbst sammeln ließ. Auch wenn er hin und wieder beachtliche Schwierigkeiten damit hatte, mir beim Hinfallen zuzusehen. Er hätte sich auch jetzt in die Ecke gesetzt, mit verschränkten Armen und wachsamem Blick, und auf den Moment gewartet, in dem ich scheiterte, um mich aufzufangen.

So war mein Dad.

Tief atme ich ein und blicke zur Decke, um die aufkommenden Tränen irgendwie am Ausbrechen zu hindern. Es ist schon so lange her, aber manchmal überfällt mich die Trauer derart schonungslos, dass ich ihr nicht entkommen kann. Unser Pater hat mir damals versichert, dass es besser werden würde, doch das tut es nicht! Der Schmerz will einfach nicht weichen, es gelingt mir nur die meiste Zeit, ihn in den Hintergrund zu drängen. Aber hin und wieder flammt er auf und stellt mir erneut all die Fragen, auf die ich zwar eine Antwort, aber keine befriedigende habe.

Es gibt kein Zurück!

Auch wenn Liam mir noch so fehlt und ich mich in den einsamen Nächten in diesem sterilen Krankenhaus zurück in seine Arme sehne, und das so gefährliche Spiel: ›Was, wäre, wenn‹ spiele.

Nein!

Es ist vorbei!

Ein. Für. Alle. Mal!

In den kommenden zwei Wochen kämpfe ich um meine körperliche und seelische Wiederherstellung. Marc kommt mich regelmäßig besuchen und auch Tiffany schaut ab und an vorbei, doch sie ist nicht mehr so wie früher, das lässt sich nicht leugnen. Auf meine Frage, wie es in der Praxis läuft, bekomme ich keine oder wenn, dann nur sehr einsilbige Antworten. Kein Liam lässt sich blicken, was gut sein müsste, mich aber immer trübseliger werden lässt. Jedenfalls, bis die Physiotherapeutin ein ernstes Wort mit mir spricht.

Sie ist eine junge Frau, die noch nicht allzu lange in diesem Job tätig sein kann. Allerdings ändere ich diese vorgefasste Meinung, als sie eines Tages neben mir auf dem Bett Platz nimmt. »Sie haben ziemliche Probleme, richtig?«

Das ›Nein‹ liegt mir schon auf der Zunge. Eine Ashley Johnes geht nicht mit ihren Schwierigkeiten hausieren, außerdem hab ich ja eigentlich gar keine – nicht mehr. Erschüttert bemerke ich, wie ich nicke.

Verdammt!

Sie wirkt nicht überrascht. »Das ist unübersehbar. Sie sind mit dem Kopf nicht bei unseren Übungen, liegen stundenlang im Bett und wälzen mit Sicherheit sehr schwerwiegende Themen. Jedenfalls sehen Sie das so, und auf ungefähr 99 Prozent der Weltbevölkerung mag das auch zutreffen. Unglücklicherweise gehören Sie zu dem verbliebenen einen Prozent.«

»Das heißt was?«, erkundige ich mich rau, obwohl ich schon weiß, worauf das Ganze hinausläuft.

»Das heißt«, fährt sie fort und ein schmales Lächeln legt sich auf ihre blassen, ungeschminkten Lippen. »Das heißt, dass es nichts in der *richtigen* Welt gibt ...« Damit deutet sie zum Fenster, hinter dem sich der blaue Himmel erstreckt. »... das derzeit für Sie wichtig ist. Wenn Sie sich nicht ganz auf Ihr Gesundwerden konzentrieren, dann machen Sie es uns allen schwer, nicht zuletzt aber sich selbst. Und das könnte den Moment, in dem Sie sich wieder den Vorgängen in der *richtigen* Welt widmen können, dramatisch nach hinten verlagern.«

Das ist eindeutig.

Zunächst will ich eine bösartige Entgegnung in ihre Richtung zischen, denn sie hat keine Ahnung, wovon sie spricht. Bevor der Ausbruch aber real werden kann, begreife ich, dass *ich* hier diejenige bin, die total ahnungslos ist. Denn sie hat recht. Niemand wird mir helfen, auch Tiffany und Marc nicht. Ihre Anstandsbesuche sind genau das – Besuche aus Anstand, weil man das eben so macht – wobei ich keineswegs bitter klingen will, denn sie können mir nicht helfen. So liebevoll Marc auch ist – und das ist er –, gesundwerden muss ich ganz allein.

Ich sehe die Therapeutin an. »Botschaft angekommen«, sage ich und bemühe mich, fest zu klingen, auch wenn meine Augen brennen. Es gibt nichts zu heulen. So einfach ist das!

Sie lächelt. »Sehr gut! Wenn Sie überhaupt etwas von der Außenwelt annehmen, dann alles, was Ihnen zusätzlich Kraft verleihen kann. Saugen Sie Ihre Angehörigen aus, nutzen sie alles, was sie Ihnen geben können, ohne Rücksicht auf Verluste. Versprechen Sie mir das?«

Wieder nicke ich und es ist keine Lüge, im Gegenteil, ich fühle mich wie elektrisiert und das in physischer als auch in psychischer Hinsicht. Ich halte mich insofern nicht ganz an die therapeutischen Vorgaben, dass ich sehr wohl noch einmal all die Ereignisse, die mich in der Summe hierher brachten, rekapituliere. Das tue ich während der endlosen Stunden, in denen ich immer und immer wieder die Übungen absolviere, die mich gesund machen sollen. Ich weiß, wer daran schuld ist, wenn man davon überhaupt reden kann.

Es sind Tiffany und Liam. Beide zu gleichen Teilen, beide waren sich einig, beide sind nach New York gekommen, beide sind vereint auf mich losgegangen, als ich die Frechheit besessen habe, mich in meine Straße zu wagen.

Das ist die Wahrheit und es tut gut, sich ihr endlich zu stellen.

Er hat sich von ihr getrennt?

Gut!

Aber das bedeutet nicht, dass ich deshalb auch nur annähernd an eine Beziehung mit ihm denken werde. Mit der Zeit schmerzt der Verlust nicht einmal mehr, weil ich ihn erstens selbst herbeigeführt habe, und zwar *beide* Male, und weil ich zweitens nichts verlieren kann, was ich niemals besaß. Wann immer ich mir diese Tatsache vor Augen führe, geht es mir gleich viel besser. Egal, an welcher geschmacklichen Verirrung Liam zu leiden meint, ich habe *nichts* damit zu tun.

Mein neues Leben gilt einem anderen Mann. Einem, der es gut mit mir meint, der jeden verdammten Tag nach mir sieht, auch wenn ich weiß, dass es mit Tiffany bestimmt nicht einfacher in der Praxis geworden ist. Einem, der sich zurückhält, auch wenn ich meine, in seinen Augen den Wunsch nach Nähe zu sehen. Einem, der mich nicht unter Druck setzt, auch wenn ich ihn zappeln lasse. Einem, der mit meiner Vergangenheit nichts zu tun hat, sondern meine Zukunft ist.

Marc.

Mit ihm wird es eine gute Zukunft geben. Eine, in der alles noch einmal auf Null gesetzt wurde und ich komplett von vorne beginnen darf. Mit seinem Bild vor Augen gelingt es mir, die widerlichsten Schmerzen zu überstehen. Ich stelle mir vor, wie er mich berührt und küsst. Wie seine sanften Hände meinen Körper erforschen, wie er jeden Zentimeter meiner Haut mit seinen

Lippen liebkost, wie er mich an meiner intimsten Stelle so verwöhnt, dass ich *fast* komme – wann immer meine Gedanken an diesen Punkt anlangen, drohe ich wirklich regelmäßig, *fast* zu kommen und muss mich schnellstens ablenken, um den Pflegern nicht die total falschen Signale zu senden.

Wenn Marc mich jetzt besucht und ich seine Hände betrachte, dann fällt mir immer dieses Detail meiner Sexfantasien ein und ich spüre, wie meine Wangen von Blut geflutet werden. Das verwirrt ihn, es ist unübersehbar. Außerdem wird er auch verlegen, das ist ebenso wenig bestreitbar. Weshalb ich mich ständig schlagen könnte, weil ich mich in seiner Nähe nicht normal benehmen kann. Aber vielleicht ist das so, wenn man verliebt ist. Ich hab es bisher nur einmal erlebt – Korrektur: Ich *glaubte*, es bisher einmal erlebt zu haben. Inzwischen bin ich mir nicht mehr sicher, überhaupt in Liam verliebt gewesen zu sein. Er hat *nichts* mit mir gemein. Okay, abgesehen von der Vorliebe für Konsolengames und den Sport. Doch das, worauf ich im Leben Wert lege: Beständigkeit, Treue, *Liebe*, das hat er nicht zu bieten. Nicht mir. Inzwischen ist mir unklar, wie ich mich überhaupt auf einen Mann wie ihn einlassen konnte. Den Tiffany-Faktor mal außen vorgelassen. Bin ich so triebgesteuert, dass ich alles um mich herum vergesse, wenn ein Mann auftaucht, der mich sexuell anspricht?

Okay, es ist offensichtlich so gewesen, aber ich sehe dies als verlorene Phase meines Lebens, die ich glücklich hinter mir gelassen habe. Und außerdem wäre ich ohne Liam nie in New York gelandet und hätte somit niemals Marc kennengelernt.

Marc, der so viel besser zu mir passt. Der liebenswert, ruhig und ausgeglichen ist. Marc, mit dem ich mir eine sehr gute, ruhige, gediegene Zukunft vorstellen kann. Marc, der mich durchaus auch körperlich anspricht und bei dem ich mich auf den Sex freue. Und wenn sich bei meinen Tagträumen doch einmal Liams Bild vor mein geistiges Auge schiebt, dann wische ich es energisch beiseite. Auch dieses Phänomen analysiere ich sehr pedantisch und komme zu dem Schluss, dass es nur natürlich ist.

Wer es einmal mit einem solch gut aussehenden Mann zu tun hatte – wobei das eine Mal mit dem *ersten* Mal gleichzusetzen ist – der denkt natürlich daran zurück. Besonders, weil es bisher auch das *einzige* Mal war. Mir fehlt schlicht jedes Vergleichsmoment. Ich würde wetten, wenn ich erst mit Marc zusammen war, dann wird der Gegenstand meiner Sexfantasie sehr schnell Marc werden. Und verdammt, ich will Sex!

Je besser es mir geht, desto mehr tritt diese Tatsache in den Vordergrund. Mich ärgert, dass Tiffany in letzter Zeit ständig mit von der Partie sein muss, wann immer Marc mich besuchen kommt. Denn in den vielen, vielen Stunden, die ich hier liege, habe ich genügend Zeit, mir Gedanken darüber zu machen, wo ich es überall mit ihm treiben könnte. Und ganz ehrlich, mir war ja nie bewusst, dass ich derart verdorben bin.

Inzwischen haben wir es so ungefähr an jedem verdammten Ort in dieser Klinik getan – natürlich nur in meinen Träumen. Bloß in dem Bett, in dem ich mir langsam mein Kreuz durchliege und das ich mittlerweile mehr hasse als alles andere auf der Welt, einschließlich Liam – fucking – King, da habe ich es noch nicht einmal mit Marc getan. Gedanklich natürlich nur.

Nein, Liam lässt sich niemals sehen, und nachdem ich ein paar Tage darüber nachgegrübelt habe, bin ich bereit, mir einzugestehen, dass es wehtut.

Sehr weh.

In Wahrheit viel zu sehr, als gut für mich ist, weshalb ich

weitere drei Tage später resümiere, dass dies im Grunde nur der Beweis ist, wie wenig er zu mir gepasst hätte. Also mal angenommen, ich wäre für ihn wirklich von Interesse gewesen, was ich übrigens nicht glaube.

Meiner Theorie nach zufolge – und sie klingt äußerst logisch – hatte er sich zu seiner seltsamen Halb-Liebeserklärung aufgrund des Schocks hinreißen lassen. Dass ich ihm nicht völlig egal bin, klingt auf jeden Fall weitaus weniger verwunderlich als die Annahme, er würde mich lieben. Er ist kein schlechter Mensch. Sehr einfach, nicht überragend gebildet, aber keineswegs besonders hinterrücks ... zumindest nicht, wenn er nicht in Tiffs Fänge gerät.

Ihm tat es leid, mich so liegen zu sehen, und er gab sich die Schuld an meinem Unfall, was so nett wie blöd ist. Nach eingehender Überlegung habe ich mein zuvor gefälltes Urteil etwas abgemildert. Ja, sie hatten mich schockiert, indem sie mich anschrien und mich überhaupt mit ihrer Gegenwart behelligten. Doch sie konnten nichts dafür, dass ich wie eine verwirrte Greisin die Gehwege entlanggetorkelt bin. *Ich* habe nicht auf die Straße gesehen, Liam oder Tiffany waren nicht in der Nähe. Vielleicht will er den Status eines Märtyrers einnehmen. Der Mann, der sich mit der nicht sehr hübschen Frau abgibt, weil er Buße tut für seine Sünden.

Tolle Idee!

Aber ohne mich!

Der Gedanke, mich nicht länger ausnutzen und zum Narren halten zu lassen, trägt mich durch die letzten Wochen meiner Rekonvaleszenz.

Sechs Wochen Schweiß, Schmerzen und viele, viele Tränen, die ich immer heimlich in meinem Bett vergieße, weil ich niemandem Schwäche offenbaren will. Wenn Tiffany und Marc zu Besuch kommen, dann lache ich. Ich strahle, ich bin das blühende Leben, ich bin optimistisch, ich bin ... bestens gelaunt.

Nie werden sie erfahren, wie oft ich innerhalb dieser langen Wochen am Ende war. Kurz davor aufzugeben, weil diese elenden Kopfschmerzen mich am Ende doch zermürbt haben, und weil ich mich noch immer nicht an alles erinnern kann, was in meinem Leben bis zum Tag X geschehen ist.

Nach drei Wochen gibt es zur physischen auch noch eine psychische Behandlung. Offenbar ist man hier der Meinung, ich bräuchte dies. Doch meine Vorurteile sind beseitigt, als ich nach den ersten zwei Stunden Gedächtnistraining in mein Zimmer zurückkehre. Es geht mir nämlich bedeutend besser. Und so absolviere ich auch diese Therapieeinheit, ohne zu murren. Es würde sowieso nichts helfen, und von einem bin ich hier überzeugt: Die Leute wollen mir nur helfen.

Ich will allerdings zu Marc, denn dass er so ganz allein mit Tiff ist, behagt mir überhaupt nicht. Auch wenn sie nicht das Geringste an Vertrautheit verbindet, die über das berufliche Verhältnis geht, das sie inzwischen pflegen, will ich auf der Hut sein. Inzwischen habe ich begriffen, dass Tiffany offensichtlich ein Gen in sich trägt, das ihr befiehlt: *Nimm dir, was Ash will. Funke immer dazwischen, gönn ihr nichts.*

Warum?

Ich weiß es nicht, aber ich bin dahinter gelangt, dass es mich nicht interessiert, denn dass es abgrundtief böse ist, steht außer Frage. Es scheint fast so, als wäre meine Zeit mit Tiffany Lech vorüber. Noch vor wenigen Wochen hätte ich geschworen, mit ihr bis an mein Lebensende befreundet zu sein und es die meiste Zeit zu genießen. Inzwischen habe ich meine Meinung geändert, und zwar grundlegend. So lange Tiffany zu meinem Leben gehört, werde ich niemals froh und glücklich sein können. Niemals!

Sie wird es zu verhindern wissen.

Auch hierfür fällt mir kein Grund ein, ich weiß nur, dass es so ist, und ich habe in der Vergangenheit bewiesen, dass es mir nicht halb so schwerfallen wird, Tiff hinter mir zu lassen, als ursprünglich angenommen. Um ehrlich zu sein kostet es mich gar nichts, was mich verblüfft und tatsächlich einen Moment innehalten lässt. Denn ich will nicht verbittert sein, und ich will auch nicht den Glauben an das Gute im Menschen verlieren.

Aber so ist es nicht, resümiere ich nach drei Stunden intensiven Nachdenkens. Eher verhält es sich so, dass sich unsere Wege einfach getrennt haben. Noch nicht physisch, aber bereits ideell, was das Erste zwangsläufig nach sich zieht. Ehrlich gesagt wäre es mir am liebsten, sie würde zurück nach Tampa gehen und mich hier mein Leben mit Marc leben lassen. Sie ist schon viel zu lange in dieser Stadt und damit in meiner Nähe. Dass sie täglich mit Marc zusammen ist, gefällt mir darüber hinaus überhaupt nicht.

Genug Motivation, um mich noch mehr anzustrengen, damit ich endlich aus diesem verdammten Kasten herauskomme. Und so gelingt es mir in vergleichsweise kurzer Zeit, den guten Doktor Potter dazu zu bringen, meiner Entlassung zuzustimmen.

»Was aber nicht gleichbedeutend mit einer Gesundschreibung ist«, belehrt er mich bei unserem Abschlussgespräch.

»Natürlich nicht«, beeile ich mich zu sagen. Ich käme nicht im Traum auf die Idee, ihm zu widersprechen. Allerdings würde mir ebenfalls nicht im Traum einfallen, mich an seine Anweisungen zu halten. Ich habe lange genug mit dem Nichtstun verbracht.

Sobald ich vor der Klinik stehe, halte ich das Gesicht für einen langen Moment in die Sonne, die heute von einem wolkenlosen Himmel strahlt. Er erinnert mich an zu Hause und macht mich ein winziges Bisschen wehmütig. Im Grunde gibt es nur ein Problem, das ich tatsächlich mit New York habe: das verdammte Klima. Daher erscheint es mir wie ein gutes Omen, dass heute einiges an meine alte Heimat erinnert, wenn auch nicht die Temperaturen, die sich um die fünfzehn Grad bewegen. Ich rufe mir kein Taxi, wie ich es ursprünglich vorhatte, sondern spare das Geld und nehme die Subway. Allerdings fahre ich nicht in mein Appartement. Die dortige Tristesse würde mich sowieso nur herunterziehen. Außerdem habe ich keine Lust auf den elenden Gestank, der mich bereits im Treppenhaus empfangen würde.

Stattdessen begebe ich mich auf direktem Weg in die Praxis. Dorthin, wohin ich gehöre.

Als ich das Wartezimmer betrete, stutze ich, denn es ist weder ein Patient noch eine Tiffany da.

Was jetzt?

Hat sie wirklich in der kurzen Zeit dafür gesorgt, dass Marc alle Kunden losgeworden ist? Es würde mich nicht verwundern, aber verdammt, dann müssen wir ganz von vorn beginnen!

Nachdem ich mich vergewissert habe, dass tatsächlich niemand hier ist, gehe ich auf tauben Füßen zur Tür, die in Marcs Büro führt. Ich klopfe und als ein »Herein!« ertönt, öffne ich mit mulmigem Gefühl die Tür.

Marc steht am Schrank, an dem er die Patientenakten lagert. Trotz all der neuen Kommunikationstechnik besteht er immer auch auf die handschriftliche Führung der Akten. Ein Detail, das ihn in meinen Augen so liebenswert macht.

Überrascht sieht er mich an, schließt den Schrank und eilt zu mir. »Ashley!«

Er nimmt mich an beiden Oberarmen und küsst meine Wangen. Das war zwar nicht ganz die Begrüßung, die ich mir erhofft hatte, doch ich würge die Enttäuschung herunter und lächele ihn an. Auf dem Weg zur Praxis habe ich mir fest vorgenommen, zu sprechen, bevor er es tun kann. Ich werde den ersten Schritt tun – wieder. Und so sprudeln die Worte nur so aus mir heraus:

»Ich wurde heute entlassen, und ehrlich, mir geht es wieder richtig gut. Ich freue mich so auf die Arbeit, das kannst du dir gar nicht vorstellen. Ja, ja, ich weiß, was du sagen willst: Ich muss mich noch schonen und ausruhen, aber Marc, ich *habe* genug ausgeruht. Seit zwei Wochen bin ich schmerzfrei, ich habe keine Erinnerungslücken mehr, ich bin körperlich in Bestform, es gibt keinen Grund für mich, weiterhin herumzusitzen.«

Er will etwas antworten, doch ich komme ihm zuvor. Mein Finger tippt leicht auf seine Lippen. »Nein, lass mich erst ausreden, ja?«

Marc betrachtet mich auf sehr eigenartige Weise, nickt dann aber. Für einen winzigen Moment bin ich unsicher, doch dann kehrt mein neu gewonnenes Selbstvertrauen zurück. Ich will das tun! Ich will diejenige sein, die sich ganz bewusst für diesen Mann entscheidet, und ich will den Anstoß für alles Weitere geben, auf das wir irgendwann einmal als alte Leutchen als unser gemeinsames Leben zurückblicken werden.

Ich!

Und so hole ich tief Luft. »Ich ... was da neulich im Fahrstuhl passiert ist ... tut mir *nicht* leid! Nein! Eher könnte ich mich immer noch ohrfeigen, weil ich dich dann einfach stehenließ, du musst denken, ich wäre durchgeknallt, und vielleicht war ich das zu diesem Zeitpunkt auch. Aber dieser Unfall ... er hat meinen Kopf geradegerückt, weißt du?« Mit dem Zeigefinger meiner rechten Hand deute ich auf meinen Schädel: »Endlich ist alles wieder in richtiger Reihenfolge, endlich kann ich wieder klar denken. Und ich *habe* gedacht, Marc. Ich ...«

Nun muss ich schlucken, was mir gar nicht in den Plan passt. Aber diesmal macht er keine Anstalten, mich zu unterbrechen und genau das verleiht mir den erforderlichen Mut, um weitersprechen zu können. »Ich ... ich war noch nie so glücklich wie, seitdem ich hier bin. Bei dir. Ich will dir sagen, dass ich dich ...«

Jetzt unterbricht er mich doch. »Moment, Ashley«, sagt er mit dieser melodischen, freundlichen Stimme, die mich dennoch stört. Ich weiß nur nicht, warum. »Setzen wir uns«, schlägt er als Nächstes vor und weist zu dem Stuhl vor seinem Schreibtisch. Jener Stuhl, auf dem ich saß, als ich mich hier bewarb ...

... und dann niemals wieder.

Dabei wirkt er so ernst, dass mir wirklich übel wird. Ich weiß nicht genau, welche Katastrophe eingetreten ist, dazu stehen einfach genügend Möglichkeiten zur Auswahl, aber *das* etwas Schwerwiegendes geschehen ist, lässt sich nicht länger leugnen. Auf einmal bereue ich meinen Vorstoß. Warum habe ich ihn nicht erst ausreden lassen?

Er nimmt hinter seinem Schreibtisch Platz und faltet die Hände ineinander. Für eine lange, unerträgliche Weile, betrachtet er mich nur. Dann räuspert er sich. »Ich werde die Praxis in dieser Stadt aufgeben.«

»Was?« Es ist raus, bevor ich es zurückhalten kann. »Aber ...«

Seine erhobene Hand bringt mich zum Schweigen. Als er das

Gesicht verzieht, wirkt es schmerzlich, als würde er hassen, was er mir nun sagen will, und plötzlich ahne ich es nicht nur, ich weiß es.

ICH WEISS ES!

Und ich hätte es die ganze Zeit wissen müssen!

Eisige Kälte legt sich über mich, es ist, als wäre ich versehentlich in einen Schockfroster geraten. Ich trage unter meinem Mantel nur ein T-Shirt, was ich mit einem Mal bereue, denn eine Gänsehaut hat sich meiner Arme bemächtigt und legt sich innerhalb von Sekundenbruchteilen über meinen gesamten Körper. Ich will ihn aufhalten, will nicht hören, was er als Nächstes sagen wird, und bin dennoch dazu verdammt, es zu ertragen.

»Ich werde nach Tampa gehen, die Praxisräume dort sind bereits angemietet, Tiffany ist vorgeflogen, um die Renovierungsarbeiten zu beaufsichtigen. Das bedeutet ...« Erneut zögert er und endlich begreife ich, was mir an seinem Ton nicht passt. Er ist freundlich, verbindlich, aber distanziert. Als würden wir uns überhaupt nicht privat kennen, als wäre er sechs Wochen lang nicht fast täglich an mein Krankenbett gekommen, als hätte es den heißen Kuss im Fahrstuhl nicht gegeben und auch nicht sein Geständnis, sich in mich verliebt zu haben.

So etwas schafft nur Tiffany Lech.

Und ich wusste das, verdammt noch mal!

»Ich ...« Wieder räuspert er sich, und ich würde ihn am liebsten am Kragen nehmen und durchschütteln. Was gibt es da noch viel zu reden? Ich sollte gehen, verflucht! Hier habe ich nichts mehr zu suchen!

Aber ich kann nicht, in Wahrheit gelingt es mir nicht, auch nur einen Muskel zu bewegen. Außerdem ist mir übel.

So kotzübel, dass ich befürchte, mich demnächst auf seinen Schreibtisch zu übergeben.

»Ich ... Ich habe die Sachlage offensichtlich falsch eingeschätzt. Denn ich dachte, dein Herz würde Liam gehören. Ja, ich weiß, er ist verschwunden, aber das ist zweitrangig.« Fahrig lässt er beide Hände durch sein schönes Haar gleiten, das ich ihm gern einzeln ausreißen würde. Egal, wie lange es dauert. »Als du damals gingst, da wusste ich das zunächst nicht einzuordnen, bis ich ihn kennenlernte und ... beobachtete, wie er reagierte, als er dich in dem Intensivzimmer sah. Wie genau diese Geschichte zwischen euch gelaufen ist, habe ich erst später durch Tiffany erfahren, aber das weißt du ja schon alles.«

Oh ja, und wie ich das weiß. Sie hat nicht nur mir den Mann geraubt, sondern auch noch dafür gesorgt, dass Liam überall unmöglich gemacht wurde.

Tiffany hat zum Rundumschlag ausgeholt – so, wie es nur eine Tiffany Lech kann. Ich sehe hinab und bemerke verwundert, dass sich meine Hände zu Fäusten geballt haben.

Bin ich wütend?

Die Antwort finde ich sofort. Und *wie* wütend ich bin!

Doch ich beherrsche mich, beiße mir auf die Innenseiten meiner Wangen und warte darauf, dass auch der Rest meines Körpers wieder zum Leben erweckt wird, damit ich endlich gehen kann.

»Deshalb habe ich mir keine Gedanken gemacht, als ich merkte, dass ich mich in Tiffany verliebte. Das ... geschah nicht von heute auf morgen und es war mit Sicherheit nicht geplant. Vielmehr war es ein langer Prozess, aus Sympathie wurde ...«

Das reicht jetzt.

Endlich schaffe ich es, aufzustehen. »Danke, so genau will ich das gar nicht wissen«, informiere ich ihn kühl und mache Anstalten, zur Tür zu gehen. Doch dann erscheint mir der Abgang zu theatralisch und ich drehe mich noch einmal zu ihm um.

»Es gibt nichts, was du zu bedauern hast, Marc, wir waren uns weder versprochen noch habe ich dir den Eindruck vermittelt, dass deine Gefühle auf Gegenliebe stoßen. Okay, außer in dem Fahrstuhl.« Blut flutet meine Wangen, als mir aufgeht, wie peinlich das Ganze aus dieser neuen Perspektive ist, und ich räuspere mich eilig. »Wie auch immer, wir waren ja nicht verlobt oder so etwas. Ich wünsche dir viel, viel Glück. Mit deiner Praxis und mit Tiffany und ... grüß die Sonne.« Letzteres kommt gebrochen, was für mich das Signal ist, dass ich dringend gehen muss, bevor ich endgültig die Fassung verliere.

Wieder werde ich gestoppt, denn auch Marc hat sich erhoben und umrundet in einer wahnsinnigen Geschwindigkeit den Schreibtisch, um dann mit zwei großen Schritten zu mir zu treten.

»Du kommst nicht mit?«, erkundigt er sich und wenigstens dieser unpersönliche, freundliche Ton ist endlich verschwunden. Er ist echter Überraschung gewichen, und keiner guten. Beinahe hätte ich bitter aufgelacht, aber auch das kann ich glücklicherweise noch rechtzeitig aufhalten.

»Nein«, sage ich dann und zwinge mich, ihm fest in die Augen zu blicken. »Meine Zeit in Tampa ist vorbei und ich ... ich habe es satt, das dritte Rad am Wagen zu spielen.« Letzteres wollte ich ursprünglich nicht sagen, aber als es meinen Mund verlassen hat, beschließe ich, dass es in Ordnung ist. Wenn ich nicht noch mehr sage.

Das tue ich nicht, denn bevor er etwas erwidern kann, habe ich mich bereits abgewandt und bin gegangen.

30. Kapitel

Ash

Kaum bin ich auf der Straße, summt mein Handy. Dem Impuls nicht ranzugehen, gebe ich nicht nach, und wenn er noch so dringend ist.

Nach einem flüchtigen Blick auf das Display nehme ich den Anruf entgegen.

»Marc.«

Er klingt sehr besorgt, wofür ich ihn sehr gern sehr brutal schlagen würde. »Bitte, geh nicht, ohne dass ich weiß, was aus dir wird.«

Meine Miene verhärtet sich und ich bleibe stehen. »Vielleicht solltet ihr ...« Das ›Ihr‹ betone ich außerordentlich. »... euch langsam mit dem Gedanken anfreunden, dass ich *nicht* unmündig bin. Es ist mir einmal gelungen, in dieser Stadt eine Anstellung zu finden, und es wird mir auch ein weiteres Mal gelingen. War's das?«, füge ich blaffend hinzu, als am anderen Ende zunächst Stille herrscht.

»Ich wusste nicht, dass es dich so treffen würde«, sagt er schließlich, immer noch mit diesem bedauernden Unterton, für den ich ihn prügeln könnte. Tag und Nacht und Nacht und Tag. Wann habe ich diese Metamorphose zur Furie durchgemacht?

Wann habe ich die Contenance verloren, die mir doch auf den Leib geschrieben schien? Ich weiß es nicht, ich weiß nur, dass ich noch niemals so viel Hass empfand wie für diesen Mann in diesem Moment. Und mir ist durchaus bewusst, dass er nur den Platzhalter für eine ganz andere Person gibt. Eine Person, die sich feige bereits wieder nach Tampa begeben hat, um der Konfrontation mit mir aus dem Weg zu gehen. Eine Person, die mich schlimmer und nachhaltiger betrogen hat, als jeder andere Mensch auf diesem Planeten. In diesem Augenblick schwöre ich mir, sie niemals wiederzusehen. *Nie wieder!* Tampa ist nicht länger groß genug für uns beide. Ach, *Florida* ist nicht groß genug. Und jeder, der sich ihr zuwendet und sich von mir ab, ist damit nicht mehr mein Freund.

»Mich getroffen?«, erwidere ich viel zu schrill und atme tief durch, sobald mir das bewusst wird. »Sie hat mir wieder alles genommen«, sage ich dann bedeutend ruhiger. »Meinen Job, meinen Freund, meinen möglichen ...« Das lasse ich unbeendet. »So, wie sie es immer tut. Wie sollte ich nicht betroffen sein?«

Darauf weiß er zunächst nichts zu antworten, während ich frustriert doch nach einem Taxi winke. Ich habe Glück, es hält sofort ein Yellow Cab und ich lasse mich aufatmend in die Polster fallen, nachdem ich dem Fahrer meine Reisetasche ausgehändigt habe, die er im Kofferraum verstaut.

»Wir waren nie ein Paar«, erinnert er mich und klingt wie ein kleiner, störrischer Junge.

»Nein, aber so gut wie.«

»Auch das nicht, du bist weggelaufen, als es so weit hätte kommen können.«

»Ach so?« Ich nenne dem Fahrer die Adresse, nachdem ich begriffen habe, weshalb er mich so erwartungsvoll ansieht. Der

Wagen setzt sich in Bewegung und ich widme mich wieder meinem Telefonat. Mit Wut im Bauch und zitternder Stimme. »Das heißt also, du wärst nicht zu Tiffany gerannt, wenn ich mit dir in die Kiste gehüpft wäre, ja? Ich dachte, du wolltest mit mir einen Kaffee oder etwas Ähnliches trinken? Oder ist dies das neue Codewort für ficken?«

»ASHLEY!« Bis zu diesem Moment habe ich Marc noch nie brüllen gehört. Sehr interessant, wie kalt es mich lässt.

»Was ist los? Darum geht es dir doch.«

»Nein, verdammt!« Ich höre, wie er tief Luft holt und als er wieder spricht, klingt er so ruhig, wie ich ihn kenne. Schade. »Der Grund meines Anrufes bezieht sich auf deine Arbeitsstelle. Ich hatte fest damit gerechnet, dass du mit nach Tampa kommst ...«

Mein »Pffff« überhört er geflissentlich.

»... Da du das offensichtlich nicht vorhast, stehst du hier ohne Arbeitsstelle da.«

»Ich sagte bereits, dass ...«

»Ich habe Klara eine Stelle besorgt, die sie nach ihrem Mutterschaftsurlaub besetzen kann, und ich habe auch für dich einen Ausweichplatz. Bei ...«

»Also heißt das, du hast sehr wohl damit gerechnet, dass ich nicht mit euch beiden ...«

»Nein, das habe ich nicht. Aber ich hatte mehrere Angebote für Klara eingeholt. Es sind alles gute Anstellungen ...«

»Die ich aber nicht brauchen werde. Vielen Dank«, schneide ich ihm das Wort ab und beendet das Gespräch.

Ich bin so wütend, dass die Tränen nicht einmal drohen zu kommen, geschweige denn, dass ich wirklich im Begriff bin, loszuweinen. Ich glaube, ich war noch niemals zuvor derart wütend. So sehr, dass ich dringend etwas zerschlagen würde, wenn es nur etwas gäbe. Leider sitze ich in einem Taxi, mit einem Fahrer, der die Ohren sichtlich gespitzt hat, auch wenn er sich um eine unbeteiligte Miene bemüht. Und so muss mein Zorn vorerst bleiben, wo er ist. Pochend in meiner Kehle, die so eng ist, dass ich um die Fähigkeit des Atmens fürchte.

Als mein Handy per ›*Pling!*‹ Das Eingehen einer SMS anzeigt, überlege ich wirklich, ob ich sie überhaupt lesen soll, denn der Absender ist klar. Am Ende siegt die Neugierde.

Die Mail ist unerwartet lang:

Liebe Ashley,

es tut mir sehr leid, wie alles gelaufen ist. Hätte ich gewusst, wie sehr dich diese Entwicklung trifft, dann hätte ich dich auf eine schonendere Weise in Kenntnis gesetzt. Ich hoffe, du überdenkst deine Entscheidung noch einmal, wenn du dich beruhigt hast. Du bist jederzeit bei Tiffany und mir willkommen. Für alle Fälle jedoch nachfolgend die Adresse, unter der du dich bewerben kannst. Dr. Palmer ist vorinformiert, er weiß, dass du zuvor bei mir tätig warst.

Ich hoffe, du lässt es langsam angehen. Auch wenn du meinst, schon wieder Bäume ausreißen zu können, ist dein Körper von dem langen Liegen und der nicht unerheblichen Verletzung nach wie vor geschwächt.

Trotz deiner kurzen Zugehörigkeit zu meiner Praxis habe ich mir erlaubt, dir eine Entschädigung zu überweisen, du konntest schließlich nicht ahnen, dass dein Arbeitsverhältnis nur von so kurzer Dauer sein würde – du hattest unter einer anderslautenden Zusage den Vertrag unterschrieben.

Ich werde nie den Tag bereuen, an dem wir uns kennenlernten, und nicht nur, weil ich deshalb die Frau meines Lebens treffen durfte.

Bis zu unserem Wiedersehen fühle dich herzlich umarmt.

Marc.

Darunter hat er noch den Link zu irgendeiner Praxis irgendeines Doktor Palmer geschickt.

»Was für ein Arsch«, murmele ich vor mich hin.

»Wie meinen?« Der Taxifahrer schaut über die Schulter zu mir.

»Sie habe ich nicht gemeint«, sage ich schnell. »Oh mein Gott, sehen Sie nach vorn!«

»Immer mit der Ruhe«, erwidert der ältere Herr und lenkt den Wagen in – jedenfalls für mich – letzter Sekunde an einem in erster Spur parkenden Lieferwagen vorbei.

Meine Wut sorgt dafür, dass ich mich nicht weiter darüber auslassen kann.

Wie kann er – wie können *sie* – es wagen! Oh, ich kann mir sehr genau vorstellen, wie das Telefonat mit Tiffany abgelaufen ist, ich meine sogar, ihren gönnerhaften Ton zu hören. ›*Natürlich kann sie kommen. Wir wissen doch beide, dass sie allein in der riesigen Stadt chancenlos ist.*‹

Oh ja, genauso etwas wird sie gesagt haben. Und mir dann auch noch zu danken, weil er seine Traumfrau durch mich kennenlernen durfte ... Nein, er hat dieses Wort nicht benutzt, aber ich weiß, dass er es gedacht hat. Wahrscheinlich hat er es aus Rücksichtnahme nicht geäußert.

Verdammt!

Mit diesem Mann hatte ich in den vergangenen fünf Wochen täglich Sex! In Ordnung, nur imaginär, aber trotzdem! Ich fühle mich nicht verraten und verkauft, darüber bin ich längst hinweg.

Mir ist, als hätte Marc mir mit geballter Faust ins Gesicht geschlagen. Ich möchte schreien, Amok laufen, irgendetwas tun, um meinen Frust wenigstens etwas zu schmälern. Da es keinen anderen Ausweg gibt, poste ich auf meinem Facebook-Account:

»Ich hasse euch alle!«

... und lösche es gleich wieder, weil es viel zu kindisch ist. Und will ich nicht gerade den Beweis antreten, dass ich genau dies eben nicht bin? Kindisch? Nachdem ich Tiffany entfreundet UND blockiert habe, lehne ich mich in meinem Sitz zurück und schließe die Augen. Erschöpfung und Fassungslosigkeit geben sich in mir ein Stelldichein.

Wann bin ich so geworden? Seit wann kochen die Emotionen bei mir so vordergründig derart hoch? Seit wann bin ich so unausgeglichen, seit wann so wenig nachgiebig? Ich weiß es nicht, und das Problem ist, dass ich mich selbst nicht wiedererkenne. Ich versuche mir vorzustellen, eine versöhnliche Mail zurückzuschreiben, irgendein Bla, bla, den die alte Ashley mit Sicherheit verfasst hätte, nur damit Marc sich nicht schlecht fühlt. Es ging der alten Ashley ja immer vorrangig darum, dafür zu sorgen, dass andere sich nicht schlecht fühlen. Nur ihr eigenes Wohl blieb dabei immer mal wieder auf der Strecke.

»Ja«, sagte ich langsam, den Blick nach vorn gerichtet.

Der Taxifahrer dreht sich zu mir ihm. »Sagten Sie was?«

Ich blinzele und sehe ihn an. »Nein, wir müssten bald da sein, oder?«

»Sieht so aus«, brummt er. »Wenn wir den elenden Stau beseitigen könnten, hätten wir es schon längst geschafft.«

»Wissen Sie was? Halten Sie hier, ich gehe die restlichen Meter zu Fuß.«

Das gefällt ihm zwar auch nicht, aber ihm bleibt nichts anderes übrig. Von dem kärglichen Inhalt meiner Geldbörse bezahle ich ihn, lege noch ein großzügiges Trinkgeld obenauf, weil er mir freundlich meine Reisetasche wieder aushändigt, und begebe mich langsam auf den Heimweg. Vor mir liegen noch drei Blocks, die es zu bewältigen gilt. Als ich jedoch merke, dass ich den Kopf gesenkt halte, hebe ich ihn ruckartig. Wenn ich eines in dieser Stadt gelernt habe, dann, dass es wichtig ist, immer selbstbewusst aufzutreten. Nichts rechtfertigt es, aufzugeben, für keine einzige Sekunde. Marc sagt, er hat mir eine Abfindung überwiesen, und mir ist klar, dass mir diese nicht zusteht. Abmachung hin oder her, der Arbeitsvertrag war unbefristet, es steht aber nichts davon darin, dass er nicht aus guten Gründen beendet werden kann. Sein Wegzug aus der Stadt *ist* ein guter Grund – egal wie ich es drehe und wende. Die alte Ash hätte den Betrag nicht angenommen, die neue Ash, die aus dem behüteten Dasein mit einer festen Anstellung und einer wohlhabenden Freundin in die Mittellosigkeit geworfen wurde, hat gelernt.

Und *wie* ich das Geld behalten werde.

Ich schultere meine Reisetasche, und schreite mutig voran. Obwohl ich mich am liebsten in eine Ecke verkriechen und heulen würde. Als ich an der Filiale meiner Hausbank vorbeikomme, in der ich üblicherweise immer mein Geld abhebe, gehe ich kurzerhand hinein.

Er hat mir eine Abfindung von 2000 Dollar gezahlt, erfahre ich kurz darauf, als ich meine Auszüge checke. Das ist nicht weltbewegend, rettet mich aber zunächst. Denn damit sind auf meinem Konto genau 2045,14 Dollar. Ich war vorher restlos pleite.

Dumm nur, dass mich der Anblick des Kontostandes auch nicht aufheitern kann. Ich nehme an, nichts kann das. Während ich ein paar Pennern ausweiche, die bereits um diese Uhrzeit volltrunken sind, verziehe ich das Gesicht. Wie sollte es mir auch besser gehen? Vermutlich wäre das wirklich ein wenig zu viel verlangt, an einem solchen Tag, nach solchen Wochen.

Das Schloss der Eingangstür unseres Hauses wurde wieder einmal geknackt, der Schlüsseldienst war noch nicht da. Und so muss ich einfach nur die Tür aufstoßen, um mich in den elenden Mief der Mietskaserne zu begeben.

In den ersten zwei Wochen, in denen ich hier gewohnt habe, überfiel mich regelmäßig ein extremer Würgereiz, sobald ich in die Semidunkelheit trat. Ich hatte diesen Drang zwischenzeitlich überwunden, doch der Aufenthalt in dem sauberen Krankenhaus scheint meine Stressfähigkeit in Sachen Gestank nach Urin und anderen menschlichen Exkrementen wieder extrem gesenkt zu haben. Denn sobald ich mich in diesem besonderen Odeur befinde, holt mich der Brechreiz ein. So stark, dass ich sofort die Luft anhalte und dennoch erst einmal die Augen schließen muss, weil ich mir sicher bin, zu verlieren.

Ich muss hier weg!

Dieser Gedanke kommt mir genauso schlagartig, wie das Verlangen, meinen Mageninhalt wieder von mir zu geben. Es mochte eine Lösung für die ersten Wochen gewesen sein, denn ich hatte nun einmal nicht viel Geld, aber jetzt ist meine Frist für dieses elende Leben abgelaufen. Ich muss hier weg, muss mir etwas anderes suchen, muss mir ein menschenwürdiges Dasein schaffen, bei dem ich nicht den Moment fürchte, in dem ich heimkomme, und nie weiß, wo ich zur Toilette gehen soll.

Ich fühle, dass ich ein geliebtes, sonniges, sauberes Zuhause brauchen werde, wenn ich die kommenden Wochen überleben will. Denn zeitgleich mit meinem Zorn auf Tiffany und Marc sind auch wieder die Gedanken an Liam zurückgekehrt. Interessanterweise übertrumpfen sie bald meine Wut und die vermeintliche Sehnsucht nach einem gemeinsamen Leben mit Marc. Während ich langsam die Stufen hinaufsteige, überlege ich, wie das kommen kann, wobei ich mir übrigens Mühe gebe, artig durch den Mund und nicht durch die Nase zu atmen.

Als ich meine Appartementtür erreiche, glaube ich die Antwort zu kennen. Ich stelle die Reisetasche auf den Boden und krame in meiner Clutch nach meinem Wohnungsschlüssel.

Wenn ich an Marc denke, dann immer mit einem sicheren Gefühl im Bauch. Er hätte mir Ruhe und Geborgenheit gegeben, das Bewusstsein, angekommen und sicher zu sein. Gewappnet gegen die vielen hohen Wellen, die das Leben nun einmal mit sich bringt. Aber wenn ich an Liam denke, dann mit diesem Verlangen im Bauch, mit stockendem Herzen, mit trockenem Mund und mit einer Sehnsucht, wie ich sie nie zuvor gekannt habe. Auch nach meinem Dad sehne ich mich, aber auf gänzlich andere Art.

Ich habe den Schlüssel gefunden und sperre die Tür auf. Abgestandene Luft und heilloses Chaos empfängt mich. Verdammt sie hatten mir ja die Möbel und meinen restlichen Kram gebracht! Wer immer das Zeug hier abgestellt hat, es war ihm furchtbar egal, ob ich noch treten kann, oder nicht. Nachdem ich die Tür geschlossen und die Reisetasche fallen lassen habe, stehe ich fassungslos inmitten des Desasters aus Kisten und Möbeln und fühle Tränen in meinen Augen brennen. Erst jetzt fühle ich mich tatsächlich alleingelassen. Vorher war es ein bewusst gedachter Gedanke, jetzt ist es ein Gefühl. Und ja, Letzteres ist bedeutend niederschmetternder.

Wie konnte es so weit kommen, dass ich mit einem Mal ganz allein auf der Welt stehe?

Als die ersten Tränen aus meinen Augen fallen und über meine Wangen hinab perlen, während sich ein Schluchzen penetrant durch meine Kehle an die Oberfläche kämpfen will, reiße ich mich zusammen.

Nein!

Ich werde nicht kleinbeigeben. Gut, die Gesamtlage ist wenig erbaulich, andere würden sie beschissen nennen, aber das wusste ich bereits vorher. Ich mag nicht, wie es hier aussieht? Gut, dann wird es höchste Zeit, etwas daran zu ändern! Aber zunächst werde ich mir den Kopf freilaufen. Wenn die Leute in der Klinik eines geschafft haben, dann, dass ich körperlich relativ fit bin – egal, was Marc sagt.

Ich neige den Kopf zur Seite, überdenke diese Entscheidung und nicke dann.

Genau so!

In Windeseile habe ich meine Sportklamotten aus dem Schrank gezerrt und mich umgezogen. Das Haar ist noch viel zu kurz, um es in einen Zopf binden zu müssen – ich bin froh, dass wenigstens keine Spuren mehr von meiner Glatze zu sehen sind, die man mir nach meinem Unfall leider rasieren musste. Beim Binden der Laufschuhe zittern mir die Finger, ich kann gar nicht schnell genug hier wegkommen. Das ist eine Flucht, geht mir auf, und ich weiß sofort, dass ich damit richtig liege. Doch anstatt dem Einhalt zu gebieten, handle ich nur noch schneller. Laufen, rennen, alles hinter sich lassen, wenn auch nur für den Moment! Das ist das Einzige, was mir derzeit helfen kann.

Wenig später halte ich die Luft an und trete wieder in den Gestank des Treppenhauses.

Während ich die Treppen hinab renne, schüttele ich den Kopf. Nein, ich muss hier weg! So kann kein Mensch, der zu sich kommen und sein Leben in Ordnung bringen will, vegetieren. Das zieht einen mental ja total runter!

Als ich auf die Straße trete, hole ich erst einmal tief Luft, bevor ich in Richtung Central Park laufe. Dabei meide ich alle Gedanken, die in Marcs oder noch schlimmer in Liams Richtung gehen. Stattdessen male ich mir aus, wie ich mir zunächst einen Job suche – allein, *ohne* fremde Hilfe. Dann werde ich mich auf Wohnungssuche begeben. Nein, es wird nicht einfach werden, das ist mir klar. Wohnungen in einer halbwegs anständigen Lage sind in New York rar gesät und vor allem fast unbezahlbar.

Aber ich werde mich der Herausforderung stellen.

»Yeah«, wispere ich, und laufe noch etwas schneller. Das Herz hämmert in meiner Brust, mein Atem geht schnell und hektisch, und ich spüre, wie mir der Schweiß auf der Stirn ausbricht. Inzwischen habe ich den Central Park erreicht und lenke meine Schritte nach links – nicht nach rechts zu jenem See, der für kurze Zeit mein Lieblingsplatz innerhalb des riesigen Parkes war. Zum einen will ich nicht Marc begegnen – obwohl ich nicht glaube, dass er gerade jetzt joggen wird –, zum anderen will ich meine Gewohnheiten ändern.

Alle!

Ein vollständiger Neuanfang ist das Beste, was ich momentan tun kann, wo ich doch ohnehin fast wieder vollständig bei Null stehe.

Es geht so schnell, dass ich gar nicht weiß, wie genau es funktioniert. Die Kräfte verlassen mich von einer Sekunde zur anderen. Mir wird schwarz vor Augen, ich kann noch ein »Shit!«, ausstoßen, dann falle ich ...

* * *

Allerdings komme ich nie auf dem Boden auf, weil mich starke Arme vorher auffangen.

Starke, kräftige Arme, die ganz bestimmt *nicht* zu Marc gehören. Ich weiß es, bevor ich wieder etwas sehen kann oder mein Retter etwas äußert.

In meinem Kopf herrscht das sprichwörtliche Chaos.

Warum ist er hier?

Warum tut es so weh?

Warum erkenne ich ihn bereits an seinem Duft?

Warum tut es so verdammt weh?

Warum ist mir mit einem Mal auch noch so speiübel?

Und warum – Himmel Herr Gott, noch mal! – tut es denn nur so weh?

Er trägt mich nicht wie ein Ritter aus dem Mittelalter, sondern stellt mich auf Beine, die mich momentan nicht tragen können. Sie sind zu wackelig.

»Geht's wieder?«

›Nein!‹, will ich sagen. ›Gar nichts geht!‹ Doch ich bekomme keinen Ton heraus. Da ist nur dieser wahnwitzige Drang, ihn zu berühren, diese Situation auszukosten, weil ich weiß, dass es die letzte dieser Art sein wird.

Er scheint zu bemerken, dass es momentan nicht gut um meinen Gleichgewichtssinn bestellt ist, denn er schlingt einen Arm um meine Hüfte, zieht mich an sich, womit ich ihm sogar verdammt nah komme, und trägt mich halb zu einer Bank. Das bemerke ich aber erst, als er mich auf die Sitzfläche drückt, denn noch immer halte ich meine Augen geschlossen. Als sein Arm verschwindet, ist es wie eine Amputation, und ich weiß plötzlich, dass es mir zu wenig war.

Viel zu wenig.

So kann ich das nicht hinnehmen, ich brauche mehr, um mit ihm abschließen zu können. Aber wie soll ich an ›mehr‹ herankommen?

Wie?

Er hat einen Arm um mich gelegt, meine Stirn liegt an seiner Schulter und ich weigere mich nach wie vor, die Augen zu öffnen, womit ich diesen Moment töten würde.

Dann fällt mir ein, dass ich die neue Ashley bin. Diejenige, die sich nimmt, was sie will. Nicht ohne Rücksicht auf Verluste, aber mit jeder Menge Selbstbewusstsein. Und ich beschließe, mir dieses eine Mal zu gönnen. Liam wird es egal sein, er hält es niemals anders. Also warum nicht ein einziges Mal egoistisch sein und nicht über den aktuellen Tag hinausdenken? Warum nicht ein einziges Mal mit dem Herzen entscheiden, wo es sonst immer der Kopf ist, der mein Leben lenkt? Habe ich das nicht irgendwie verdient? Nach allem, was in der Zwischenzeit geschehen ist? Ich beantworte diese Frage mit einem entschiedenen ›Ja!‹, womit die Dinge beschlossene Sache sind.

Und so warte ich ungeduldig darauf, dass mein Schwächeanfall vorbei ist, schimpfe mich währenddessen eine Idiotin, weil ich allen Ernstes nach sechs Wochen Krankenhaus als erstes Joggen gegangen bin, und genieße die Nähe zu ihm. Seltsam, kein Zorn taucht in mir auf, weil Liam einfach nicht mehr in der Klinik aufgetaucht ist. Ich fühle nicht wirklich viel, weder besonders Positives noch Negatives, sobald ich mich erst einmal an die Tatsache gewöhnt habe, dass er überhaupt da ist.

Aber woher kam er eigentlich?

Es gibt sicher die seltsamsten Zufälle, doch man trifft sich nicht aus Versehen im Central Park. Das war bei Marc schon nicht der Fall und bei Liam wird es sich auch nicht anders verhalten.

Irgendwann bin ich mutig genug, die Augen zu öffnen. Erst ist alles verschwommen, doch nach einigen Malen Blinzeln nimmt die Welt wieder Formen und Farben an und ich betrachte ihn von der Seite. Es ist ein Schock, weil er nie besser ausgesehen hat, als heute. »Wie hast du mich gefunden?«

Zunächst schweigt Liam, und mir ist nicht entgangen, dass er sich angespannt hat. Schließlich räuspert er sich. »Ich wollte zu dir. Aber ich sah dich aus dem Haus kommen und losjoggen. Also bin ich dir gefolgt.«

»Ahhh«, sage ich müde. »Das klingt logisch.«

Nein, ich will nicht wissen, was er bei mir suchte, das würde die Dinge nur verkomplizieren.

»Warum bist du gejoggt? Ich meine, du wurdest gerade aus dem Krankenhaus entlassen!«

Da ist er wieder, dieser vorwurfsvolle Ton, der mich schon an jenem Abend fast zur Raserei getrieben hat. Aber heute kommt er mir gelegen.

»Ich dachte, dass ich wieder in Form kommen muss und das ist der beste Weg.«

»Du gehst doch hoffentlich nicht schon wieder arbeiten?«

Ich werfe ihm einen schnellen Blick zu, was ein Fehler ist, denn nun werde ich erneut mit diesem umwerfenden Mann in all seiner Pracht und Herrlichkeit konfrontiert. Jetzt weiß ich auch wieder, warum er mir nicht aus dem Sinn geht, und weshalb seine Wirkung auf mich so überwältigend ist.

Er ist überwältigend, das ist die Wahrheit. Und ich habe mich rettungslos in ihn verliebt. Kein Problem, ich stehe dazu, auch wenn es mir nicht unbedingt weiterhilft. Eine Ashley Johnes verliebt sich nicht täglich und sie schüttelt dieses Gefühl auch nicht umgehend wieder ab. Ich bin froh darüber, dass wenigstens das so geblieben ist. Während ich ihn betrachte, erkenne ich noch etwas anderes, weniger Schmeichelhaftes, aber Wahres:

In Marc war ich niemals verliebt. Für keine einzige Minute. Ich fand ihn nicht einmal sonderlich sexuell anziehend, er war niemals mehr als ein Notnagel, ein Rettungsanker, als ich nicht weiterwusste. Ein nicht sehr gut wirksames Placebo, um den Verlust Liams und meine Einsamkeit zu kompensieren.

Trotz allem, was er mir angetan hat – und wenn es nur der Verrat unserer Freundschaft ist – weiß ich, dass er so etwas nicht verdient hat. Dass ich dies noch erkennen kann, beruhigt mich ebenfalls außerordentlich.

»Ich muss mir einen neuen Job suchen«, sage ich und freue mich über meine feste Stimme.

Als er mich ansieht, wirkt er so zornig, wie ich ihn selten zuvor gesehen habe. »Hat dieser abgefuckte Wichser ...«

»Nein!«, sage ich schnell. »Er geht zu Tiffany nach Tampa. Ich sollte mitgehen ...«

»Was?« Er lacht auf und schüttelt den Kopf. »Ich glaube es nicht! Die Spinne hat ihr nächstes Opfer in ihr Netz gezogen.«

»Könnte man so sagen«, erwidere ich und muss auch lachen.

Unvermittelt ernst betrachtet er mich. »Wie geht es dir damit?«

Ich zucke mit den Schultern. »Ganz gut, eigentlich. Nachdem

die erste Wut vorbei ist, jedenfalls.«

»Und jetzt sitzt du auf der Straße?«

»Ich werde was finden, kein Problem.«

»Geht es dir wieder besser?«

Ich lausche in mich hinein, die Schwäche ist verschwunden und auch meine Beine zittern nicht mehr so jämmerlich, weshalb ich nicke.

»Perfekt«, sagt er auf diese sanfte, dunkle Art, die mir jedes Mal wohlige Schauer über den Rücken rieseln lässt. »Dann lass uns was trinken gehen.«

Ich will widersprechen. Die alte Ash hätte zu 100 Prozent widersprochen. Was ich vorhabe, tut man selten in einem Café, doch die neue Ash ist, wie ich gerade feststelle, bedeutend risikofreudiger.

»Gern«, höre ich mich sagen und lasse mich an der Hand von ihm auf die Füße ziehen.

Liam lässt mich los, sobald er sichergehen kann, dass ich nicht wieder in die Knie gehen werde, doch er bleibt nah bei mir. So nah, dass ich seine Wärme spüren kann.

Das – so finde ich – ist auf jeden Fall ein guter Anfang.

* * *

Nein, er führt mich in kein Café aus, sondern in eine Bar, in der um diese Uhrzeit nur sehr wenige Gäste anwesend sind. Dennoch sucht er einen abgelegenen Tisch für zwei, wo wir uns auch dann in Ruhe unterhalten könnten, wenn bedeutend mehr trinkfreudige Besucher zugegen wären.

»Nimmst du Medikamente?«, erkundigt er sich besorgt.

»Nein!«, erwidere ich und muss lachen. Das ist die seltsamste Art des Abschleppens, die ich je erlebt habe.

Liam weiß überhaupt nicht, dass er plant, mich abzuschleppen, und dennoch habe ich bereits eingewilligt. Das ganze Vorspiel könnte er lassen. Dass ich mit ihm mitgehen werde, steht bereits seit einer halben Stunde fest. Allerdings will ich wirklich nur Sex – und das genau einmal. Wohingegen Liam offenbar etliche Wiederholungen im Sinn hat.

Keiner von uns beiden spricht es aus, und als ich beim Mustern seines unglaublich attraktiven Gesichtes leise Wehmut in mir aufkeimen spüre, wische ich sie resolut beiseite.

Nein!

Meine Entscheidung Liam betreffend steht. Nichts hat sich an dem, was ich ihm in der Klinik sagte, verändert. Ich habe nur beschlossen, noch einmal von dem zu kosten, was mir so unvergesslich im Kopf umhergeistert. Noch einmal in seinen Armen liegen – mehr will ich nicht und mehr werde ich mir auch nicht gestatten. Leise Ungeduld macht sich in mir breit, ich würde ihm so gern die Strähne aus der Stirn streichen, die da so unschuldig hängt, doch ich *darf* es nicht. Dieses Bewusstsein zermürbt mich, jedenfalls, bis er mich fragt, was ich trinken wolle. Spontan hätte ich Whisky gesagt, nur um mit Tequila nicht zu versoffen auszusehen. Doch das verunglückte Jogging hat mich gelehrt, es langsamer angehen zu lassen, und so beschränke ich mich zunächst auf eine Weinschorle.

Sobald die Kellnerin wieder verschwunden ist, mustert Liam mich fragend, dann stützt er seine Ellbogen auf und lehnt sich somit zu mir vor. Nein, ich weiche nicht zurück, stattdessen genieße ich seine Nähe. Unwillkürlich neige auch ich mich ihm entgegen, als wären wir ein Liebespaar.

»Also, sag mir, wie geht es dir wirklich?«, wispert er.

»Wirklich gut«, erwidere ich, fasse mir ein Herz und streiche ihm endlich diese Strähne aus der Stirn. Bei der hauchzarten Berührung schließt er die Augen und mein Blick fällt auf seinen Mund. Sofort stellt sich die Erinnerung ein, wie es war, als er mich mit diesen Lippen verwöhnte. Ich fühle ihn auf meiner Haut, meinen Brüsten und ganz besonders an meiner intimsten Stelle.

Ein sehnsüchtiges Seufzen bricht durch meine Lippen, für das ich mich schlagen will, doch er lacht nicht, grinst nicht einmal, sondern nickt.

»Ja, ich auch.«

Das Blut, das eben im Begriff war, mein Gesicht zu erobern, zieht sich wieder zurück. Ich lege meine Hand auf den Tisch und er greift sofort zu.

Als ich ihn endlich wieder berühren kann, merke ich erst, wie sehr es – er – mir gefehlt hat. Ich verfluche diese verdammten Gefühle, die mir in der Folge noch sehr, sehr zu schaffen machen werden, stelle aber mit Genugtuung fest, dass sich nichts an meinem Entschluss ändert. Noch immer nicht. Ich will nicht die zweite Wahl sein, ich will nicht den Platzhalter für die Frau geben, die er eines Tages kennenlernen und glücklichmachen wird. Dafür bin ich mir schlicht zu schade.

Die Kellnerin bringt unsere Getränke, weshalb er seine Hand wieder entfernt, und ich warte ungeduldig, dass sie verschwindet, bevor ich mein Glas hebe, ihm zuproste: »Cheers!«, und einen großen Schluck nehme. Ich muss lockerer werden, meine letzten Hemmungen fallen lassen und ganz aus mir herausgehen. Wann, wenn nicht jetzt?

Auch Liam nimmt einen Schluck von seiner Weinschorle – zu meiner großen Überraschung hat er das Gleiche wie ich bestellt. Dann lehnt er sich zurück, neigt den Kopf zur Seite – weshalb wieder diese verdammte Strähne in Aktion tritt – und lächelt dann leicht.

»Was gibt es zu lachen?«

»Nichts, im Grunde«, räumt er ein. »Ich freue mich nur darüber, wie gut du aussiehst.«

»Danke.« Wow, ich habe das Kompliment entgegengenommen, ohne zu erröten. »Das ist aber eher der Verdienst der Klinik.«

»Nein, davon rede ich nicht«, erwidert er und mich überrascht die Ernsthaftigkeit. Wo ist er hin, der mädchenkillende Charmeur, der mit jedem Blick mutwillig für ein nasses Höschen sorgte?

»Wovon dann?«, erkundige ich mich und nehme noch einen großen Schluck von meinem Wein.

»Der Fortgang von Tampa hat dir gutgetan«, stellt er fest. »Es war die richtige Entscheidung, auch wenn ich das zunächst nicht einsehen wollte. Du hast es genau richtig gemacht.«

»Was meinst du? Von dir wegzugehen oder von Tiffany?«

Seine Züge verhärten sich, ich sehe einen Kiefermuskel unter der glattrasierten Haut spielen und beiße mir schnell auf die Unterlippe. Warum noch mal sind wir etwas trinken gegangen? Um tiefgründige Gespräche zu führen?

So was Dummes! Bestenfalls verzögern wir damit das, weswegen wir beide hier sind, und im schlimmsten Falle beschwören wir damit Themen an die Oberfläche, die unsere Pläne am Ende noch vereiteln.

»Ich meine von uns beiden«, verkündet er. »Glaube nicht, dass ich meinen unrühmlichen Teil an dieser Story verdrängt hätte.«

Meinen unrühmlichen Teil – Liam versucht sich in einer eloquenten Ausdrucksweise. Ich bin immer verwirrter, denn auch das kenne ich nicht von ihm.

Doch ich räuspere mich und nicke. »Ja, ich habe es hier gut getroffen. Natürlich war es schwer am Anfang, besonders, was die Wohnungs- und Jobsuche betraf. Aber sobald ich hier ankam, wusste ich, dass ich die richtige Entscheidung getroffen habe.«

Er antwortet zunächst nicht, sondern mustert mich nur für eine lange Weile. »Warum lügst du mich an, Baby?«

DA!

Da ist es, dieses Baby, dieses eine Wort, das bei mir immer diesen Flächenbrand auf der Haut erzeugt. Weil es regelrecht von seiner Zunge rollt, weil es mich streichelt, weil es mich dort trifft, wo es nicht treffen soll: mitten ins Herz. Und weil es nichts gibt, was ich dagegen tun kann.

Absolut gar nichts!

»Glaub mir, ich habe es nicht nötig, dich zu belügen«, erwidere ich schroff.

»Tust es aber trotzdem«, beharrt er.

»Und das schließt du woraus genau?«

Er seufzt. »Ich kenne New York und ich weiß, wie schwer es ist, hier Fuß zu fassen. Schon ganz, wenn man abgebrannt ist.«

»Richtig«, erwidere ich noch eine Spur schroffer. »Nur *war* ich nicht abgebrannt. Ich hatte genügend Geld, um mir eine Wohnung suchen zu können, bevor ich mich auf die Jobsuche begeben musste. Ich war für keinen Tag obdachlos und musste auch nicht auf einer Parkbank übernachten.«

»Das habe ich auch nicht behauptet.« Auch Liam klingt jetzt defensiv.

»Nein, du hast nur wieder mal angedeutet, dass Ashley Johnes nicht in der Lage ist, für sich selbst zu sorgen. Das willst du doch wohl nicht abstreiten, oder?«

Er betrachtet mich, ohne etwas zu erwidern.

»Und wie ist es dir so ergangen?«, fahre ich fort, mein Blick gleitet über sein Markenhemd, das unter seiner Markenjacke zum Vorschein gekommen ist, die er sich, bevor wir uns setzten, ausgezogen hat. »Hast du in der Lotterie gewonnen oder woher stammt der neue Reichtum? So weit ich mich erinnern kann, warst *du* in Tampa ja ziemlich abgebrannt.« Oh, das war böse, doch ich kann es nicht zurücknehmen, ich kann einfach nicht! Mir fällt gerade auf, dass ich die Nase voll von den Menschen habe, die mich wie ein minderbemitteltes Kleinkind behandeln.

Zu meiner Überraschung wirkt er nicht verletzt. »Ich habe eine Entscheidung getroffen«, erklärt er und nimmt einen Schluck von seinem Wein. Ich ergreife die Gelegenheit und tue es ihm nach. »Nachdem ich dich in dem Intensivzimmer liegen sah, zwischen Leben und Tod schwebend, nur Minuten, nachdem ich dich gesund und munter erlebt hatte, da wurde mir klar, wie kurz das Leben ist und dass man nicht gut daran tut, alten Streitigkeiten nachzuhängen. Ich war lange genug auf der Flucht gewesen, es war an der Zeit, heimzukehren. Heim zu meiner Familie. Und genau das habe ich getan. Ich ging zu meiner Mom und Dad, sprach mich mit ihnen aus und bat um eine finanzielle Starthilfe – natürlich nur leihweise, ich habe sogar auf Zinsen bestanden. Mit dem Geld habe ich Geschäftsräume zu einem annehmbaren Preis angemietet, in denen ich mein eigenes Immobilienmaklerbüro eröffnet habe. Ja, ich habe Hilfe angenommen, und nein, ich schäme mich deshalb nicht. Manchmal ist es einfach der bessere und auf jeden Fall der leichtere Weg. Warum sollte man Unterstützung nicht annehmen, wenn sie sich einem bietet?«

Sobald er geendet hat, lehnt er sich wieder zurück und

betrachtet mich abwartend, während ich dazu verdammt bin, ihn mit offenem Mund anzustarren. Mit allem hatte ich gerechnet, aber ganz sicher nicht mit diesem Vortrag.

Als die Kellnerin erscheint und sich erkundigt, ob sie noch etwas bringen soll, schrecke ich zusammen und nicke schnell. Weniger aus Durst, eher aus dem Wunsch, dass sie wieder verschwindet.

Sobald das geschehen ist, beuge ich mich zu ihm vor und betrachte ihn intensiv. »Okay, was genau ist geschehen?«

Er zuckt mit den Schultern. »Was ich gesagt habe. Darf ich die Frage zurückgeben?«

Ich beiße mir auf die Unterlippe, ärgerlich, weil er mich so gekonnt in die Falle locken konnte. Doch dann seufze ich. »Ich habe es satt, das Opfer zu sein«, bekenne ich. »Ich bin es leid, immer wieder mit nichts dazustehen, während ... *sie* ...« Mit einem Mal bin ich nicht mehr in der Lage, *ihren* Namen auszusprechen. Liam versteht mich auch so. Er lässt mich nicht aus den Augen. »... in der Ecke steht. Lachend und noch so bekotzt ahnungslos wirkend. Viel zu lange habe ich mir das gefallen lassen. Ich kam hierher, um noch einmal von vorn zu beginnen, und ja, ich *habe* es geschafft. Meine Wohnung ist nicht das Nonplusultra – das ist mir klar – aber mehr war in vier Wochen nun mal nicht zu erreichen. Doch ich befand mich auf dem besten Weg. Alle Weichen waren auf Erfolg gestellt, sogar auf Glück ... und dann kam sie ...«

»Wir«, korrigiert er mich sanft.

»Ihr ...« Ich nicke und danke damit der Bedienung, die unsere neuen Weingläser bringt. Als sie weg ist, fahre ich fort. »Ich dachte, ich wäre auf dem richtigen Weg, und kaum kommt ihr hier an, läuft alles schief. Marc, mein Job, meine Gesundheit ...«

Bevor er antworten kann, reiße ich die Hände hoch. »Oh nein, ich will damit nicht sagen, dass ihr etwas damit zu tun habt, aber ... es traf eben alles zusammen, verstehst du? Und dann sagt Marc auch noch zu mir, ich solle nach Tampa kommen. Zu ihnen! Bei ihnen wäre immer Platz. Sie würden sich um mich kümmern.« Verdutzt bemerke ich, dass meine Augen brennen. Für den Bruchteil einer Sekunde will ich die Tränen vertreiben, doch dann überlege ich mir, dass dies wohl der einzige Moment ist, an dem ich mich zu dem, was mir heute passiert ist, äußern kann. Gegenüber dem einzigen Menschen neben Marc und *ihr*, der die beiden kennt. Allein dass es so ist, verstärkt den Drang zu heulen nur noch. Ich bin nämlich wirklich mutterseelenallein.

Mit durch die Tränen leicht unscharfen Augen mustere ich ihn. »Wie findest du das?«

Liam sagt überhaupt nichts, sieht mich nur an, sichtlich erschrocken, und ich glaube auch ein wenig angewidert. Ja, *das* Gefühl kann ich nachvollziehen.

»Ich meine, wie geht das? Was habe ich getan, um so etwas zu provozieren? Das alles. Ich dachte, Marc und ich ...« Heftig schüttele ich den Kopf und winke ab. »Ja, es war dämlich, das ist mir ...«

»Nein, war es nicht.«

»Was?« Heftig dränge ich ein Schluchzen zurück und krame in meiner Tasche nach einem Kleenex. Als ich mir die Nase putze und dabei aufsehe, erkenne ich, dass die verdammte Strähne immer noch in seiner Stirn hängt. Sie stört mich, ich will sie wegstreichen, ein Teil von mir beharrt darauf, dass ich auch jedes verdammte Recht dazu besitze. Möglicherweise handelt es sich dabei um genau den Teil, der für das gesamte Desaster, zu dem mein Leben wurde, verantwortlich ist.

»Was wolltest du sagen?«, hake ich nach, weil er, ohne den Blick von mir zu nehmen, einen Schluck von seinem Wein genommen hat.

»Es war nicht dämlich«, sagt er, als er das Glas zurückgestellt hat. »Ich habe ihn beobachtet, er machte durchaus den Eindruck, als sei er ... an dir interessiert. Auf jeden Fall genug, um mich ziemlich eifersüchtig zu machen und sich deutlich herrisch zu benehmen. Er hat uns vor die Tür gesetzt, als du im Koma lagst.«

Unwillkürlich muss ich lächeln. Um mich zu beruhigen nehme ich einen großen Schluck Wein, dann beuge ich mich zu ihm vor, wobei ich nur mit Mühe meine begehrlich zuckenden Finger unter Kontrolle halten kann.

»Dass du wirklich eifersüchtig auf ihn warst, ist so unglaublich ... süß ...« Er verzieht das Gesicht, was mich zum Kichern bringt. Allerdings bin ich gleich wieder ernst. »... oder schmeichelhaft, such dir was aus. Du ahnst nicht, wie sehr. Nur weiß ich, glaub ich, mehr als du.«

»Und das wäre?« Er hat den Stiel des Glases zwischen Daumen und Zeigefinger und dreht es immer hin und her, lässt mich aber nicht aus den Augen.

»Das wäre, dass du von Vorwürfen zerfressen bist. Übrigens finde ich es gut, dass diese ganze Scheiße ...« Als er die Augenbrauen hochzieht, muss ich ein weiteres Mal kichern. »... wenigstens etwas Positives zur Folge hatte: Du hast dich mit deinen Eltern vertragen. Wenn schon nichts anderes, dann wenigstens das. Ich weiß, wie es ist, wenn man niemanden mehr hat.« Ich hole tief und ein wenig zittrig Luft, dann fahre ich fort. »Aber was du dir da einbildest, ist nicht an dem. Ein Mann wie du verliebt sich nicht in eine Frau wie mich.«

So, nun ist es raus, und als ich bemerke, dass ich all meine guten Vorsätze vergessen habe, fühle ich nicht einmal viel Zorn. Vielleicht bin ich nicht zur Härte geschaffen. Vielleicht kann ich mir noch so viel Mühe geben, ein emotionsloser, gewissenloser Klotz zu werden, es wird mir doch nicht gelingen. Macht mich das zu einem Verlierer? Wer weiß? Mein Dad hätte dies verneint, ich sage momentan ja. Die Zukunft dürfte zeigen, wer richtig liegt.

Noch immer lässt er mich nicht aus den Augen. Er nimmt einen Schluck vom Wein, ich tue es ihm nach, synchron stellen wir die Gläser ab, ohne einmal geblinzelt zu haben.

»Was kann ich tun, um dich von meiner Aufrichtigkeit zu überzeugen?«

Ich schüttele den Kopf. »Ich glaube nicht, dass ich das will.«

»Was? Mir glauben können?«

»Nein ... So viel Zeit mit dir verbringen, dass du mich überzeugen *könntest*.«

Das muss er erst einmal verdauen. »Warum sind wir dann hier?«

Nun steigt mir doch das Blut in die Wangen, und ich genehmige mir zunächst noch einen Schluck, bevor ich auch antworte. Nein, ich bin wirklich nicht abgebrüht genug für dieses Theater.

»Weil ich eine Nacht mit dir will«, sage ich dann offen und ehrlich. »Du bist der einzige Mann, mit dem ich bisher zusammen war, du hast den Standard gesetzt. Ich würde gern ... Noch einmal ...« Letzteres habe ich wispernd hinzugefügt, und wieder ist Liam zunächst mit Fassungslosigkeit geschlagen. Gelegenheit für mich, noch einen Schluck Wein zu nehmen und mich ganz nebenbei zu fragen, wie er auf dieses im Grunde unmögliches und so frank und frei geäußerte Angebot einzugehen gedenkt. Ich komme zu keinem Schluss. Ein Teil von mir wünscht sich, dass er einlenkt – es würde so viel wiedergutmachen, denn diesmal steht keine Tiffany im Hintergrund, die ihm Anweisungen erteilt, außerdem will ich ihn wirklich ganz dringend spüren. Andererseits fürchte ich jede Minute, die ich länger mit ihm verbringe. Denn ich merke bereits, wie er erneut sein Netz um mich spinnt, merke, wie ich mich neu in ihn verliebe, wenn dieses Gefühl zwischenzeitlich überhaupt nachgelassen hat. Ich merke, wie ich mich emotional wieder an ihn binde, und das, obwohl ich weiß, dass es keine Zukunft für uns gibt.

Nicht geben kann.

Man baut ganz selten auf Trümmern ein neues Schloss auf.

Außerdem ist es nicht unbedingt schmeichelhaft für mich, dass er mich so lange warten lässt. Bedeutet das doch nur, dass er sehr ...

»Okay!«, sagt er unvermittelt und ich blinzele heftig.

»Was?«

Nun grinst er, und das ist das erste Zeichen, dass in diesem neuen Liam noch der alte steckt. »Du hast mir ein Angebot unterbreitet, ich bin darauf eingegangen. Was ist daran so ungewöhnlich?«

»Ich ... äh ...« Wieder färbt Blut meine Wangen und ich schließe die Augen. Gott, wie peinlich!

»Aber nur unter einer Bedingung«, höre ich ihn sagen.

»Okay ... welcher?« Habe *ich* das gerade gehaucht?

Sein dunkles Lachen dringt an meine Ohren. Ein so heißer, rauer, höschennässender Laut, dass sich ein wohliger Schauder von meinem Nacken aus über meinen gesamten Körper ausbreitet.

»Zunächst einmal solltest du mich ansehen.«

Okay, das ist ein Vorschlag, der nicht ganz jeder Logik entbehrt. Ich reiße mich zusammen und öffne langsam die Augen. Noch immer grinst er, jetzt allerdings auf diese geheimnisvolle, verheißungsvolle Art, die den nächsten Schauer über meine Haut jagt.

»Und dann?«, wispere ich rau.

»Dann will ich, dass du deinen Wein austrinkst.«

»Schorle«, korrigiere ich ihn, ohne dass unser Blickkontakt gebrochen wird. Unwillkürlich haben wir uns beide erneut vorgelehnt, sodass die Distanz zwischen uns mittlerweile bedeutend geringer ist.

»Deine Schorle«, murmelt er, anscheinend ganz gefesselt von meinen Augen. »Und darin liegt das nächste Problem.« Er hebt einen Arm, um die Kellnerin zu rufen. Wenig später hat er Wein bestellt, diesmal ohne Wasser. Und all das, ohne den Blick von mir abzuwenden.

»Du willst mich abfüllen.«

Lächelnd schüttelt er den Kopf. »Nicht mit Wein, dazu würde ich mindestens einen Cocktail bestellen. Tequila Sunrise beispielsweise ...«

Ich stütze mein Kinn auf eine Hand, lasse alle Hemmungen fallen. Das wäre mir vor zehn Minuten und einem Schluck Weinschorle noch nicht passiert.

»Du willst mich lockerer machen.«

»Perfekt erkannt«, sagt er, und ich muss ihm das nächste Mal diese verdammte Strähne aus dem Gesicht streichen. Wieder schließt er bei der zarten Berührung die Augen. Diesmal verweile ich mit meinen Fingerspitzen, belasse sie auf seiner makellosen Haut, um dann langsam über seine Wange hinabzustreichen. Die

Wärme strömt durch meinen Körper, elektrisiert ihn erneut, aber nicht auf diese total überwältigende Art, eher wird das Verlangen nach ihn substanzieller, greifbarer, anhaltender ... *wahrer.*

»Ich will gehen«, sage ich leise und er öffnet langsam die Augen.

»Wenn das so ist ...« Damit ruft er die Kellnerin heran und bezahlt anstandslos unsere Getränke. Ich kann ihn nur beobachten, ohne die Spur eines schlechten Gewissens, weil ich mich nicht an den Kosten beteilige. Ich fühle einfach, dass dies allein seine Sache ist, und will den Moment nicht durch das Streben nach Gleichberechtigung zerstören.

Sobald das Geld den Besitzer gewechselt hat und unsere Gläser geleert sind, steht er auf. Nach kurzem Zögern hält er mir seine Hand entgegen. »Komm?« Ja, es ist eine Frage, womit er meine letzten Zweifel beseitigt. Er setzt es nicht voraus, er fragt trotz meiner Zustimmung noch einmal – es *muss* richtig sein.

Meine Hand stielt sich in seine, sobald er mir in die leichte Sweetjacke geholfen hat, die ich zum Joggen angezogen habe. Ich genieße das warme Gefühl der Geborgenheit und Sicherheit und lasse mich aus der Bar ziehen.

Uns empfängt trübes Herbstwetter. Die Dämmerung hat bereits eingesetzt, weshalb ich eilig auf die Uhr sehe: Es ist erst halb sechs – oder schon. Der Tag ist rasend schnell vergangen. Dann bemerke ich, dass Liam mich betrachtet und erwidere seinen Blick.

»Was?«

Er grinst. »Ich weiß, deine Wohnung liegt in der Nähe, aber ich würde dir gern mein Appartement zeigen. Wäre ...?«

»Ja«, erwidere ich einfach. Der Gedanke, mit ihm zu mir gehen zu müssen, grenzt an einer Morddrohung.

Als er befreit auflacht, stimme ich mit ein. »Was ist so witzig.«

Liam sieht in den Himmel, wobei er wie beiläufig seine Hand aus meiner löst und einen Arm um meine Schultern legt. »Eigentlich nichts«, erwidert er dann, mit Seitenblick auf mich. »Ich kam zu dir, um dir mein Appartement zu zeigen. Ehrlich, das war der Grund, außer dir kenne ich niemanden in der Stadt, mit dem ich das Ereignis gebührend feiern könnte. Erst sah es so aus, als würde ich leer ausgehen, und jetzt ...«

»Jetzt hat sich das Blatt gewendet«, vollende ich den Satz, schmiege mich wie selbstverständlich an ihn und schließe für einen kurzen Moment die Lider. Getragen von diesem Augenblick, der – ja, Liam hat recht – so unerwartet wie außergewöhnlich ist. Der Druck seines Armes verstärkt sich und er lenkt mich in die entgegengesetzte Richtung, aus der wir gekommen sind. Als ich die Augen öffne, sehe ich, dass er ein Taxi gerufen hat.

Wenig später lasse ich mich in die Polster sinken und kuschele mich an ihn. Kein Wort fällt, abgesehen die Adresse, die Liam leise dem Fahrer mitteilt. Dann setzt sich der Wagen in Bewegung und mein Geist scheint mit ihm loszufliegen. Liams Duft steigt mir in die Nase, verbindet sich mit meinem ohnehin schon vorhandenen Verlangen, verstärkt es noch einmal und gleichzeitig das Gefühl der Unwirklichkeit. Als hätte ich mich unbemerkt aus der Realität entfernt und wäre mit Liam in einer Art verwandter Blase gefangen.

Eine, in der es nur ihn und mich gibt.

Nichts fühlt sich falsch an, nichts lässt meine Alarmglocken schrillen. Ich schmiege mich nur noch näher an ihn, und als ich seine Hand unter meinem Kinn spüre, die mein Gesicht dem seinen entgegen hebt, muss ich ein erwartungsvolles Stöhnen verbergen. Tränen brennen in meinen geschlossenen Augen, ich kämpfe nicht dagegen an, sondern fiebere den Moment herbei und werfe mich in den Kuss, sobald seine Lippen meine berühren. Doch er lässt keine großartige Leidenschaft zu, noch immer hat er mein Kinn in seiner Hand, während er zunächst den Druck seines Mundes nur minimal hält, bis er endlich wenigstens seine Zunge in das sinnliche Spiel einbringt. Sein Arm legt sich um mich, sein heißer Atem streift meine Wangen, seine Zunge erforscht meinen Mund und der Daumen, mit dem er mein Kinn hält, bewegt sich streichelnd.

Nur allmählich steigert er die Intensität, zieht mich näher an sich, verstärkt den Druck seiner Lippen, stöhnt sehr rau, aber hörbar zurückhaltend, und gibt mich schließlich unvermittelt frei. Verwirrt öffne ich die Augen und sehe in sein ernstes Gesicht. Nur die grünen Augen erzählen etwas von dem Ausnahmezustand, der in ihm tobt. Und ... versuchsweise lasse ich eine Hand an ihm hinabwandern, über seinen muskulösen Körper, den straffen Bauch und am Bund seiner Jeans weiter nach unten, bis ich die harte Wölbung darunter berühre.

Er zuckt zusammen und zieht hörbar die Luft an.

»Was?«, wispere ich, und lasse federleicht meine Finger über seine Erregung gleiten. Mein Mut fasziniert mich, verwundert mich aber nicht sonderlich. Ich habe genug Wein getrunken, um aus mir herausgehen zu können. Genau wie Liam es geplant hatte. Und ich bin kein Teenager mehr, der sich im Zustand geistiger Umnachtung auf ein nur mäßig gewolltes Techtelmechtel einlässt.

»Was ist los ... Liam?« Mir wird so heiß, dass ich mir am liebsten die Jacke aufreißen würde. Dumm, dass wir in einem verdammten Taxi sitzen.

Und so hole ich nur tiefer als gewöhnlich Luft und verstärkte gleichzeitig den Druck meiner Finger. Nur um ein winziges Bisschen, doch ich bilde mir ein, ihn unter dem derben Jeansstoff zucken zu fühlen. Ich stelle mir vor, wie ich diese verdammte Hose öffne, ihn in die Hand nehme und nicht nur das – oh nein. Heute nicht! Ich will ihn fühlen, will ihn liebkosen, will ihn schmecken.

Ein Gedanke, der mich während dem Rest der Fahrt nicht mehr loslässt. Diese führt übrigens in ein ganz anderes Viertel der Stadt. Eines, in dem sich die, für Menschen wie mich wirklich unbezahlbaren, Wohnungen befinden. Kurz keimt die Frage auf, wie wohlhabend seine Eltern sein mögen, doch im Grunde ist es nebensächlich. Ich will nichts von seiner Vergangenheit hören und auch nichts von seiner Zukunft.

Ich will nur ihn.

Jetzt.

31. Kapitel

Ash

Ungeduldig warte ich, dass das Taxi endlich hält, und als das eintrifft, stehen wir vor einem viktorianischen Haus aus roten Backsteinen, mit vier Stockwerken.

Vor etlichen Fenstern befinden sich große Balkone.

Erst als Liam mich leicht in die Seite stößt, komme ich zu mir.

»Wollen wir aussteigen?«

Ich nickte benommen, schaffe es aber, das Taxi zu verlassen – während ich von dem Anblick absorbiert war, muss er den Fahrer bezahlt haben. Als Liam neben mir auftaucht, nimmt er wie selbstverständlich meine Hand und zieht mich zu der riesigen, zweiflügligen Eingangstür, die er mittels Chipcart öffnet. »Ich wohne noch nicht lange hier«, erklärt er mir dabei, doch ich höre gar nicht hin, denn vor mir erstreckt sich eine mit glänzendem Marmor gefließte Lobby. Das Geländer, der riesige Leuchter an der Decke, die Türrahmen, selbst die Lichtschalter sind golden. Hinter einem Tresen befindet sich ein freundlich aussehender älterer Herr in Dienstuniform, der uns mit einem Lächeln begrüßt.

»Wow!«, ist alles, was ich sagen kann und Liam lacht.

»Vertrau mir, ich finde es auch ein bisschen komisch. Aber mein Vater hat seine Beziehungen spielen lassen, und nur in dieser Gruft war ein Appartement frei. Du hast ja keine Ahnung, wie schwierig es ist, in dieser Stadt eine ordentliche Wohnung zu bekommen.« Wir sind die Marmorhalle entlanggeschritten und stehen jetzt vor den goldenen Türen eines Aufzugs. Als ich ihn mit erhobenen Brauen mustere, lacht er wieder. »Okay, ich schätze, du weißt es sogar ganz genau.«

»Davon kannst du ausgehen«, murmele ich. Dann öffnen sich die Türen und wir steigen in eine überraschend geräumige Kabine, die mit rotem Samt verkleidet ist. Die goldenen Griffe, Knöpfe und Spiegel bilden dazu einen hübschen Kontrast.

Liam achtet darauf, dicht bei mir zu bleiben, mein Rücken an seiner Brust, mein Hinterkopf an seinem Hals, seine Arme von hinten fest um mich geschlungen. Ich kann die Augen schließen und mich ganz fallen lassen – ein überwältigendes, sehr neues, schönes Gefühl.

Viel zu schnell haben wir die vierte Etage erreicht und er löst sich von mir, aber nur, um meine Hand zu nehmen. Wie in einem besonders schönen Traum durchschreiten wir einen hellen, freundlichen, sehr gepflegten Flur, von dem trotz seiner Länge nur zwei Wohnungstüren abgehen. Die hintere gehört zu Liam. Er zückt wieder die Chipcart, doch bevor er auch öffnet, sieht er mich an.

»Ich hatte noch keine Zeit, um mich einzurichten, also ...«

»Mach auf!«, unterbreche ich ihn und ein flüchtiges Grinsen stielt sich in sein Gesicht, bevor er die schwere Tür tatsächlich aufstößt.

»Oh!«, entfährt es mir, als ich den langen Flur sehe, dessen Boden mit glänzenden, hellen Fliesen bedeckt ist, und von dem etliche Türen abgehen.

»Nur herein!«, sagt er mit seiner dunklen Stimme, aus der

deutlich der Galgenhumor zu entnehmen ist.

Vorsichtig setze ich einen Fuß über die Schwelle. Mir wird bewusst, wie einfach ich gekleidet bin, wie wenig passend für das, was sich meinen Sinnen bietet. Sauberkeit strahlt mir entgegen, aber nicht so wie in der Klinik, sondern gediegene Wohligkeit, auch wenn wirklich nicht viele Möbel zu sehen sind. Der gesamte Flur ist leer, und als wir in das riesige Wohnzimmer treten, finde ich nur eine riesige Couch, einen Tisch davor und ... natürlich ... Meine Mundwinkel zucken. Ein riesiger Flatscreen, an den eine Playstation angeschlossen ist. Auf jeden Fall ist der Liam, den ich kennengelernt habe, nicht völlig tot. Es beruhigt und sorgt mich gleichermaßen.

Ohne Vorwarnung nimmt er meine Hand und führt mich in die angrenzende Küche, die tatsächlich einen eigenen Raum für sich beansprucht. Sie ist selbstverständlich mit allen Schikanen ausgestattet, aber es scheint nicht so, als hätte Liam hier schon häufig gekocht.

»Die Küche«, sagt er überflüssigerweise, doch ich nicke nur, ohne eine süffisante Bemerkung von mir zu geben. Diese gewisse Elektrizität, die vorübergehend verschwunden war, hat mich wieder vollständig in ihrem Griff. Mir ist, als würde der Strom ungehindert zwischen uns hin und her fließen. Liam scheint es auch zu spüren, denn er dreht sich zu mir um und seine Lippen ziert ein Lächeln, das ich nicht zu interpretieren vermag. Er sagt nichts, seine Arme legen sich nur beidseitig auf meine Schultern, er zieht mich mit einem Ruck an sich und neigt dabei den Kopf, bis sich unsere Lippen fast begegnen.

»Jetzt bist du also hier«, murmelt er dabei und reibt seinen Mund zart an meinem. Eine Hand gleitet auf meinem Rücken hinab zu meiner Hüfte, dann nimmt er unvermutet auch den zweiten Arm zu Hilfe, und ehe ich mich versehe, sitze ich auf dem Küchentresen. Meine Knie teilen sich wie von selbst, sodass er sich zwischen meine Beine stellen kann; sein Blick versinkt in meinem, meine Finger stehlen sich in sein seidiges Haar, und ich muss ein Stöhnen unterdrücken, weil ich erst jetzt begreife, wie sehr mir allein diese kleine Geste gefehlt hat. Unwillkürlich balle ich meine Hände, lasse sie zu festen Fäusten werden und zwinge seinen Kopf zurück.

»Das ist nicht gut«, höre ich mich sagen.

»Was?«

»Das hier.« Entgegen meiner Worte bringe ich meine Beine hinter ihm zusammen, zwinge ihn näher an mich heran und halte die Luft an, als ich seine Härte durch den Stoff seiner Jeans hinweg direkt an mir spüre. Dort, wo ich mit jeder Sekunde feuchter und erwartungsvoller werde. Dort, wo ich ihn so dringend ohne jede stoffliche Barriere haben will.

»Fuck!«, murmele ich und habe mich selten so gut gefühlt.

»Ja«, bestätigt er. Dann nimmt er wieder mein Kinn in seine Hand, zwingt meinen Kopf zu sich hinab und presst seine Lippen auf meine. Seine Zunge erobert beinahe im gleichen Moment meinen Mund, ich stöhne auf, meine Fäuste lösen sich, die Hände wandern hinab, kurz darauf nestele ich an seiner verdammten Lederjacke, bekomme sie glücklich auf und lasse meine Finger an seinem muskulösen Oberkörper hinaufgleiten, bis ich die Schultern erreicht habe, wo ich meine Fingernägel durch den Stoff seines Hemdes hindurch in seine Haut kralle. Ich presse so fest zu, dass es wehtun muss, doch er intensiviert seinen Kuss nur noch, seine Hand hat sich in meinem Haar vergraben, dirigiert mich so, dass er meinen Mund aus jeder Perspektive verwöhnen kann. Er atmet heftig, stöhnt in meine Mundhöhle, und ich spüre seinen Atem auf meiner Haut, was mich nur noch wahnsinniger macht.

Dann fühle ich seine Hand hinabwandern, sinnlich über meine Hüften streichen und dann zu meiner Hose vordrängen. Ich lehne mich ein wenig zurück, um ihm den Zugang zu erleichtern, flüchtig trennen sich unsere Lippen, wir sehen uns keuchend in die Augen, bevor ich diesmal meinen Mund auf seinen presse. Ich stehe in Flammen, jede Faser meines Körpers drängt zu ihm. Sobald er meine Hose aufhat, hebe ich mein Becken, damit er sie mitsamt meines vor Feuchtigkeit triefenden Höschens über meinen Hintern streifen kann. Dann spüre ich seinen Finger endlich an meiner intimsten Stelle, schließe die Augen und höre, wie ich schreie.

Haltlos.

Hingerissen.

Losgelöst.

Gedämpft wird es nur, weil wir uns noch immer küssen. »Oh Gott«, murmele ich keuchend an seinen Lippen, meine Hände wandern flatternd an ihm hinab, während er mit der Fingerspitze meine Klit stimuliert, sodass ich mich stöhnend unter seiner Berührung winde und mich mit Macht konzentrieren muss, um mich nicht einfach fallenzulassen. Meine Finger zitterten so stark, dass ich für einen flüchtigen Moment Scham in mir aufwallen fühle. Doch sobald ich in sein Gesicht sehe, verschwindet sie. Er drückt Ungeduld aus, seine Zähne haben sich tief in seine Unterlippe vergraben, seine Nasenflügel beben, während er nur kurz in meine Augen sieht und dann wieder sehr darauf konzentriert, was er an meiner Weiblichkeit tut. Als er einen Finger versuchsweise in mir versenkt, stöhne ich ein weiteres Mal, doch nun ist seine Hose offen, ich schiebe sie hinab, nehme die Boxershorts gleich mit, so wie er es bei mir getan hat, und dann springt mir seine harte Erregung entgegen. Ich starre ihn an, höre selbst meinen hektischen Atem, und meine Fingerspitzen verharren direkt über seiner Spitze, auf der sich ein milchiger Tropfen gesammelt hat. Als ich wieder in sein Gesicht sehe, meidet er diesmal den Blickkontakt, indem er nur meine Hände betrachtet, und das verleiht mir den erforderlichen Mut. Ich umfasse ihn fest, schließe seufzend die Augen, weil es so unglaublich gut ist, ihn zu berühren. Besser, als ich jemals gedacht hätte. Ich will ihn, aber zunächst in mir, *nur dort*. Unwirsch schiebe ich seine Hand beiseite und platziere ihn an meinem Eingang. Dann sehe ich ein weiteres Mal zu ihm auf, um seine eben noch angespannten Lippen hat sich ein leichtes Grinsen geschlichen.

»So ist das also«, murmelt er knurrend.

»Ja«, wispere ich und lehnt mich zurück. Was für ein Glück, dass die verdammte Küche noch nicht eingerichtet ist, denn der Tresen ist an dieser Stelle gänzlich leer. Liam packte meine Hüften, meine Finger vergraben sich ein weiteres Mal in der Haut an seinen Schultern und dann schiebt er sich in mich hinein.

Langsam.

Unendlich, qualvoll, langsam.

Ich spüre jeden winzigen Muskel seiner Erregung, als sie an meinen Wänden entlanggleitet, halte die Luft an, fahre mir mit der Zungenspitze über die trockenen, vom Küssen geschwollenen Lippen, höre sein dunkles Stöhnen und mein leises Keuchen. Wie von selbst wandern meine Hände auf seine Hüften und weiter nach hinten auf seinen unglaublich strafen, muskulösen Po. Ich unterstütze seinen Rhythmus, in dem er sich in mir bewegt, meine Beine sind nach wie vor hinter ihm ineinander verhakelt und ich halte die Augen geschlossen, genieße diesen Moment, der nur mir gehört.

Nicht ihm – *sondern nur mir.*

Wann immer er am tiefsten in mir ist, fühle ich, wie er diesen einen Punkt erreicht, der mich jedes Mal ein wenig höher treibt. Immer fester presse ich meine Finger in seine Haut, immer tiefer dringt er in mich ein, ich fühle den Schweiß auf meiner Stirn ausbrechen, merke regelrecht, wie ich von der Situation absorbiert werde und weiß, dass es nicht genügen wird. Ich weiß es, bevor ich loslasse, und für ein paar Momente diesem bittersüßen Gefühl ausgesetzt werde, das mich von der Realität loslöst.

Ich koste jede Sekunde davon aus, bin nicht bereit, auch nur den winzigsten Moment zu opfern, und kehre nur sehr langsam und widerwillig in die Wirklichkeit zurück, als ich ihn über mir stöhnen höre: »Fuck!« Und dann fühle ich, wie er seinen Samen in mir verströmt.

Gut, dass ich mir in der Klinik die Pille verschreiben ließ, auch wenn ich zum damaligen Zeitpunkt an Marc dachte. Ein Gedanke, den ich momentan nicht weiterspinnen will. Nicht mit Liams Kopf zwischen meinen Brüsten, während wir beide in den Nachwehen unseres Orgasmus schwelgen.

Es ist so verdammt fantastisch ... so unendlich gut ... Mein gesamter Unterleib steht unter Strom, die Muskeln arbeiten unkontrolliert und halten ihn in sich. Meine Hand löst sich ein wenig von ihm und ich taste mich langsam zu ihm nach oben, bis ich sein Haar unter meinen Fingerspitzen fühle. Es ist am Ansatz ein wenig feucht, was mich interessanterweise schon wieder anmacht.

Ich fühle, wie er in mir erschlafft, und spanne schnell alle Muskeln noch weiter an, um ihn dennoch in mir zu halten, nicht bereit, schon jetzt mit dem Verlust zu leben. Mir ist, als wäre er ein Teil von mir geworden. Einer, der mir guttut, der mich als Frau fühlen lässt und der mich wenigstens für ein paar Sekunden in die Lage bringt, vergessen zu können.

Selten zuvor war mir bewusst, dass Vergessen so unendlich gut sein kann.

Irgendwann hebt Liam den Kopf und ich bin gezwungen, endlich die Augen zu öffnen. Er betrachtet mich mit diesem schiefen Grinsen, mit dem er mich immer bekommt. Wenn mit nichts anderem, dann damit. Doch ich bemerke interessiert, dass ich mir einen Teil meiner neuen Kälte bewahrt habe. Es berührt mich nicht mehr bis in die Spitzen meiner Nerven, es agiert nur oberflächlich, nur, so weit ich bereit bin, ihn in mein Herz zu lassen. Das ist gut, und es verleiht mir die Gewissheit, dass ich dieses Spiel noch etwas weiter ausdehnen kann, ohne mich in Gefahr zu begeben.

Ich beiße mir in die Unterlippe und schiebe ihn von mir, sodass er aus mir herausgleitet. »Ahhh«, stöhnen wir beide gleichzeitig, was doch noch das Blut in meine Wangen schießen lässt.

Um die Peinlichkeit zu überspielen, sehe ich mich um. »Hast du irgendwelche Vorräte hier?«

Er runzelt die Stirn, offenbar hat er mit dieser Frage nicht gerechnet. »Ich ... um ehrlich zu sein, nicht wirklich. Aber ich könnte beim Italiener ...«

»Nein, nichts zu essen. Ich dachte an ...« Ein Lächeln legt sich auf meine Lippen, weil mir diese Angelegenheit unerwarteterweise absolut nicht peinlich ist. »An Wein ... oder so was. Hast du?«

Er hat verstanden, denn auch Liam grinst jetzt. »Ich hab zwar sonst nichts, aber zwei Flaschen Wein sind rein zufällig hier.«

»Rein zufällig«, murmele ich, und gebe mir Mühe, nicht an ihm hinabzusehen. Nicht, weil mir die Geschichte unangenehm ist, sondern weil ich sonst von dem Anblick zu abgelenkt wäre.

Er betrachtet mich mit zur Seite geneigtem Kopf, beugt sich urplötzlich vor und küsst mich sanft auf die Lippen, bevor er einen Finger hebt.

»Warte hier!«

Das bringt mich zum Kichern, weil mir wirklich nicht einfällt, wohin ich sonst gehen sollte.

Er hat eine Schranktür geöffnet, sieht hinein, schüttelt den Kopf und schließt ihn wieder. So verfährt er mit drei weiteren Schränken, bis er es erfolgreich in dem überdimensionierten Kühlschrank versucht.

»Ha!«, sagt er und holt eine Flasche Wein heraus.

»Hast du kein Gatorate?«, erkundige ich mich und er sieht sich grinsend zu mir um.

»Nein, wie gesagt, ich bin noch nicht zum einkaufen gekommen.«

»Und zum Einrichten auch nicht.«

Liam hat einen Korkenzieher aus einer der Laden genommen – nachdem er in fünf anderen ebenfalls gesucht hat – und macht sich daran, die Flasche zu entkorken.

»Nein, dazu auch nicht«, stimmt er mir leise zu. Jetzt, wo er einen guten Meter von mir entfernt ist, sehe ich wieder jenen Teil von ihm, der eben noch zu mir gehört hat. Zwischenzeitlich hat Liam sich seiner Hose entledigt, und seiner Boxershorts auch.

Doch es wäre nicht Liam, wenn er nun lächerlich aussehen würde. Seine Schuhe sind verschwunden, an den Füßen sind auch keine Socken mehr. Ich kann mir das nur so erklären, dass er sich ausgezogen hat, während ich die Augen geschlossen hielt.

Derweil bin ich immer noch halb nackt ... mit Schuhen und Socken, meine Jogginghose hat er nämlich darüber ausgezogen. Ich sehe an mir hinab und keuche angewidert und erschrocken auf.

Sofort hält er inne. »Was ist los?«

»Ich glaube«, nuschele ich. »Ich sollte erst mal ins Bad gehen.«

Sein Blick folgt meinem, und dann grinste er. »Wenn du meinst ... mich stört es nicht.«

»Aber mich«, sage ich fest, er hat mir zumindest halbwegs erfolgreich die Verlegenheit genommen. Ich hüpfe von dem Tresen und mustere ihn fragend.

»Am besten du nimmst das in meinem Schlafzimmer. Letzter Raum im Flur, den Rest findest du schon.«

»Du hast zwei Badezimmer?«, vergewissere ich mich verblüfft.

Er verdreht die Augen. »Ja, und jetzt geh. Schhhhh!«

»Schhhhe mich nicht an!«, empfehle ich ihm grinsend und dann gehe ich.

Den gewünschten Raum finde ich schnell, pralle jedoch zunächst zurück, weil ich nicht mit einer solchen Pracht und Herrlichkeit gerechnet hätte. Auch dieser Raum ist mehr als spärlich möbliert, doch gerade deshalb wirkt er wahrscheinlich so unglaublich einladend. Nur ein riesiges schwarzes Boxspringbett steht an einer Wand, gegenüber den riesigen Fenstern, die von der

Zimmerdecke bis zum Boden reichen. Schwarze Seidenbettwäsche, zwei Decken, vier Kopfkissen, das ist alles. Auf dem dunklen Parkettfußboden liegen ein paar getragene Klamotten umher – ich befindet mich hier eindeutig in Liams Wohnung –, doch mehr gibt es nicht.

Suchend blicke ich mich um und finde zwei von hier abgehende Türen. Einer Ahnung folgend durchschreite ich den Raum und öffne erst die linke – womit ich meinen Verdacht bestätigt finde, denn es handelt sich tatsächlich um einen begehbaren Kleiderschrank, der die ungefähren Ausmaße meines Appartements besitzt.

Viel ist auch hier nicht zu finden, nur ein paar Shirts, Jeans und Unterwäsche – ich entdecke sogar ein paar, die ich aus Tampa kenne, was dazu führt, dass sich mein Magen schmerzlich verkrampft. Ich wische das Gefühl schnell beiseite und konzentriere mich auf die andere Tür, hinter der sich ein großes, aber bislang so gut wie nicht eingerichtetes Badezimmer befindet. Es gibt eine Wanne, Dusche, zwei Waschbecken ... die Fliesen sind hell und freundlich, die Armaturen golden und eine breite Spiegelfläche an einer der drei Wände, die nicht mit dem großen Fenster versehen sind.

Ich mache ein paar Utensilien für die Herrenpflege aus und glücklich zwei saubere Handtücher.

Okay.

Mehr schlecht als recht kann ich mich waschen, dufte danach mehr nach Liam, als mir, aber das betrachte ich nicht unbedingt als Makel. Dann sehe ich mich um, plötzlich unsicher, wie ich aus dem Raum gehen soll. Vorhin war es total normal, aber jetzt fühle ich mich in diesem unten rum nackten Zustand total unangemessen.

Als mir klar wird, dass ich hier nichts finden werde, um diesen Zustand zu kaschieren, gehe ich in Liams Kleiderschrank und kann sogar ein paar Boxershorts auftun, die sich noch in ihrer Verpackung befinden.

Besser als nichts. Außerdem finde ich es schon wieder irgendwie witzig, als ich in den Stoff steige. Den Blick in den Spiegel erspare ich mir trotzdem, denn ich sehe garantiert total bescheuert aus.

Liam finde ich im Wohnzimmer auf der Couch, zwei Wassergläser, in denen sich offensichtlich der Rotwein aus der Flasche befindet, stehen auf dem Tisch davor.

»Sorry, ich habe noch keine passenden Gläser«, sagt er, wobei er aber alles andere als zerknirscht wirkt. Denn er mustert meine Erscheinung und seine Mundwinkel heben sich belustigt.

»Ja, sorry, ich hatte keine frische Unterwäsche bei!«, fauche ich und seine Augen weiten sich.

»Hey, ich habe nicht vor, dich auszulachen. Wie könnte ich? Der Anblick von dir in meinen Shorts ist ...« Er schließt die Augen, sein Lächeln wird immer breiter. Dann fährt er sich mit beiden Händen durch das Haar und sieht mich wieder an. »Komm her!«

Seine grünen Augen haben sich verdunkelt, so wie sie es immer tun, wenn er das Eine im Sinn hat. Ich folge seiner Aufforderung, umrunde den Tisch und bleibe stehen.

»Du hast deine Jeans an!«, sage ich anklagend, obwohl ich damit gerechnet hatte.

Seine Augen weiten sich überrascht. »Äh ... hätte ich sie auslassen sollen? Du hast meine Boxershorts an!«

»Ja, aber ...«

Doch er schüttelt den Kopf. »Kein aber. Ich will mit dir reden, deshalb ist es besser, wenn wir wenigstens irgendwas anhaben.«

Ich verschränke die Arme. »Aber *ich* will nicht reden.«

»Nicht?«

»Nein, deshalb bin ich nicht hier.«

Liam seufzt. »Ja, das sagtest du. In Ordnung, lass es mich anders formulieren, ja?«

Widerstrebend nicke ich.

»Dem guten Geschmack geschuldet und der Tatsache, dass du dir morgen noch in die Augen blicken können willst, schlage ich vor, wir wechseln ein paar nette Worte und trinken einen guten Wein.«

»Und dann?«

Er zuckt mit den Schultern, doch seine Augen funkeln. »Lassen wir es auf uns zukommen.«

Das passt mir nicht. Es passt mir überhaupt nicht. Diese gesamte Entwicklung ist nicht gut! Doch ich sehe ein, dass zur Wahrung des guten Geschmacks wohl mein Mitspielen erforderlich ist. Als wäre dieser nicht schon, seitdem ich Liam das unmoralische Angebot im Pub unterbreitet habe, hoffnungslos zerstört. Allerdings ist es ein edler Zug, dass Liam so denkt und nur deshalb setze ich mich neben ihn.

Er lächelt. »Perfekt ... Okay, fast.« Damit nimmt er eines der beiden Gläser und reicht es mir. Das gefällt mir schon eher, weshalb ich zugreife und dann beobachte, wie er das zweite Glas anhebt.

»Auf uns«, sagt er und ich verkneife mir jeden Widerspruch. Selbst Liam muss klar sein, dass es kein ›uns‹ geben wird. Jedenfalls nicht nach heute Abend.

Der Wein schmeckt süß und süffig, doch auch wenn er trocken gewesen wäre, hätte ich einen großen Schluck genommen. Ich weiß, was ich will, und das ist bestimmt keine ausschweifende Unterhaltung.

»Ich wohne erst seit ein paar Tagen hier«, erklärt Liam auf einmal.

»Das sagtest du schon.«

Er nickt. »Ich sagte dir aber nicht, was für einen Plan ich in dieser Stadt verfolge.«

»Doch du sagtest was von einer Firma.«

»Ja«, erwidert er und nimmt einen neuen Schluck. »Aber ich habe weiter gedacht, als ich dir erzählte.«

»Und wie weit?«

Lächelnd sieht er mich an. »Ich dachte mir, dass du vielleicht eine gut bezahlte Anstellung suchst.«

Es braucht einen Moment, bevor ich loskichere. »Was? Bei dir? Nein, kein Bedarf!«

Das klang so rüde, dass ich meine Worte fast bedauere, kaum dass sie meinen Mund verlassen haben. Doch er nimmt es leicht – natürlich, er ist schließlich Liam.

»Ich dachte mir, dass du so reagieren würdest«, bekundet er lächelnd. »Und ich werde einen Teufel tun, und versuchen, dich vom Gegenteil zu überzeugen. Du würdest mir sowieso nicht zuhören.«

»Gut erkannt«, sage ich und trinke noch einen Schluck von meinem Wein.

»Ich bitte dich nur darum, nachzudenken«, fährt er fort, als hätte es meinen Einwurf nicht gegeben. »Wäge klug das Für und Wider ab und entscheide dann, anstatt jetzt schnell für immer und ewig abzulehnen.«

Unsere Blicke treffen sich über die Ränder der Gläser hinweg und ich versuche, hinter die Fassade zu schauen, was mir nur leider nicht sonderlich gut gelingt. Als Nächstes lausche in mich hinein und finde leichte Wehmut, sehr viel Zuneigung und ... und das beruhigt mich, noch immer sehr, sehr viel Verlangen.

»Ich unterbreite dir einen Vorschlag«, sage ich nach dem nächsten Schluck Wein, mit dem ich das Glas leere. Nun schwirrt mir anständig der Schädel – genau, was ich wollte.

»Wir vertagen dieses Gespräch auf morgen. Wenn wir dann noch miteinander sprechen wollen, stehe ich dir zur Verfügung. Was sagst du dazu?«

Er betrachtet mich forschend und nickt schließlich langsam. »Das klingt akzeptabel.«

»Perfekt«, wispere ich, meine Stimme bricht. »Jetzt will ich etwas anderes.« Damit lasse ich mich von der Couch gleiten, schiebe den Tisch etwas weiter weg, sodass ich vor Liam knien kann und betrachte ihn unter meinen Wimpern hervor. Es müsste sich wie Show anfühlen, wie gespielt, doch so ist es nicht. In Wahrheit kommt es wie von selbst, als hätte es immer schon in mir geschlummert und nur auf den Moment gewartet, wo es endlich ausbrechen darf.

Er sagt nichts, hat aber bereitwillig die Beine auseinandergenommen und beobachtet nun mit angehaltenem Atem, wie ich die Knöpfe seiner Jeans öffne. Ich will das wirklich, kann es kaum erwarten und habe daher nicht die geringsten Skrupel. Unter der Jeans trägt er keine Shorts, weshalb mir seine Erregung entgegenspringt, kaum dass ich den letzten Knopf noch ganz geöffnet habe. Ich betrachte ihn eingehend, umschließe ihn mit einer Hand und sehe dann wieder zu Liam auf, der mich nicht aus den dunklen Augen lässt.

Langsam befeuchte ich meine Lippen und lecke dann einmal sanft über die Spitze, während meine Hand langsam an ihm hinab wandert.

Ja, das ist gut, es ist sogar sehr gut. So gut, dass ich mehr will. Viel mehr. Und so umschließe ich ihn mit meinen Lippen, zwinge meine Lider, sich nicht zu senken, sondern ihn weiter anzusehen, während ich mit der Zunge seine Spitze umspiele, die Lippen langsam an seiner Härte auf und ab bewege und meine Hand nun an seinem Schaft verharrt. Ich habe mit allem gerechnet, aber nicht mit dem, was nun geschieht. Erstens ist es die bislang sinnlichste Erfahrung in dieser insgesamt sehr sinnlichen Geschichte. Zweitens frage ich mich sehr, sehr traurig, warum ich das nicht schon viel früher getan habe – ach ja, ich hatte keine Übungsfläche. Aber über allem ist es Liams Reaktion, die mich fast kommen lässt, obwohl er mich zunächst nicht einmal berührt. Auch Liam hat seine Augen halb geschlossen, er legt den Kopf in den Nacken, stöhnt leidenschaftlich auf und seine Hände tasten sich in mein Haar vor, wo sie zu Fäusten werden. Sanft gibt er mir den Rhythmus vor, drückt mich weiter auf sich und zieht mich wieder zurück, seine Hüften stoßen vor – ich habe den Eindruck, dass er es nicht kontrollieren kann – seine Zähne haben sich fest aufeinandergepresst, er zischt, als ich versuchsweise meine einsetze, und stöhnt, sobald ich ihn wieder mit der Zunge verwöhne. Ich kann den Blick nicht von ihm abwenden, habe niemals etwas Heißeres gesehen, und ein ungeahntes Gefühl durchströmt mich, das ich mit meinem diffusen Geist zunächst nicht identifizieren kann.

Erst, als seine Hüften immer heftiger vorstoßen, er immer tiefer in meine Mundhöhle eindringt, seine Fäuste in meinem Haar immer fester werden und er vor Leidenschaft vor meinen

Augen vergeht, erkenne ich, was es ist: Macht!

Macht über diesen unsagbar schönen Mann, der sich mir restlos ausgeliefert hat. Macht, ihm Freuden zu bereiten und nur von dem Anblick, der sich mir bietet, mitgerissen zu werden. Macht, diese Geschichte in die eine oder andere Richtung zu lenken, ohne dass er tatsächlich eingreifen kann.

Macht!

Und das Gefühl, das schönste, begehrenswerteste, sexieste Geschöpf auf Erden zu sein.

Immer schneller lasse ich meine Zunge wirbeln, schmecke ihn und stöhne unwillkürlich, weil auch das wirklich gut ist. Meine Lippen schmerzen mittlerweile, meine Zunge auch, aber ich kann nicht aufhören, will ihm auch das letzte Bisschen Selbstbeherrschung entlocken, will, dass er sich vollkommen durch mich verliert.

Als sein Atem immer abgehackter kommt, er heftiger in meinen Mund stößt und ich weiß, dass mich nur noch Sekunden von seinem Orgasmus trennen, steige ich doch noch aus und ziehe schnell den Kopf zurück. Am Ende hat mich meine Courage verlassen – was soll ich sagen? Liam wirkt nicht unbedingt enttäuscht, doch er lächelt auch nicht, als er mich mit zarten Druck an meinem Haar nötigt, aufzustehen.

»Zieh das aus!«, knurrt er mit Blick auf seine Shorts. Ich selbst bin total außer Atem und meine Finger zittern, als ich seiner Aufforderung entspreche. Ich stolpere fast, weil ich nicht gleich aus der verflixten Shorts komme und halte mich unwillkürlich an seiner Schulter fest. Auch Liam greift zu, hält mich an den Hüften aufrecht, den Blick hat er nur auf dem, was ich mit seiner Shorts anstelle. Sobald diese endlich ein paar Zentimeter entfernt liegt, dirigiert er mich mit Druck auf meine

Seiten zu mir, ungeduldig schiebt er eine Hand zwischen meine Schenkel, ich stöhne auf, als sein Finger an meiner intimsten Stelle entlangfährt, mich dort berührt, wo das Verlangen sengend, glühend, unerträglich pocht. Und als er meine Klitoris berührt – unbeabsichtigt, da bin ich mir sicher – stoße ich einen spitzen Schrei aus, unsicher, ob ich meinen Höhepunkt noch zurückhalten kann.

»Nein!«, knurrt er, als hätte er meine Gedanken gehört und sieht mich an. »Nein! Halt es zurück!«, wispert er etwas weniger forsch, dann drängt er mich über sich, die Beine links und rechts von seinen, und platziert seine pulsierende Erregung an meinem Eingang.

»Halt dich an meinen Schultern fest«, kommandiert er als Nächstes. Ich beeile mich, auch diesem Befehl nachzukommen. Dann umfasst er wieder meine Hüften. »Und jetzt ...«

Er drückt mich hinunter und ich ziehe hörbar die Luft ein, als ich ihn in mir spüre. Noch so viel größer als soeben. Er füllt mich aus, er dehnt mich, er bringt mich fast zum Explodieren.

»Oh Gott!«, wimmere ich, während ich ihn an den Innenwänden meiner Vagina entlanggleiten spüre, bis ich schließlich auf ihm sitze. »Oh Gott!«, flüstere ich, mein Gesicht nun nah an seinem.

Als Antwort küsst er flüchtig meine Lippen, lehnt sich zurück und dann bewege ich mich auf ihm, stemme mich in die Höhe und danke dem lieben Gott, weil ich niemals mit dem Sport aufgehört habe, denn ich besitze die Kraft, um dies über Minuten durchzuhalten und dabei auch noch das Tempo zu steigern. Mein Blick ist währenddessen in Liams versunken, wenn ich nicht hin und wieder rasch auf seine geteilten, vollen, so unendlich schönen Lippen sehe, durch die ruckartig sein Atem weicht. Irgendwann halte ich kurz inne und schlucke, bevor ich in atemberaubender Geschwindigkeit sein Hemd aufknöpfe – diesmal versagen mir meine Finger nicht den Dienst. Ich streife es über seine breiten Schultern, und er hilft, indem er nacheinander die Arme aus den Ärmeln zieht. Als Nächstes folgt mein Sweatshirt, das er mir ungeduldig über den Kopf zerrt. Ich kann mich nicht einmal wegen meines so wenig spektakulären Sport-BHs ärgern, den ich immer beim Joggen trage, denn er öffnet ihn mit einer Fingerfertigkeit, die mich aufkichern lässt. Allerdings lässt er dann seine Muskeln spielen, seine Erregung, die tief in mir versenkt ist, pulsiert noch etwas mehr und aus meinem Kichern wird ein Stöhnen.

Er hebt eine Augenbraue. »Sagtest du etwas?«

»Nein!«, keuche ich und beeile mich dann, ihm auch das T-Shirt auszuziehen, das er unter seinem Hemd trägt.

Dann sind wir nackt und ich lecke mir unbewusst über die Lippen, während ich ihn betrachte. Nein, es gibt nicht viele Vergleichsmomente, aber ich gehe sehr häufig schwimmen. Das Schwimmbad ist der Ort, an dem man nur mäßig bekleidete Männer ungeniert betrachten kann, und daher weiß ich, dass Liam außergewöhnlich gut aussieht. Mit dieser gebräunten Haut, den muskulösen Schultern, der nicht zu stark ausgeprägten Brust, die sich in einen schönen, aber nicht übertrainierten Bauch verjüngt. Seine Lippen sind voll und dennoch nicht zu breit, seine Nase passt sich perfekt in seine Gesichtszüge ein, seine Wangen sind nicht glattrasiert, sondern weisen einen dunklen Schatten auf, der ihn verrucht und Bad-Boy-mäßig sexy erscheinen lässt. Die grünen Augen – oh Gott verdammt, diese unverschämt grünen Augen – funkeln mich an und zu guter Letzt hat sich wieder diese unartige Strähne in seine Stirn gestohlen, die ich diesmal dort belasse, denn es ist, als verleihe sie seinem Aussehen noch den letzten Schliff.

Schön!

Mein Herz quillt über vor lauter Zuneigung für diesen Mann, der gerade meinen Körper in Besitz genommen hat, bevor ich meine Hände in seinen Schultern vergrabe – diese breiten, seidigen Schultern – und erneut beginne, mich auf ihm zu bewegen. Bald bin ich so hingerissen, dass ich nicht mehr länger über sein Aussehen nachdenken kann. Mein gesamtes Sinnen und Flehen gilt meiner Erlösung. Ich presse die Zähne in die Unterlippe, um nicht aufzuschreien, höre ihn wieder abgehackt atmen, spanne noch zusätzlich die Muskeln an, um alles von ihm zu spüren, fühle, wie ich schlicht auslaufe, rieche den unglaublichen Duft von Sex und Liam und mir ... fühle den Orgasmus auf mich zurollen, gleichzeitig, wie seine Lippen den aufgestellten Nippel meiner linken Brust umschließen, und als er zubeißt komme ich.

Ich komme in einer gigantischen Explosion, wie ich sie bisher nicht für möglich gehalten hätte. Mich an Liam klammernd, schreie ich laut und dennoch für meine Ohren meilenweit entfernt. Ganz weit weg bekomme ich mit, dass auch Liam loslässt und tief stöhnt, während er seinen Samen in mir verteilt. Doch für mich findet in den nächsten Sekunden nichts anderes statt, als ich selbst. Ich lasse mich von der Welle der Emotionen tragen, die mich noch lange hält, als der Höhepunkt längst wieder abgeflaut ist. Meine Ohren sind für äußere Einflüsse taub, meine Nase nicht in der Lage, Gerüche aufzunehmen, selbst von meinem Körper scheine ich losgelöst zu sein, als hätte ich eine äußerst heftig wirkende Droge genommen. Jedenfalls stelle ich mir einen Trip so vor.

Nur langsam kehrt die Welt in mein Bewusstsein zurück und mir geht auf, dass ich an seine schweißnasse Brust gesunken bin. So kann ich die Augen öffnen, ohne ihn sofort ansehen zu müssen. Es ist gut. Seine Hand auf meinem nackten Rücken ist gut.

Und dass meine auf seiner Brust liegt, ist es auch.

Seinen Herzschlag zu hören ist sogar mehr als gut ...

Ashley, jetzt kommst du langsam in die gefährlichen Gefilde!

Ja, offenbar, doch ich war darauf vorbereitet, deshalb löse ich mich von ihm, bewege ein wenig mein Bein, sodass er aus mir herausgleitet, was diesmal eine nicht ganz so große Wehmut erzeugt, als zuvor, und dann sehe ich ihn an.

Er hat mich beobachtet, stelle ich fest. Unter seinen dichten Wimpern hervor. Erst jetzt schlägt er die Augen vollständig auf und mustert mich fragend. Ob ich will oder nicht, dieser After-Sex-Look steht ihm dermaßen gut, dass ich lächeln muss.

»Ich habe Hunger«, stelle ich fest. »Was sagtest du von einem Italiener?

***

Während vor dem Fenster der Tag zur Neige geht und längst die Dunkelheit übernommen hat, sitzen Liam und ich ... auf dem Boden bei Pizza al forno und zocken an der Playstation. Die Stimmung ist so gelöst, dass ich einfach vergesse, wie sehr sich alles verändert hat, seitdem wir das letzte Mal so zusammengesessen haben. Ich weiß, dass ich jetzt gehen müsste, weiß, dass ich mit dem Hierbleiben alles nur noch schlimmer mache und kann mich dennoch nicht entschließen, mich anzuziehen und Liam King erneut hinter mir zu lassen. Ich bin noch nicht bereit dazu, mir ist, als hätte ich noch nicht alles bekommen, was ich benötige, um mein Leben ohne ihn bestreiten zu können.

Dieser Abend ist noch nicht beendet, er wird es erst sein, wenn der Morgen heranbricht. Und ich nehme mir das Recht heraus, den Moment des Abschiedes noch ein wenig hinauszuzögern, es aufzuschieben, auszukosten, ein wenig länger heile Welt zu spielen. So wie auch Liam sie spielt. Immer wieder sehe ich die vielen Fragen in seinen Augen aufglimmen, doch er schluckt sie herunter, lacht lieber noch einmal, boxt mich in die Seiten, amüsiert sich, wenn ich ihm, wie so häufig, hoffnungslos unterlegen bin und spielt den getroffenen Macho, wenn ich ihn doch geschlagen habe.

Es ist so gut.

So unendlich gut.

So befreiend, ich kann mir sogar eingestehen, dass es mir gefehlt hat, auch wenn wir auf diese Art nur an einem einzigen Abend zusammengewesen waren. Dieses Gefühl der Verbundenheit – der *mentalen* Verbundenheit, nicht der körperlichen – stellt sich wieder ein, und diesmal lasse ich es zu, auch auf die Gefahr hin, dass ich dies noch bitter bereuen werde.

Morgen ... wenn er fort sein wird.

Aber nicht heute ...

Ich trinke weiterhin meinen Wein, halte damit meinen umnebelten Zustand aufrecht, auch wenn mir der gesamte Körper wehtut, besonders meine geschundene Vagina. Ich weiß einfach, dass ich ihn noch einmal will. Selbst wenn mir das Laufen morgen Schmerzen bereiten sollte. Doch lange Zeit macht Liam keine Anstalten, die Nachtruhe einzuläuten. Obwohl er müde ist, wie unschwer an seinen Augen erkennbar. Irgendwann schaltet er allerdings doch die Playstation aus und schaut mich an. Wir lehnen an der Couch, sitzen direkt nebeneinander, weshalb ich genau das Funkeln in seinen Augen erkennen kann.

»Ash ...«

Bevor er weitersprechen kann, habe ich seinen Mund mit einem Finger verschlossen.

»Nein«, sage ich ruhig. »Bitte, mach es nicht kaputt. Es ist so gut, wie es gerade ist.«

Er betrachtet mich lange, ohne etwas zu sagen und ich ignoriere, dass seine Augen dafür umso intensiver zu mir sprechen. Ich will nicht Dinge äußern, die ich morgen bereuen würde, und ich will nicht, dass er Worte sagt, die der Situation geschuldet, aber nicht ehrlich sein würden. Denn auch das würde ich morgen bereuen. Sachte streicht er mein Haar zurück, stöhnt leise und nickt schließlich. »Wie du meinst.«

Der Blickkontakt wird noch etwas länger aufrechterhalten, dann steht er auf und hält mir eine Hand hin. »Komm!«

Ich frage nicht lange, weiß, dass der letzte Akt in diesem speziellen Drama begonnen hat und spüre nicht die geringste Wehmut. Allerdings auch keine Gewissensbisse, weil ich geblieben bin. So ist es richtig.

Woher ich es weiß?

Weil es sich richtig *anfühlt*.

Er führt mich in das fast leere Schlafzimmer mit dem riesigen Bett und zieht sich dort die Jeans aus – wir hatten uns wieder angezogen, um dem Pizzaboten keine unfreiwillige Show zu bieten. Allerdings hat er auf sein T-Shirt verzichtet und sein Hemd – nun, das habe ich angezogen. Wissend, dass ich es mitnehmen werde, wenn ich in einigen Stunden gehe.

Noch immer macht sich keine Wehmut in mir breit. Stattdessen sehe ich ihm dabei zu, wie er sich vor mir entkleidet. Ungeniert und auf so lässige Weise, dass es auf meinen Lippen sogar ein kleines Lächeln erzeugt.

Schließlich steht er vor mir und ich betrachte ihn für einen langen Moment mit zur Seite geneigtem Kopf.

Was für ein gut aussehender Mann!

Im Schein des Mondes glänzt seine gebräunte Haut ein wenig, und vermittelt den Eindruck, er hätte Öl benutzt, wie diese Star-Stripper, zu denen Tiffany mich schon immer mal entführen wollte. Natürlich habe ich mich stets vehement geweigert. In der Dunkelheit blitzen seine Augen und seine wunderschönen Lippen haben sich zu einem spöttischen Lächeln verzogen.

»Fertig?«

»Nein«, erwidere ich mit einer Kaltschnäuzigkeit, die ich mir niemals zugetraut hätte.

Ich höre sein leises, sehr sinnliches Lachen und muss selbst ein bisschen Kichern, denn nun hat er eine Hand in die Seite gestemmt, ein Bein etwas ausgestellt, womit er sich in unverkennbarer Pose befindet.

»Darf ich einen Wunsch äußern, Ma'am?«, erkundigt er sich und ich sehe, wie sein Schwanz zuckt. Fast kann ich auch auf die Entfernung fühlen, dass er härter wird.

»Du darfst«, erwidere ich kühl.

»Zieh dich aus!«, fordert er, bedeutend forscher als zuvor. Als ich wieder sein Gesicht mustere, sehe ich neben dem spöttischen Funkeln auch deutliches Verlangen in seinen Augen glitzern. Wer wäre ich, wenn ich dem nicht entsprechen würde?

Ich trage nur sein Hemd und seine Boxershorts, deshalb dauert es nicht lange, bis ich nackt vor ihm sitze. Es ist gut, nicht die geringste Verlegenheit stellt sich ein. Stattdessen mag ich es, wie wir beide uns betrachten, während sein Blick sich langsam über meinen Körper tastet.

»Du bist schön, habe ich dir das schon gesagt?«, erkundigt er sich leise.

»Ja, hattest du«, erwidere ich kurz und der Zauber ist verflogen. Ich lege mich auf das Bett zurück und ziehe die Decke über mich. Als er neben mir auftaucht, schließe ich die Augen, um ihn nicht ansehen zu müssen. Ich spüre, wie auch er unter die Decke schlüpft, besitzergreifend einen Arm um meine Taille legt und dann seine Lippen auf meine Schläfe.

Kurz.

Süß.

Nicht gut.

Ganz und gar nicht gut.

Flüchtig überlege ich, ob es nicht doch besser wäre, endlich zu gehen. Aber die Wahrheit ist, dass ich inzwischen schlicht zu müde bin, um mich noch auf die Heimreise durch die halbe Stadt zu begeben. Außerdem ist die Vorstellung, nach dieser Luxuswohnung wieder in meinem stinkenden Appartement zu stranden, alles andere als erbaulich.

»Was hast du?«, erkundigt er sich leise.

»Nichts«, lüge ich, obwohl ich eine ganze Menge habe. »Ich bin einfach nur müde.«

»Ja«, erwidert er. »Das bin ich auch. Lass uns schlafen.«

Er zieht mich an sich, legt ein Bein über meine, ich spüre seine halbschlaffe Erregung an mir und fühle einen Stich der Beleidigung, weil er nicht schon wieder bereit und hart ist, wo ich doch nackt in seinen Armen liege. Das ist lächerlich und ich weiß es auch, weshalb ich dieses Gefühl schnell wieder beiseiteschieben kann. Das andere bleibt. Und in den nächsten Minuten, in denen Liam bereits tief und fest neben mir schläft, rufe ich mir all die Gründe zurück, aus denen ich nicht bei ihm bleiben kann. Wobei er mir übrigens kurz davor noch glänzend geholfen hat.

Ja, er hat mir bereits einmal gesagt, dass ich schön bin. Das war in Tampa, als er in Tiffanys Auftrag mit mir schlief. Als er es damals äußerte, hätte ich vor lauter Freude fast noch einen Orgasmus gehabt. Auch vor Verwunderung, denn ich würde mich wirklich niemals als schön bezeichnen.

Nur leider war das Märchen keines, nicht wahr? Tatsächlich handelte es sich nur um einen dummen Anmachspruch, den er höchstwahrscheinlich immer bringt. Sein Verhalten heute lässt ja auf so etwas schließen. Nichts von dem was er damals tat und sagte, kann ich noch länger als echt einschätzen. Ja, er hat ein schlechtes Gewissen, oh ja, das nehme ich ihm ab. Denn er ließ sich instrumentalisieren, vom Vamp Tiffany, ohne länger darüber nachzudenken. Wer weiß, was sie ihm als Belohnung für ein Mal Ashley-Entjungfern versprochen hat. Vielleicht hat sie ihm einen besonders heißen Blowjob geschenkt.

Oh, allein der Gedanke von Tiffany, die vor ihm kniet, und das tut, was ich wenige Stunden zuvor getan habe, zwickt und zwackt in meinem Bauch und droht, meine Augen zum Überlaufen zu bringen. Doch das ist genau die Stimmung, die ich brauche, um dies hier bis zum bitteren Ende durchzustehen. Deshalb mache ich weiter damit, mir die ganze, grausame Wahrheit schonungslos vor Augen zu führen. Und ich schrecke auch nicht davor zurück, einige Ahnungen als Gewissheiten anzuerkennen, obwohl ich mir dessen nicht sicher sein kann.

Will ich eine Beziehung, die er aus Bedauern führt? Will ich, wann immer ich ihn ansehe, von diesen widerlichen Zweifeln überfallen werden, die so sehr wehtun, dass es mir regelmäßig die Kehle zuschnürt?

Will ich ihn letztendlich wieder an eine Frau verlieren, weil auch Liam in nicht allzu ferner Zukunft einsehen wird, dass ich nicht die bin, die ihm geben kann, was er will und braucht? Ich glaube ihm, dass er das momentan denkt, er hat keinen Grund, sich sonst mit mir abzugeben. Aber ich bin niemand für eine Beziehung auf Zeit. Wenn ich mit jemanden zusammengehe, dann wird es voraussichtlich für immer sein. Ein Restrisiko bleibt, das ist mir klar, ich muss nur an meine eigenen Eltern denken, um mir dies vor Augen zu führen. Doch ihre Absichten waren zunächst ein gemeinsames Leben bis ins hohe Alter, nicht ein: *Versuchen wir, wie weit wir miteinander kommen.*

Ich *kann* nicht auf Liams Angebot eingehen, weil ich ihm nicht vertraue. Keinem seiner Worte. Es ist zu viel geschehen. Außerdem kann ich mir nicht trauen. Mir und meinen Gefühlen. Wäre ich ein Mensch, der den emotionalen Ball flach halten kann, wenn es für mich das Beste ist, dann würde ich es riskieren. Doch genau das kann ich eben nicht und so will ich auch niemals sein. Heute liebe ich ihn – es fällt mir nicht schwer, mir das einzugestehen. Das war klar, als ich diese eine Nacht mit ihm durchgesetzt habe, denn so etwas entspricht mit Sicherheit nicht meinem Stil.

Morgen würde ich ihn vergöttern und übermorgen wäre er für mich unverzichtbar geworden. Ich würde mich an ihn hängen, würde ihm nicht nur mein Herz, sondern mich insgesamt schenken und dann ...

... dann wäre ich eines Tages unweigerlich zerstört. Dann nämlich, wenn er sich von mir abwenden würde. Am besten noch mit dem lapidaren Spruch: *Aber wir können ja Freunde bleiben.*

Das, was ich nach meinem Weggang in Tampa durchgemacht habe, wäre ein winziger Vorgeschmack dessen, was mich dann erwarten würde. Und nein, ich KANN mich selbst nicht so weit verraten. Ich kann nicht sehenden Auges in mein Unglück rennen.

Und wenn er noch so gut duftet.

Und wenn mir sein Herzschlag unter meiner flachen Handfläche noch so vertraut ist.

Und wenn mir die Wärme seines Körpers noch so viel Geborgenheit beschert.

Und wenn ich ihn noch so sehr liebe.

Ich seufze, küsse sehr sanft eine Brust und atme seinen Duft ein. Er bewegt sich im Schlaf, sein Arm verfestigt sich noch etwas um mich, zieht mich noch weiter an ihn heran und ich schließe wie von selbst die Augen.

Ja, so kann ich gut schlafen.

* * *

Ich weiß nicht, wie spät es ist, als ich wach werde. Die Welt vor dem Fenster ist noch dunkel, und ich fühle mich auch keineswegs ausgeschlafen.

Erst nach einer Weile bemerke ich, was mich womöglich geweckt hat. Im Schlaf haben wir uns bewegt, wir liegen nun um einige Zentimeter voneinander entfernt, Gesicht an Gesicht und ich sehe direkt in Liams offene Augen.

Er sagt keinen Ton, sieht mich nur an, mit funkelndem Blick, während sein Atem mein Gesicht streift.

»Bleib bei mir«, wispert er irgendwann, sein Finger streicht eine Strähne meines leider noch so kurzen Haars beiseite und dann tastet er sich in meinen Nacken vor, um meinen Kopf näher an seinen zu bewegen.

»Bleib bei mir«, wiederholt er, als unsere Lippen nur noch Millimeter trennen. »Ich liebe dich.«

Bevor ich reagieren muss, küsst er mich. Sanft, zärtlich, hingebungsvoll bewegt er seinen Mund auf meinem, knabbert ein wenig an meiner Unterlippe und wird erst dann fordernder, als ich seine Zunge mit meiner empfange. Seine Hand wandert langsam an mir hinunter, bleibt aber auf meiner Hüfte liegen, während er den Kuss intensiviert. Erst als auch ich mich an ihm hinunter taste und seine Erregung in meine Hand nehme, stöhnt er leise auf und sein Finger gleitet zwischen meine Schenkel, wo er erwartungsvolle Feuchtigkeit findet.

Ich werde das bereuen, oh ja, und wie! Morgen werde ich nicht laufen können, aber das ist mir egal.

Für mich ist es wie der wahre Abschluss, als er mich sanft auf den Rücken legt, meine Beine sich wie von selbst um ihn schlingen, und er in mich hineingleitet, ohne mich dabei aus dem Blick zu lassen. Als ich den Kopf zurückwerfe und ihn unter meinen Wimpern hervor anschaue, küsst er die Linie meines Kiefers nach, richtet sich dann auf und beginnt sich allmählich in mir zu bewegen. Qualvoll langsam gleitet er immer wieder aus mir heraus und wieder hinein, steigert so allmählich das Tempo, dass ich glaube, vor Sehnsucht vergehen zu müssen. Ich hebe ihm mein Becken entgegen, meine Beine werden zu Schraubstöcken, die versuchen, ihn in mich hinein zu zwingen, ich stoße sogar das eine oder andere »Bitte, Liam!« aus. Doch er grinst nur und behält die Folter bei. Und so brauche ich Ewigkeiten, bis das inzwischen bekannte Ziehen in meinem Unterleib immer stärker wird, bis meine Muskeln immer hektischer kontrahieren, bis hin zu unkontrollierbaren Zuckungen. Meine Fingerspitzen krallen sich tief in die Haut seiner Oberarme, ich stöhne laut, um wenigstens ein wenig von meinen Qualen loszuwerden, und als ich glaube, fast zu vergehen, spüre ich plötzlich seinen Finger auf meiner Klit, ein kurzer Druck, und ich zerspringe in eintausend Einzelteile. Der Orgasmus ist nicht so heftig wie beim letzten Mal, aber irgendwie ... inniger, denn Liam kommt im gleichen Moment, er umklammert mich wie ein Ertrinkender, den Kopf zwischen meinen Brüsten und wir warten gemeinsam darauf, dass die Welle der Emotionen erfolgreich über uns hinweggeschwappt ist.

* * *

Diesmal schlafe ich nicht wieder ein. Die Gefahr ist mir zu groß. Stattdessen liege ich für die kommenden Stunden wach neben ihm, lausche seinen gleichmäßigen Atemzügen und wärme mich an seinem Körper.

Es ist okay, denke ich. Nichts mehr, was ich noch brauche, um endgültig zu gehen.

Als sich die ersten hellen Streifen am Himmel bemerkbar machen, löse ich mich vorsichtig aus seinen Armen, und stehe auf. Ich verzichte auf alles, sogar darauf, mir die Zähne zu putzen. Plötzlich will ich nur noch weg.

Es ist etwas unangenehm, meine getragenen Klamotten anzuziehen, doch in Wahrheit bemerke ich es kaum in meiner Hast, die Stätte des Grauens zu verlassen. Sein Hemd jedoch nehme ich wie geplant mit mir. Erst an der Tür bleibe ich noch einmal stehen und sehe zurück.

Ein Fehler, ja, denn ich kann bereits mein Herz brechen fühlen, doch gleichzeitig spüre ich, dass ich nicht einfach so gehen kann. Nicht, ohne einen letzten Gruß.

Und so tappe ich zurück, finde nach einigem Stöbern in der Küche Block und einen Stift und schreibe hastig eine Nachricht.

Ohne zu überlegen, auch das wäre ein Fehler. Ich lese das Geschriebene nicht noch einmal durch, sondern lasse den Stift fallen, kaum dass ich den letzten Buchstaben gebildet habe, reiße das Blatt ab und bringe es ins Wohnzimmer, wo ich es auf dem Tisch deponiere. Ordentlich wie ich bin, räume ich noch Block und Stift wieder weg und dann ...

... dann weiß ich, dass es nichts mehr gibt, was mich noch hier hält.

Halten darf.

Ich atme zittrig aus, werfe einen letzten Blick auf die Schlafzimmertür und trete dann hinaus in den Hausflur.

Womit ich dieses Kapitel endgültig schließe.

32. Kapitel

Liam

Das Sonnenlicht kitzelt meine Nase und weckt mich auf, weil ich heftig niesen muss. Stöhnend lasse ich danach den Kopf zurück auf das Kissen fallen, lege einen Arm auf meine Stirn und überlege, weshalb ich mich so ungemein gut fühle. Als hätte ich irgendetwas erlebt oder getan, das mein gesamtes Leben verändert hat.

Die Firma?

Nein, die kann es nicht sein. Sie war eine Zwangsläufigkeit, der ich mich viel zu lange entzogen habe. Nicht zuletzt, um meinen Vater zu treffen, aber auch, um mich selbst vor der Verantwortung zu drücken. Obwohl ich ja schon froh sein kann, denn wenigstens ist aus mir nicht ein so verlogener Advokat geworden, wie mein Vater einer ist.

Glücklich bin ich mit dieser Lösung nicht, aber ich habe sie akzeptiert, was jedoch garantiert nicht mit meinen Glücksgefühlen zusammenhängt, die in immer höheren Wellen über mich hinwegrauschen.

Ich denke an den gestrigen Tag, sehe Ashs verschwitztes Gesicht vor mir und plötzlich bricht auch alles andere über mich herein. Ihre Zärtlichkeit, ihre Leidenschaft, das Gefühl, als sie mich zwischen ihre vollen Lippen ließ, das Gefühl, in ihren Mund zu stoßen, und wenig später in die süße, enge Feuchte ihres Körper.

»Oh Fuck!«, murmele ich und meine Hand gleitet an der Decke hinab zu meiner pulsierenden Erregung. Sie war vorher schon da, dagegen ist wohl kein Mann gefeit, doch die Gedanken an die Ereignisse der vergangenen Nacht haben mich darüber hinaus unglaublich erregt. Fuck, keine guten Voraussetzungen, um pinkeln zu gehen.

Außerdem ist der Eindruck, den ich momentan auf Ashley mache, bestimmt nicht der beste. Ich muss aufpassen, sie kennt Derartiges nicht, die paar Tage in Tampa werden sie kaum zum Vamp konditioniert haben. Ich könnte sie verschrecken, wenn ich zu natürlich mit meinem Körper umgehe. Bei diesem kleinen Wichser von Arzt hat sie jedenfalls nichts hinzugelernt, wie ich spätestens seit letzter Nacht weiß. Und irgendwie gefällt mir die Vorstellung, noch einmal von vorn anzufangen, mich selbst zurückzunehmen, damit sie sich wohlfühlt. So fern sie etwas Derartiges von mir verlangt, denn in Wahrheit hat sie sich auf eine für mich äußerst überraschende Art verhalten.

Doch etwas stört, und ich brauche einen langen Moment, bevor ich begreife, dass sie nicht da ist. Offenbar ist Ashley schon aufgestanden.

»Fuck!«, knurre ich mit verschlafener Stimme und fahre mir mit beiden Händen durch das Haar, bevor ich meine Augen endlich öffne. Ich hatte mir für den heutigen Morgen so viel vorgenommen. Wollte das Frühstück für uns beide machen, wollte ihr zeigen, wie viel mir diese Nacht bedeutet hat und auch, wie sehr ich sie mag – nur weil ich zu feige bin, das Wort ›Liebe‹ zu verwenden.

Erst will ich rufen, überlege es mir dann aber anders und quäle mich aus dem Bett und ins Bad.

Während ich mich erleichtere und mir dabei die nackte Brust reibe, geht mir zweierlei auf:

Erstens habe ich mir nicht einmal irgendein Handtuch umgebunden, womit meine vorgenommene Rücksichtnahme wohl bereits gescheitert ist.

Und zweitens begreife ich auch den Grund, weshalb ich das nicht getan habe: Ashley ist nämlich nicht da! In der Luft schwebt kein lieblicher Kaffeegeruch – oder eben Tee, ich weiß, dass Ash kein großer Kaffeefan ist. Es spielte auch kein Radio und schon gar nicht der Fernseher. Viel mehr befindet sich noch nicht in meiner Wohnung, es war einfach keine Zeit, sie einzurichten. Außerdem hatte ich gedacht, dass Ash sicher auch ihre Wünsche mit anbringen wollen würde. Doch ich weiß, dass sie nicht mehr da ist. Ich weiß es einfach, schon, weil beim Aufstehen ihre Sachen verschwunden waren. Ich habe es sehr wohl registriert, wollte mich nur absolut nicht damit befassen. Verdrängung, nennt man es wohl. Geistesabwesend betätige ich die Spülung, ziehe ein Handtuch vom Halter und binde es mir um die Hüften, auch wenn ich weiß, dass ich Ashley garantiert nicht erschrecken werde. Langsam laufe ich durch die größtenteils leeren Räume, finde sie ebenso unverändert vor, wie ich es am Abend verlassen habe, bevor ich mich auf den Weg machte, Ash zu finden. Ich hatte zwei Flaschen Wein bereitgestellt, wollte mit ihr reden ... Aber Ash hatte nicht vor, zu reden.

Als ich den Zettel sehe, bleibe ich zunächst wie angewurzelt stehen und frage mich, ob ich lesen will, was sie mir mitzuteilen hat.Wieder einmal ist sie gegangen, mit nichts als einem Zettel, den sie hinterlassen hat. Offenbar ist das Ashs Masche. Ich fühle den Zorn kommen und genieße ihn, denn verdammt noch mal, so kann man keine Konflikte lösen! Schon gar nicht, wenn es doch allem Anschein nach überhaupt keine Konflikte gibt!

Nur langsam trete ich näher.

Und als ich sehe, wie kurz die Nachricht ist, wächst meine Wut noch einmal.

Ich hätte nie gedacht, das einmal zu sagen, aber Ashley Johnes scheint ein gewissenloses, kaltes Subjekt geworden zu sein. Da ich weiß, dass ich an dieser Entwicklung nicht ganz unschuldig bin, lese ich schließlich die wenigen Worte, die sie für mich erübrigt hat.

> *Liam,*
>
> *es war sehr nett mit dir, danke für die vergangenen Stunden. Nimm sie als Abschluss einer Geschichte, die niemals wirklich begonnen hat.*
> *Bleibe bitte in Zukunft fern von mir.*
> *Ash*

Bleibe bitte in Zukunft fern von mir ... perfekt!

Ohne wirklich darauf zu achten, lasse ich mich auf die Couch nieder und starre blicklos vor mich hin.

Bleibe bitte in Zukunft fern von mir ...

Nimm es als Abschluss einer Geschichte, die niemals wirklich begonnen hat.

Alles in mir brüllt danach, zu revoltieren. Verdammt, ich weiß, wo sie wohnt, es würde mich keine halbe Stunde kosten, um sie für diesen Schwachsinn zur Rede stellen zu können. Schließlich bin ich nur ihretwegen in dieser abgefuckten, stinkenden, lärmenden Stadt. Doch eine innere Stimme hält mich zurück.

Ist es nicht dieser gottverdammte Respekt, der Liebe in erster Hinsicht voraussetzt? Dass ich sie wirklich liebe, dass es tatsächlich mein Ziel ist, mit ihr eine Zukunft zu verleben, das weiß ich erst seit ein paar Stunden, was es irgendwie noch wahrer macht. Aber ist es nicht die grundlegendste Voraussetzung für eine intakte Beziehung, dass man die Wünsche des anderen respektiert?

Sie meint vielleicht, nur einen heißen Abschiedsfick erlebt zu haben, doch ich glaube, Ashley überschätzt sich ein wenig. Egal, auf welchem Trip sie sich derzeit befindet, sie konnte die Vorgänge in ihrem Innern nicht verbergen. Diese leidenschaftliche, heiße, sexy Frau, die ich noch vor wenigen Stunden geliebt habe, war nicht gespielt, sondern echt. Sie wollte das und nicht nur einmal. Doch wenn sie meint, auf diese Art ihre Grenzen austesten zu müssen, dann bleibt mir nur, mich zurückzunehmen und darauf zu warten, dass sie mit ihren Versuchen fertig wird und sich wieder auf mich konzentrieren kann. Oder eben ganz leer auszugehen, sollte sie auf dem Weg dorthin einen neuen Mann kennenlernen.

Wie ich mich damit fühle?

Nicht gut, um ehrlich zu sein. Während ich mir einen Kaffee zubereite, wälze ich mich klammheimlich in Selbstmitleid. Ich finde, das ist angebracht. Endlich weiß ich, wohin ich gehen will und vor allem, mit wem die Reise stattfinden soll, und da beschließt die Person, die mir wichtiger als alle anderen auf dieser Welt ist, mich nicht begleiten zu wollen.

Zumindest zunächst nicht.

Das ist doch ein Grund, sich ein wenig selbst zu bemitleiden, oder?

Den gesamten Tag verbringe ich mit finsteren Grübeleien. Zunächst noch in meinem Appartement, später dann in dem Pub, der in meiner Straße nur auf meinen Besuch gewartet hat. Bier um Bier schütte ich in mich hinein, denke über mich nach, über Ashley und über den Sinn des Lebens.

Gegen Mitternacht bin ich so betrunken, dass der Wirt sich weigert, mir noch ein Glas auszuschenken. Nichts liegt mir ferner als sinnlose Diskussionen. Deshalb erhebe ich mich und stolpere die Straße entlang. Nicht zu meinem Appartement, sondern zum Central Park, der mir irgendwie bisher am besten in dieser Stadt gefällt. Schon, weil ich hier mit ihr gesessen habe. Ich mag vielleicht Koordinationsschwierigkeiten haben, aber ich fühle mich nicht betrunken, mein Geist ist klar, so klar wie seit Jahre nicht mehr.

Auf der nächstbesten Bank mache ich Halt, lasse mich darauf fallen und schließe die umnebelten Augen. Es ist kalt geworden, in der Luft liegt Frost – sehr früh, dieses Jahr, aber ich bin auch zum ersten Mal in diesen klimatischen Breitengraden. Außerdem kann die Kälte mir nichts anhaben, es ist, als hätte ich eine Schutzschicht um mich gebildet, die mich vor ihr bewahrt.

Der Schnaps bewahrt mich hingegen davor, über Ash nachzudenken und diese Wehmut wieder in mein Herz zu lassen, wofür ich ihm sehr dankbar bin. Ich fühle, wie die Schläfrigkeit kommt und mache nicht die geringsten Anstalten, sie zu vertreiben. Sie ist mein Freund, mein bester Kumpel, denn im Schlaf liegt das Vergessen, das ich so dringend gesucht habe.

»Fuck ...«

* * *

»Sir?«

Jemand rüttelt an meiner Schulter, was ich überhaupt nicht leiden kann. Entnervt murmele ich ein »Hau ab!« und versuche wieder in den Schlaf zurückzufinden.

Blöderweise hört das Rütteln nicht auf, es wird sogar heftiger.

»SIR! Aufwachen! Sie können hier nicht schlafen!«

Sagt wer?

Doch es ist zu spät, ich habe das Reich der Träume bereits endgültig verlassen, eine Rückkehr ist zumindest für den Moment, nicht möglich. Und so richte ich mich langsam auf. Zeitgleich wird mir bewusst, wie kalt mir ist. Elend kalt, um genau zu sein. Es fällt mir schwer, die Augen zu öffnen, weil ich am gesamten Körper zittere und kaum noch Kontrolle über ihn habe. Als ich schließlich sehen kann, erkenne ich vor mir einen älteren Mann in Uniform. Kein Cop, eher ein Wächter oder so etwas.

»Was?« Meine Zunge ist schwer.

»Na Gott sei Dank!«, grunzt der Alte, der endlich seine Hand von mir nimmt. Er leuchtet mir mit der Taschenlampe ins Gesicht, was mich eilig die Hand vor die Augen legen lässt. Sie zittert auch, fällt mir dabei auf.

»Junge, du kannst hier nicht pennen, das wäre dein Tod. So wie du aussiehst, hast du eine Wohnung, also geh heim.«

Ich kann ihn nur verständnislos anglotzen. In meinem Schädel herrscht bemerkenswerte Leere.

Das scheint dem Alten auch aufzugehen, denn er seufzt. »Soll ich dir ein Taxi rufen?«

Stirnrunzelnd sehe ich mich um und nicke dann vage. Ja, vielleicht wäre das nicht schlecht.

»Das heißt, wenn wir jemanden finden, der dich in diesem

Zustand mitnimmt. Wenn du mich fragst, solltest du ein gutes Trinkgeld springen lassen.«

»Was?« Verständnislos starre ich ihn an, erst dann geht mir auf, dass meine Klamotten total nass sind. »Was?«, wiederhole ich noch etwas verwirrter.

Der Alte nimmt mich am Arm und zieht mich den Parkweg entlang. Dabei lacht er trocken auf. »Es hat geregnet, und du warst so besoffen, dass du nichts davon mitbekommen hast. Gefährlich, mein Junge, aber geht mich ja nichts an. Kannst froh sein, dass das Zeug nicht als Schnee runtergekommen ist, viel fehlte nämlich nicht.«

Gemeinsam sehen wir zu dem dunklen Himmel hinauf, der nur mit viel Mühe so etwas wie den Anbruch eines Tages erkennen lässt.

»Wie spät ist es?« Selbst meine Lippen beben, weshalb mir das Sprechen alles andere als leicht fällt.

»Kurz nach vier«, verkündet der Alte, der, sobald wir die Straße erreicht haben, nach einem Yellow-Cab winkt. Glücklicherweise hält kurz darauf eines und mit einem zusätzlichen Fünfzig-Dollar-Schein erklärt sich der junge, nach meiner Sichtung wenig erfreute Typ sogar dazu bereit, mich heimzufahren.

»Wenn du dich wieder mal besaufen willst, dann kläre vorher ab, dass dich jemand nach Hause bringt«, empfiehlt mir der alte Parkwächter noch, bevor er davongeht. Aus dem Augenwinkel sehe ich, dass er ein wenig humpelt.

Der Taxifahrer redet kein einziges Wort mit mir, was mir ganz recht ist. Ich grübele nämlich angestrengt über die Frage nach, wie ich dafür sorgen kann, dass mir nicht mehr so kalt ist. So hundeelend.

So ...

Widerlich!

In meinem Appartement angekommen schleppe ich mich zum Fahrstuhl, beachte die Fragen des Portiers nicht weiter und werfe mich so, wie ich bin, in mein Bett.

Nur bleibe ich dort nicht lange, weil mir klar wird, dass ich in den nassen Klamotten garantiert niemals warm werde. Und so quäle ich mich wieder hoch, zerre irgendwie alles von mir, was stofflich ist, und schleppe mich dann unter die Dusche, wo ich für eine Viertelstunde unter sehr heißem Wasser stehenbleibe, die Fäuste an die Wand gestemmt, das Gesicht in den Strahl gerichtet, die Augen geschlossen.

Als ich begreife, dass ich erstens auch noch Stunden hier stehen könnte, ohne dass mir wärmer werden würde, und ich zweitens zunehmend Gefahr laufe, genau hier und jetzt einzuschlafen, stelle ich das Wasser ab, schlinge mir unter erheblichen Schwierigkeiten ein Handtuch um die Hüfte und stolpere zurück ins Bett.

Als ich liege, muss ich zum ersten Mal husten, bevor ich in einen unruhigen Schlaf hinüber drifte.

Dass es nur der Auftakt war, begreife ich eine unbestimmte Zeitspanne später, als ich von meinem eigenen Husten geweckt werde. Ich brauche Ewigkeiten, vornübergebeugt und hilflos nach Luft ringend, bevor der Reflex nachlässt und ich einen annähernd zusammenhängenden Gedanken fassen kann.

Draußen ist es hell, aber nicht wirklich, es scheint, als würde es dämmern. Ob zum Abend hin oder zum Morgen weiß ich nicht, ich fühle mich aber auch nicht in der Lage, auf mein Handy zu sehen. Bevor ich ganz verarbeitet habe, dass ich wissen will, wie spät es ist, bin ich bereits wieder eingeschlafen.

Das nächste Mal, als ich wach werde, ist es draußen hell, ein Husten ist nicht mehr möglich, ohne dass ich glaube, es zerreißt mir die Lunge, nur leider lässt sich der Mist kaum aufhalten. Außerdem meine ich, dass es geklingelt hätte. Aber ich vermute, das war Einbildung, Produkt der Albträume, die mich beim Schlafen unentwegt heimsuchen.

Mein eigentliches Problem geht mir auf, als ich versuche, den Mund zu öffnen, das funktioniert nämlich nicht. Meine Lippen scheinen aufeinander festgeklebt zu sein, die Zunge haftet an meinem Gaumen, und jetzt spüre ich endlich, was ich bisher so tapfer verdrängt habe:

Durst!

Elender.

Hoffnungsloser.

Vernichtender.

Durst.

Ich würde für ein paar Tropfen Wasser einen Mord begehen.

Dumm nur, dass ich mich nicht bewegen kann. Allerdings bin ich halbwegs wach, obwohl mir klar ist, dass ich ziemlich hohes Fieber habe. Ich begreife allmählich, dass die Situation wirklich brenzlig ist, dass es hier um mein Leben geht, so irre das auch ist. Aber ich kann mich nicht wehren, denn es ist mir unmöglich, mich zu bewegen. Wann war ich zuletzt zur Toilette? Ich kann mich nicht erinnern. In Wahrheit entsinne ich mich an überhaupt nichts, bevor ich es versuchen kann, drifte ich wieder hinüber in den Schlaf.

Als ich das nächste Mal geweckt werde, ist es, weil mir kalt ist. Elend kalt.

So kalt, dass ich meine, zu erfrieren.

»Mister King!«, höre ich eine energische Stimme, die mich nervt. Was will dieser fremde Heini in meiner Wohnung? Wer hat ihn überhaupt reingelassen?

Jetzt ohrfeigt der Penner mich auch noch, und das nicht gerade sanft. Hey!

»Mister King! Wachwerden!«

»Nein!«, versuche ich zu murmeln, doch meine verdammten Lippen wollen sich ja nicht teilen lassen, diese sind nämlich immer noch festgeklebt.

Fuck!

»Wir schaffen ihn in die Klinik, er muss hier schon eine Weile liegen, ist total dehydriert. Bloß gut, dass der Portier aufgepasst hat, sonst wäre er hier krepiert. Ich vermute, er hat eine Lungenentzündung ...«

Irgendetwas sticht in meinen Arm – es tut nicht weh, ich bekomme es ohnehin nur am Rande mit, und dann schlafe ich wieder ein.

33. Kapitel

Liam

Drei Tage habe ich in meinem Bett gelegen, das mein Sterbebett geworden wäre, hätte nicht der Portier vorher Alarm geschlagen. Durch meine nächtliche Sauftour habe ich mir wirklich eine Lungenentzündung zugezogen, und während ich an das Klinikbett gefesselt bin, nur mit dem Fernseher und meinem Handy als Gesellschaft, rufe ich mich energisch zur Ordnung.

Keine Frau ist es wert, für sie auf so dämliche Weise zu sterben. Innerhalb eines heroischen Aktes, weil ich sie aus der Todesfalle eines brennenden Hauses gerettet habe, wäre das akzeptabel. Aber an einer jämmerlichen Lungenentzündung zu krepieren, weil man sich nachts auf den Straßen herumtreiben musste – nein, das ist nicht die Art von Tod, die ich gern auf meinem Grabstein stehen haben will. Selbst dann nicht, wenn Ash der Grund ist.

Sie kommt übrigens nicht, wie auch, sie weiß ja nichts von meiner Erkrankung. Oh, ich bin davon überzeugt, dass sie ansonsten mit wehenden Fahnen ins Krankenhaus gestürzt wäre. Nächstenliebe ist eines der Dinge, die an dieser Frau so bemerkenswert sind.

Nur genau das will ich nicht.

Ich will nicht ihr Mitleid, und mein Zorn auf sie, weil sie sich so feige aus der Affäre gezogen hat, ist auch keineswegs verflogen.

Während ich mit Antibiotika vollgepumpt werde, gehe ich hart mit mir ins Gericht. Gut, dass Ash mich verlassen hat, ist ein Nackenschlag – mehr als das, wenn ich ehrlich bin, aber ich werde einen Teufel tun und mich näher damit befassen, es würde mir nämlich nicht helfen.

Das Leben geht weiter!

Wenn sie ihre Meinung geändert hätte, dann wäre sie in der Zwischenzeit aufgetaucht. Und wenn nicht hier – was ich nicht wirklich wollen würde – dann bei mir zu Hause. Oder sie hätte wenigstens angerufen.

Nein, ich mache mir keine Gedanken darüber, wie sie an meine Handynummer gelangen sollte – das ist ja auch nicht mein Problem. Wenn ich jemanden sehen will, dann weiß ich es so einzurichten, *dass* ich ihn sehe.

Darauf will ich hinaus.

Die Tatsache, dass ich mutterseelenallein bin, nagt ebenfalls an mir. Natürlich habe ich meiner Familie nichts von meiner Erkrankung erzählt. Die Vorstellung von meiner Mutter, die an mein Krankenbett geeilt kommt, ist bereits horrormäßig genug, die meines Vaters, der – am besten noch mit meinem Bruder im Schlepptau – an ihrer Seite auftaucht, um die Gründe für meine Lungenentzündung von allen Seiten zunächst zu beleuchten um dann sein mich vernichtendes Urteil zu fällen, ist es ebenfalls.

Dennoch ist es irgendwie niederschmetternd, so ganz allein zu sein. Was für mich nur den einzigen Schluss zulässt: Ich muss mir in dieser Stadt ein soziales Netz aufbauen, brauche Bekannte, Freunde, alles, was zu einem erfolgreichen Leben dazugehört. Damit ich – sollte ich jemals wieder in die beschissene Situation gelangen, ins Krankenhaus zu müssen – eben doch mit Besuch rechnen kann.

Das ist eines, was ich mir vornehme, während die Schwestern – von denen keine einzige sexy ist – mich mit irgendwelchen Behandlungen nerven und mich nicht aufstehen lassen. Darüber hinaus schwöre ich mir, mich ab sofort dem Aufbau meiner Firma zu widmen. Momentan liegt sie brach, weil ich es bisher nicht geschafft habe, jemanden einzustellen, der übernehmen könnte, wenn ich unvorhergesehen ausfalle.

Keine sehr gute Leistung, und ich spiele hier nicht mit *meinem* Geld, sondern mit dem meines Dads. Ich nahm es an, weil es meine einzige Chance war, überhaupt Fuß zu fassen, jedoch in dem Wissen, dass ich damit auch eine Verpflichtung eingegangen bin. Ich habe mich verpflichtet, es gut zu machen. Versage ich, dann blüht mir nicht viel ... nur die erneute Enttäuschung meines Vaters, und die will ich unter allen Umständen vermeiden.

Ja, es schmerzt, dass Ashley nicht auf mein Angebot eingegangen ist. Wobei der emotionale Schmerz das eine ist, ich war mir mittlerweile nämlich wirklich sicher, dass sie die Eine ist, nach der ich immer gesucht habe – ob bewusst oder unbewusst. Aber genauso groß ist auch die gekränkte Eitelkeit, weil es mir offensichtlich nicht gelungen ist, ihr zu zeigen, wie gut es ihr bei mir gegangen wäre. Ihretwegen bin ich reumütigst zu meinen Eltern heimgekehrt, ihretwegen habe ich beschlossen, sesshaft zu werden. Ihretwegen bin ich zivilisiert geworden.

Ich persönlich finde, dafür stünde mir mindestens ein bisschen Anerkennung zu. Dass Ash mir diese versagt, stürzt mich in eine tiefe Glaubenskrise. Ich kann es nicht verleugnen, auch wenn mir zu jedem Zeitpunkt bewusst ist, wie lächerlich ich mich aufführe.

Manchmal kann man eben nicht aus seiner Haut.

Ihre Ablehnung ist es, die meinen Trotz auf den Plan ruft. Das ist, als es mir langsam wieder besser geht und ich an eine Entlassung überhaupt denken kann.

Gut, sie will mich nicht. Sicher hat sie ihre Gründe, die will ich ihr auch ganz bestimmt nicht streitig machen. Doch sie hätte genauso gut einen Neuanfang mit mir wagen können. Alles noch einmal auf Zero, ein vollständiges Reset und ein jungfräulicher Neubeginn.

Bei dem Wortspiel muss ich grinsen.

Nun ja, *fast* jungfräulich. Ich hätte ja nie gedacht, dass Ashley noch besser blasen kann, als Tiffany.

Von Letzterer habe ich übrigens nie wieder was gehört, was mir sehr in den Kram passt. Ganz im Ernst, die Vorstellung, ihr ewiges Streben danach, Ashley alles zu rauben, was diese unter Umständen begehren könnte, habe sie gerade an die Seite *dieses* Mannes geschweißt, bringt mich das eine ums andere Mal zum Lachen. Nie habe ich zwei Menschen gesehen, die weniger zusammen passen, wie Marc – die Pussy – Bennet und Tiffany – der selbstgefällige Vamp– Lech.

Es ist aberwitzig, und dennoch hat sie es geschafft, sich ihn zu angeln. Respekt! Typen wie ihn kenne ich, er wird sich in Selbstvorwürfen wegen Ash gewunden haben, sie war zur Stelle, um ihn zu trösten, womit sie ganze Arbeit geleistet hat. Yeah, so ist Tiffany nun einmal. Sie verleugnet selbst ihre eigenen Interessen und Neigungen, solange sie anderen nur etwas wegnehmen kann.

Mögen die beiden in ihrer wahnwitzigen Beziehungskiste glücklich werden oder aneinander ersticken. Es ist mir gleich.

Und ... Ich seufze. Nun ja, Ashley Johnes ist mir nicht

gleichgültig, aber ich muss mich wohl der Tatsache stellen, dass es vorbei ist und nach vorn schauen. Das bin ich mir, meinem Dad und nicht zuletzt auch Ash einfach schuldig.

34. Epilog

Ash

Meine Schritte hallen auf dem glatten Terrazzoboden der Lobby des Geschäftshauses, in das ich soeben mit beklommenen Herzen getreten bin. Allerdings quälen mich nicht die geringsten Zweifel. Es ist nur so, dass manche Gänge eine gewisse Überwindung kosten – dieser gehört mit Sicherheit dazu. Ich lächele der Dame hinter ihrem Tresen freundlich zu, nachdem ich herangetreten bin. »Ich habe einen Termin bei Mr. King, von der ...«

»... von der King-Immobilien?«

»Ja, genau dort will ich hin.«

»Sie fahren mit dem Aufzug in die fünfte Etage, dort sehen Sie dann gleich den Eingang«, erwidert sie mit professioneller Freundlichkeit.

»Vielen Dank«, sage ich und gehe weiter. Das lief schnell und überraschend unkompliziert. Aber hey, was habe ich erwartet? Dass sie sich mit verschlossener Miene zurücklehnen und ein *»Sie kommen hier nicht rein! Sie nicht!«* knurren würde? Bevor sie per Knopfdruck den Sicherheitsdienst benachrichtigen würde, versteht sich.

Nein, ich habe es vielleicht gehofft – der Hasenfuß in mir auf jeden Fall – aber dass dies auch eintreten würde, war wohl eher unwahrscheinlich.

Auch den Aufzug finde ich ohne Schwierigkeiten. Neben mir wollen nur noch zwei junge Mädchen mit nach oben fahren. Aus ihrem Gespräch entnehme ich, dass sie sich um einen Praktikumsplatz bewerben. Für einen winzigen Moment bete ich, dass sie dies bei Mr. Liam King tun wollen – somit wäre ich nämlich zunächst aus dem Schneider. Doch wieder habe ich kein Glück – oder Pech, so genau weiß ich es immer noch nicht.

»Meinst du, dieser Snider ist so unfreundlich, wie alle immer sagen?«, erkundigt sich die kleine Brünette, auf deren Gesicht sich die letzten Spuren einer Pubertätsakne bemerkbar machen. Diese beiden Mädchen können nicht älter als 18 sein.

»Und wenn!«, winkt die andere ab, die bedeutend hübscher als ihre Freundin ist. »Wir wollen ihn ja nicht heiraten lass mich das nur machen, diese alten Säcke sind doch alle gleich!«

Tiff und Ashley! Sie sind genau wie wir damals!, schießt es mir durch den Kopf. Mitleidig betrachte ich das brünette Mädchen, das sich der Meinung ihrer Freundin viel zu bereitwillig unterordnet. *Eines Tages wirst du dich aus ihren Fängen befreien*, denke ich. *Eines Tages wirst du sogar stärker als sie sein. Dann, wenn du endlich begreifst, dass sie nicht besser ist, als du, bloß offensiver. Und ich kann dir nur wünschen, dass es früher als später eintrifft.*

Als der Aufzug hält, sehe ich mit wachsender Beklemmung, dass es in meiner Etage ist. Nach einem letzten Blick auf die beiden Freundinnen trete ich in den Flur hinaus, der wie in solchen Geschäftsetagen üblich mit blauem Industrieteppich ausgelegt ist. Eine große Zimmerpalme wurde in einer der Ecken drapiert und an der Wand direkt gegenüber den Aufzügen stehen zwei Firmenschilder:

Williams Steuerberatung – der Pfeil zeigt nach links.

Kings Immobilienvertretung – dieser Pfeil deutet nach rechts.

Ich spüre, wie alles Blut meine Lippen verlässt, wie ich sogar ein wenig taumele und mein Sichtfeld verschwommen wird. Kein Schwächeanfall diesmal, es ist die Aufregung, die mir so zu schaffen macht. So sehr, tatsächlich, dass sich meine Fähigkeit zu atmen fast vollständig verabschiedet hat. Dennoch atme ich einige Male tief ein und aus – so tief, wie es momentan überhaupt möglich ist –, dann streiche ich den Stoff meines dunkelgrauen, knielangen Bleistiftrocks gerade, kontrolliere, ob die Knöpfe meines Blazers korrekt geschlossen sind und gehe los.

Ein Schritt vor den anderen setzend, bis ich die Glastür erreiche, die in Liams Refugium führt.

Mich empfängt ein kleiner Tresen, hinter dem sich keine Assistentin befindet.

Punkt für mich – nur leider bin ich damit auch dazu verdammt, die Initiative in der Höhle des Löwen erneut zu ergreifen. Ich weiß, dass er wieder gesund ist, weil er meine Mail beantwortet und diesen Termin bestätigt hat. Dass er überhaupt krank war, weiß ich, weil ich es war, die diesen nichtsnutzigen Portier so lange unter Druck setzte, bis dieser die Cops holte, die dafür sorgten, dass die Tür zu seinem Appartement aufgebrochen wurde. Nicht eine Sekunde zu früh, wie ich später erfuhr. Ich war dabei, als sie den Arzt riefen, ich ließ mir auch sagen, in welche Klinik man ihn schaffte und ich saß über viele Stunden im Flur, bis mir eine Schwester mitteilte, dass es ihm gut gehen würde.

Doch ich brachte nicht den Mut auf, zu ihm zu gehen. Dabei hatte ich diesen gedanklichen Prozess doch schon längst hinter mich gebracht, hatte endlich eingesehen, dass ich noch immer nicht genug von ihm hatte, weil es niemals genug sein würde.

Innerhalb endloser zwei Tage in meinem stinkenden Appartement hatte ich mir endlich eingestanden, dass ich diesen Mann von ganzem Herzen liebte, und dass es töricht wäre, es nicht wenigstens zu versuchen. Selbst wenn ich irgendwann erkennen müsste, mit meinen bösen Vorahnungen richtig gelegen zu haben. Deshalb war ich ursprünglich zu ihm gegangen. Deshalb harrte ich stundenlang auf dem Klinikflur aus. Und deshalb stehe ich nun hier. In diesem luftigen, erstaunlich großen Eingangsbereich einer Firma, die offensichtlich noch immer nicht wirklich arbeitet.

In den vergangenen zwei Wochen – so lange war Liam in der Klinik – habe ich meine Entscheidung wieder und wieder auf den Prüfstand gestellt und kam zu einem interessanten Schluss:

Ich *kann* ihm nicht verzeihen.

Egal, wie sehr ich ihn liebe, wie sehr er mir fehlt, wie sehr ich mich in seine Arme sehne ... ich werde niemals verzeihen können, was er mir antat. Wir können nicht einfach weitermachen, so tun, als wäre nichts gewesen und hoffen, dass es funktioniert.

Das würde es nämlich nicht.

Um mit Liam eine Zukunft haben zu können, um zu begreifen, ob er es wirklich aufrichtig mit mir meint, um Vertrauen zu ihm neu zu erlernen, ist ein Neuanfang vonnöten.

Ein *echter* Neuanfang.

Und deshalb habe ich mich unter den Initialen A.J. bei ihm um die Stelle seiner Assistentin beworben, deshalb bin ich heute hier, mit klopfendem Herzen, um für einen Neuanfang zu werben.

Entweder, er lässt sich darauf ein ... oder ich habe mich geirrt. Sollte Letzteres eintreten, dann muss ich damit leben. Aber das könnte ich dann auch.

Und nur darauf kommt es an.

Auch hier stehen einige Grünpflanzen, allerdings sind es künstliche, weil es kein Fenster in der kleinen Lobby gibt. Auf dem Tresen liegen keine Unterlagen, wie man dies sonst in einem Unternehmen während der Geschäftszeiten gewöhnt ist. Nicht einmal ein Kugelschreiber ist zu sehen oder ein paar Visitenkarten. Fünf Türen gehen von dem Flur ab.

Fünf weiße Türen, die sich in nichts voneinander unterscheiden. Welche ist die richtige?

Es herrscht Stille, fast könnte ich meinen, ganz allein hier zu sein, aber ich weiß es besser. Denn ich bilde mir ein, seine Nähe zu spüren, und auch wenn das nur Einbildung ist, glaube ich an die Macht der Suggestion. Diese Macht, die mich zu einer der Türen zieht, die sich in nichts von den anderen unterscheidet.

Ich weiß, dass es der Eingang zu seinem Büro ist.

Ich weiß es einfach!

Keine Minute lasse ich mir, um noch einmal darüber nachzudenken, ob das, was ich vorhabe, gut und richtig ist. Das alles habe ich bereits hinter mir. Ich werde nicht von vorne beginnen – wo ich doch sowieso zum gleichen Ergebnis gelangen würde.

Meine Hand schließt sich um den kühlen Metallknauf, ich drehe – inzwischen kommt mein Atem nur noch ruckartig – dann öffne ich die Tür ...

... und falle fast, weil von der Gegenseite aus plötzlich gezogen wird. Ehe ich mich versehe, liege ich an Liams Brust.

Dieser wunderbar gebauten, duftenden Brust.

Dieser Brust, die unter einem kostspieligen Hemd verborgen ist.

Dieser breiten, einladenden, warmen Brust, die mir so viel Wärme und Zuversicht schenken kann.

Doch nicht in diesem Moment. Sobald ich dort bin, wohin ich eigentlich will, habe ich ihn von mir geschoben und stolpere zwei Schritte zurück.

Beide haben wir ein »Oh!« ausgestoßen, als wir aufeinanderprallten, doch nun herrscht Stille.

Er starrt mich an, offenbar unfähig etwas zu sagen, und ich herrsche mich an, mich zu fangen, bevor alles verdorben ist.

»Ich ...« Ich räuspere mich und streiche fahrig eine Haarsträhne hinter mein Ohr. Unsicher senke ich flüchtig den Blick, weil seine grünen Augen mit einem Mal nur so sprühen. Oh Gott, wenn er in diesem Anzug doch nur nicht so gut aussehen würde.

»Ich hatte mich per Email bei Ihnen beworben, Mr. King«, sage ich schließlich. Mist, warum klingt nur meine Stimme so brüchig? »Für die Stelle als Ihre Assistentin«, füge ich hinzu. Und erst jetzt bringe ich den Mut auf, ihn wieder anzusehen.

Er ist sichtlich verwirrt, seine Stirn liegt in tiefen Falten, während er mich anstarrt, als überlege er, ob er es mit einem Geist zu tun hat.

Währenddessen lege ich all mein Flehen, all meine Bitte und vor allem all meine Liebe in meinen Blick. Wieder kommunizieren wir ohne Worte, doch diesmal bettele ich regelrecht darum, dass er versteht.

Vor lauter Spannung halte ich die Luft an, als er sich plötzlich aufrichtet und mir lächelnd die Hand entgegenstreckt.

»Ahhh, ja, Ihre Bewerbung, ich wollte gerade nachsehen, ob Sie schon eingetroffen sind. Wie war doch gleich der Name, Miss?«

»Johnes«, sage ich zittrig und schlage ein. »Ashley Johnes.«

»Dann gehen wir doch am besten in mein Büro, Miss Johnes«, sagt er freundlich, legt mir eine Hand auf den Rücken und führt mich durch ein hübsch eingerichtetes Vorzimmer in einen weiteren Raum.

Auf dem Weg zum Neuanfang.

Und diesmal einem echten.

Ende

Danksagung:

Okay, Danksagung die 3. Nachdem die ersten beiden schlichtweg zu schmalzig wurden, versuchen wir es erneut. =D

Ein dickes Dankeschön gilt unseren Familien, dafür, dass sie wie ein Fels in der Brandung hinter uns stehen. Insbesondere Peter und Mike, die das Chaos in der Zeit unserer Schreibabwesenheiten tadellos beherrschen.

Unserem verrückten A.P.P. Verlagshaufen, Ladys and Gentlemen, es ist uns eine Ehre an eurer Seite zu schreiben. Unseren Testlesern und treuen Fans, die uns mit ihren Rezensionen und FB oder E-Mail Nachrichten immer wieder zum Lächeln bringen und uns ihre Gedanken und Anregungen schenken.

Last, but not least, ein riesiges Danke an alle unsere Leser. Wir hoffen, Ashley und Tiffany konnten eure Herzen ebenso berühren, wie die unseren! <3 (Okay, zumindest Ashley ...)

Eure

Kera und Christine

Über die Autorinnen:

Christine Troy wurde im Dezember 1981 in Dornbirn (Österreich) geboren. Nach ihrer Ausbildung zur Einzelhandelskauffrau zog sie mit ihrem Lebensgefährten nach Götzis, heiratete und bekam zwei Kinder. Vor rund fünf Jahren entdeckte sie ihre Leidenschaft für das Schreiben. Als Werbe und Hörbuchsprecherin leiht sie seit nunmehr zwei Jahren den unterschiedlichsten Produkten und Charakteren ihre Stimme.

Kera Jung wurde im Jahre 1973 in Berlin geboren. Hier wuchs sie auf, besuchte die Schule und absolvierte ihre Berufsausbildung. Das Schreiben war schon immer ihr größter Traum, der leider erst sehr spät Erfüllung fand. Im Jahre 2009 nahm sie ihr Hobby wieder auf, schrieb etliche Romane und machte ihre Passion im Jahre 2013 mit Veröffentlichung des Romans: ›Keine wie Sie‹ zu ihrem Beruf. Seither wurden zahlreiche Romane und Romanreihen veröffentlicht. Neben Kera Jung ist sie auch unter den Pseudonymen Susana Dean und Olivia Carter erfolgreich. Sie liebt ihren Beruf – über allem steht selbstverständlich das Schreiben, aber auch der Kontakt zu ihren Lesern ist ihr sehr wichtig. Deshalb besucht sie jährlich etliche Messen und andere, ähnlich gelagerte Events. Daheim führt sie mit ihrem Mann und ihren zwei Töchtern auf der beschaulichen Schwäbischen Alb ein eher zurückgezogenes Dasein, während ihr bereits erwachsener Sohn in Berlin lebt. In der Ruhe der ländlichen Gegend hat sie den erforderlichen Background gefunden, um sich ganz auf ihre Leidenschaft konzentrieren zu können.